WOKEN FURIES

RICHARD MORGAN

ウォークン

上

リチャード・モーガン

田口俊樹 訳

WOKEN FURIES
by Richard Morgan

Japanese translation rights arranged with Weidenfeld & Nicholson,
an imprint of The Orion Publishing Group Ltd.
through Japan UNI Agency, Inc., Tokyo

婚姻障害について熟知している妻、
ヴァージニア・コッティネッリに本書を捧げる。

激怒《フュアリー》（名詞）

1a　激しく、手に負えない、しばしば破壊的な怒り……

2　荒々しく、無秩序な力、あるいは活動

3a　ギリシャ神話で、罪を罰する復讐の三姉妹の女神のいずれかひとり

3b　怒った女、あるいは、復讐心に満ちた女

ニュー・ペンギン英語辞典、二〇〇一年版

目次

主な登場人物

タケシ・コヴァッチ……元エンヴォイ・コーズ（特命外交部隊）隊員
ハーラン一族……植民星ハーランズ・ワールドの支配者一族
アイウラ・ハーラン……ハーラン一族の危機管理担当責任者
プレックス・コーへイ……非合法取引業者
イサ……非合法情報仲買業者
ユキオ・ヒラヤス……ヤクザ
タナセダ……ヤクザ幹部
シルヴィ・オオシマ……デコム・コマンドのリーダー
オア……デコム・コマンド
ジャドウィガ……デコム・コマンド
キヨカ……デコム・コマンド

ラズロ……………………………………デコム・コマンド

トドール・ムラカミ……………………エンヴォイ・コーズ（特命外交部隊）隊員

クウェルクリスト・フォークナー……本名ナディア・マキタ。伝説の革命指導者

ラデュール・セゲスヴァール…………タケシ・コヴァッチの旧友。ハイデュック・マフィア

サラ・サチロフスカ……………………タケシ・コヴァッチの元恋人

ヴァージニア・ヴィダウラ……………タケシ・コヴァッチのエンヴォイ時代の上官

ジャック・ソウル・ブラジル…………クウェリスト。元「黒の部隊」メンバー。元〈リトル・ブルー・バグズ〉メンバー

ソウセキ・コイ…………………………クウェリスト。元「黒の部隊」メンバー

シエラ・トレス…………………………クウェリスト。元〈リトル・ブルー・バグズ〉メンバー

マリ・アド………………………………クウェリスト。元〈リトル・ブルー・バグズ〉メンバー

プロローグ

彼らがおれを目覚めさせたのは周到に用意された場所だったはずだ。

それは彼らが契約の説明をした応接室も変わらなかっただろう。ハーラン一族は何事もおろそかにしない。また、これはニードルキャストで移送された者、誰もが言うことだが、ハーラン一族というのは常に人に好印象を与えたがっている一族でもある。壁に掲げられた一族の紋章とマッチした、黒を基調に金《きん》をあしらった室内装飾。やんごとないお方をまえにしているという感激に涙をちょちょ切れさせようと、部屋には可聴下音が流され、応接室の片隅には火星人の遺物がいくつか飾られている。その遺品は、惑星の統治がわれらが後見人――はるか昔に絶滅した非人類――から、一握りの第一次植民一族《ファースト・ファミリー》の揺るぎない現代的な手に渡ったことを、それとなく示唆するものだ。それに〝惑星発見者〟を気取る老コンラッド・ハーランのお定まりのホロ彫刻。片手を高く掲げ、もう一方の手で異星系の太陽の光が顔にあたらないようにしている。その類いの代物。

そんな場所にこのおれ――タケシ・コヴァッチ。どんなものかもわからない新しいスリーヴ(体)をまとい、ゲルをいっぱいに溜めたタンクから抜け出し、柔らかな淡い照明の中、水を撒き散らし、生地を切り詰めた水着をまとった慎み深い官女に助けられて立ち上がる。信じられないほどふわふわしたタオルでゲルの大半を拭い取られ、同様の生地でできたローブを羽織り、隣りの部屋まで歩く。シャワーを浴び、鏡を見て――兵隊さんよ、この顔に早く慣れることだ――新しいスリーヴに合った新品の服を着て、一族《ファミリー》の一員との会見の場所、謁見室へと進む。相手はもちろん女だ。おれの経歴を見て、男を使うはずがない。十歳のときにアル中の父親に捨てられ、ふたりの妹とともに育ったおれは、父親のような権力者をまえにすると、突発的に過剰反応をすることがある。だから当然、女だ。垢抜けた重役タイプの中年女性。ハーラン一族のどちらかといえば非公式な業務をとりおこなう諜報部門の責任者。注文仕立てのスリーヴをまとったひかえめな美しさのある女。標準評価をすれば、歳は四十そこそこといったところか。

「お帰りなさい。〈ハーランズ・ワールド〉に戻ってこられてどうですか？　快適ですか、コヴァッチ－サン？」

「ああ、快適そのものだ。あんたは？」

おれはおつにすまして横柄に答える。通常の人間には考えられない速さで周囲の状況を把握し、即、対応する。それがエンヴォイ・コーズ（特命外交部隊）隊員の特殊技能だ。だから、エンヴォイのタケシ・コヴァッチ－サンは、風呂桶から出て、まわりを見まわすなり、自分が必要とされていることを見て取る。

「わたしですか？　わたしのことはアイウラと呼んでください」日本語ではなく、公用語のアマングリック語で、見事におれの質問をはぐらかした答が返ってくる。相手の怒りを買わないように優雅に攻撃を回避するというのは、直系ファースト・ファミリーの文化的伝統だ。その台詞同様、優雅な物腰でアイウラは続ける。「でも、わたしが誰かなど、重要なことではありません。わたしは誰の代理人なのか、それはもうあなたにははっきりしていることでしょう」

「確かに」可聴下音のせいかもしれない。あるいは、単にアイウラの冷静な対応のせいか。おれは自分の口調から横柄さが薄れているのに気づく。エンヴォイは周囲の状況を即座に呑み込むが、それはまたまわりに染まるプロセスでもある。エンヴォイの直観から、ここはおとなしくしたほうが有利とわかると、気づいたときにはもう、すこぶる謙虚な態度を取っているということがよくある。「つまり、おれは臨時雇いということか」

　アイウラは繊細な空咳をして言う。

「そう言えなくもありませんね、ええ」

「単独配備？」それは珍しいことではない。が、愉しいことでもない。エンヴォイがチームとして動くときには、通常の人間からはまず得られない信頼感を互いに覚えながら仕事ができるからだ。

「ええ。今回のことに関わるエンヴォイはあなただけです。ですから、通常配備はあなたがご自由に決めてくださってけっこうです」

「それは悪くない」

「ええ、そうおっしゃると思いました」

「で、おれは何をすればいいんだ？」

　アイウラはまた繊細な空咳をしてから言う。「すぐに申し上げます。そのまえに念のためにもう一度訊かせてください。そのスリーヴは快適ですか？」

「悪くない」そう言って、そこでおれはいきなり気づく。エンヴォイ・コーズの戦闘仕様に慣れた者でさえ驚くほどすばやい反応ができていることに。少なくとも内部機能はなんとも美しい。そういうボディだ。「これはナカムラの新製品かい？」

「いいえ」彼女の視線がわずかに左上に向けられる。アイウラは警備担当重役だ。おそらく網膜データ・ディスプレーを内蔵しているのだろう。「クマロ＝ケープ社が外惑星ライセンスで成長させたハーカニー・ニューロシステムです」

エンヴォイは奇襲攻撃は受けない。そういうことになっている。だから、そのときおれが眉をひそめたとしても、それは心の中だけのことだっただろう。「クマロ？　聞いたことがないな」

「そうでしょうね」

「そうでしょうね？」

「わたしどもは入手可能な最高のバイオテクであなたを装備しました。それだけ言えばおわかりいただけますよね。あなたのような経歴の方にスリーヴの性能を説明する必要はないと思いますが、詳細をお望みでしたら、視野の左側ディスプレーを通して基本マニュアルにアクセスすることができます」そう言って、アイウラは笑みを浮かべる。どこかしら疲れたような笑みを。「〈ハーカニー〉はエンヴォイ用の製造はしていないので、特別仕様を注文する時間はありませんでしたが」

「ということは、すでに状況は危機的ということかな？」

「さすがに鋭いですね、コヴァッチ＝サン。そうです、事態はまさに危機的状況にあると言えます。ですから、わたしどもとしてはあなたにただちに仕事にかかっていただきたい」

「まあ、そのためにおれは給料をもらってるんだからな」

「ええ」この時点で雇い主が誰か言明するつもりが彼女にはあっただろうか？　いや、おそらくなかっただろう。「すでにもう察しておられることでしょうが、この計画は秘密配備です。シャーヤとはまったく異なります。それでも、あの作戦の最終段階でテロリストに対処した経験があなたにはおありです。でしょ？」

「ああ」おれたちはシャーヤの反乱軍の惑星間宇宙船を撃破し、データ通信網を封鎖し、彼らの経済を破壊して、惑星規模の反抗能力の大半を失わせたのだが、保護国のメッセージを理解しない頑固者も少数残った。そのためそうした輩《やから》狩りに出て、潜入し、味方を装い、堕落させ、裏切ったのだった。つまり路地裏で殺しまくったということだ。「ああ、しばらくはそういうことをしてた」

「この仕事も同じような仕事です」

「つまり、あんたらはテロリストを相手に問題を抱え込んだ。そういうことかい？　クウェリストが活動を再開したとか？」

アイウラはおれのそのことばを仕種で振り払う。今はもうクウェル主義など誰も真面目に受け取らない。この二百年というものずっと。今もまだ生き残っている少数の純粋クウェル主義者は、革命の教義など捨てて、かわりに高収益が得られる違法の商売に手を染めている。同じ危険を冒すなら、より高い収益が得られる危険を、というわけだ。いずれにしろ、クウェル主義者はこの女にも、この女が代理を務めている少数の権力者にも、少しも脅威を与えていない。事態が見た目どおりではないことを知らせる最初の兆し……

「通常の人狩りと変わりませんが、コヴァッチ-サン、ただ、問題は個人的なことで、政治的なことではありません」

「にもかかわらず、エンヴォイの助けが要るわけだ」表情はもちろんコントロールしている。が、今の指摘は片眉をいくらか吊り上げてみせたに等しい。声もおそらく同じように問い詰めるトーンになっていたにちがいない。「そいつはよっぽど優秀なやつなんだ」

「そのとおりです。実際のところ、元エンヴォイ隊員なんです。話をさきに進めるまえに、あなたにははっきりさせておいたほうがいいと思うので言いますと、コヴァッチ-サン、実は――」

「はっきりさせておかなきゃならないのはおれに対してじゃなく、おれの上司に対してじゃないのか。

あんたはエンヴォイ・コーズの時間を無駄にしてる。おれにはそうとしか思えない。なぜなら、おれたちエンヴォイが個人的な問題に対処することはないからだ」

「――はっきりさせると、あなたはショックをお受けになるかもしれませんが、あなたは、シャーヤの作戦のあとすぐに新しいスリーヴをまとったと思っておられる。おそらくニードルキャストで移送されて、ほんの数日しか経っていないと思っておられる」

おれは肩をすくめてみせる。エンヴォイの冷静さで。「数日だろうが、数ヵ月だろうが――そんなことは大したちがいじゃないよ……」

「二世紀です」

「なんだって？」

「今言ったとおり。あなたは二百年近く貯蔵されてたんです。実際の期間は――」

おれのエンヴォイの冷静さがあっというまに窓から出ていく。「それはいったい――」

「どうか聞いていただけますよう、コヴァッチ＝サン」命令口調になっている。おれがエンヴォイの特殊技能で怒りを抑制し、耳を傾け、事情を知ろうという態度に変わると、彼女の声音はまたおだやかになる。「お聞きになりたいなら、あとで詳しく説明します。今のところは、あなたはもうエンヴォイ・コーズの隊員ではないということで納得してください。あなたは今、個人的にハーラン一族に雇われている。そうお考えください」

覚えている実生活の最後の瞬間から数世紀。おれはそんなにも放ったらかしにされていたのか。そんなにも長く再スリーヴされずにいたのか。それまで知っていたどんなやつからも、どんなものからも、一生分も切り離されてしまったのか。ゴミ同然の犯罪者さながら。エンヴォイの同化技術のおかげで、心を落ち着けることはすぐにできたが。それにしても――

「いったいどうやっておれを――？」

「わたしの一族がデジタル化されたあなたのパーソナリティ・ファイルを取得した――ちょっとまえになりますが、そういうことです。でも、さきほど申しあげたとおり、詳しいことはあとで説明しますので、そのことをあまり気になさることはありません。わたしたちのオファーはあなたにとってとても有利なものです。わたしたちとしては、充分満足していただけるものと思っております。それより重要なのは、試練にさらされたときに、あなたのエンヴォイの技能はどこまで通用するか、そのことをあなたはどれほど正確に理解しているか、ということです。ここはあなたがご存知だった〈ハーランズ・ワールド〉ではもうないわけですから」

「そんなことは手もない」とおれは苛立って言う。「そういうことを見きわめるのがおれの仕事だ」

「よろしい。では、言いましょう。あなたとしてもきっとお知りになりたいでしょうから――」

「ああ」手足の出血を止血帯で止めるように、おれはショックを遮断する。能力を高め、声音に無関心を込め直す。すべての中から、はっきりしていること、重要なことを理解する。

「そこまでしておれに捕まえてほしい元エンヴォイというのはどんなクソ野郎なんだ？」


たぶんそんなやりとりだったんだろうと思う。

あるいはちがっていたかもしれない。事件のあとから考えると――疑惑と断片的な知識から推測すると――そうなるというだけのことだ。エンヴォイの直観を使って、知識の隙間を埋めると、そうなるというだけのことだ。推し量れることからつくり上げただけのことだ。だから、まったくまちがっている可能性もないとは言えない。

おれにはわかるわけがない。

おれ自身はそこにはいなかったのだから。

彼らがおれの居場所を彼に教えたとき、おれは彼の顔を見てもいないのだから。おれがどこにいて、彼はそのことについて何をしなければならないのか、彼らが彼に告げたときには。

第一部

これがおまえだ

個人的なこととして考えることだ……

クウェルクリスト・フォークナー
『わたしにも今頃はわかってもよさそうなことども』第二巻

第一章

ダメージ。

傷はひどく痛んだ。それでも、これまで何度か受けた傷ほどではなかった。やみくもに放たれたブラスターの熱線に脇腹をやられたのだが、おれにあたるまえにドアの防護板に穴をあけていたので、そのぶん熱線の威力が削がれていたのだ。くそ坊主どもはドアを叩かれ、起こされると、いきなりドアに向けて撃ってきた。うんざりさせられるアマチュアの夜。防護板を直射したりしたら、その衝撃波で撃ったほうにも同じくらいの痛みが返ってくる。おれはドアのまえですばやく体をひねった。熱線はおれの脇腹に長く浅い溝を掘ると、コートのひだを焦がして穴をあけ、飛んでいった。冷たいものがおれの脇腹を覆い、焼けたスキン・センサーの部品の異臭がした。熱線が浮遊肋骨の上のバイオ潤滑油ケースを引き裂き、奇妙な骨の破片がシューシューと音をたてて泡立っているのが、ほとんど見えるようだった。

十八分後、努めて傷を無視し、街灯に照らされた通りを急いだ。そのときもまだおれの視野の左上でさりげなく光を放つディスプレーが、同じ泡立ちが続いていることを告げていた。コートの下では液がしみ出ていた。血はそれほど出ていない。合成スリーヴの利点だ。

「お愉しみは要らないかい、旦那?」

「もう充分愉しんだ」おれは戸口から離れながら言った。男はその引き締まった体をものうげに闇に戻した。あんた、損をしたな、と言わんばかりに、波型のタトゥーを入れた瞼を高慢ちきに震わせながら。通りを渡り、角を曲がった。そこでふたりの街娼にはさまれた――ひとりは女だったが、もうひとりは男女の区別がつかないやつだった。女は増幅体で、ずいぶんと把握力のありそうな唇をしており、唇からドラゴンのように二股に分かれた舌を出したり戻したりさせていた。たぶん夜気に漂うおれの傷のにおいを嗅ぎつけたのだろう。舌と同じように躍らせた眼をおれに向け、すぐそらした。もう一方のジェンダー不明の街娼のほうは、いくらかおれに身を寄せてきて、何も言わずに問いかけるような顔をしてきた。が、ふたりともそれ以上の興味は示してこなかった。雨に濡れた通りは閑散としており、ふたりとも戸口にいたポン引きよりおれの姿を長く見ていたのだろう。寺院を出たあと、体はきれいにしたつもりだが、おれの何かがふたりに商売の可能性の薄いことを察知させたのだろう。

　ふたりが街場の日本語でおれのことを話しているのがうしろから聞こえてきた。文無し。そんなことばが聞き取れた。

　ふたりには客を選ぶ余裕があった。メクセク計画――メクセク首相の音頭取りで始まった戦後環境浄化事業――のおかげで景気はめっぽうよくなっていた。その冬、テキトムラには、トロール船の航跡に引き寄せられるリップウィング鳥のように、サルベージ仲買業者やデコム（壊し屋）のクルーが群がり、〈新世紀にはニューホッカイドウを安全な土地にしよう〉という宣伝文句があちこちで躍っていた。村のはずれのコンプ地区に新しく建設されたホヴァーローダーの格納庫からニューホッカイドウの海岸までは、直線にして千キロたらずの距離で、ホヴァーローダーが昼夜の区別なく行き来している。空中投下《エアドロップ》でもしないかぎり、アンドラッシー海をより速く渡る方法はほかにないのだ。ハーランズ・ワールドでは、避けられるなら誰も高いところを飛ぼうとはしない。だから、重い装備を負わされたクルー――それはクルー全員について言えた――はテキトムラからニューホッカイドウまで、ホヴァーローダーで向かい、テキトムラの住人もまた同じ交通手段を利用していた。

テキトムラはまさに好景気の町《ブームタウン》で、メクセク計画の金が注ぎ込まれ、新たな希望が生まれ、熱狂に沸き立っていた。おれはそんな人々のお祭り騒ぎの名残が散らかっている通りをよろよろと歩いた。ポケットの中では、摘出したばかりの大脳皮質スタックがぶつかり合い、さいころのような音をたてていた。

ペンシェヴァ通りとムコ・プロスペクト通りの交差点で数人が喧嘩をしていた。ムコ通りのパイプ・ハウスはどこも営業を終えたところで、脳神経の焼き切れたパイプ・ハウスの客たちと、朽ちかけた倉庫街の静けさの中から出てきた遅番の港湾作業員たちが鉢合わせしたのだろう。それだけで暴力沙汰の原因となるには充分だった。十人ばかりの連中がてんでに不器用に手足を振りまわしたり、互いにつかみ合ったりしており、そのまわりでは野次馬が囃し立てていた。すでにひとりが融解ガラスの舗道の上でぐったりと動かなくなっており、這いつくばって血を流している何人かは騒ぎの中心から、手か足を使ってなんとか逃げ出そうとしていた。過充電された強化ナックルの青い火花が飛び散り、刃が光るのも見えた。それでも、倒れていない者たちは愉しんでいるようで、警官の姿はまだなかった。

そう、当然だろう、とおれは内心冷ややかに思った。丘の上は今頃たぶん大変な騒ぎだろうから、と。

傷を負った脇腹をかばいながら、騒動の場からできるだけ離れたところを歩いた。両手をコートの下に隠し、幻覚手榴弾の最後の一弾のつるりとした曲線と、テビット・ナイフのかすかにねばつく柄を確かめながら歩いた。

「すぐに殺して逃げられないかぎり、決して喧嘩には巻き込まれないことよ」

エンヴォイ・コーズの指導教官で、のちにプロの犯罪者、ときに政治活動家となった、ヴァージニア・ヴィダウラの教えだ。おれの理想形のような人物だが、最後に会ってからもう数十年が経っている。

彼女の亡霊は十あまりの惑星で勝手におれの頭にはいり込み、そのたびおれはその頭の中の亡霊に命を救われた。が、今は彼女もナイフも必要なかった。眼を合わせることもなく、喧嘩を遠ざけ、ペンシェヴァ通りの角を曲がり、通りの海側にある路地の暗がりに身を溶け込ませた。眼の中のタイムチップが遅刻していることをおれに告げていた。

　急げ、コヴァッチ。ミルズポートの仲介役の話では、プレックスというのはどんなにいいときでも信用できない男ということで、おれは長く待たせられるだけの金をまだプレックスに払ってはいなかった。路地を五百メートルほど進み、ベラコットン・コーヘイ地区の密なフラクタルの渦の中にはいっていった。その地区の名は、数百年前、常に倉庫に収容されていた商品の名と、倉庫を最初に所有し、経営していた一族の名から取られている。いくつもの倉庫が並んだ、曲がりくねった路地の迷路。不安定時代《アンセトゥルメント》が始まると、ニューホッカイドウはあらゆる種類の市場としての意味を失った。地元のベラウィード産業は壊滅状態となって、コーヘイのような同族会社はどこもたちまち倒産した。今では、路地に沿った倉庫正面の上部窓には汚れの膜がこびりつき、向かい合った窓が悲しげに互いに見つめ合っている。その窓の下、ぽかんと口を開けた積み降ろしデッキのシャッターはすべて、開いているのか閉まっているのか、そのどちらともつかない状態のままになっている。

　もちろん、ここの再開発という噂もないではなかった。こうしたユニットをまた開き、デコムのためのラボや訓練センターや機材の保管倉庫に改造するという噂だが、そのほとんどが今でもただの噂でしかなかった。もっと西、ユニットがホヴァーローダーのランプに面した海岸沿いに建っているあたりは、好景気のさなかにあったが、今のところ、こっちの開発話は、電流中毒者が電話でばらまくたわごとほどの真実味もなかった。どの方向にも広がってはいなかった。海岸からはるか東に離れたこの場所では、メクセク計画による投資話も、耳にほとんど届かないさえずりでしかなかった。

これぞ通貨浸透理論（注、政府資金を大企業に注入すれば、中小企業と消費者に資金が流れて、全体の景気がよくなるという理論）のすばらしさ。

〈ベラコットン・コーヘイ9・26〉。上部窓のひとつがほのかに明るくなっており、半分開けられた積み降ろしデッキのシャッターから光が洩れ、長い影の舌が落ち着きなく動き、そのため建物全体がよだれを垂らした片眼の狂人のように見えた。おれは壁にそっと近づき、効果のほどは確かではない、合成スリーヴの聴覚回路のスウィッチを入れた。実際、大したことはなかった。足元の影と同じようなとぎれとぎれの声が通りに洩れて聞こえてきた。

「――これだけは言っておくぜ。おれはこんなことのためにこんなところにいつまでもいるつもりはないからな」

ハーランズ・ワールドのアマングリック語だった。音を引っぱる都会的なミルズポート訛りで、苛立っていた。一方、プレックスの声には対照的に柔らかな田舎風の響きがあった。囁き声で意味までは聞き取れなかったが、何かを訊いていた。

「そんなことどうしておれが知ってる？　おまえは信じたいことを信じてりゃいいんだよ」

プレックスの相手は何かを操作しながら動きまわっており、その声は積み降ろしデッキの奥にこだまして消えた。短い笑い声に交じり、〝カイキョウ〟と〝重要〟ということばだけ聞き取れ、そのあとシャッターのそばに近づいたらしく、また聞こえてきた。「――重要なのは一族が何を信じてるかってことだ。やつらはテクノロジーが教えてくれることを信じてる。でもって、テクノロジーは足跡を残す、だろ、相棒？」鋭い咳。薬物を吸い込んだような音。「なんで遅れてやがるんだ、ええ？」

おれは眉をひそめた。〝カイキョウ〟にはいろいろな意味があり、その意味はそのことばを言ったやつの歳で決まる。地理的なことばとしては、〝瀬戸〟あるいは〝海峡〟のことだが、それは初期植民時代に流布していた意味で、勉強熱心で、漢字が書けるファースト・ファミリー気取りは今でもつかう。

プレックスの相手はファースト・ファミリーのしゃべり方とは無縁だが、その昔、コンラッド・ハーランとその取り巻きがグリマー星系第六惑星を自分たちの裏庭に変えた時代に生きていた可能性もないとは言えない。スタックに保存され、機能するスリーヴにダウンロードされるのを待っている当時のデジタル・ヒューマン・パーソナリティなど、いくらもいる。そういうことを言えば、六回以上再スリーヴされなくてもハーランズ・ワールドの人類の全史を生きることぐらい容易にできる。植民用上陸艇がこの惑星に着地してから、地球標準暦で、まだ四世紀と経っていないのだから。

エンヴォイの本能がおれの頭の中でうごめいた。どこかおかしい。何世紀もとぎれることなく生きてきた男や女にはこれまで何人も出会っているが、こいつのようなしゃべり方をするやつはひとりもいなかった。歳月を重ねた知恵の持ち主はテキトムラくんだりで、パイプの煙ごしに夜中にこんなしゃべり方はしない。

二百年後、街場の日本語から転用された違法取引きの世界の隠語では、〝カイキョウ〟は盗品の仲介業を意味する。物資の秘密の流出入の管理者。ミルズポート半島の特定の地域ではまだ一般的なことばとしてつかわれている。半島のそのほかの地域では、公的な〝金融コンサルタント〟という意味だ。もっと南では、〝精霊が憑依した聖人〟や〝下水口〟という意味にもなる。いや、もういいか。探偵ごっこはもうよそう。こいつの言うとおり、おれは遅刻しただけのことだ。

片手のつけ根をシャッターの下にあてがって持ち上げた。合成スリーヴの神経システムが許してくれるかぎり、傷の痛みの周期的な波をこらえながら。シャッターがうるさい音をたてて徐々に上がり、中の光が通りに広がり、おれにも射した。

「よう」

「おいおい！」ミルズポート訛りの男は大きく一歩さがり、シャッターが上がりきったときにはシャッターから二メートルは離れていた。

「タケシ」

「やあ、プレックス」おれは新参者から眼を離さずに言った。「この黄色んぼは誰だ?」

そのときにはもうおれにはわかっていたが。低予算のエクスペリアから出てきたような、ミッキー・ノザワとリュウ・バルトークを足して2で割ったような青白い注文仕立ての美男子。均整の取れた戦闘タイプのスリーヴ、盛り上がった肩と胸、長い腕と脚。厚く積み重ねた髪は、最近のバイオウェア・ファッション・ショーでよく見るスタイルで、クローン・タンクから引き上げられたばかりに見えるよう、静電気を利用して上向きにねじってある。ひだのあるスーツはやけにゆったりとしており、武器を隠し持っていることをにおわせているが、そのスタンスを見るかぎり、すぐに使える武器は持っていないことがわかる。屈んだ戦闘姿勢はすぐに嚙みつくより単に吠え立てるのに適した姿勢だ。まるめた片手にさきほど使ったマイクロパイプを持っており、クスリのせいで瞳孔がまだ大きく開いている。昔からの伝統に対するリスペクトとして、額の片隅に渦巻き模様のイリュミナム・タトゥーを入れていた。

ミルズポートのヤクザの下っ端。街のごろつきだ。

「誰が黄色んぼだ、ええ?」と男はドスを利かせて言った。「おまえはここじゃよそ者だ、コヴァッチ。出しゃばりもんだってことを忘れるんじゃねえよ」

おれは男を視界の隅にとどめたままプレックスを見た。プレックスは作業台のそばで、その自堕落で上品な顔にどうにか笑みを浮かべ、梱包用のストラップの結び目を弄んでいた。

「なあ、タケシ――」とプレックスは言った。

「これはおれとおまえだけのプライヴェートなパーティじゃなかったのか、プレックス。おれはおまえに面白半分の下請けなんか頼んだつもりはないんだがな」

ヤクザは自分を抑えられず、体をびくっとさせると、咽喉を鳴らし、何かを軋らせるような不快な音をたてながらまえに出てきた。プレックスが手にからまったストラップを慌てて放して言った。

「おいおい、待てよ、待てって……なあ、タケシ、こいつは別件でここにいるんだよ」

「ここにいて、おれの時間を勝手に使ってやがる」とおれはおだやかな声音で言った。

「いいから、聞けって、コヴァッチ、あんたも――」

「いや」とおれは男に眼を向け、そいつに言った。声音に込めたエネルギーがそのまま相手に伝わることを願いながら。「おれが誰なのか、おまえは知ってた。知ってるなら、なおさらおれの邪魔はするなよ。おれはここにおまえじゃなくてプレックスに会いにきたんだ。さあ、出てってくれ」

何がそいつを思いとどまらせたかはわからない。エンヴォイの世評か、寺院での最新ニュースか――あれだけの騒動を惹き起こしたからには、その知らせはそこらじゅうに広まっていることだろう――あるいは、安っぽいスーツをまとったチンピラに見えながら、案外冷静な頭を持っていたのか。激昂するとば口でどうにか踏みとどまって引き下がると、そいつは静めた怒りのすべてを右手の爪への凝視に注ぎ込んで、にやりと笑った。

「いいだろう。さっさと始めりゃいい。プレックスと話せよ。おれは外で待ってら。そんなに長くはからないだろうからな」

そう言って、男は通りのほうに歩きかけた。おれはプレックスを見て言った。

「このクソは何を言ってるんだ?」

プレックスは顔をしかめた。

「おれたちは……その……予定を立て直さなきゃならなくなった、タケシ。おれたちにはできなく――」

「おいおい」そのときにはおれはもう室内を見渡していた。誰かがグラヴ・リフターを使ったあとの渦巻模様が残っているのを見ていた。「なあ、おまえはおれに言っただろうが――」

「それは……わかってるけど、タケシ、だけど――」

「金ももう払った」

「金なら返すよ――」

「プレックス、おれは金が惜しいんじゃない」おれはプレックスを見つめ、こいつの咽喉を引き裂きたいという衝動と闘った。プレックスがいないと、アップロードはできない。アップロードできないと――「おれはおれの体を返してほしいだけだ」

「それは大丈夫だって。大丈夫だ、それは。体は取り戻せる。ただ、今は――」

「ただ、今はおれたちがこの施設を使ってるってことだ、コヴァッチ」ヤクザがおれの視界に戻ってきて言った。相変わらず、にやついていた。「実際の話、もともとこの施設はおれたちのものだったんだよ。なのに、プレックスはそのことをあんたに言わなかった。だろ?」

おれはふたりを交互に見た。プレックスは決まりの悪そうな顔をしていた。

〝プレックスも哀れなやつなんだよね〟。イサはそう言っていた。レイザーカットした紫色の髪をし、暴力的なまでにめだつ古風なデータ・ネズミ用プラグをつけた十五歳の少女にして、ミルズポートの情報仲介業者。それがイサだ。契約内容と経費の説明をしながら、世界にくたびれたような感慨を込めてそう言ったのだ。「歴史をご覧よ、旦那。歴史があいつにどういう仕打ちをしてきたか」

それはそのとおりだった。歴史がプレックスになんらかの恩恵を与えたとはおよそ思えなかった。プレックスは三世紀前コーヘイという名に生まれついた。それこそ世が世なら、紳士の嗜みである天体物理学か考古科学の分野でその明らかな知性を発揮して、甘やかされたバカ旦那になっていたことだろう。が、コーヘイ一族の不安定時代後《アンセトゥルメント》の世代に与えられたのは、十ばかりの通りに並ぶ空っぽの倉庫の鍵と、没落した特権階級がまとう魅力だけだった。その魅力というのもプレックスの自嘲した物言いに倣えば、文無しのときでも意外なほど女が寝てくれる程度のものでしかない。クスリのせいもあったのだろう、会って三日と経たないうちに、プレックスは自らのみじめな身の上を問わず語りに話した。そもそも誰かに話さずにはいられなかったのかもしれないが、聞き上手というのはエンヴォイの特技のひとつだ。よく聞いて、地元の情報を取り込み、吸収する。その詳細をあとから思い出すことで、命が助かることもある。

再スリーヴのないただひとつの人生期間という恐怖に駆られ、零落したプレックスの先祖たちは、生活のために働くようになった。が、ほとんどの者が労働に向いておらず、借金まみれとなり、ハゲタカどもを引き寄せ、結果、プレックスの世代になると、ヤクザと切っても切れない縁ができ、みすぼらしい犯罪に手を染めるようになる。プレックスは、おそらくこのチンピラのような好戦的なまでにだらしのないスーツ姿の男たちに囲まれて育ち、幼いときに父親から、あきらめきった気まずそうな笑い方を覚えたのだろう。

ご主人さまの機嫌だけは損ねたくない。それがプレックスの偽らざる気持ちなのだろう。

こっちとしては、このスリーヴのままホヴァーローダーに乗って、ミルズポートに戻ることだけはしたくなかった。

「プレックス、おれは〈サフラン・クウィーン〉号を予約した。四時間後のな。その切符はどうなる？払い戻せるのか？」

「別の便に振り替えるよ、タケシ」とプレックスはすがりつくような口調で言った。「明日の晩、エムピーまでの別の便がある。伝手《つて》があるんだ。ユキオの仲間が――」

「――おれの名前を出すんじゃねえよ、馬鹿たれ」とヤクザが怒鳴った。

「彼の仲間が夜の便に乗せてくれる。誰にも知られない」そう言って、プレックスは懇願するような眼をユキオに向けた。「だよね？　やってくれるんだよね、だよね？」

おれもユキオに眼を向けて言った。「いいんだな、それで？　おれの脱出計画をぶち壊したのはおまえらなんだから、その責任ぐらい取れよな」

「おまえは自分でもうぶち壊しにしてたんだよ、コヴァッチ」そう言って、ユキオは顔をしかめ、首を振った。〝センパイ〟風に。それほど昔のことではない見習い時代、見よう見真似でそのときのセンパイから覚えたのだろう。その仕種には取ってつけたような生真面目さがあった。「今、どれだけの騒ぎになってるかわかってるのか？　みんながおまえを探してる。サツの捜索隊が街じゅうに出てる。あと一時間もしないうちに、どこのローダー駐車場もお巡りだらけになるだろう。テキトムラ警察が総出でおまえを待ち構えてるってことだ。寺のひげ野郎の突撃隊については言うまでもない。おまえとしちゃ、あいつらの血はもっと流れたものと思ってたかもしれないが」

「おれはおまえに質問したんだ。意見を求めたわけじゃない。次の便におれを乗せるつもりがあるのかないのか？」

「ああ、ああ」ヤクザはおれのことばを振り払うような手つきをした。「それはもう解決ずみだ。そう思ってくれていい。だけど、おれが言ったのはそういうことじゃない。コヴァッチ、おまえはわかってないんだよ。ここにはまっとうな商売をやってる人間がいるってことが。おまえはここに来て、なんの考えもなしに地元のサツを刺激した。そのせいでおれたちにとって必要なやつらが何人も逮捕されかねない」

「おまえたちにとってなんで必要なんだ？」

「それはおまえの知ったこっちゃねえよ」とユキオは言った。センパイの物真似はたちまち消えて、正真正銘のミルズポートのチンピラ訛りに戻っていた。「要するに、今から五、六時間は頭を低くしてろってことだ。これ以上誰も殺さないようにしてろってことだ」

「で、そうしてたらどうなるんだ?」

「それができるようなら、おれたちのほうから連絡する」

おれは首を振って言った。「おまえらにはもっとやらなきゃならないことがあるだろうが」

「もっとやらなきゃならないこと?」声が裏返った。「おまえ、いったい誰と話をしてると思ってるんだ、コヴァッチ?」

おれは相手との距離を測った。こいつを倒すための時間も。それと、そのために要する苦痛のほども。そのあと、このヤクザに自分のほうから行動させるためのことばを吐いた。

「おれは誰と話をしてるのか。それはもう吹けば飛ぶような〝チンピラ〟とだよ。センパイに握られてた引き綱を首からはずして、ミルズポートからやってきた街のカス野郎とだ。時間がない、ユキオ。おまえのクソ電話を寄越せ——もうちっと上のやつと話がしたい」

案の定、ユキオは怒りを暴発させた。眼を大きく見開いて、上着の内側の何かに手を伸ばした。が、いかんせん、動きがのろすぎた。

おれは機先を制した。

一気に間合いをつめ、脇腹をかばいながら、ユキオの咽喉と膝を横から打ちのめした。ユキオは息をつまらせ、くずおれた。腕をつかんで、ひねり上げ、ユキオの手のひらにテビット・ナイフをのせ、ユキオにもよく見えるようにして構えた。

「これはバイオウェアの刃だ」ユキオにもよくわかるように言ってやった。「アドラシオン出血熱を惹き起こすやつだ。こいつで切れば三分以内におまえの全身の血管すべてが破裂する。そうしてほしいか?」

ユキオは喘ぎながら悲鳴をあげた。そのせいで押さえつけているおれの手に圧力がかかった。おれはナイフの刃を少しだけユキオの手のひらに押しつけた。ユキオの眼にパニックの徴候が表われた。

「そういうのはあまりいい死にざまとは言えない、だろ、ユキオ。電話を寄越せよ」

ユキオは乱暴に上着をまさぐった。その拍子に電話が飛び出し、永久コンクリートの床を転がった。おれは上体を傾げ、それが武器でないことを確かめてから、足で押さえつけ、ユキオの自由な手のほうへやった。ユキオは見る見る青い痣になっている咽喉からかすれた息を洩らしながら、どうにか電話を拾い上げた。

「よし。ちゃんと役に立つやつの番号を押したら、電話を渡せ」

ユキオはディスプレーを二度ほど親指で操作して、おれに電話を寄越した。その顔には懇願するような表情が浮かんでいた。二、三分前にプレックスが浮かべていたのと同じ表情だ。おれはそんなユキオを評判の悪い安人造スリーヴ特有の無表情でしばらく見すえてから、ひねりあげていた腕を放し、電話を取り上げ、ユキオの手の届かないところまでさがった。ユキオは咽喉に片手をあてながら床の上を転がっておれから離れた。おれは電話を耳にあてた。

「誰だ?」男が日本語で訊いてきた。都会育ちのアクセントだった。

「コヴァッチだ」おれは自動的に日本語に切り替えて言った。「おまえさんのところのチンピラ——ユキオとおれとのあいだで利害関係に食いちがいができた。で、おまえさんとしちゃなんとしても解決したいんじゃないかと思ってね」

固い沈黙が流れた。

「こっちとしちゃ、今夜じゅうに解決してもらいたいんだが」とおれはおだやかに言った。

息を吸い込んだ音が電話の向こうから聞こえてきた。「コヴァッチ－サン、あんたはまちがいを犯してる」

「ほう?」

「自分の問題に他人を巻き込むのは賢明なことじゃない」

「おれはそんなことはしちゃいない。おれは今、おれの装備が置かれてた倉庫の中に突っ立ってる。今はなんにも置かれてないところにな。そこにないわけはちゃんとしたスジから聞いてる。おまえさんたちが持ってったのさ」

また沈黙が流れた。ヤクザとのやりとりにはどうしても長い間《ま》ができる。その長い間を利用してやらなければならないのは、言われなかったことばに耳をすまし、よく考えることだ。

が、おれはそういう気分ではなかった。脇腹が痛くて痛くて。

「そっちの準備は六時間もあれば終わると言われた。それぐらいは我慢しよう。だけど、六時間経ったら装備をここに戻してほしい。おれが使えるように、動く状態で。それだけは約束すると今言ってくれ」

「ヒラヤス・ユキオは――」

「ヒラヤス・ユキオはチンパンジーだ。なあ、お互い正直に話し合おうじゃないか。ユキオのここでの仕事は、お互いの仲介人をおれがぶっ殺したりしないように気を配ることだ。今のところ、その仕事はあまりうまくやれてないが。おれはもうここに来たときから忍耐をなくしてる。忍耐心がすぐに戻るとは思えない。ユキオには興味はない。おれはあんたの言質が欲しい」

「そんなものは与えられないと言ったら?」

「そのときには、おまえさんのところの事務所が二個所ばかり今夜の寺院のようになるだけのことだ。

それについてはこっちがおまえさんに言質を与えてもいい」

また沈黙が流れ、声がした。「われわれはテロリストとは交渉しない」

「おいおい、何を言ってる？　演説でもしたいのか？　こっちは重役クラスを相手に話してるつもりだったんだがな。おれはこっちでも壊し屋にならなきゃならんのか、ええ？」

また沈黙が流れた。今度は種類の異なる沈黙だった。電話の相手は何か別のことを考えているようだった。

「ヒラヤス・ユキオは怪我をしてるのか？」

「めだつほどじゃない」おれは足元のヤクザを冷ややかに見下ろした。ユキオはどうにかまた息ができるようになって、上体を起こそうとしていた。額のタトゥーのへりで汗が玉になって光っていた。「しかし、怪我なんてものはすぐに変わる。おたく次第だ」

「よかろう」五秒と経たないうちに答が返ってきた。ヤクザの基準ではとてつもなく早い返答だ。「私はタナセダという者だ。そのタナセダが約束する。コヴァッチ－サン、あんたが必要としてる装備はあんたが指定した時間と場所に届くように手配する。あんたに不便をかけた埋め合わせもする」

「それはどうも。それはつまり――」

「まだ話は終わってない。今後、私の配下の者に少しでも手荒な真似をしたら、あんたを捕まえ次第、処刑するようにという指令を全惑星に流す。そのことも約束するよ。今言った処刑とは不愉快きわまりない真の死《リアル・デス》のことだ。わかってもらえたかな？」

「もっともな申し出だ。だけど、このチンパンジーにはもう少し行儀よくするように言っておくことだ。使えないやつが自分は使えると思い込んじまってるようだから」

「彼と話させてくれ」

ユキオ・ヒラヤスは背中をまるめて、永久コンクリートの上に坐り込み、ぜいぜいと肩で息をしていた。おれは唇を鳴らして注意を惹き、電話を放った。ユキオは片手で咽喉をさすりながら、もう片方の手で不器用に電話をキャッチした。

「おまえのセンパイが話をしたがってる」

ユキオは涙目に憎しみを込めておれを睨みながら、電話を耳にあてた。破裂したガス・シリンダーを誰かが叩いているような響きの押し殺した日本語が聞こえ、ユキオは体をこわばらせ、うなだれ、単音で短く受け答えした。「はい」ということばが何度も続いた。ヤクザを信用していいことがひとつある――やつらはどこの誰より上下関係を重んじる。

一方的な会話が終わり、ユキオはおれと眼を合わさず電話を差し出した。おれは電話を受け取った。

「この件は片がついた」とタナセダは言った。「このあと夜が明けるまではどこかよそにいて、六時間後に戻ってきてくれ。装備と埋め合わせのものが待ってるはずだ。お互い話をすることはもう二度とないだろう。今度の――いきちがい――についてては――こっちも遺憾に思ってる」

タナセダのそのことばはことばの実際の意味ほど残念そうには聞こえなかった。

「朝食を食うのにどこかいい店はないかな？」とおれは尋ねた。

また沈黙。受話スピーカーからは礼儀正しい背景雑音しか聞こえてこなかった。おれはしばらく電話の重みを手のひらで量ってから、ユキオに放って返した。

「そういうことなら」とおれはヤクザとプレックスを交互に見ながら言った。「あんたらのどっちでもいい。どこかうまい朝食が食えるところを知らないか？」

第二章

テキトムラの住人は、二進も三進もいかなくなったサフラン群島の経済にレオニード・メクセクが救いの手を差し伸べるまでは、シーズンに釣り船を貸し出すことでどうにか生計を立てていた。ボトルバックサメの大物を釣りにミルズポートやオーリッド諸島から金持ちがやってくるのだ。あとはクモノスクラゲ漁。体内から油脂を採取することができるのだ。クモノスクラゲは発光生物なので、夜に漁をするほうが簡単なのだが、漁船の乗組員たちはみな長いこと沖には出たがらなかった。長時間出ていると、クモの糸ほども細いクモノスクラゲの刺が服や甲板に厚く貼りつき、その毒を吸い込んだり、肌がかぶれたりして、子種をなくすおそれがあるからだ。一晩漁をすると、乗組員も甲板もホースで安価なバイオ溶媒をかけ、よく洗わなければならない。そんなホース・ステーションのアンギア・ランプのぎらつく光の背後に、酒場や食堂が何軒か軒を連ね、夜明けまで営業している一画があった。

プレックスは、穴のあいたバケツみたいにだらだらと弁解を繰り返しながら、倉庫街から埠頭まで——さらに〈トーキョー・クロウ〉という窓のない店まで——おれを案内した。ミルズポートの船員向けの安酒場に似た店だった。汚れた壁には夷《えびす》やエルモの壁画が描かれ、ところどころに漢字やアマングリック語の活字で、「祈願、静かな海、そして大漁」と書かれた月並みな奉納額が飾られていた。ミラーウッド製のカウンターの中にモニターが置かれ、地元の天候情報や軌道上防衛装置の運行パターンや全惑星の最新ニュースを流していた。店の奥にはお定まりのホロ・ポルノを映し出している巨大なプロジェクター。カウンターにもテーブルにも漁船の乗組員がちらほらとついており、疲れた顔をして坐っていた。男が大半で、大半がつまらなさそうにしていた。

「ここはおれがおごるよ」店にはいると、プレックスが慌てて言った。

「ああ、それはいいことだ」

プレックスは羊のような顔をして、おずおずとおれを見た。「うん、ああ。それじゃ、何を飲む？」

「このあたりでウィスキーとされてるものなら、なんでもいい。樽出し《バレル・プルーフ》だ。このくそスリーヴのフレーヴァー回路を通しても味わえるやつをくれ」

プレックスはそそくさとカウンターのほうに向かった。おれは長年の習慣から隅のテーブルを選び、出入口と客が見渡せる席に身を沈め、ブラスターに焼かれた胸の痛みに思わず顔をしかめた。

〝まったく、なんてざまだ〟。

〝そうでもない〟。おれはコートのポケット越しにスタックに触れてみた。〝目的のものは手に入れた〟。

〝やつらが寝てるあいだに咽喉を掻き切らなかったのは、何か特別な理由でもあったのか？〟。

〝それはやつらにわからせなきゃならなかったからだ。自分たちがこういうことを招いちまったことを〟。

プレックスがカウンターからグラスと貧相なスシの皿を持ってきた。嬉しそうな顔をしていた。わけもなく。

「なあ、タケシ。捜索隊のことなんか心配することはないよ。合成スリーヴをまとってりゃ——」

おれはプレックスを見やって言った。「ああ。わかってる」

「それにさ、わかるだろ、たった六時間のことだ」

「それと、ローダーの船が出る明日の午前いっぱい」おれはグラスを取り上げて言った。「ひとつ言ってやろう。少しは黙れ、プレックス」

プレックスは口を閉じた。鬱陶しい数分が過ぎ、おれは別に沈黙を求めていたわけでもないことに気づいた。合成皮膚のせいで、どうやらクスリが切れたときみたいに神経質になっているようだった。自分の肉体の居心地があまりに悪くて。おれにはむしろ気ばらしが要ることに気づいて言った。

「ユキオとは長いつきあいなのか？」

プレックスはむっとして顔を上げた。「あんたはおれに黙ってろって——」

「ああ、悪かったよ。おれは今夜撃たれた。だから、すごくすばらしい気分ってわけじゃない。だから——」

「撃たれた？」

「プレックス」おれはテーブルの上に身を乗り出して言った。「でかい声を出すんじゃないよ、なあ？」

「あ、ごめん」

「おれが訊いたのは」身振りで他意のないところを示しておれは言った。「こういう仕事をどれくらいやってるのかってことだ。トウシロじゃあるまいし」

「好きでこういうことをやるようになったわけじゃない」とプレックスは硬い声音で言った。

「ほう？　だったらどういう按配だったんだ？　陰謀か何かに巻き込まれたのか？」

「面白いことを言うじゃないか。あんたは自分から進んで軍隊にはいった。ちがったっけ？　十七標準歳のときに？」

おれは肩をすくめて言った。「ああ、自分から進んではいった。はいれるところが軍隊かギャングか、どちらかしかなかったんでね。で、制服を選んだ。それまでやってたことより金になったしな」

「おれはギャングにはいったことは一度もない」プレックスはそう言って、グラスを呷った。「その点ヤクザはぬかりがなかった。おれに投資した金をどぶに捨てるような真似はしなかった。おれは正しい先生のところにかよって、正しい社交サークルで正しいときを過ごして、歩き方から話し方まで学んだ。そのあとやつらに摘まれたってわけだ。可愛いチェリーみたいに」

　そう言って、彼は疵《きず》だらけのテーブルトップをじっと見つめ、苦々しく続けた。

「親爺のことを思い出すよ。家族のデータスタックにアクセスできた日のことだ。みんながおれの成人パーティをやってくれた日の翌朝、おれは二日酔いで、クスリも残ってた。タナセダとカダールとヒラヤスが親爺のオフィスに吸血鬼みたいにやってきたのはそんな朝だった。あのとき親爺は泣いた」

「ヒラヤス？　さっきのチンピラか？」

　プレックスは首を振った。「あいつは——ユキオはヒラヤスの息子だ。ユキオとはどれぐらいのつきあいかってことだったね？　おれたちは一緒に育った仲だ。同じ漢字教室で居眠りをして、同じクスリでラリって、同じ女の子とデートした仲だ。だけど、ユキオのほうはおれがデジタル人間バイオテクの勉強を始めた頃にミルズポートに出ていって、一年後には馬鹿みたいなくそスーツを着て帰ってきた」

　プレックスは顔を起こしておれを見た。「なあ、あんたはおれが親爺の負の遺産の中で生きていかなきゃならないことを愉しんでるとでも思ってるのか？」

　別に答を求めている質問ではなさそうだった。それに、そもそももっと詳しく聞きたくなるような話でもなかった。樽出しのウィスキーをさらに口にふくみ、味蕾《みらい》がちゃんと備わっているスリーヴなら、どんな味がするのだろうと思った。グラスを揺すりながらおれは言った。「いずれにしろ、やつらにはなんで今夜おまえのスリーヴ脱着装置が必要になったんだ？　街にはデジタル人間交換装置のひとつぐらいあるだろうに」

プレックスは肩をすくめた。「どこかで手ちがいがあったんだよ。彼らも専用の装置は持ってる。それが汚染されてたんだ。ゲル供給パイプに海水が交じってたんだ」

「やくざの抗争か」

プレックスは苛立ちと妬みが入り交じったような眼でおれを見た。「あんたには家族はいないんだったよね？」

「わかってるかぎりは」耳ざわりな物言いになったが、この男に何も真実を明かすことはない。おれは真実以外のものを与えることにした。「ずっと遠くにいたんでね」

「データスタック保存されてたってことかい？」

おれは首を振った。「惑星外《オフワールド》にいたのさ」

「オフワールド？　オフワールドのどこに？」〝オフワールド〟というだけで、興奮していた。それが声音からありありとわかった。それでもどうにか自分を抑えていた。これが育ちのよさというやつか。

グリマー星系にはハーランズ・ワールド以外に居住可能な惑星はない。グリマー第五の黄道上にある惑星の試験的な地球化《テラフォーミング》が始められてすでに一世紀が経っているが、これといった成果はまだ上がっていない。だから、ハーラン人にとってオフワールドとは、恒星間単位でのニードルキャストを意味する。肉体の束縛から解き放たれ、何光年も離れた見知らぬ太陽のもとで再スリーヴされることを。それはつまり、どこまでもロマンティックなことであって、そのため、名の知れたニードルキャスト使用者は、大衆意識において、惑星間宇宙飛行時代の地球の宇宙飛行士並みの地位を獲得している。

ただ、実際には大昔の宇宙飛行士と異なり、超移動するのに、この後世の有名人には何もする必要がなく、たいていの場合、単に超移動しているという名声以外、技能も才能も何も持たない者たちだ。だからといって、大衆の心を獲得するのにそのことが障害になることはない。オフワールドの中ではもちろん、古きよき地球が一番の目的地だが、畢竟《ひっきょう》、戻ってくるかぎりどこに行こうと大したちがいはない。で、オフワールド行きというのは、銀幕から消えかけたエクスペリアのスターや、客がつかなくなったミルズポートの娼婦が好んで用いる人気回復の一手段になっている。超移動の費用さえなんとか工面できれば、その後数年はギャラのいい頭脳散歩《スカルウォーク》雑誌（注、有名人の記憶を疑似体験できる雑誌）のインタヴューが受けられるからだ。エンヴォイはもちろん例外だ。おれたちはいつもひそかに到着し、内乱を鎮圧し、臨時政府を転覆させ、国連に従順な組織を立ち上げ、機能させる。そんなふうにして、統一された国連保護国のより大いなる善のために――当然だ――宇宙を股にかけて虐殺と抑圧を繰り返す。

　おれはもう今はそんなことはしていないが。

「地球に行ったことは？」

「どこと比べても」おれは一世紀もまえの記憶に苦笑しながら言った。「地球はクソ溜めだよ、プレックス。クソみたいに変化のない社会だ。死なない超金持ちのクソ上部階層とクソおどおどした大衆。そんなクソ社会だ」

　プレックスは肩をすくめ、むっつりと箸でスシをつついた。「まさにここと同じだな」

「ああ」おれはさらにウィスキーを口にふくんだ。地球で見たものにはハーランズ・ワールドと異なるものがないでもなかった。微妙なちがいだ。しかし、それを今ここで披露しようとは思わなかった。

「おまえさんの言うとおりだ」

「あんたもそう思うだろ？　うわっ、ファック！」

　プレックスがボトルバックサメのスシを落としたのかと思った。欠陥品の合成スリーヴの不安定なフィードバックのせいか、それとも夜明け近くになって、ただくたびれてきたのか。顔を上げて、プレックスの視線のさき――カウンターから戸口――を見て、気づくのにまるまる一秒かかった。

その女は一見地味に見えた――痩せていて、有能そうな風情で、グレーのカヴァーオールの上にめだたない中綿入りジャケットを羽織り、かなり長い髪で、色抜きしたような青白い顔をしていた。漁船の乗組員にしてはちょっとエッジが利きすぎている。その女のスタンス――ブーツを履いて、足を少し開いて立っていた。両手をミラーウッドのカウンターに置き、顔を少しまえに傾げ、完全に静止していた。女の髪に眼を戻すと――

女の脇に――五メートルも離れていない戸口に――シニア階級の新啓示派僧侶の一団が立ち、冷ややかにその女の客を眺めていた。おれが彼らに気づくのとほぼ同時に彼らのほうは女に気づいたのだろう。

「ファック、なんてこった！」

「プレックス、静かにしてろ」おれは唇を動かさず、噛みしめた歯の隙間から言った。「やつらはおれの顔を知らない」

「でも、あの女――」

「いいから。待て」

〝心の平安〟ギャングの一団がぞろぞろと店にはいってきた。しめて九人。漫画に出てくる長老みたいなひげに剃り上げた頭。みなむっつりとして、まわりを警戒していた。祭司が三人。くすんだ黄土色の地に黒いひだのある僧衣。十字軍的選民の色だ。昔の海賊の眼帯のように、バイオウェアのスコープを片眼に装着していた。カウンターについているさっきの女に狙いを定め、下降気流に乗ったカモメのようになめらかに歩いていた。女の覆われていない髪が部屋じゅうに挑発の狼煙《のろし》を上げていたのにちがいない。

やつらが街を虱《しらみ》つぶしにしておれを探していようとなかろうと、そのことはあまり気にならなかった。おれは寺院に合成スリーヴで変装していっていたし、手がかりは何ひとつ残さなかった。

しかし、新啓示派はサフラン群島に生まれ、破裂したクモノスクラゲから飛び出す毒素のように、まず隣大陸の北部に広がり、今やはるか南のミルズポートのようなところにまで、隙間を見つけて根をおろしているそうで、その騎士団は、地球育ちのイスラム・キリスト教の祖先であれば誇りに思うような、時代遅れの熱狂的な女嫌いの教義を振りかざしていた。女が酒場にひとりでいるだけでも不心得なのに、さらに悪いことに、女は髪にどんな覆いもつけていなかった。あまつさえ──

「プレックス」おれは声を低くして言った。「作戦変更だ。おまえはここから出たほうがよさそうだ」

「タケシ、やめろって──」

おれは幻覚手榴弾のタイマーを一番長い時間にセットすると、スウィッチを入れてそっとテーブルの下に転がした。プレックスはその音を聞いて、小さな悲鳴のような声をあげた。

「行け」

先頭の祭司がカウンターのところまでたどり着き、女から五十センチばかり離れて立った。女が畏まるのを待とうと思ったのだろう。

女はそんな祭司を無視した。無視していると言えば、両手を置いたカウンターより遠いところのものはすべて無視していた。そこでおれにもようやくわかった。女はカウンタートップに映っている顔を見ていた。

おれはおもむろに立ち上がった。

「タケシ、なあ、そんなことする必要はないよ。あんたは何もわかっちゃ──」

「行けと言っただろうが、プレックス」おれはもうすでに流されていた。昂ぶる怒りに向けて。大渦巻きのへりに打ち捨てられた小舟が渦に呑み込まれるように。「おまえはこういうのは嫌いだろ?」

祭司は無視に我慢できなくなったようだった。吠え立てた。

「おい、女、覆いをつけよ」

「ここから消えて」と女は締めつけるような明瞭さできっぱりと言った。「何かとんがったものを見つけて、自分でファックでもしてたら？」

滑稽なほどの間《ま》があいた。近くにいた常連客はそろってぽかんと口を開けていた。今聞こえたことばはほんとうにこの女が——

どこかで誰かがげらげらと笑いだした。

一撃はすでに振るわれていた。節くれだった指をゆるく握った拳のバックハンドが女をカウンターから吹き飛ばし、床にちんまりと這いつくばらせているはずだった。それが——

凍りついていたものが解けた。サンクション第四惑星の戦闘で目撃して以来、ついぞ見たことのないすばやさだった。おれなりに予測はしていた。それでも正確な動きはつかめなかった。ひどい編集のヴァーチャル・リアリティみたいに、女の姿が一瞬ぐらついたかと思ったときにはもう、横に移動していた。おれは残りの坊主の一団に近づいた。戦闘モードの怒りに駆られ、おれの人造スリーヴの視覚は標的に向けて絞り込まれていた。それでも、女が祭司の手首に手を伸ばし、握るのが視野の隅にとらえられた。肘が折れる音が聞こえた。祭司は叫び声をあげ、おたおたと身を震わせた。女はさらに力を入れた。祭司はそこでもう使いものにならなくなった。

武器が閃光を放った。雷鳴とつややかな雷光がカウンターの下の薄闇を切り裂いた。血と脳髄が店内に飛び散った。熱せられた脳の一部が降り注ぎ、おれは顔に火傷を負った。

ミスだ。

女は床に倒れている相手はしっかり殺したものの、ほかのやつらにいささか時間を与えすぎた。一番そばにいた坊主が間合いをつめ、パワー・ナックルを繰り出した。女は体をひねり、祭司の死体の上に倒れ込んだ。ほかの坊主も乾いた血の色をした僧衣の裾から、鋼鉄でさきを補強したブーツをちらつかせながら近づいてきた。奥のテーブルにいた客が囃し立てはじめた。

　おれは手を伸ばすと、そばを通り過ぎようとした坊主のひげを引っぱり、その下の咽喉を脊髄まで切り裂いた。その死体は脇に放り出し、さらに別の坊主の僧衣の上から下に切りつけ、刃が肉に食い込む感触を愉しんだ。ひねって、引き抜く。手に温かい血がどっと垂れた。僧衣から引き抜いたテビット・ナイフがあたりに血しぶきを振り撒いた。おれはまた手を伸ばした。まるで夢でも見ているかのようだった。突き刺してはつかみ、握っては突き立て、死体は脇に蹴りやった。ほかのやつらもおれのほうを向いてはいるが、所詮そいつらは戦闘者ではなかった。おれは相手の頬を骨まで切り裂き、まえに突き出された手のひらを中指から手首までふたつに切り分け、坊主どもを床の上の女から引き離した。その間ずっとにやにやしながら。砂州の悪魔《リーフ・デーモン》みたいに。

　サラ――

　僧衣をぴんと突っぱらせている太鼓腹が差し出されるのを待って、踏み込み、テビット・ナイフを上に振り上げ、切り裂いた。内臓を抉られた男と眼が合った。皺だらけのひげづらが睨み返してきた。そいつの息のにおいがした。数分にも感じられるあいだ、おれたちはほんの数センチの距離をあけて睨み合った。おれに何をされたのか。そいつが眼の奥でそのことをはっきりと認識したのがわかった。おれはきっぱりとうなずいた。笑みがしっかり閉じた口元を引き攣《つ》らせるのが感じられた。男はよろよろとおれから離れ、叫び声をあげ、内臓を床にこぼした。

　サラ――

「あいつだ！」

　そいつが声をあげ、そこで視界がすっきりした。男は傷ついた手であいまいな信仰の証しのように傷ついた手を掲げていた。そいつの手のひらは切断された血管からあふれる血で真っ赤になっていた。

「あいつだ！　エンヴォイだ！　背教者だ！」

ちょうどそのとき、おれの背後で柔らかな音が鳴り、幻覚手榴弾が炸裂した。


聖者を惨殺した者はたいていの文明社会においてあまり寛大には扱われない。海千山千の漁船員がどちらの側につくか。なんとも言えなかった。ただ、ハーランズ・ワールドは宗教的熱狂とは無縁の土地柄だが、おれが留守にしているあいだに多くのことが変わっていた。それもたいていは悪いほうに。テキトムラの街路に聳え立つ寺院というのは、この二年のあいだにおれが出くわした悪いもののひとつだ。ミルズポートから北はどこへ行っても、信者である貧しい低賃金労働者であふれている。

ここは安全策が得策のようだ。

手榴弾が炸裂し、テーブルが機嫌の悪いポルターガイストのようにひっくり返った。が、カウンターのすぐそば——血と怒りの場面のすぐそば——のことで、ほとんど誰も気にとめなかった。噴き出した分子榴散弾片が肺にはいり、砕けて効果を表わすまで五、六秒かかった。

おれのまわりで死にかけている坊主どもの断末魔のうめきを掻き消す叫び声があちこちから聞こえ、混乱したわめき声に玉虫色の笑い声が織り込まれた。幻覚手榴弾の犠牲者はそれぞれ独自の体験をする。体をびくっと痙攣させ、頭のまわりを飛んでいる眼に見えない何かを叩いている者もいれば、ぼうっとして自分の手や部屋の隅をただ見つめたり、がたがた震えたりしている者もいた。かすれたすすり泣きの声も聞こえた。おれは手榴弾が炸裂した瞬間から反射的に息を止めていた。軍事的状況を何度も何十年も経験してきた賜物だ。振り向くと、女がカウンターにもたれているのが見えた。顔に痣ができていた。

おれは危険を冒して口を開けると、騒ぎに逆らって叫んだ。

「立てるか？」

女は歯を食いしばってうなずいた。おれはドアを指差した。

「外だ。息はしないように」

よろめきながら、新啓示派コマンドの死骸の横を通り過ぎた。まだ口や眼から出血していない者たちは、さらなる脅威に襲われる幻影を見るのに余念がなかった。つまずいたり、自分の血で足をすべらせたり、ぶつぶつひとりごとを言ったり、顔のまえの何かを手で払ったりしていた。全員始末したつもりだった。が、どうやら数えちがえていたらしい。見るかぎりそいつは無傷に見えた。祭司のひとりだ。おれはそいつのそばに屈み込んだ。

「光だ」とそいつは甲高い声で不思議そうに言った。手をおれのほうに掲げながら。「天国の光が見える。天使がわれらのもとに降りてきた。人々が何もせず、ただ待っているときに再生を宣する天使が降りてきた」

こいつには天使の名前もわかっていない。何が大切なのかも。

「天使だ」

おれはテビット・ナイフをもたげた。息を止めているので声がうわずった。「よく見てろよ、坊さん」

「天使が――」そこで幻覚分子の効果を打ち破る何かがいきなり現われた。突然、坊主は大きく見開いた眼を刃に向け、おれからあとずさり、金切り声をあげた。「ちがう！　私が見ているのは古き人だ。再生者だ。私は破壊者を見ているのだ」

「ようやくわかってもらえたようだな」

テビット・ナイフのバイオウェアが溝に沿ってエンコードされた。まちがって自分を切っても刃に触れる心配はない。

おれは祭司の顔を切り開いてから離れた。
充分深く切り開いてから。

外に出ると、虹色に輝く小さな頭蓋蛾の群れがたえまない流れとなって、夜の中から湧き出てきて、おれの頭のまわりをやみくもに飛びはじめた。そいつらを無視して、大きく二回息を吸った。そのクソも一緒に吸い込むのを覚悟して。状況把握をした。

ホース・ステーションの裏を這っている埠頭通りに人影はなかった。どちらの方向にも。プレックスの姿もなかった。誰もいなかった。悪夢じみた空虚さ。巨大な爬虫類のふたつの爪が建物の土台の継ぎ目に差し込まれ、建物をまるごと引っこ抜くところでも見られそうだった。

なあ、やめるんだ、タケシ。こんなときにそんなことを考えてると、ほんとうに起こっちまうぞ。

舗道……

動くんだ。息を吸って吐いて。ここから離れるんだ。

霧雨が曇り空から降りはじめ、おだやかに干渉し合うかのようにアンギア・ランプの光を曇らせた。ホース・ステーションの平屋根越しに、航行灯をちりばめた漁船の船楼と上甲板が近づいてくるのが見えた。船と埠頭のあいだで交わされる呼び声がかすかに聞こえ、自動繋船鉤が陸側のソケットにはめられる乾いた音がした。気づいたときにはもう、ゆらゆらと揺れる静けさがあたりを支配しており、ニューペストで過ごした子供の頃の思い出が甦り、束の間、平和が訪れた。ついさきほどまでの不安は嘘のように消え、自分の顔にあいまいな笑みが浮かんでいるのがわかった。

だけど、誤解するなよ、タケシ。ただの化学反応だ。

埠頭を歩きながら、じっと動かないロボット・クレーンの下で女が振り返った。光源のわからない光が女の髪を輝かせた。おれは追っ手の気配がないか、肩越しに確かめた。店の出入口はしっかりと閉ざされていた。安っぽい合成聴覚の下限でかすかなノイズが聞こえていた。店にいた客たちが笑っているのかもしれない。あるいは泣いているか。どんな音であってもおかしくはなかった。幻覚手榴弾は長期的な害は及ぼさないが、効果が続いているあいだは理性的な思考も行動も無理だ。あと三十分は出入口がどこにあるのかさえ誰にも見つけられないだろう。どうやればそこを抜けられるかもわからないだろう。

自動繫船ケーブルに引き寄せられた漁船が埠頭にごつんとぶつかる音がした。何人かの人影が陸に跳び移り、立ち話を始めた。おれは誰にも気づかれることなく、クレーンの陰に移動した。薄闇の中、女の顔が幽霊のように浮かんで見えた。狼のように美しい青白い顔だった。その顔を囲んでいる髪が眼に見えそうなほどのエネルギーを含み、ぱちぱちと光を放っているかのようだった。

「なかなかのナイフの使い手なのね」

おれは肩をすくめて言った。「鍛錬の賜物だ」

女はおれをしげしげと見て言った。「合成スリーヴ、バイオコード・スティール。あなたもデコムなの？」

「いや。ちがう」

「それじゃあ——」探っていた女の眼が傷を覆っているおれのコートの上で止まり、釘づけになった。

「最悪。やられたのね」

おれは首を振って言った。「いや。これは別のやつにやられたんだ。ちょっとまえに」

「ふうん。医者に診せたほうがいい。わたしの知り合いに——」

「その必要はない。これは数時間もすれば出られる体だから」

女は眉をひそめて言った。「再スリーヴするの？　ふうん、あなたにはわたしの知り合いなんかよりずっと役に立つ友達がいるんだ。となると、わたしとしては〝ギリ〟を返すのがむずかしくなる」

「気にするな。さっきのはおれのおごりだ」

「おごり?」女は眼を動かした。おれの好きな動かし方だ。「あなた、何者なの? エクスペリアかなんかに出てるの? ミッキー・ノザワが出演してるようなやつにでも。人間の心を持ったロボット・サムライが出てくるみたいな?」

「それは見てないな」

「見てない? 十年ぐらいまえのエクスペリアのリメイクよ」

「見そこなったみたいだ。ずっと留守にしてたもんでね」

騒音が埠頭を伝って戻ってきた。振り向くと、店のドアが開いていた。中の明かりに照らされて、厚着をした何人かの姿が戸口に見えた。入港した漁船の乗組員がどうやら手榴弾パーティに押しかけたようだった。店の中から叫び声や甲高い泣き声が聞こえた。女がおれの横で体をこわばらせたのがわかった。首を傾げたところがわけもなく、脈拍が速くなるほど官能的かつ野蛮に見えた。

「呼び出しがかかった」そう言って、女はちょっとした騒ぎが起きたときと同じぐらいの速さで緊張していた体勢を解くと、うしろの物陰に溶け込みかけた。「もう行かないと。そうそう、さっきはありがとう。助かったわ。でも、ごめん。あなたにしてみればろくでもない夜になってしまったわね」

「どっちみち大した夜にはなってなかったよ」

女はさらに数歩離れかけ、そこで足を止めた。店の騒ぎとホース・ステーションの騒音越しに、何か巨大なエネルギーが高まる音を聞いたような気がした。夜の帳《とばり》に隠れて響く執拗にもの悲しい音だ。変化する位置エネルギーの感覚――カーニヴァルの化けものが幕の陰で出番を待っている感覚。頭上の支柱がもたらす光と影の編み目が女の顔をばらばらの白い仮面に変えていた。女の片眼が銀色に光った。

「ミッキーーサン、宿はあるの？　あと数時間って言ったわね。それまで何か予定はあるの？」

おれは両手を広げてみせ、そこでナイフに気づき、しまった。

「予定はない」

「予定はない。ふうん？」海から風は吹いていなかったが、女の髪がいくらかそよいだように見えた。女はひとりうなずいて言った。「場所もない、ちがう？」

おれはまた肩をすくめ、幻覚手榴弾がもたらすうねるような非現実感に逆らった。おそらくそれ以外のものにも。「まあ、そういうところだ」

「だったら、テキトムラ警察とひげ野郎たちと夜じゅう鬼ごっこをしながら、五体満足のまま太陽が出てくるのを見る。それがあなたの予定ってことになる。ちがう？」

「きみはエクスペリアの脚本を書くべきだな。そんなふうに言われると、かなり魅力的なすじがきに聞こえる」

「ほんと、くそロマンティックね。ねえ、あなたのおエラい知り合いがあなたのための準備を整えるまでの宿が要るなら、用意できるけど。それとも、テキトムラの街角でミッキー・ノザワを演じたいのなら」女はまた首を傾げた。「その映画ができたときには見るわね」

おれはにやりと笑った。

「遠いのか？」

女は両眼で左を示した。「こっち」

酒場から何人もの狂った叫び声に交じって、殺人と聖なる報復を唱える声がひとつひときわ高く聞こえた。

おれたちはクレーンと影のあいだをすり抜けた。

第三章

コンプ地区は光にあふれていた。斜路という斜路がアンギア・ランプに照らされ、くたびれきったホヴァーローダーのまわりで、さまざまな作業が慌ただしく繰り広げられていた。ホヴァーローダーは岸に引き上げられたエレファント・エイさながら、見るからにぐったりとして自動繋船鉤につながれていた。明るく照らされた船腹の荷揚げ用ハッチが開かれ、イリュミニウム塗装された車両が斜路を行ったり来たりして、ハードウェアを抱えたフォークリフトのアームを上げ下げしていた。とぎれない機械の騒音と怒声がひとりひとりの声を呑み込んでいた。誰かが四キロ東にある白熱光を放つホース・ステーションの小さな集落を移動させ、とてつもない規模でウィルス培養したかのようだった。コンプ地区はまさに四方の夜を光と音で圧倒していた。

おれたちはそんな機械と人の中を縫うようにして、荷揚げ用斜路の裏手の埠頭スペースを横切った。在庫を山のように積み上げたハードウェアの安売り屋が海岸沿いの開拓地の裾で、淡いネオンを輝かせていた。そのあいだに割り込むようにして、酒場や娼館やインプラント・クリニックがさらに下品なネオンをぎらつかせていた。すべての店のドアが門構えいっぱいに開かれ、たいていが一段高くなった店内に客を呼び込み、引きも切らず人が出入りしていた。前方では、ピルスドキ・グラウンド・プロファイル・スマート爆弾を抱えた機械が小さな円を描き、注意、注意、注意と呼びかけながらあとずさりしていた。半分金属でできた顔の持ち主がにやりと笑って、おれの脇をすり抜けていった。

女に案内され、おれは一軒のインプラント屋の中を通り抜けた。細身ながら筋骨逞しい男女が作業椅子に坐り、歯を食いしばり、自分が拡大されるのを長い鏡と頭上のクロースアップ・モニターで確認していた。それほど痛くはないはずだ。それでも、自分の肉を薄く切り取り、剥ぎ取り、脇によけ、今シーズンはデコムのクルー全員が身につけると言われている、新しい体内玩具を取り付けるスペースを体内につくる作業がそれほど愉しいわけもない。

女はひとつの椅子の脇で立ち止まると、頭を剃りあげた大男がどうにか持っている鏡の中をのぞき込んだ。大男は右肩の骨に何か細工をしていた——首から引き剥がされた皮膚と首輪が血を吸ったタオルの上に垂れ下がり、血糊の中でカーボン・ブラックの首の腱が休みなく収縮していた。

「ヘイ、オア」

「ヘイ！　シルヴィ！」この大男は歯を食いしばってはいなかったようだ。エンドルフィンで眼がとろんとしていた。まだ処置されていない、それまで脇にだらりと垂らしていた手をもたげ、シルヴィと拳を打ち合わせた。「何してる？」

「探しもの。あんたの手術は朝までには終わってるんでしょうね？」

オアは親指を突き立てて言った。「終わらなきゃ、おれたちがここを出るまえに同じことをこの切り裂き屋にしてやるよ。麻酔なしで」

インプラント師は硬い笑みを浮かべただけで作業を続けた。今のような台詞はまえにも聞いているのだろう。オアは鏡に映っているおれに視線を移した。が、おれについている血に気がついたとしても、気にした様子はなかった。もっとも、オアのほうも今は無傷からほど遠い状態なわけだが。

「そちらの人造スリーヴのご仁は?」

「友達」とシルヴィは言った。「階上《うえ》で話すわ」

「十分で行くよ」そう言って、オアはインプラント師を見やった。「大丈夫だろ?」

「三十分だね」とインプラント師は作業を続けながら言った。「組織接合が安定するまでちょっと時間がかかるからね」

「ファック」オアはそう言って天井を睨んだ。「いったい漆《うるし》フラッシュはどうしちまったんだ? あれなら数秒でくっつくだろうが」

インプラント師は作業を続け、チューブ・ニードルが小さな吸入音をたてた。「お客さん、あんたが申し込んだのは通常価格だからね。軍用バイオケミカルは使えないんだよ」

「だったら、デラックス版にアップグレードしたらどれだけかかるんだ?」

「だいたい五割増しだね」

シルヴィが笑って言った。「いいじゃないの、オア。だいたいもうほとんど終わってるんだし。もうエンドルフィンの世話にもならずにすむようになるんだし」

「ふん。もううんざりしてるんだよ。いつからここに坐らされてると思う?」オアは自分の親指に唾を吐いて指を掲げた。「読み取りをしてくれ」

インプラント師は顔を起こすと、肩をすくめ、手術パレットに道具を置いて呼ばわった。

「アナ、漆フラッシュを取ってくれ」

そう言って、助手の女性が小型トランクから新たなバイオケミカルを取り出そうとしているあいだに、散らかった鏡台の上のＤＮＡリーダーを取り上げ、それでオアの親指の濡れたさきをこすった。機械のフードつきディスプレーが光って変化した。インプラント師はオアの顔を見てぼそっと言った。

「この処置をすると、料金オーヴァーになるけど」

オアは相手を睨んで言った。「そんなことは気にするなよ、ええ？　おれは明日にはもう出航するんだぜ。おれの腕がいいのはあんたも知ってるだろうが」

インプラント師はためらってから言いかけた。「おたくが明日出航しようと、それは――」

「おい、おい。スポンサー・スクリーンを見ろよ。フジワラ・ハヴェルだ。〝新世紀にはニューホッカイドウを安全な土地にしよう〟だ。うちはそこらのくそ個人営業の会社とはちがうんだ。たとえおれが戻ってこなくても、支払いは〈エンカ〉がちゃんとしてくれる。わかったかい？」

「それでも――」

剝き出しになっているオアの首すじの腱が緊張して盛り上がった。「このクソ、おまえはおれの会計士か？」オアは立ち上がり、インプラント師を睨みつけた。「さっさとやれって。それから軍隊仕様のエンドルフィンも持ってきてくれ。あとでヤるから」

インプラント師が刳り貫くところまで見て、シルヴィはおれを奥へ促した。

「階上《うえ》にいるから」

「わかった」大男はにやりとして言った。「十分だけ待ってくれ」

二階には、埠頭に面した窓のあるキッチン・ラウンジを真ん中にして、そのまわりを取り囲むように質素な部屋が並んでいた。ただ、防音設備はしっかりしているようだった。シルヴィは上着を脱いでラウンジチェアの背にかけると、おれを振り返りながらキッチン・エリアのほうへ歩いていった。

「くつろいでちょうだい。きれいになりたいなら、バスルームは奥よ」

おれは言われたことの意味を察して、バスルームの小さな鏡を見ながら、手と顔の血糊をほぼ洗い流した。ラウンジに戻ると、シルヴィはキッチン・カウンターの棚を漁っていた。

「きみたちはフジワラ・ハヴェルの下で働いてるのか?」

「いいえ」シルヴィはボトルを見つけて片手で蓋を取り、もう一方の手でグラスをふたつつまみ上げた。「わたしたちはほんとはくそ個人営業の会社よ。基本的には。ただ、オアはフジワラ・ハヴェルのクリアランス・コードにデータ・ネズミ用トンネルを持ってるのよ。飲む?」

「それは何?」

シルヴィはボトルを見た。「さあ。ウィスキーじゃないかな」

おれはグラスの片方に手を伸ばした。「しかし、そういうトンネルを持つこと自体そもそもかなりの金がかかるんじゃないのか?」

シルヴィはかぶりを振った。「そこがデコムのいいところね。違法行為にかけては、わたしたちデコムはくそエンヴォイより電子化されてるから。全身に電子挿入ギアを詰め込んでるんだから」彼女はおれにグラスを渡し、それぞれに酒を注いだ。ボトルの注ぎ口がグラスに触れるたびに小さな乾いた音が静かな部屋に響いた。「オアはこの三十六時間ずっと街に出てた。で、支払いはクレジットと〈エンカ〉でやって、ケミカルを射ちつづけてた。出航するときはいつもそうなのよ。本人はそのことに何か芸術的な意味を見いだしてるみたい。乾杯」

「乾杯」かなり荒っぽいウィスキーだった。「ふう。彼とは長いこと組んでるのか?」

シルヴィは怪訝そうな顔をした。「ええ、かなりね。どうして?」

「すまん。習慣でつい訊いてしまう。地元の情報を集めることで金を稼いでたもんでね」今度はおれのほうからグラスを掲げた。「安全な帰還を祈って」

「それは悪運を招く乾杯のことばよ」シルヴィはグラスを掲げることなく言った。「そういうことばを口にするところを見ると、あなた、長いことよそに行ってたのね」

「ああ、かなりね」

「話してくれる?」

「坐ったら」

安っぽい家具で、自動成形機能もついてなかった。おれは慎重に長椅子に腰をおろした。脇腹の傷も人造スリーヴに可能な範囲でどうにか治癒してきたようだ。

「で?」シルヴィはおれと向かい合って坐ると、顔にかかった髪を掻き上げた。髪の束が曲がり、挿入部でぱちぱちという音がした。「どれくらい長いこと離れてたの?」

「ほぼ三十年」

「ひげ野郎以前ってことね?」シルヴィの声音にいきなり苦々しさが交じった。

「確かにこれだけひどい状態になるまえだ。だけど、同じものはあちこちで見てきた。シャーヤ。ラティマー。パーツ・オヴ・アドラシオンで」

「へえ。なんともネームヴァリューのあるところばかりじゃないの」

おれは肩をすくめて言った。「そういうところにばかり行ってたのさ」

シルヴィの背後でインテリアドアが音をたてて開き、生意気そうな顔をした痩せた女があくびをしながらはいってきた。黒の軽い重縮合金《ボラロイ》のスキンスーツのシームを半分開けていた。おれを見て、頭を傾げ、シルヴィの長椅子の背にもたれ、好奇心もあらわにさらにおれをじろじろと見つめた。髪を短く刈りこんだ頭には漢字が剃り込まれていた。

「連れがいるのね?」

「よかった。やっとあなたもヴューファインダーをアップグレードしたのね」とシルヴィは言った。

「うるさいわねえ」痩せた女はそう言って、ハードマニキュアした爪でシルヴィの髪を漫然と弄び、髪がパチパチと音をたてて爪から離れるとにやりと笑った。

「誰、この人？　上陸休暇のロマンスにはちょっと遅すぎるんじゃない？」

「こちらはミッキー。ミッキー、こっちはジャドウィガ」痩せた女はフルネームを呼ばれたことに顔をしかめ、声に出さず、唇だけで〝ジャド〟という一音節の呼び名を示した。「言っとくと、ジャド、わたしたちはファックしようとしてるんじゃないの。ミッキーはただ寝るためにここにいるのよ」

ジャドウィガは急に興味をなくしたようで、ただうなずくと、うしろを向いた。彼女の後頭部には、〝女に手を出すんじゃないよ〟と漢字で書かれていた。「シヴァーはまだある？」

「あなたとラズロでゆうべ全部使っちゃったんじゃないの？」

「全部？」

「まったくね。でも、ゆうべのはわたしのパーティじゃなかった。箱を見たら？　窓のところにあるわ」

ジャドウィガはスプリング・ヒールを履いたダンサーのような足取りで窓まで行くと、箱を逆さにした。彼女の手の上に小さな薬壜が落ちてきた。彼女は光に向けて壜を掲げて振った。壜の底で薄赤色の液体が揺れた。

「ちょっとぐらいは愉しめそう。いつもならあなたたちにもまわすんだけど、でも――」

「――でも、全部自分で使いきる」とシルヴィがあとを引き取って言った。「それが昔ながらのニューペスト流もてなしってやつよ。いつもそこに行き着く」

「売女《ばいた》が利いた口を利いてくれるじゃないの」とジャドウィガはふざけてシルヴィを罵倒した。「仕事のとき以外、あなたのたてがみにわたしたちをつながせてくれたことがこれまでに何回あったっけ？」

「それとこれとは――」

「そう、ちがう。わたしのほうがまだましよ。放棄教の信徒のくせにあなたってほんとケチなんだから。キヨカも言ってるけど――」

「キヨカは何も――」

「ちょっと待った」とおれは手を振ってふたりの注意を惹いた。それで、ジャドウィガをシルヴィのほうに軽やかに戻らせていた緊張の糸が切れ、ふたりの対決劇もそこで終わった。

「おれはいいって。今はどんなレクリエーション・ケミカルも要らないよ」

ジャドウィガは笑みを浮かべると、シルヴィに言った。「ほらね」

「オアが上がってきたら、エンドルフィンを分けてもらえるか訊いてみる。そのほうがありがたい」

シルヴィは立ったままのジャドウィガから眼を離すことなくうなずいた。が、明らかにまだ腹を立てていた。その彼女の怒りの矛先は、ジャドウィガがホストとしての礼を失していることに向けられたものか、それとも放棄教の信徒だと暴露されたことに向けられているのか、おれにはどちらとも判断がつかなかったが。

「それってオアがエンドルフィンを持ってるってこと？」ジャドウィガはあからさまに興味を示した。

「そう」とシルヴィは答えた。「階下《した》にいる。切ってもらってる最中よ」

ジャドウィガはせせら笑って言った。「くそ流行のくそ犠牲者。ほんとに学ばないやつだね」そう言って、彼女ははだけたスーツの中に手を入れ、眼球注射器を取り出すと、明らかに習慣からくるプログラムされた正確さで指を動かし、薬壜に注射器をねじ込んだ。そうして頭をうしろに傾げ、片眼のまぶたをこれまた同じ機械的な動きで広げて注射した。ケーブルに引っぱられているような張りつめたスタンスが解け、ドラッグ特有の震えが彼女の肩から全身に広がった。

シヴァーはまったく無害な薬物だ――ベタサナティン六十パーセント配合の類似物ながら、二種類の

〝茸〟抽出物で薄められている。その効果は、日常的な家庭用品をうっとりするほど魅力的なものに見させ、人畜無害な普通の会話をとんでもなく可笑しなものに変える程度のもので、部屋にいる全員が摂取すれば愉しいドラッグになる。一方、飲まない者にはなんとも苛立たしいドラッグだ。いずれにしろ、たいていの場合、感覚が麻痺するわけで、多くのデコム同様、ジャドウィガが求めているのもそれだろう。

「きみはニューペストの出身なんだ」とおれはジャドウィガに言った。

「そう」

「最近あっちはどんな具合だ？」

「そりゃもう、美しいところよ」とジャドウィガは言って、ひどく下手なつくり笑いをしてみせた。「南半球で一番美しい湿地帯の町だね。行くだけの価値はあるところだよ」

シルヴィが身を乗り出して訊いてきた。「あなたはそこの出身なの、ミッキー？」

「ああ。出てからもうずいぶん経つが」

部屋のドア・チャイムが鳴り、ドアが開き、オアが中にはいってきた。まだ上半身裸で、右肩と頸には盛大にオレンジ色の接合材が塗りつけられていた。ジャドウィガを見て、彼はにやりと笑った。

「なんだかご機嫌のようだな」そう言って、部屋の中を進み、シルヴィの脇の長椅子の上に拳の大きさにまるめた衣類を放った。シルヴィは鼻にしわを寄せた。

ジャドウィガは首を振り、からっぽの薬壜を大男に振ってみせた。「ご機嫌の正反対だよ。百パーセント。もう死んでるみたいなもんだ」

「おまえさんはドラッグ中毒だって誰かに言われたことはないのかい、ジャドウィガ？」

ジャドウィガはさきほどのつくり笑い同様、下手な忍び笑いをわざと洩らした。オアは笑みを広げると、間の抜けた顔をつくり、震えの止まらない麻薬中毒者を演じてみせた。ジャドウィガはそれだけで笑い転げた。それは意外にも伝染性のある笑いで、シルヴィも微笑み、気づくとおれも笑っていた。

「キヨカはどこだ?」とオアが言った。

ジャドウィガが自分が出てきた部屋のほうを顎で示した。「寝てる」

「ラズロは胸に見事な谷間を抱えた武器女をまだ追いかけてるのか?」

シルヴィが顔を上げて尋ねた。「なんの話?」

オアは逆に驚いたように眼をぱちくりさせて言った。「知ってるだろ? タムシンだか、タミタだか、そんな名の女だった。ムコ通りにある酒場にいた女だ」そう言って、オアは口をとがらせ、両方の手のひらで胸を両側からはさみ込むようにしてみせた。が、そこで顔をしかめてやめた。手術の跡が痛んだのだろう。「おまえさんが出ていくちょっとまえのことだけど。いやいや、おまえさんもあそこにいたじゃないか、シルヴィ。あんなおっぱいを忘れちまう人間がいるとはな」

「シルヴィにはそういう類いの武器を覚えておくだけの装備がされてないからよ」とジャドウィガがにやりとして言った。「そういうのは免税控除にならないし。じゃあ、わたしは——」

「寺院のこと、誰か聞いてないかな?」とおれはそれとなく訊いてみた。

オアがむっつりと言った。「ああ、階下《した》でニュースキャストで見た。どこかのいかれ頭がテキトムラのひげ野郎のボスたちの半分を殺したそうだ。スタックがいくつかなくなってる。そいつはそういうことにいかにも慣れてるみたいに、ひげ野郎の脊髄からスタックを抉り出したそうだ」

シルヴィがおれの上着のポケットをまず見てから、おれの眼をのぞき込んできた。

「相当手荒なやつね」とジャドウィガが言った。

「ああ、だけど、わけがわからない」とオアはキッチンのバー・カウンターからボトルを取り上げて言った。「やつらはそもそも再スリーヴできないんだから。それがやつらの教養なんだから」

「くそ変態野郎ども」ジャドウィガはそう言って肩をすくめた。もうこの話には興味をなくしたようだった。「エンドルフィンを手に入れたんだって、オア？　シルヴィから聞いたけど」

「ああ」オアはやけに慎重にウィスキーをグラスに注いだ。「だったら、〝ありがとう〟は？」

「ああああ、オア。やめて」


しばらくのち。明かりが落とされ、部屋の中は昏睡状態と言っていいような雰囲気になっていた。シルヴィが長椅子の上でぐったりしているジャドウィガを横に押しのけ、脇腹の痛みがなくなった嬉しさを享受しているおれのほうに身を乗り出してきた。オアはとっくに別の部屋に移っていた。

「あなたがやったの？」シルヴィは声をひそめて言った。「寺院でのあの騒ぎ」

おれは黙ってうなずいた。

「何か特別な理由があって？」

「ああ」

わずかな沈黙ができた。

「つまり」とシルヴィがその沈黙を破って言った。「あの店でのことはミッキー・ノザワの救出劇みたいに見えたけど、ほんとはちがったってことね？　あなたはもうさきに始めてた」

エンドルフィンでいい気持ちになっているおれはにやりとして言った。「あの店でのことはセレンディピティ（注、偶然に見つけた幸運）と思えばいい」

「わかった、ミッキー・セレンディピティ、そう思ったほうが愉しいものね」シルヴィはそう言って、しかつめらしく自分のグラスを見た。ボトル同様、グラスはしばらくまえからもう空《から》になっていた。

「これは言っておかなくちゃね、ミッキー、わたし、あなたが好きよ。どことは指で差せないけど。でも、好きよ。あなたが好き」

「おれもきみが好きだ」

おれの好ましい部分に向けて差すことはできないという指を一本振って、シルヴィは言った。「でも、これはセックスとは関係ないことよ。わかってる？」

「わかってる。おれの脇腹にあいてる穴の大きさを見ただろ？」おれは頭をけだるく振った。「もちろん、見たよな。化学物質スペクトル透視回路で。だろ？」

シルヴィは無頓着にうなずいた。

「きみはほんとに放棄教の家族の出《で》なのか？」

シルヴィは不快げに顔をしかめた。「そう。その〝出《で》〟というのは重たいことばよ」

「家族はきみのことを誇りに思ってない、とか？」そう言って、おれはシルヴィの髪を手で示した。

「そういうのはアップロードに通じる確実な一歩だと思ってたが。論理的には――」

「そう、論理的には。でも、問題は宗教上のことね。こと教義の話になると、放棄教の信徒もひげ野郎に負けないほど理屈が通じない連中になるってことよ」

「つまり、彼らはきみの味方じゃない？」

「そこは意見の分かれるところ」シルヴィは慎重派の口調をふざけて真似て言った。「熱狂的な信者には嫌われてる。彼らは自然な存在の根本的なシステムを揺るがすものはどんなものも受けつけない。準備派の信者はみんなとうまくやっていこうとしてる。だから、あらゆるヴァーチャル・インターフェースは、あなたの言うとおり、アップロードに通じてるって唱えてる。もっとも、彼らは自分たちが生きてるあいだにアップロードの日がやってくるとは信じてないから、わたしたちはみんなそこに至るプロセスのための侍祭ということになるんだけど」

「きみの家族はどっちの派だったんだ?」

シルヴィは長椅子の上で体を動かし、眉をひそめ、もっとスペースを確保しようとジャドウィガをまた押しのけた。

「穏健な準備派。それがわたしが小さい頃から教わってきた教義よ。だけど、ここ二十年ほどのあいだに、ひげ野郎や全体的な反スタック主義なんかのせいで、大勢の穏健派が熱狂的な信者に転向してしまってる。わたしの母もそう。すごく敬虔な信者だったのに」彼女はそこで肩をすくめた。「今はどうなってるんだろう? もう何年も帰ってないのよ」

「そんなもんか?」

「ええ、そんなもんね。帰ったって意味ないもの。みんながわたしにさせたがってるのは、いかにもっていう地元の男と結婚させることだけなんだから」彼女は鼻を鳴らして笑った。

「まるで結婚なんてこともありうるみたいに。わたしはもうこんなものをつけちゃってるのに」

おれは上体を起こした。ドラッグで頭がくらくらした。「こんなもの?」

「これよ」シルヴィは髪をひと房掻き上げた。「ろくでもないこれよ」

シルヴィにつかまれ、彼女の髪は静かな音をたてて、数千匹の小さな蛇のようにうごめいた。波立つその黒と銀の群れの下にもっと太いコードがあり、ひそやかに動いた。皮膚の下の何本もの筋繊維のように。

デコムのコマンド・データテクだ。

おれは同じものをこれまでにも見てきた。火星人の新しいマシン・インターフェース産業が研究開発に沸き立っていたラティマー星では、プロトタイプの類似品を見ていた。さらにフン・ホーム星系では地雷除去装置として使われるのも見ていた。軍が最新技術を自分の庶子扱いするようになるのに時間はさしてかからない。しかし、もっともな話だ。たいていの場合、研究開発費用の大半を負担しているのは軍なのだから。

「魅力的じゃないわけでもないが」おれはことばを選んで言った。

「もちろん」シルヴィは髪の房を掻き分けると、中央のコードを選び出し、拳の中に握りしめた黒檀色の蛇をさらにはっきりと見せた。「魅力的としかほかに言いようがないでしょ？　結局のところ、赤い血が流れてる男で、ベッドの上で自分のものの二倍もの長さの代物がうごめいてるのを見るのが好きな人なんている？　ちがう？　ろくでもない競争不安と同性愛への恐怖に同時に襲われるのが好きな人なんて」

おれは身振りを交えて言った。「だったら女なら――」

「ええ。でも、残念ながらわたしはストレートなのよ」

「そうか」

「そう」シルヴィはコードを放して頭を振った。銀色のたてがみは自然ともとに戻った。

「そういうこと」

一世紀前はめだたない存在だった。自分の頭に組み込まれたインターフェース・ハードウェアのラックをどのように配置するか。そういうことに関して、軍のシステム担当士官はヴァーチャル・トレーニングを受けていたかもしれないが、基本的にハードウェアは体内にあるものだった。だから、マシン・インターフェース専門家の外見も普通の人間のスリーヴと少しも変わらなかった。現場に長くいすぎると、顎の下の肉が気味の悪い色に変色することはあったが、それは露出過度のどんなデータ・ネズミにも言えることだ。しかし、誰もが知っていることながら、人間というのはすぐに調子に乗る生きものだ。

ラティマー星系のすぐ外で考古学者が発見したものがすべてを変えた。火星人の恒星間の裏庭を六百年近くにわたって引っ掻きまわした結果、考古学ギルドはついに大あたりを引きあてたのだ。宇宙船団の発見だ。数百隻――もしかしたら数千隻――もの宇宙船がサンクションと呼ばれる小さな随伴星の古代パーキング軌道上に静かにつながれていたのだ。その現場に残されていた証拠から、その宇宙船団が大規模な宇宙戦の残骸であること、何隻かは少なくとも超光速恒星間駆動能力を持っていたことがわかった。さらにほかの証拠――特に考古学ギルドのすべての居住船とその乗員七百名あまりが消滅したこと――は宇宙船の可動システムが自律性であり、実動していたことを示していた。

その時点では、火星人がわれわれに残した完全自律性の機械群はまだひとつしかわかっていなかった。ハーランズ・ワールドの軌道上防衛装置だ。しかし、それには誰も近づけない。自動化されている機械はほかにもあったが、それらはいわゆる〝知的な〟ものとはほど遠かった。そんなところにとんでもないものが見つかったのだ。推定五十万年前の悪賢い航法コマンド知性とのインターフェースをただちに開発するのが、考古学システム専門家の急務となった。

その結果、アップグレードのフォームが決まったのだった。はっきりと。

今、おれの眼のまえに坐り、軍仕様エンドルフィンをおれと分かち合い、空《から》のウィスキー・グラスをじっと見つめているのが、そういうアップグレードの産物というわけだ。

「どうして応募した？」おれは質問で沈黙を埋めた。

シルヴィは肩をすくめて言った。「こんなことを自分から進んでやるのはいったいどんなやつかってこと？　そりゃお金よ。二、三回仕事をすれば、スリーヴの借金が返せる。あとの仕事はすべて儲けになる。みんなそう思うわけよ」

「それがちがってた？」

シルヴィは苦い笑みを浮かべた。「いいえ、ちがってはいなかった。だけど、わかるでしょ、ライフスタイルが根こそぎ変わってしまう。それに、メンテナンスやアップグレードのコストとか、修理費もかかる。お金がなくなる速さときたら、それはもう気味が悪いほどよ。少し貯まったと思ったら、すぐに消えていく。その悪循環から抜け出せるほど貯めるのは至難の業ね」

「メクセク計画も永遠に続くわけじゃないからな」

「そう？　大陸の大部分はまだ手つかずだけど。まだドラヴァからせいぜい百キロたらずのところまで何個所か調べただけよ。それに、調べたところは定期的にきれいにして、軍用機械知性（ミミント）が戻ってこないようにしないといけない。再植民できるようになるまで、少なくともあと十年はかかると言われてる。それに、ミッキー、わたしの個人的な意見を言えば、それだってひどく楽観的すぎる。大衆向けの公式見解にすぎない」

「ちょっと待った。ニューホッカイドウはそこまで大きくはないよ」

「あなたがくそオフワールド野郎だってことは、そういう物言いからすぐわかるわね」シルヴィはそう言って、舌を突き出した。それは子供じみているというより、マオリ族が好む威嚇の仕種を思わせた。「そりゃあなたの基準からすれば大きくはないでしょうよ——あなたのいたところだったら、端から端まで五万キロなんて大陸もざらでしょうよ。でも、ここはちがう」

おれは苦笑して言った。「おれはここの出なんだぜ、シルヴィ」

「そうだったわね。ニューペストって言ったわね。そういうことなら、なおさらニューホッカイドウが小さな大陸だなんて言わないで。コスースに次いで大きな大陸なんだから」

実際には、ミルズポート群島にはコスースやニューホッカイドウ以外にも陸地はあるが、居住可能なハーランズ・ワールドの島々の大部分がそうであるように、利用できない山が多い土地柄なのだ。

誰でも思うことだろう──地表の十分の九が海洋に覆われた惑星で、ほかに居住可能なバイオ・スフィアを持たない星系に住む人間は、不動産に関するかぎり、大いに慎重になる。土地の分配や利用に関して知的な手順を開発するようになる。利用価値のある広大な土地をめぐって、愚かな小戦争を起こしたりなどするわけがない。ましてや、その土地がそれ以降何世紀も人類の居住には向かなくなるような武器を使うなどありえない、と。

そう、誰もがそう思って当然なのだが……

「もう寝るわ」とシルヴィがまわらない舌で言った。「明日、忙しいから」

おれは窓を見た。窓の外では夜明けが忍び寄り、アンギア・ランプの明かりを淡い灰色の中に包み込もうとしていた。

「シルヴィ、もう明日になってる」

「そうね」シルヴィは立ち上がると、体のどこかが音をたてるまで伸びをした。長椅子ではジャドウィガがなにごとかつぶやき、シルヴィのいなくなったスペースに手足を伸ばした。

「ローダーは昼食時間まで動かない。あなたもエンドルフィンをけっこうヤっちゃったみたいね。寝たければラズロの部屋を使えばいい。どうやらもう帰ってくる気配はないみたいだから。バスルームの左の部屋よ」

「ありがとう」

シルヴィはおれに薄い笑みを向けて言った。「ヘイ、ミッキー。これぐらいなんでもないわ。おやすみ」

「おやすみ」

おれはシルヴィが自分の部屋へはいるのを見てから、時間を確かめ、眠らないことに決めた。あと一時間でプレックスのヤクザのお友達がどんな能の舞《ノー・ダンス》を用意していようと、それに邪魔されずにプレックスのところに戻れる。キッチン・スペースを見まわしてコーヒーを探した。

それがおれが最後に考えていたことだった。

ろくでもない人造スリーヴのせいだ。

第四章

叩く音で眼が覚めた。自在扉《フレックス・ドア》の操作法さえ思い出せないほど、ドラッグで行くところまで行ってしまい、ネアンデルタール的戦術にまで退化したやつがいるらしい。バン、バン、バン。眠気を振り払おうと、ねばつく眼をしばたたかせ、長椅子の上で起き上がろうともがいた。ジャドウィガは相変わらず、反対側で体を伸ばしており、まだ昏睡状態のようだった。細いよだれが口の端から垂れて、長椅子のすり切れたベラコットン地のカヴァーに湿ったしみをつくっていた。窓の向こうから、明るい陽光が部屋に射し込み、キッチン・スペースをほの明るくしていた。午《ひる》近い感じだった。

ファック。

バン、バン。

立ち上がると、脇腹に錆びついた痛みが走った。オアのエンドルフィンの効き目は寝ているあいだに切れてしまったようだ。

バン、バン、バン。

「なんなんだ、いったい？」誰かが奥の部屋から呼ばわった。

ジャドウィガがその大声に長椅子の上で眼を覚ました。片眼を開け、そばにおれが立っているのを見て、すばやく戦闘用防御らしい構えを取った。が、そこでおれのことを思い出したらしく、力を抜いた。

「ドアだ」とおれは答え、そのあと自分が低能になったみたいな気がした。

「わかった、わかったって」とジャドウィガはうなるように言った。「聞こえてるって。ラズロがまたコードを忘れたんだったら、股間に蹴りを入れてやる」

ドアを叩く音がやんだ。部屋の中の声が聞こえたのか。が、すぐにまた叩きはじめた。側頭部がずきずきしてきた。

「誰か出たらどうなの！」女の声だった。が、聞いたことのない声だ。ついにキヨカが眼を覚ましたのか。

「わかったって」とジャドウィガは叫び返し、よろよろとドアに向かった。そこでひとりごとのように言った。「誰かもう階下《した》で積み込みの申請をした？　そんなわけないよね。わかった、わかった、今開けるから」

ジャドウィガがパネルを叩くと、ドアは自動的に折りたたまれて開いた。

「運動機能障害でも起こしたの？」ジャドウィガは外にいる相手に向かって苦々しく言った。

「九十七回目に叩いたときにちゃんと聞こえて──ヘイ！」

揉み合う気配があった。と思ったときには、ジャドウィガが部屋の中に突き戻されていた。どうにか踏みとどまって倒れはしなかったが。彼女を突き飛ばした男が続いて中にはいってきて、ざっと一度部屋を見まわした。いかにも訓練された眼つきだった。おれに気づくと、わずかにうなずき、ジャドウィガに向かって警告するように指を振ると、にやりと笑って、流行りの醜いぎざぎざ歯を見せた。上下がわずか二センチほどの黄色い曇りガラス視覚強化サンレンズをかけ、鼻をまたいで両の頬骨に広がる翼のタトゥーをしていた。

次に誰がはいってくるか。大した想像力は要らなかった。

ユキオ・ヒラヤス。が、笑みは浮かべていなかった。最初の男とそっくりの二人目の用心棒がそのあとに続き、ジャドウィガを脇に押しのけた。

「コヴァッチ」ユキオはおれを認めるなり言った。その顔は抑えた怒りのマスクと化していた。「ここで何をしてるつもりだ?」

「それはこっちの台詞だ」

ジャドウィガの顔つきが変わったのが周辺視野にとらえられた。内部ギアを切り替えたらしい。おれはいささかたじろいだ。

「おまえはこう言われたはずだ」とユキオはぴしゃりと言った。「こっちの準備ができるまでどっかに隠れてろとな。それってそんなにむずかしいことか、ええ?」

「こいつらがあなたのおエラいお知り合いってわけ、ミッキー?」左手のドアからシルヴィのものうげな声が聞こえた。バスローブを羽織って立ち、新来の客を興味深げに見ていた。おれの近接感覚は、オアともうひとり、おれの背後のどこかに姿を現わしたことを教えてくれていた。誰かの動きがユキオの双子の用心棒の視覚強化レンズに反射した。その途端、曇りガラスの奥の顔がこわばった。

おれはうなずいて答えた。「そうかもな」

ユキオはさっきのシルヴィのことばに眼をしばたたき、顔をしかめていた。ミッキーという名前に戸惑ったのか、それとも五対三という不利な状況になったからか。

「おれが誰なのかわかりながら」とユキオは言った。「これ以上ことをややこしくするのは――」

「あんたが誰かなんて知らない」とシルヴィが抑揚のない口調で言った。「わかってるのはあんたが招かれてもいないのに、わたしたちの部屋にはいってきたことだけよ。だから、もう出ていったほうがいいと思う」

ユキオはいかにも信じられないといった顔をした。その顔が見る見る紅潮した。

「そう、出ていきな」とジャドウィガが言って両手を上げ、防御の戦闘姿勢とうんざりしたような仕種の中間の身振りをした。

「ジャドウィガ――」おれは言いかけた。が、そのときにはもう遅かった。

ジャドウィガは顎を突き出し、さきほどの仕返しにヤクザの用心棒をドアのほうへ突き飛ばそうとまえに進み出た。用心棒のほうはなおも笑いながら両手をまえに出した。ジャドウィガはすばやいフェイントをかけ、伸ばされた手をかわし、柔道の技で倒した。誰かが背後で叫んだ。そのときだ。ユキオが小さな黒い分子破砕銃を取り出して、いとも簡単にジャドウィガを撃った。

ジャドウィガは青白い光線を受け、動きを凍りつかせて光り、その場に倒れた。焼けた肉のにおいが部屋に漂った。すべての動きが止まった。

おれも知らず知らずまえに進み出ていたのだろう。二人目のヤクザの用心棒が顔をこわばらせ、両手に一丁ずつセゲド・スラグ銃を構え、おれのまえに立ちはだかったところを見ると。おれはとっさに立ち止まり、何も持っていない両手を顔のまえにやって顔を守った。もうひとりの用心棒は立ち上がろうとして、ジャドウィガの死体につまずいてまた倒れた。

「もうやめとけ」とユキオが破砕銃をシルヴィのほうに向けながら、部屋全体を見まわして言った。「もう充分だ。おまえらがここで何をしてようと、そんなことはどうでもいい。おまえらのことは――」

唾を吐くように、シルヴィがただひとこと言った。

「オア」

狭い空間にまた雷が轟いた。今度は眼がくらむほどの光をともなっていた。枝分かれし、弧を描きながら、白い炎がおれの脇を通り過ぎるのが見えた。その炎がユキオとおれのまえで床から立ち上がろうとしていた用心棒にめり込むところも。用心棒は胸から下に降り注ぐ炎を抱きしめるように両手を広げ、口を大きく開いていた。サンレンズが炎を反射してぎらぎら光った。

炎が消えると、すみれ色の残像が視野に広がった。おれは眼をしばたたき、詳細を探った。

用心棒は床の上に倒れ、湯気を上げていた。体が半分にちぎれていた。それでも、セゲド銃をまだ両手に握りしめていた。過剰なエネルギーが武器を手に溶接したのだろう。

立ち上がろうとしていたやつも立つことができなかった。そのままジャドウィガの脇に倒れていた。胸から上をなくした恰好で。

ユキオは胴体に大きな穴をあけられ、内臓の大半をなくしていた。黒焦げになった肋骨がきれいな楕円形の傷口の上のほうから突き出て、その傷穴からユキオが横たわっている床のタイルが見えた。エクスペリアの特殊効果さながら。

腸から出てきたものの悪臭が部屋を満たした。

「まあ、こいつは使えそうだってことだな」

オアはそう言って、おれの脇をすり抜けると、どうやら彼の手製らしい自らの武器をうつむいて見下ろした。まだ上半身裸で、オアの背中の片側には縦にまっすぐ後方爆風用排気口があけられていた。それが熱を放出し、大きな魚の鰓《えら》のようにひらひらと動いていた。まっすぐジャドウィガのところに行くと、オアはその脇にしゃがみ込んで診断をくだした。

「細いビームだ。心臓と右肺のほとんどがやられてる。ここでやれることはあまりなさそうだ」

「誰かドアを閉めて」とシルヴィが言った。

かなり無謀な戦争会議になった。デコムのチームは、それまでに二年は近接接続時間による作戦行動をおこなっていたので、実際にしゃべるのと同じくらい、内蔵スピーカーや凝縮した仕種に近い即時連絡法で、意思の疎通を図った。おれはエンヴォイの特殊技能を最大限活用して、そんな彼らの会話にかろうじてついていった。

「このこと、報告するの？」とキヨカが言った。伝統的な方法で育成したマオリのスリーヴで、唇を嚙みしめ、床のジャドウィガをじっと見ていた。

「誰に？」そう言って、オアは親指と小指をすばやく動かし、彼女に示した。もう一方の手で顔のタトゥーを撫でながら。

「そう言えばそうね。彼は誰？」

シルヴィが何やら表情をつくり、下を示した。どういう意味なのか、おれにはすぐにはわからなかったが、察して言った。

「こいつらはおれを追ってきたんだ」

「ああ、そうとも」オアはあからさまな敵意を込めておれを見ていた。背中と胸の穴はすでに閉じていたが、筋骨逞しい上半身を見るかぎり、次の発射の際にもそれが開くところが容易に想像できた。「おまえさんにはいかした知り合いがいるんだな」

「ジャドが用心棒に飛びかからなけりゃ、こいつらもこんな手荒な真似はしなかっただろう。ジャドが誤解しなきゃ——」

「誤解だと？　ふざけるな」オアは眼を剝いて言った。「ジャドは死んだんだぞ、このくそ馬鹿」

「真の死《リアル・デス》じゃないだろうが」とおれは頑なに言った。「スタックを取り出せば——」

「取り出す？」オアは破壊的なまでに低い声で言い、おれにのしかかるように近づいて続けた。「おまえはおれに友達を切り裂けと言ってるのか?」

記憶からガンメタルの爆風排出用チューブの位置を割り出した。オアの右上半身のほとんどは合成品だろう。だから、おそらく肋骨の下半分に埋め込まれた出力パックには、五つの発射筒が設えられていると見当をつけた。最近のナノテクの発達水準からすると、かぎられた距離であれば、目標とするたいていの場所に大エネルギーを送り込むことができる。ナノ構造物はエネルギーを蓄積して、それを包含場に集中させ、エネルギーの塊をサーファーのように乗りこなして放出し、目標のデータが示しているところであればどこにでも送り出せる。

やつを殴るときにはやつの左半身を狙うこと——おれは頭のメモにそう書きつけた。

「すまん。だけど、おれにはほかに解決法は思いつかない」

「おまえは——」

「オア」シルヴィが水平切りをするような仕種をした。「さいころ、この場所、時間」そう言って、首を振り、また妙な仕種をした。片手の親指と人差し指をくっつけ、それをもう一方の手の指で引き離した。ただ、彼女の表情から、チーム・ネットを通じて同時にデータを発信しているような印象を受けた。

「隠し場所、同じ。三日。あやつり人形。焼却および消却、ただちに」

キヨカがうなずいて言った。「わかるでしょ、オア。ラズロ? ああ」

「ああ、おれたちにはできる」オアはチーム・ネットに完全には接続していないようで、まだ怒っていたが、おもむろに言った。「わかった。オーケーだ」

「ハードウェア?」キヨカは片手を使って複雑な数を数える仕種をすると、頭を少し傾げて言った。

「ジェット?」

「いいえ、時間はあるわ」シルヴィは広げた手のひらを水平にして言った。「オアもミッキーも落ち着いて。ふたりとも心をブランクにして。これとこれ、たぶんこれ。以上」

「わかった」キヨカは眼を上から左に動かし、シルヴィが送ったデータを網膜スクリーンで確認した。「ラズロは?」

「まだよ。わかったら知らせる。それじゃ、行動開始」

マオリのスリーヴの女は自分の部屋に戻った。そして、かさばったグレーのジャケットを着てすぐにまた出てくると、最後にジャドウィガの死体を肩越しにちらっと見やってから外に出ていった。

「オア。切るのは」とシルヴィアが言って親指をおれに向けた。「ゲバラ」

オアは最後にもう一度おれに燃えるような視線を向けてから、部屋の隅に置かれたケースのところまで行き、大きな刃のついた振動ナイフを取り出し、また戻ってくると、武器を手におれのすぐまえに立った。おれを威嚇するように。おれを殺すのにオアにはナイフなど要らない。それは明らかだったので、おれはやつに飛びかからずにすんだ。それでも、おれの肉体反応はかなりあからさまだったのだろう。オアはうめき声を洩らしてせせら笑うと、手にしたナイフを柄をさきにしておれに差し出した。

おれはナイフを受け取った。「おれがやるのか、シルヴィ?」

シルヴィはジャドウィガの死体のそばまで行くと、損傷の具合を見て言った。

「ええ、そういうことにあなたは慣れてるみたいだから。でも、取り出すのはそこに倒れてるあなたのお友達のスタック。ジャドは放っておいてくれていいわ」

おれは眼をぱちくりさせた。

「放っておく?」

不満げにオアが鼻を鳴らした。シルヴィはそんなオアを見やり、手で螺旋を描いてみせた。オアはため息をつくと、自分の部屋に戻っていった。

「ジャドの心配はわたしがする」距離があるので、シルヴィの表情ははっきりとは読み取れなかったが、おれには感じ取れないレヴェルで何かに気持ちを集中させていることだけはわかった。「とにかく取り出してちょうだい。その作業をしながらでいい。わたしたちが殺した相手はいったい何者なのか教えて」

「いいとも」おれはユキオの死体のところまで行くと、体の前部の残骸と思われるほうを下にしてうつ伏せにした。「こいつはユキオ・ヒラヤス――地元のヤクザだが、どうやら親分の息子らしい」

手にしたナイフがブーンという音をたてはじめ、その振動が脇腹の傷の不快感を増幅させた。歯まで震える振動を努めて無視し、手のひらを椀の形にまるくして、ユキオの頭蓋にあて、固定し、脊椎を切り裂いた。こういう作業において、焼灼された肉とクソの入り交じったにおいというのはなんの役にも立たない。

「あとのふたりは?」

「使い捨ての用心棒だろう。今日初めて見た」

「わたしたちと一緒に連れていく価値はある?」

おれは肩をすくめた。「ここに残していくよりはいいだろう。ニューホッカイドウへ行く途中で捨てればいい。おれならユキオは人質として連れていく」

シルヴィはうなずいて言った。「同感よ」

振動ナイフで脊柱の最後の数ミリを切りおえた。首の下は一気に切り裂いた。スウィッチを切って握りかえ、椎骨ふたつぶん下を切りにかかった。

「こいつらの組織はでかい、シルヴィ」タナセダとの電話でのやりとりが思い出され、ひんやりとしたものが下腹を這った。ユキオの〝センパイ〟はユキオの身に何も起こらないことの意味をことさら強調していた。何かあったらどんなことになるかということも。「ミルズポートにコネがある。たぶんどこかでファースト・ファミリーとつながってるんだろう。やつらはどんな手段を使ってでもきみたちを追ってくる」

シルヴィの眼からは何も読み取れなかった。「やつらはあなたも追ってる」

「自分の心配は自分でするよ」

「それはまたずいぶんと寛大なおことばだけど、でも――」オアが部屋から出てきたので、シルヴィはことばを切った。オアはきちんとした服に着替えていた。シルヴィはドアに向かうオアに短くうなずいてから続けた。「わたしたちのことはわたしたちで片づけられると思う。キヨカが今、わたしたちの電子的痕跡を消してるところよ。オアなら三十分もあればすべての部屋を焼き尽くせる。それで何も残らない。だから――」

「シルヴィ、相手はヤクザなんだぜ」

「あるのは目撃証人と周辺視野データだけよ。それに、二時間もすればわたしたちはドラヴァに向かってる。あそこまでは誰もわたしたちを追ってこられない」彼女の声音にいわばこわばった矜持がにじんだ。「ヤクザだろうが、ファースト・ファミリーだろうが、くそエンヴォイだろうが、誰もね。ミミントとファックしたいやつなんて誰もいないもの」

たいていの虚勢がそうであるように、シルヴィのそれもおかどちがいだった。まず第一に、半年前おれは古い友人から、エンヴォイ司令部がニューホッカイドウ整備事業の入札をしたことを聞いていた。実際には、自由市場に対するメクセク政府の新たな信念に見合うほど、エンヴォイとしても自らを安売りすることはできなかったのだが。アカンからニューカナガワに向かうフェリーの船上、ドラッグパイプをやりとりしながら、トドール・ムラカミはせせら笑いを浮かべたものだ。入り江の冬の外気に煙の香りが漂い、柔らかで軋るような海の大渦巻きの音がＢＧＭのように聞こえていた。以前は短く刈り込んでいた軍隊風の髪を伸ばしたムラカミは、その長い髪を水面からの風に弄ばせていた。ほんとうならそんなところでおれに話をしていてはいけなかったのだが、エンヴォイにああしろこうしろというのは簡単なことではない。エンヴォイは誰より自らの値打ちを知っている。

まったく、レオ・メクセクのクソ野郎。どれだけかかるかやつに言ったら、やつはとてもそんな額は払えないとぬかしやがった。それって誰の問題だ？　おれたちが請負い料を安くして、自分たちの命を危険にさらせば、そのぶんやつとしてはファースト・ファミリーが払う税金を安くできるってか。冗談こくなってことよ。こっちはくそハーランズ・ワールド人じゃないってんだ。

おまえはくそハーランズ・ワールド人だろうが、トドール・ムラカミ、とおれは言いたくなった。おまえはおれ同様、生まれも育ちもミルズポートじゃないか、と。

おれの言いたいことはわかるだろ？

それはよくわかった。地元の政府にはエンヴォイ・コーズのキーは叩けない。エンヴォイは保護国が必要とする場所ならどこへでも行く。しかし、ほとんどの地元政府は自分たちが奉っている神に祈っている。エンヴォイの投入が必要なほど自分たちが困っているようにはどうか見えませんように、と。エンヴォイの介入は事後、関係者全員にとって不快な事態を招くことが多いからだ。

とにかく契約は成立しなかった、とトドール・ムラカミは手すりの向こうに煙を吐きながら続けた。誰もおれたちを雇えない、誰もおれたちを信用してない。そういうことだ。わかるだろ？

おれは戦闘配備もせず、ただじっとしてるあいだのコストの話だと思ってたが。

ああ、そうとも。だけど、それはいったいいつの話だ？

ええ？　今じゃかなり静かになったと聞いたが。フン・ホーム以来ってことだ。秘密の反乱作戦について話してくれるつもりなのか?

なあ、タケシ。ムラカミはそう言いながら、おれにパイプを渡した。おまえはもうチームの一員じゃないんだ。そのこと、忘れてないか?

もちろん忘れてないよ。

イネニン!

その地名がおれの記憶の隅で炸裂した。離れていても安全距離とは言えないところに落とされた襲撃爆弾のように。赤いレーザーの炎が見え、ローリング・ウィルスに生きたまま心を食い尽くされる男たちの悲鳴が聞こえた。

思わず身震いをして、おれはパイプを吸った。ムラカミはエンヴォイ仕様の特殊感覚でおれの様子に気づいたようで、話題を変えた。

で、今度の仕事はなんなんだ? おまえは近頃はラデュール・セゲスヴァールとつるんでるんだと聞いたが。ノスタルジーに突き動かされ、三流組織犯罪に心惹かれてな。

まあね、とおれはムラカミにわびしい視線を送って言った。どこで聞いた?

彼は肩をすくめて言った。そこらで聞いた。わかるだろ? でも、どうしてまた北に向かってるんだ?

振動ナイフが肉と筋肉をまた切り裂いた。おれはスウィッチを切り、ユキオ・ヒラヤスの首の脊椎を切断した個所をこじ開けにかかった。

貴族ヤクザが死に、そいつがスタックを取り出されている。タケシ・コヴァッチのせいで。おれが今やっていることがなんであれ、レッテルにはそう書かれるだろう。それを見たタナセダはまずまちがいなく血を求めるだろう。たぶんヒラヤスの親爺も。ヒラヤス・シニアが自分の倅のことを実像どおりにゆるゆるのヌケ作と見ている可能性もないではないが、まずそういうことはないだろう。たとえそう思っていたとしても、ハーランズ・ワールドのヤクザが自らを縛っている〝ギリ〟に関するあらゆるルールが、シニアに道を正すことを強いるだろう。犯罪組織とはそういうものだ。ラデュール・セゲスヴァールのニューペストのハイデュック（義賊）・マフィアだろうが、ヤクザだろうが、北だろうが、南だろうが、みな変わらない。連中が血の絆中毒であることはどこでも変わらない。

ヤクザとの戦争。

しかし、おまえはどうしてまた北に向かおうとしてるんだ？　おれは切開した脊椎と血まみれの手を見ながら自問しないわけにはいかなかった。三日前、テキトムラに向かうホヴァーローダーに乗ったときに考えていたのはこんなことではなかった。

「ミッキー？」すぐには自分が呼ばれているのだとはわからなかった。「ヘイ、ミック、大丈夫？」

おれは顔を起こした。シルヴィが心配そうにおれを見ていた。おれはどうにかうなずいて言った。

「ああ、大丈夫だ」

「じゃあ、もうちょっと早くやれる？　オアがもうすぐ戻ってくる。戻ってきたら、すぐ出発したがるはずよ」

「ああ」おれはもうひとつの死体のほうを向いた。ナイフがまた振動しはじめた。「なあ、ジャドウィガはどうするつもりなんだ？　教えてくれ」

「そのうちわかるわ」

「パーティ用のびっくりかくし芸ってわけか？」

シルヴィは何も言わず、窓のほうに歩いていき、新しい朝の光と朝の喧騒を眺めた。そして、おれがふたつめの脊髄切開を始めようとしたところで振り向いて言った。

「わたしたちと一緒に来ない、ミッキー？」

おれは思わず手をすべらせ、ナイフを柄までめり込ませてしまった。「なんだって？」

「わたしたちと一緒に来ない？」

「ドラヴァへ？」

「このテキトムラでヤクザを相手にするほうが勝算があると思う？」

おれはナイフを引き抜き、切開を終えると言った。「おれは新しいスリーヴを必要としてる男なんだぜ、シルヴィ。この体じゃミミントには会えない」

「わたしにはあなたの体を用意することができる。だとしたら？」

「シルヴィ」おれはてこの原理でヤクザの骨の継ぎ目を持ち上げ、わざとうなって言った。「ニューホッカイドウのどこでおれに体を見つけようっていうんだ？　人間がどうにかこうにか生きてるようなところのどこにそんな施設がある？」

シルヴィはためらった。おれは手を止めた。何かある。エンヴォイの直観がおれにそう告げていた。

「このまえ行ったとき」とシルヴィはおもむろに言った。「ソプロンの東にある丘陵地帯で、政府のものらしい司令部の掩蔽壕《えんぺいごう》を見つけたのよ。スマート錠がすごく複雑で開錠する時間はなかったんだけど。どっちみち、わたしたちは北に行きすぎていて、悪質なミミントのテリトリーにはいり込んでた。それでも、なんとか基本的な在庫調査をやれる程度には潜り込めた。完璧な医療実験施設に、フル装備の再スリーヴ用ユニットに、冷凍保存カプセルのクローン・バンクもあった。それにスリーヴが二ダースばかり。ＤＮＡ痕跡トレースによる戦闘バイオテクを使ったスリーヴが二ダースばかり」

「なるほど。そこにジャドウィガを連れていくわけだ」

シルヴィはうなずいた。

おれはぎざぎざに切開された脊椎のかけらを眺めながら考えた。このスリーヴのままヤクザに捕まえられたらどうなるか。

「向こうにはどれくらいいるつもりだ?」

シルヴィは肩をすくめた。「仕事が終わるまで。一応三ヵ月の予定だけど、このまえは分担分をその半分の期間でこなせた。戻りたければ、あなたはもっと早く戻ればいい。ホヴァーローダーはドラヴァからしょっちゅう出てるんだから」

「掩蔽壕の施設だが、まだ稼動可能というのは確かなんだな?」

シルヴィはにやりと笑って、首を振った。

「おいおい……」

「これはニューホッカイドウの話よ、ミッキー。あそこじゃ、まだすべてが機能してる。それがそもそもあのクソみたいなところが抱えてる問題のすべてじゃないの」

第五章

ホヴァーローダー〈ガンズ・フォー・ゲバラ〉号は、まさにシルヴィが言ったとおりの乗りものだった――重武装をした平べったい船で、その上面にはサメの背中に生えた刺のように、火器がずらりと並んでおり、ミルズポートとサフラン群島を往復している商用ローダーとの一番のちがいは、外部にデッキやタワーがついていないことだ。くすんだ灰色の上部構造の前面にあるずんぐりとした半球形のブリスターがブリッジで、側面はなめらかで特徴のないカーヴを描き、ふたつの積み降ろし用ハッチが前部の両側で開き、そこからミサイルが発射できる構造になっていた。

「これでうまくいくんだな?」とおれはドッキング斜路を降りながらシルヴィに念を押した。「リラックス、リラックス」おれのうしろでオアが言った。「ここはサフランの前線じゃないんだぜ」

確かに。厳格な保安基準に沿った政府関連の計画にしては、デコムの搭乗チェックはひどくいい加減なものに思えた。それぞれのハッチの横に、泥のついた青い制服を着た旅客係が立ち、なんと紙の書類を手に、入植時代のエクスペリアに出てきそうな読み取り機に認証フラッシュを通していた。足首まで手荷物に埋まった搭乗客は、斜路を行ったり来たりしてふぞろいな列をつくり、冷たく明るい外気の中、壜とパイプが前後に行き交っていた。緊張した陽気さとふざけた議論もまた客たちのあいだを行き交い、年代物の読み取り機のまえでは同じジョークが繰り返され、そのたび旅客係はくたびれきった笑みで応じていた。

「いったいラズロは何をしてるの？」とキヨカが言った。

シルヴィが肩をすくめて答えた。「ラズロはきっと来る。いつものとおり」

おれたちはいちばん近い列の最後尾についた。おれたちのまえに並んでいた同業者の一団がちらっとおれたちのほうを見て、値踏みをするようにシルヴィの髪に眼をとめた。が、すぐにまた議論に戻った。この集団の中にはいると、シルヴィもさほどめだたない。実際、もうひとつまえの一団には、シルヴィと同じぐらい大きなドレッドロックのたてがみを持った黒いスリーヴのやつがいて、それよりいくらか見劣りするぐらいのものならそこここに見られた。

ジャドウィガはおれの横におとなしく立っていた。

「ラズロはもう病気としか言いようがないね」とキヨカが努めてジャドウィガに視線を向けないようにしながら、おれに言った。「あいつはいつも遅刻するのよ」

「そうなるように配線されてるのよ」とシルヴィが大した熱意もなく応じて言った。「そもそも瀬戸際戦術向きじゃなければ、デコムの切り込み要員《ウィンスフィッシュ》にはなれない」

「ねえ、わたしもウィンスフィッシュなんだけど。時間は守るよ」

「でも、あんたはトップ・ウィンスフィッシュじゃないだろうが」とオアが言った。

「そのとおりよ。だけど、わたしたちウィンスフィッシュはトップも含めてみんな――」キヨカはジャドウィガに眼をやり、唇を噛んだ。「ただプレイヤーのポジションにいるだけよ。ラズロの配線もわたしのとそんなにちがいはない。さもなきゃ――」

ジャドウィガを見ても死んでいるとは誰もまず思わないだろう。おれたちは部屋でまずジャドウィガをきれいにした――ビーム兵器は肉体を焼灼するので、血はほとんど出ない。それから、海兵隊払い下げのタイトな戦闘用ヴェストとジャケットを着せて傷口を隠し、ショックで大きく見開かれた眼には大型の黒い視覚強化眼鏡をかけさせた。そのあと、シルヴィがチーム・ネットに接続して、ジャドウィガの運動機能をＯＮにしたのだ。それはなかなか集中力の要る作業だが、ニューホッカイドウでミミントを相手にチームを展開させるときにオンラインにするのとでは、集中の桁がちがう。シルヴィは自分の左肩のあたりに来るようにジャドウィガを歩かせ、おれたちはふたりを囲んで密集隊形を組んだ。死んだデコムの口は顔面筋肉への単純なコマンドによって、しっかり閉じられ、灰色がかった青白い顔には視覚強化眼鏡、片方の肩には巻きつけバッグという恰好のジャドウィガは、エンドルフィンが切れて、震えながらトリップから醒めかけている人間とさほど変わらなかった。そういうことを言えば、おれたちのほうもそもそもあまり威勢よくは見えていないはずだった。

「認可証をお願いします」

旅客係はシルヴィから書類を受け取ると、一枚ずつ読み取り機に通しかけた。それを見て、シルヴィがネットを通してジャドウィガの頸の筋肉に刺激を送ったにちがいない。いくらかぎごちなかったものの、装甲板を施したホヴァーローダーの横腹を調べているみたいに、死んだ女が首を傾げてみせた。手際のいい、いかにも自然な仕種だった。

「シルヴィ・オオシマ。クルーは五名」旅客係はそう言って、人数を数えようと顔を起こした。「ハードウェアはもう積み込みずみですね？」

「はい」

「キャビン割り当ても」旅客係は読み取り機に眼を凝らした。「もう手続きがすんでますね。下部デッキのＰ19から22です」

斜路の上のほうで騒ぎが起きた。ジャドウィガ以外のおれたち全員が上を見上げた。黄土色の僧衣をまとったひげづらの男たちが身振りを交えて大声をあげていた。怒っていた。

「なんなの?」とシルヴィがさりげなく尋ねた。

「ああ——ひげ野郎ですよ」旅客係は読み取りの終わった書類をそろえて言った。「午前中ずっと波止場をうろうろして探しまわってるんです。ゆうべ東のどこかでふたりのデコムといざこざがあったみたいなんですよ。そういうことに彼らはどんな反応を示すか。言わなくてもわかるでしょ?」

「ええ。くそ先祖返り」シルヴィは書類を受け取ると、上着の中にしまった。「そのデコムの人相はわかってるの? それともふたりづれのデコムだったら誰でもいいってこと?」

旅客係はにやりと笑った。「映像は残ってないそうです。映像データの保存領域が全部ホロ・ポルノに使われてたらしくて。でも、目撃者がいるみたいで、ひとりは女、もうひとりは男。そうそう、女はヘアつきだそうです」

「なんてこと。だったら犯人はわたしかもしれない」とシルヴィは笑って言った。

オアが怪訝な顔でシルヴィを見た。おれたちの背後では、騒ぎが大きくなっていた。旅客係が肩をすくめて言った。

「そう、今日の午前中に私が通した二十人以上のコマンド・リーダーの誰であってもおかしくないですね。それより私が知りたいのは、僧侶の集団がホロ・ポルノが流されてるような場所で何をしてたのかってことですよ」

「マスをかいてた?」オアが横から言った。

「宗教」とシルヴィはまるで吐き気をもよおしたように咽喉を鳴らして言った。おれの脇でジャドウィガの体が不安定に揺れだし、普通の速さとはかけ離れた速さでいきなり首が動いた。「これまで誰も気づいたことがないのだろうか――?」

シルヴィはうなっていた。自分の世界にはいりかかっていた。オアとキヨカを見やると、ふたりとも顔をこわばらせていた。旅客係はまだ警戒はしていなかったが、それでも、いかにも興味ありげにシルヴィを見ていた。

「――あらゆる人間の宣誓など、ただの安っぽい言い逃れだということに――」

咽喉がつまったような声になっていた。押し固められた沈泥からことばが搾り出されているかのようだった。ジャドウィガの揺れがだんだんひどくなった。トラブルのにおいを嗅ぎつけた旅客係の顔色が変わりはじめた。おれたちのうしろに並んでいるデコムたちの注意も斜路の上の騒ぎから、演説を垂れ流しはじめた色白の女のほうに移ってきていた。

「――人類の全歴史など、しとやかな女のオーガズムさえ提供できないことへのろくでもない言いわけでしかないということに」

おれはシルヴィの足を踏んだ。強く踏んで言った。

「そのとおりだ」

旅客係は神経質な笑い声をあげた。クウェリスト的情趣は、クウェルクリストの初期の詩的な作品のもの以外、ハーランズ・ワールドの文化ではいまだに〝取り扱い注意〟の対象になっている。そうした情趣にはまると、後期の著作の政治理論、さらには政治活動にまで踏み込んでしまう危険があるからだ。ホヴァーローダーに革命の英雄の名前をつけたければつけてもいい。しかし、そのためには、その英雄がなんのために戦っていたか、誰も覚えていないような時代まで歴史をさかのぼらなければいけない。

「わたしは――」シルヴィはわれに返ると、困惑した声をあげた。オアがまえに進み出て、そんなシルヴィに助け舟を出した。

「その話はまたあとだ、シルヴィ。まずは搭乗だ。さあ」オアはそう言って彼女を促した。「ジャドウィガが立ったまま死んじまいそうだし、おれだってさすがにくたびれてきた。おれたちは――」

シルヴィもようやく事態を理解したようだった。背すじを伸ばすと、うなずいて言った。

「そうね。この話はあとにしましょう」ジャドウィガの死体が揺れなくなり、生きているみたいに片手の甲を額にあてた。

「二日酔いだ」そう言って、おれは旅客係に片眼をつぶってみせた。旅客係はすでに緊張を解いており、にやりと笑った。

「わかります、私も経験があるんで」

斜路の上から嘲《あざけ》るような声が聞こえてきた。醜行ということばとともに放電音がした。パワー・ナックルだろう。

「しまいこめないぐらい釣り上げちまったってことですよ」旅客係はおれたち越しに斜路の上を見て言った。「そりゃそうなるに決まってますよ。デコムでいっぱいのドックで演説なんかしちゃ。いいですよ。お通りください」

おれたちはそれ以上は誰もヘマすることなく、ハッチを抜け、金属音の響く通路を進んで、自分たちのキャビンを探した。ジャドウィガはおれのうしろを機械的に歩いていた。それ以外のメンバーは全員、何事もなかったかのように振る舞っていた。

「結局のところ、さっきのはなんだったんだ?」

三十分後、おれはようやく機会を見つけて尋ねた。シルヴィのキャビンに立っているほかの面々は、みな居心地が悪そうにしていた。オアは天井の強化梁が邪魔になって頭を下げていなければならなかった。キヨカは外からは見えないようになっている小さな舷窓の向こうを眺めていた。水面に何か興味深いものでも見つけたかのように。ジャドウィガは簡易ベッドに腹這いになって寝ていた。ラズロはいまだに現われない。

「故障よ」とシルヴィは答えた。

「故障」おれはうなずいて言った。「ああいう故障はよく起きるのか?」

「いいえ。よくは起きない」

「でも、さっきのが初めてじゃない」

オアが梁の下に頭を屈め、おれに覆いかぶさるようにして言った。「もういいだろうが、ミッキー。誰もおまえに来いって言ったわけじゃない。気に入らなきゃ、降りりゃいい。それですむことだ」

「ミミントとの遭遇中に、シルヴィがいきなりおかしくなって、クウェル主義をまくし立てはじめたら、おれたちはどうすればいいのか。それが知りたかっただけだ」

「ミミントの心配はわたしたちに任せておいて」とキヨカが抑揚のない声で言った。

「そういうことだ、ミッキー」とオアが嘲るように言った。「おれたちはそれで食ってるんだからな。おまえはうしろに坐って、ただドライヴを愉しんでりゃいいんだよ」

「おれはただ——」

「いいから、もう黙ってろ——」

「ねえ」とシルヴィがどこまでも物静かに言った。それでも、オアもキヨカもその声に彼女のほうに眼《ルック》を向けた。「ふたりともちょっとはずしてくれない? ミッキーに話すから」

「なあ、シルヴィ、こいつは——」

「彼には知る権利がある。ねえ、わたしたちだけにしてちょうだい」

シルヴィはふたりが出ていき、キャビンのドアが閉まるまで待つと、おれの脇を通って自分の席に戻った。

「どうも」とおれは言った。

「見て《ルック》」シルヴィが今度は文字どおり〝見て〟と言っていることを理解するには、いっとき時間を要した。彼女は髪の束に手を伸ばすと、センターコードを持ち上げて続けた。「これがどういう働きをするかは知ってるでしょ？　これだけでたいていの市《まち》のデータベースより大きなプロセス容量がある。それぐらいなきゃ駄目なのよ」

シルヴィはコードから手を放すと、また髪の下に隠し、口元にかすかに笑みを浮かべて言った。「未浄化地帯では強烈なウィルス攻撃を受けることがある。人間の精神がジャムみたいにぐちゃぐちゃになってしまうほどのね。自らを複製しようとするミミントのインタラクティヴ・コードとか、マシン侵入システムとか、外面的人格構成体とか、伝達漂流物とか、なんでもありってわけ。わたしはそのすべてを受け入れて、分類して、利用して、ネットには何も洩れないようにしなければならない。それがわたしの仕事よ。それを何度も繰り返す。でも、あとでどれほどすぐれたクリーニングをしても、そのうちの何かは残ってしまう。抹《も》み消しがたいコードの切れ端とか痕跡とか」シルヴィはちょっとだけ身震いをしてみせた。「幽霊みたいなものね。隔壁の向こうに何かが横たわっている。考えることさえしたくない何かが横たわっている。そういうことよ」

「新しいハードウェアが必要な頃合い。きみの話はそんなふうに聞こえるが」

「そのとおりよ」シルヴィは苦笑いした。「でも、今は自由にできる小銭がないってこと。わかるでしょ？」

よくわかった。「最新技術そのもの。要するにそれが問題ってわけだ、だろ？」

「ええ。最新技術にはとんでもない値段がつく。ギルド助成金と保護国防衛基金を徴収するだけじゃすまなくて、サンクション研究所の研究開発費までわたしたちのような人間に請求してくる」

おれは肩をすくめて言った。「進歩の代償というやつだ」

「ええ、その広告はわたしも見たわ。クソ野郎どものね。でも、さっきのはちょっとした仕事の滞りみたいなものね。心配しなきゃならないようなことじゃない。ジャドとつながってなければならなかったから起きたのよ。それってしょっちゅうやってることじゃない。未使用の領域でのことだった。普段はデータ操作システムがいろんな痕跡物を出力する領域でのことよ。ジャドの中枢神経系に追い立てられたのよ」

「自分が何を言ってたか覚えてるか?」

「あんまり」シルヴィは頬をこすり、閉じた片眼を指先で押さえた。「何か宗教に関すること? ひげ野郎のこと?」

「そう、そこから始まり、そのあとは初期のクウェルクリスト・フォークナーの引用になった。きみはクウェル主義者じゃないよね?」

「冗談じゃないわ」

「とは思ったけど」

シルヴィはしばらく考えにふけった。おれたちの足元で〈ガンズ・フォー・ゲバラ〉号のエンジンが静かにうなりはじめた。ドラヴァに向けてそろそろ出航のようだ。

「散布されたドローンから何かをとらえてしまったのかもしれない。東のあたりには、解体するほどの価値もないものがいまだにたくさん残ってる。そういうものは地元のコムリンクを妨害しないかぎり、放っておかれる」

「それらのどれかがクウェル主義者だった？」

「そう。ニューホッカイドウを目茶目茶にした少なくとも四つか五つの党派はクウェル主義に影響されてた。それに、そう、不安定時代初期、クウェル自身があそこで戦ったという話も聞いたことがある」

「それはおれも聞いたことがある」

ドアのチャイムが鳴った。シルヴィはおれに向かってうなずいた。おれはドアを開けにいった。長い黒髪をポニーテールに結った、背の低い痩せぎすの男がかすかに揺れる通路に立っていた。ひどく汗をかいていた。

「あんたがラズロか」おれは見当をつけて言った。

「ああ。あんたは？」

「話せば長くなる。シルヴィに話があるんじゃないのか？」

「それはありがたい」とラズロは目一杯皮肉を利かせて言った。おれは脇にどいて、彼を通した。シルヴィはうんざりした顔で、ラズロの頭から爪先までとくと眺めた。

「救命いかだの発射口にもぐり込んで」とラズロは言った。「バイパス・ジョルトをふたつほどかけて、つるつるのスティール煙突を七メートル這い登ってきたんだ。ちょろいもんさ」

シルヴィはため息をついた。「それはすごいことでも賢いことでもないわ、ラズロ。いつかは乗りそこなう。そうなったら、わたしたちはトップ・ウィンスフィッシュをどうすればいいの？」

「あんたはもうおれのかわりを見つけてるように見えるけど」とラズロはおれのほうに意味ありげな視線を向けて言った。「だいたいこいつは何者なんだ？」

「ミッキー、これがラズロ」シルヴィは漫然とした仕種でおれたちを紹介した。「ラズロ、こちらはミッキー・セレンディピティ。臨時に同乗してるお客さん」

「こいつを乗せるのにはおれの認証フラッシュを使ったのか?」

シルヴィは肩をすくめて言った。「あなた自身は決して使わない認証フラッシュをね」

ラズロは簡易ベッドに寝ているジャドウィガを見て、骨ばった顔に笑みを浮かべると、キャビンを横切り、ジャドウィガの尻を叩いた。が、なんの反応も返ってこないので、怪訝な顔をした。おれはドアを閉めた。

「まったく。こいつ、ゆうべは何をヤッたんだ?」

「彼女は死んだのよ、ラズ」

「死んだ?」

「今のところは」シルヴィはおれのほうを見ながらラズロに言った。「あなたは昨日から起こったいろんなことを見逃したってことね」

ラズロはシルヴィの視線を追って言った。「つまり、それはそこにいる黒い肌の背の高い人造スリーヴと関係があるってことか?」

「そうだ」とおれは答えた。「さっき言ったとおり、話せば長くなる」

ラズロは洗面スペースまで行くと、両手に水を溜め、その水に口をつけてすすった。それから、残った水を髪につけ、上体を起こし、鏡越しにおれを見た。そのあと、シルヴィのほうにすばやく体を向けると言った。

「よし、船長。聞かせてくれ」

第六章

ドラヴァまでは一昼夜かかった。

アンドラッシー海のちょうど真ん中あたりから、〈ガンズ・フォー・ゲバラ〉号は減速して、センサー・ネットを可能なかぎり広げ、武器システムをいつでも使えるようにした。メクセク政府の公式見解では、ミミントはすべて陸戦用に設計されたものなので、ニューホッカイドウから出ることはできないということになっている。一方、デコムのクルーの報告によれば、見るかぎり、ドラヴァのマシンには軍用機械知性アーカイヴのための記述子が見られないという。それはつまり、大陸をいまだにうろついている武器の中には、もともとプログラムされたパラメーターを逸脱して進化する方法を見つけたものがあることを示唆している。実験的なナノテクが暴走した。それが巷で囁かれている噂だ。公式見解では、不安定時代のナノテク・システムは粗雑すぎて理解度も浅く、武器として利用するまでには至らなかったということなので、その噂は反政府的なデマとして片づけられていたが、知的な会話が交わされるところではどこでも、その政府の公式見解は嘲笑の的となっていた。しかし、衛星の援護、あるいは大気圏内支援がないかぎり、事態を証明する方法はない。結果、神話と誤報が蔓延しているというわけだ。

まさに〝〈ハーランズ・ワールド〉へようこそ〟だ。

「信じられない」ラズロがぼそっと言った。ホヴァーローダーはドラヴァの入江の最後の数キロを走り、荒廃した造船所の中を進んでいた。「このクソ惑星に四世紀もいるのに、おれたちはいまだに大気圏外に出られないとはな」

ラズロは、ドラヴァ基地の走査アンブレラ傘下にはいるとすぐ、ホヴァーローダーの背骨から突き出ている外部監視室のひとつにうまくもぐり込み、さらにうまくおれたちを説き伏せて、おれたちも監視室に上がらせていた。で、おれたちは今、寒く湿気の多い早朝、沈黙したドラヴァの波止場が両側を通り過ぎていく中、震えながら外部監視室に立っていた。頭上にはどちらを見ても晴れそうにない灰色の空が広がっていた。

オアが上着の襟を立てて言った。「ラズロ、軌道上防衛装置を解体する方法を思いついたら、いつでも言ってくれ」

「そう、そのときはわたしも入れてよ」とキヨカが言った。「軌道上防衛装置を引き降ろせたら、あなたは生きてるかぎり、毎朝ずっとミッツィ・ハーランに尺八してもらえる」

デコムのクルーのおなじみのジョークだ。ミルズポートの酒場で、チャーター船の乗員が言う全長五十メートルのボトルバックサメと同じ類いの。ニューホッカイドウから持ち帰る獲物がどれだけ大きくとも、所詮すべては人間尺度のものだ。ミミントがどれだけ敵対的であろうと、畢竟、われわれがつくったもので、つくられてからたかだか三世紀も経っていない。ハーランズ・ワールドの軌道上におよそ五十万年前に火星人が残したと思しいハードウェアの誘惑装置とは、比べものにならない。そのハードウェアは、そいつにしかわかっていない理由から、大気圏外に出ようとするものはなんでもかんでもエンジェルファイアの槍でずたずたにする。

両手に息を吹きかけながらラズロが言った。「ほんとうはやつらもあれを引き降ろせたのさ。その気さえあったら」

「またその話？」と言って、キヨカがあきれたように目玉を大仰にまわした。

「軌道上防衛装置についてはいろんな与太話があるけど」とラズロは頑固に続けた。「ヘリコプターより大きくて速いものならなんでも撃墜されちまうのに、なんで四百年前に植民船は無事着地できたのかとか。あるいは——」

オアは不服げに鼻を鳴らし、シルヴィは黙って眼を閉じた。

「——政府は巨大なハイパージェットを北極か南極に持っていて、それを飛ばすときにはなんの問題もないとか。軌道上防衛装置はものによって地上からの飛行物体を除外するのに、政府はそれについては明らかにしたがらないとか。それってよくあることだろ？　昨日、サンシン岬の沖でずたずたにされてるのが見つかった浚渫船《しゅんせつ》のことはみんなまだ聞いてないと思うが——」

「わたしは聞いた」とシルヴィが苛立たしげに言った。「昨日の朝、聞いた。あなたを待ってるときに。岬の付近で座礁したそうね。あれはただ船長が無能だったのよ。それでもあなたは何かの陰謀であってほしいのね」

「ああ、船長、確かに政府は船長のせいにしてる。そりゃそうするだろよ」

「ラズロ、お願いだから——」

「ラズロ、いいか」オアがその太い腕をトップ・ウィンスフィッシュの肩にまわして言った。「あれがエンジェルファイアの仕業だったら、あとには何も残っちゃいない。そうだろうが、ええ？それに、計算をまちがえなければ植民船団をまるまる通せるくらい馬鹿でかい穴が赤道上にあいてることだって知ってるだろうが。くそ陰謀説はもういいから、眺めを愉しもうぜ。おまえだってそのためにおれたちをここに引き上げたんだろ?」

実際、印象的な風景だった。かつてのドラヴァはニューホッカイドウ内陸部全体の交易拠点であり、軍港でもあった。埠頭には毎日、惑星のあらゆる主要都市からの積荷が荷揚げされ、波止場から奥の丘陵地帯までの十キロあまりの土地には、約五百万の住民のための住居用建造物が軒を並べ、繁栄をきわめた頃には、その財力においても都市としての洗練度においてもミルズポートに匹敵し、ドラヴァの海軍駐屯部隊は北半球最強の軍隊のひとつだった。

が、今、おれたちは粉砕された入植時代の倉庫、子供の玩具のように横倒しになったままのコンテナやクレーン、投錨したまま沈んでいる船舶群の脇を通り過ぎていた。周囲の海面にはおぞましい化学汚染が広がっており、眼にはいるものの中で唯一生きているのは、倉庫の波形屋根の上を飛び交っている、みすぼらしいリップウィング鳥の群れだけだ。そのうちの一羽がおれたちのほうに首をめぐらせ、挑むようにかまびすしい雄たけびをあげたが、まるで気持ちがこもっていないことは容易に知れた。

「あいつらには気をつけたほうがいい」とキヨカがむっつりと言った。「見かけからは想像できないけど、賢い鳥よ。この岸には今ではもうウもカモメもいない。あいつらに追い出されたのよ。ときには人間を襲うことだってある」

おれは肩をすくめた。「まあ、そもそもあいつらの惑星なんだからな」

デコムの橋頭堡要塞が見えてきた。剃刀のような刃をつけた、長さ数百メートルの自動有刺鉄線が警戒区域を休みなく這いずりまわり、地面にはスパイダー・ブロックが不規則な列をつくってしゃがみ込み、まわりの建造物の屋根にはロボット歩哨が不気味に置かれていた。水中では二隻の自動ミニ潜水艦が水面上に展望塔を突き出して、入り江にふたつのカーヴを描いていた。通信マストと橋頭堡のちょうど真ん中では、起重機の支柱につながれた監視凧が一定の間隔をあけて上げられていた。

〈ガンズ・フォー・ゲバラ〉号はエンジンを止めると、二隻の潜水艦のあいだを漂うように進んだ。波止場側では数人の人影がそれまでやっていたことをやめて、なにやら話し合っていた。徐々に狭まる距離を越えて、その声が新来客のおれたちの耳にも届いた。が、ほとんどの作業は機械によって無言でおこなわれていた。ホヴァーローダーの航行知性の審問を終えた橋頭堡防衛システムから通行許可をもらうと、自動繋船システムが波止場側のソケットに話しかけ、繋船鉤の発射許可も受け、ソケットに発射した。ケーブルが引き込まれ、ホヴァーローダーはゆっくりと波止場のほうに曳かれた。連結式の乗降通路が息を吹き返し、波止場の積み降ろしハッチと接続するなり、振動とともに浮揚反重力が停船レヴェルまで利かされ、ドアのロックがはずれた。

「さて、行かないと」ラズロはそう言うと、壁の穴にもぐり込むネズミみたいに階下《した》に消えた。そんなラズロのうしろ姿に向かって、オアが卑猥な仕種をしてみせた。

「そんなに早く降りて出たかったのなら、なんでわざわざおれたちをこんなところに連れ出したんだ?」

はっきりしない答が返ってきて、そのあと甲板昇降口の階段を駆け降りる金属的な音がした。

「放っておけばいいよ」とキヨカが言った。「どうせクルマヤと話をするまでは誰も降りられないんだから。バブルファブのまわりには列ができてるだろうし」

オアはシルヴィを見て言った。「ジャドはどうする?」

「ここに残していく」コマンド・リーダーのシルヴィは薄汚い灰色のバブルファブの村を眺めていた。奇妙にうっとりとしたような表情を浮かべて。およそいい眺めとは言えなかったが。たぶん感覚を全開にして、データのやりとりにひたり、機械群のシステムの話でも聞いているのだろう。そんな状態からいきなり現実に戻ると、クルーに顔を向け、彼女は言った。

「このキャビンは午《ひる》まではわたしたち専用よ。慌ててジャドを動かすことはないわ。状況がもっとよくわかるまで待ちましょう」

「ハードウェアはどうする?」とオアは尋ねた。

シルヴィは肩をすくめて言った。「それも同じ。クルマヤがわたしたちに割り当てスロットをくれるまで待ちましょう。あんなものを一日じゅう引きずって、ドラヴァをほっつき歩いてもしょうがない」

「あいつがまたおれたちを騙すなんてことはないかな?」

「あんなことのあとで? それはないわね」

甲板の下で狭い通路が接続されると、デコムたちはそれぞれ携帯用装置を肩からさげたり、頭にのせたりして、われさきに通路をめざした。キャビンのドアが折りたたまれて開くと、キャビン客は混雑の中にはいるまえに、荷物を適当な量にまとめはじめた。人の頭や傾いだケースの上を飛び交う騒がしい呼び声。その喧騒はのろのろと前方、左舷、上陸用ハッチのほうに移動していた。おれたちもその群れの中にまぎれ込み、ゆっくりと進んだ。オアが先頭で、おれはしんがりを務め、負傷している肋骨をできるだけかばって歩いた。時々強い痛みが走り、そのたび歯を食いしばった。

かなりの時間を要して、上陸用通路の端から外に出ると、バブルファブのあいだに立った。デコムの群れはバブルファブのあいだを抜け、中央柱《センターマスト》のほうへ漂っていた。その中途にラズロがいた。空《から》の輸送用プラスティック・ケースに腰をおろし、にやにやしながらおれたちを待っていた。

「何をぐずぐずしてた?」

オアはうなり声でフェイントをかけ、シルヴィはため息をついて言った。

「整理番号チップがあったのなら、それぐらい言ったらどう?」

ラズロは手のひらを広げ、手品師のような手つきで、手のひらの上の黒い結晶の小さなかけらを示した。その中で光の点が揺れ動き、五十七番という数字が現われた。それを見て、シルヴィもほかのクルーも低い声で悪態をついた。

「ああ、ちょっとばかりかかりそうだ」ラズロはそう言って肩をすくめた。「昨日処理しきれなかったのが残ってるみたいで、やつらはまだ未処理分の割り当てをやってる。どうやらゆうべ処理済地帯でトラブルがあったらしい。さきに飯にしたほうがいいかも」

ラズロは、野営地の境界線のフェンス沿いに建っている銀色の長いトレイラーまでおれたちを連れていった。配膳口を中心とした空地に一体成型の安っぽいテーブルと椅子が雑然と並べられていた。先客がいたが、みな眠そうな顔で互いに口も利かず、コーヒーとアルミ皿にのせられた朝食をまえにしてぱらぱらと坐っていた。配膳口では三人の係がまるでレールに乗っているかのように、前後に行ったり来たりしていた。人造スリーヴの貧弱な味覚／嗅覚でも食欲を掻き立てられる刺激的な料理の湯気と香りが漂っていた。

「全員ミソ&ライスでいいかな？」ラズロがみんなに尋ねた。

デコムたちは同意のしるしにうめき声をあげ、テーブルふたつに席を取った。おれは首を振った。人造スリーヴの味蕾《みらい》では上等なミソスープも洗濯水みたいな味しかしない。おれはラズロと一緒に配膳口まで行き、ほかにどんなものが食べられるか見て、コーヒーと炭水化物まみれの菓子パンふたつで妥協することにした。クレジット・チップを取り出そうとすると、ラズロがおれを制して言った。

「ヘイ、ここはおれのおごりだ」

「これはどうも」

「大したことじゃない。それよりシルヴィの解体チーム〈スリップインズ〉にようこそ。昨日は言い忘れた。悪かった」

「まあ、いろいろあったからね」

「ああ。ほかには要らないか？」

カウンターの上に鎮痛用皮質パッド販売機が置いてあった。おれはその皮質パッドを二シート引き出して、配膳係に振ってみせた。ラズロがうなずいて、自分のクレジット・チップを取り出し、カウンターの上に放った。

「怪我をしてるんだね」

「ああ、脇腹だ」

「だと思ったよ。あんたの動作からして。昨日のお友達にやられたのか？」

「いや、そのまえだ」

ラズロは片方の眉を吊り上げて言った。「忙しいんだな」

「あんたには信じられないほどな」皮質パッドから一回分を引き剝がし、袖をまくって腕に貼りつけた。化学物質の心地よい温かさが腕をのぼった。トレーにのせた料理を持って、おれたちはテーブルに戻った。

言い合いのあとのせいか、デコムたちはみな黙々と食べた。おれたちのまわりのテーブルにも客が来はじめた。通りざま、シルヴィのクルーにうなずいてみせた者がふたりほどいたが、無愛想な連中が大半で、クルーはそれぞれのグループで小さな塊をつくっていた。会話の断片がかすかに聞こえてきたが、凝縮された内容で、過去一日半のあいだにおれが同乗者たちから聞いたのと同様、どの会話も実に簡潔なことばだけで成り立っていた。配膳係が注文番号を叫び、誰かが入植時代のジャズ演奏を流しているチャンネルにレシーヴァーを合わせた。

皮質パッドの効果で痛みが取れ、気持ちも落ち着き、音楽のせいもあったのだろう、おれは若い頃にニューペストで過ごした日々に引き戻された。ワタナベの店の店主、ワタナベ翁は入植時代のジャズの巨人たちの大ファンだったので、ワタナベの店では毎週金曜日はその時代のジャズがひっきりなしに流れ、若い客が文句を垂れるのが恒例になっていたが、〈ワタナベズ〉にしばらくかよいつめると、それまでどんな音楽の趣味を持っていようと、その好みをなくしてしまう。ちょっと調子の狂ったリズムにすっかり馴染んでしまう。

「こいつは古いな」おれはトレイラーに据えつけられたスピーカーを顎で示して言った。

ラズロが応じてうなるように言った。「ニューホッカイドウにようこそ」

デコムたちは微笑と指先を触れ合わせる仕種を交わした。

「この曲が好きなのね、でしょ?」キヨカが口いっぱいにライスを頬ばったまま言った。

「この手の音楽がね。この曲は初めて聞くけど――」

「ディジー・チャーンゴーとグレート・ラッフィング・マッシュルーム」思いがけなくオアが言った。

「『黄道に沿って』。ブラックマン・タクの名曲のカヴァーだ。タクならヴァイオリンを前面に押し出すようなことは絶対にしない」

おれは大男を怪訝な顔で見つめた。

「彼の言うことは聞かなくていいから」とシルヴィが髪の下を漫然と掻きながら言った。「タクとイデの初期の曲にはどんな曲にもロマの民のヴァイオリンがはいってる。そこらじゅうに。ヴァイオリンを使わなくなったのは〈ミルズポート・セッション〉以降よ」

「それはちが――」

「やあ、シルヴィ」静電気で髪をまっすぐ上に突き立てた、見るからにまだ若そうなコマンド・リーダーがテーブルのそばに立っていた。コーヒーを何杯ものせたトレーを左手に持ち、落ち着きなくぴくぴくと動いている生ケーブルの束を右の肩に厚く巻いて、吊り下げていた。

「もう戻ってきたのか?」

シルヴィは笑って言った。

「ヘイ、オオイシ。わたしが恋しかった?」

オオイシはふざけて大仰にお辞儀をしてみせた。が、広げた指の上のトレーはぴくりとも動かなかった。「いつものことながら。クルマヤーサンに対して言いうる以上に。クルマヤーサンには今日のうちに会いにいくのか?」

「あなたは会わないの?」

「ああ、おれたちは出陣しないから。カシャがゆうべ抗迎撃スプラッシュを食らっちまったんだ。起きて動けるようになるには二日ほどかかる。それまではのんびりしてるよ」オオイシはそう言って肩をすくめた。「金は払ってもらえたからね。偶発危険基金から」

「偶発危険基金から?」とオアが背すじを伸ばして言った。「いったい何があったんだ?」

「知らないのか?」オオイシは逆に驚いたように、テーブルについている面々を見まわした。「ゆうべのことだ。聞いてないのか?」

「ええ」とシルヴィがさきを急《せ》くことなく言った。「だから訊いてるんじゃないの」

「ああ。もうみんな知ってると思ってた。共同集合体がうろついてるんだ。環境浄化済地域を。ゆうべから大砲を組み合わせはじめた。自動推進砲。そのでかいやつだ。スコーピオン砲架も。だから、クルマヤはおれたちが集中砲撃を受けるまえにみんなを緊急召集しなきゃならなかった」

「あとには何も残らなかったのか?」とオアが訊いた。

「まだ何もわかってない。スコーピオン砲のメイン・アセンブラーは解体できたが、小さなアセンブラーはほとんどばらばらになっちまったからね。ドローンや補助マシンやそういったものは。誰かが言ってたけど、〝カラクリ〟が現われたそうだ」

「ばかばかしい」とキヨカが鼻を鳴らして言った。

オオイシはまた肩をすくめた。「とにかくそんなふうに言ってるやつがいるということだ」

「機械人形を見た？　冗談じゃないわ」〝カラクリ〟はキヨカの得意分野のようだった。「カラクリなんて環境浄化済地域にはここ一年以上現われてないよ」

「そういうことを言えば、共同集合マシンがいたこともない」とシルヴィが指摘して言った。「くそみたいなことはいつでも起こりうるってことよ。オオイシ、今日のうちにわたしたちに仕事が転がり込んでくる可能性はあると思う？」

「あんたたちに？」オオイシはまた笑みを浮かべた。「それはありえないな、シルヴィ。このまえのあとだからね」

シルヴィは陰気にうなずいて言った。「でしょうね」

ジャズが音程を上げながらフェイドアウトし、ハスキーで執拗な女声のＤＪがそのあとを引き取った。誰がしゃべっているにしろ、そいつが使っていることばには古めかしい陽気さがあった。

「かくしてディジー・チャーンゴーは『黄道に沿って』という古典の古典的なテーマに新たな光をあてたのです。地球の岸辺から暗い道を伝って、われわれが持ち込んだ経済体制の非道に、クウェル主義が新たな光明をもたらしたのと同じように。もちろん、ディジーは生涯を通して正統的クウェル主義者でした。彼が何度も言っていたとおり――」

その場にいるデコムの多くからうめき声が洩れた。

「そうそう、ディジーは生涯を通して、くそドラッグ中毒でした」と誰かが呼ばわった。

プロパガンダＤＪは野次の中でさえずりつづけた。実際、彼女は数世紀にもわたって組み込まれた同じ歌をさえずりつづけていた。だから、デコムたちの不平も〈ワタナベズ〉でのおれたちの抗議同様、おざなりのものでしかなく、むしろ耳に心地よかった。植民時代のジャズに関するオアの薀蓄《うんちく》もまんざら意味のないものではないということだ。

「じゃ、行くよ」とオオイシが言った。「未浄化地域でまた会えそうだな?」

「たぶん」シルヴィは彼を見送ると、ラズロのほうに身を乗り出して言った。「あとどれぐらい待たされそう?」

トップ・ウィンスフィッシュはポケットに手を入れ、整理番号チップを示した。番号は五十二に変わっていた。シルヴィはうんざりしたようにため息をついた。

「カラクリというのはなんなんだ?」とおれは尋ねた。

「機械人形のことよ」とキヨカがそっけなく答えた。「でも、心配しないで。このあたりで見るわけじゃないから。このあたりはわたしたちが去年一掃したから」

チップをポケットに戻してラズロが言った。「要するに進攻ユニットだ。で、いろんな形やサイズを取る。小さいのはリップウィング鳥ぐらいのからいる。飛んだりはしないけど。ただ、腕と脚がある。ときには武装していて、動きはすばやい」そこでラズロは笑みを浮かべた。「まあ、愉しい相手とは言えないな」

シルヴィが我慢しきれないといったふうにいきなり立ち上がり、みんなに言った。

「クルマヤと話をしてくる。掃除仕事を志願してくる」

プロパガンダDJが惹起したより大きな抗議の声がチームのみんなから上がった。

「――嘘だろ」

「掃除は割りに合わないよ、船長」

「一個一個ちまちまやるなんて――」

「みんな、いい？」とシルヴィは両手を上げ、抗議の声を制して言った。「やるしかないでしょうが。順番を飛ばしでもしないかぎり、わたしたちは明日までここから出られない。それってとんでもないことよ。みなさんお忘れのようなんで言っておくと、今にもジャドは反社会的なにおいを放ちだすのよ」

キヨカは顔をそむけた。ラズロとオアはミソスープの残りに向かってなにやらぶつぶつ言った。

「クルマヤのところへわたしと一緒についてきてくれる人は誰もいないの？」

沈黙。プラスあさってに向けられた視線。おれはあたりを見まわしてから立ち上がった。そして、痛みがなくなった新たな感覚を享受しながら言った。

「よし。行こう。そのクルマヤとかってやつも別に噛みついたりはしないんだろ？」


実際には噛みつきかねない面構えの男だった。

シャーヤにいたときのことだ。おれはある遊牧民の族長と裏取引きをした。そいつは惑星じゅうのデータベースに蓄財し、遺伝子操作で半家畜化した野牛をジャハーン大草原に放牧して、太陽発電テントで暮らしていたのだが、直接間接を問わず、大草原の遊牧民十万の荒くれが戦闘態勢を整え、彼に忠誠を誓っていた。そんな状況の中、彼のテントの中で商談をしていると、彼の体内で統率力がとぐろを巻いているのが手に取るように感じられたものだ。

シゲオ・クルマヤはまさにその遊牧民の族長の色白版だった。族長同様、口数の少なさと容赦のない激しさで、司令バブルファブを睥睨《へいげい》していた。モニター装置が積まれた机について坐り、仕事を命じられるのを待つデコムの一団をまわりに立たせて。シルヴィ同様、コマンド・リーダーで、白髪と黒髪の混じった髪をひっつめにして、セントラル・コードを千年前のサムライ・スタイルで髷《まげ》にして結っていた。

「特別配備部隊よ。道をあけて」シルヴィはそう言って、クルマヤを取り巻くデコムたちを肩で押しのけ、まえに進んだ。「通させて。特別配備なんだから。まったく。どいてよ。特別配備だって言ってるでしょ！」

デコムたちはしぶしぶ道をあけ、おれたちはクルマヤのまえに出た。クルマヤは細身の若者スリーヴ――どうやらそれが標準的なウィンスフィッシュのスリーヴのようだ――をまとった三人のウィンスフィッシュと話をしていたが、おれたちを見てもまったく表情を変えなかった。

「きみたちを特別配備した覚えはないが、オオシマ－サン」とクルマヤはおだやかに言った。そのことばにまわりのデコムたちの怒りが爆発した。が、クルマヤがそんな彼らをじろりと睨むと、ただそれだけで騒ぎは治まった。

「今言ったことはきみにも聞こえたと思うが――」

シルヴィはなだめるような仕種をして言った。「わかってるわ、シゲオ。わたしたちはそんな注文は受けてない。受けてないけど、受けたいのよ。カラクリ掃除のためにボランティアで潜入するって言ってるのよ」

このシルヴィのことばもまたまわりに波紋を投げかけたが、その反応はさっきほどではなかった。クルマヤが訝しげに尋ねた。

「きみは掃除の仕事が欲しいと言ってるのか？」

「わたしは通行許可証が欲しいのよ。わたしのクルーはみんなかなりの借金を故郷に抱えてる。だから六時間欲しい。ひとつひとつこなさなきゃならなくても、わたしたちはそれをやると言ってるのよ」

「順番を待ってってんだ、このトチ女《アマ》」おれたちの背後から声が聞こえた。

シルヴィはその声にわずかに身をこわばらせた。が、振り向きはしなかった。「あんたなら言いそうなことだけど、アントン、あんたも志願するつもりなの？　仲間を連れて一軒一軒まわる？　そんなことをして、あんたのお仲間があんたに感謝するとも思えないけど」

おれはデコムたちの集団を振り返り、アントンを見つけた。ずんぐりとした体型の巨漢で、司令デコムのたてがみを七色のどぎつい極彩色に染め、眼をレンズに換えているので、瞳孔が鋼鉄のベアリングのように見えた。スラヴ系の頬骨の皮膚の下には配線が網目のように這っている。体をぴくりとさせたものの、アントンがシルヴィのほうへ向かってくるようなことはなかった。メタリックなのに光沢のない眼をクルマヤのほうに向けていた。

「いいでしょ、シゲオ」とシルヴィは笑みを浮かべて言った。「みんなは掃除仕事のために並んでるわけじゃないでしょ？　こんなくそ仕事に志願するヴェテランがどこにいるの？　だから、あなたもこの仕事には新米を使ってる。だってこんなに割りに合わない仕事もないもの。わたしはあなたに贈りものをしてるようなものよ、ちがう？」

クルマヤはシルヴィを上から下までしばらく眺めてから、そばにいた三人のウィンスフィッシュに向かって黙ってうなずいた。三人は不服そうな顔をしたが、それでもおとなしく引き下がった。ホロ地図が消えた。クルマヤは椅子の背にもたれ、シルヴィを見て言った。

「オオシマ－サン、このまえ私はスケジュールを早めてきみたちに仕事を割り振った。ところが、きみたちはその仕事を無視して、北に消えてしまった。今回はそんなことにはならないとどうすれば私にわかる？」

「シゲオ、あなたはわたしたちを残骸だらけの場所に送ったのよ。わたしたちが現場に行ったときにはもう何も残ってなかった。誰かがわたしたちよりさきに行って処理しちゃってた。そう言ったでしょうが」

「やっと私のまえに現れたときにね」

「考えてもみて。ゴミにして捨てられたものをどうやって壊せばいいの？　わたしたちが現場を立ち去ったのはそこにはもう何も残ってなかったからよ」

「今のは私の質問の答になってない。どうすれば私はきみを信用できる？　それが私の質問だ」

シルヴィはわざとらしくため息をついて言った。「いい、シゲオ？　あなたのそのポニーテールは超容量なんでしょ？　それで計算してみて。いくらかでも手っ取り早く儲けられればってことで、わたしはあなたに便宜を図ろうとしてるのよ。そうでもしないことには、明後日まで順番を待たなくちゃならないから。でも、あなたには新米の掃除屋しかいない。そんな連中を使っても誰の得にもならない。そんなことをしていったいどんな意味があるっていうの？」

長いこと誰も動かなかった。だいぶ経って、クルマヤは机の上にある装置のひとつに眼をやった。と同時に、その上のデータコイルが眼を覚ました。

「きみと一緒にそこに立ってる人造スリーヴは？」とクルマヤはさりげなく訊いてきた。

「ああ」シルヴィは人を紹介するときの仕種を交えて言った。「新人よ。ミッキー・セレンディピティ。兵器関係のバックアップ」

クルマヤは片方の眉を吊り上げて言った。「いつからオアに助けが必要になったんだね？」

「ちょっと試してみようと思っただけよ。あくまでわたしの考えよ」とシルヴィは屈託のない笑みを浮かべて言った。「現場じゃバックアップはどれだけいてもいすぎることはないわ。それがわたしの考え」

「それはそうだが」クルマヤは視線をおれに向けて言った。「だけど、きみの新しいお友達はダメージを受けてる」

「かすり傷だ」とおれは言った。

データコイルの色が変化した。クルマヤは横眼でそれを見た。複数の映像が頂点で一体化していた。彼は肩をすくめて言った。

「いいだろう。装備を整えたら、一時間後にメインゲートに集まってくれ。一日あたり十パーセントの熟練手当てを追加した標準メンテナンス料金を払う。それ以上はこっちとしても払えない。もちろん、どんな撃破にも軍用機械知性表価格に基づいたボーナスは出すが」

シルヴィはまた屈託のない笑みを浮かべた。「それでいいわ。準備はもうできてる。またあなたと仕事ができてよかった、シゲオ。行きましょう、ミッキー」

そう言って、クルマヤに背を向けかけたところで、彼女の顔が引き攣った。情報がいきなり入力されたのだ。彼女は苛立たしげにすばやくクルマヤのほうを振り返って言った。

「何？」

クルマヤはおだやかな笑みを彼女に向けて言った。「はっきりさせておいたほうがいいと思ってね、オオシマ－サン。きみたちは哨戒組織網に組み込まれる。つまり、今度もまた抜け出そうとしたら、すぐにわたしにわかるということだ。その場合、許可証は当然取り上げられる。たとえ全域哨戒を展開しなければならなくなっても、なんとしてもきみたちを連れ戻す。新米の一団に捕まって無理やり連れ戻されたいのなら、私を試すといい」

シルヴィはまたひとつ大仰なため息をつくと、悲しそうに首を振り、順番待ちをしているデコムのあいだを抜けた。おれたちが脇を通り過ぎると、アントンが歯を剝き出して笑い、嘲《あざけ》るように言った。

「メンテナンス料金とはねえ、シルヴィ。ようやく自分に見合った場所を見つけたな」

そこでいきなりアントンはひるんだ。白眼を剝いて、顔をこわばらせた。シルヴィが彼の頭の中に侵入し、何かをひねったのだ。隣にいたデコムがよろめいたアントンの腕をつかんで支えた。アントンは強烈なパンチを食らった見世物ファイターみたいなうめき声を洩らし、舌をもつれさせながらも怒りで野太くなった声を絞り出した。

「このくそ――」

「沼の雑魚《ざこ》は引っ込んでることよ」シルヴィはただそれだけ言ってバブルファブを出た。

彼女はもうアントンのほうを見てもいなかった。

第七章

メインゲートは幅六メートル、高さ十メートル、装甲を施した灰色の合金製だった。てっぺんにロボット歩哨を据えつけた、高さ二十メートルほどの塔がその両側に立っており、塔の中にはレール式反重力エレヴェーターが設えられていた。そんな灰色の金属板の近くまで行くと、その向こう側で自動有刺鉄線が休みなく活動している音が聞こえてきた。

クルマヤに掃除を志願したほかのデコムたちは、ゲートのまえで小さな集団をつくり、空威張りをするときだけ声が大きくなるやりとりをぼそぼそとしていた。シルヴィが言ったとおり、ほとんどが若い未経験者で、装具を扱うときの不器用さとまわりをぽかんと見まわしている様子から、彼らの能力のほどは容易に知れた。持っているハードウェアも貧弱で、およそ感心できないものばかりだった。武器のほうも大部分が時代遅れの軍の放出品で、車両は全部合わせても十台ばかり、ここに集まっている五十人あまりの半分も運べないだろう。おまけに何両かは反重力装置を備えておらず、どうやら残りの半分は徒歩で掃除するつもりのようだった。

コマンド・リーダーの数もきわめて少なかった。

「こうしたものよ」とキヨカが自分を納得させるように言った。そう言って、おれが操作している反重力バイクの鼻づらの上で、腕を組んでうしろにもたれた。その拍子にまだ駐車クッションの上にあったその小型の乗りものはいくらか傾いだ。おれはそのぶんフィールドをもたげた。「新米はそもそも大してお金を持ってない。だから事実上、システムとの接続なしでゲームに参加して、掃除仕事をして、アップグレードのための現金を稼ぐか、未浄化地域の端っこで簡単に手にはいる賞金を手に入れようとする。それで運がよくて、いい仕事ができたら、誰かに認められる。クルーをなくした誰かにね。で、その誰かのクルーに迎えられる」

「運悪く、いい仕事ができなかったら?」

「自分の髪《ヘア》は自分で伸ばすしかない」残りの二台のバイクの片方の荷物入れの中を探っていたラズロが顔を上げ、にやりとした。「だろ、船長?」

「まあね。そんなところね」とシルヴィは苦々しげに言った。オアと一緒に三台目のバイクのそばに立ち、ジャドウィガを生きているように見せかけるのに再度トライしていたが、苦労しているのは明らかだった。もちろん、おれとしてもこうしたことのなりゆきはおよそ愉しめなかったが。おれたちは死んだデコムをまずバイクにまたがらせてみたのだが、シルヴィにも中古のバイクまでパイロットするのは無理だったので、ジャドウィガはおれの後部座席に乗っていた。待っているあいだ、おれだけが降りて、ジャドウィガがまたがったままというのはなんとも不自然に見えそうで、おれはまたがったままでいた。シルヴィは死体の片方の腕をおれの肩に親しげにかけさせ、もう一方の手はおれの腿に置かせた。時折、ジャドウィガの頭が回転し、サンレンズをつけた顔が微笑に近い表情にゆがんでも、おれは努めて平静を装った。

「でも、ラズロの言ったことは忠告でもなんでもない」とキヨカがおれに言った。「二十人の新米のうち、ひとりでもコマンド・リーダーになれればいいほうなんだから。そう、ワイヤを頭に埋め込むこと自体は誰でもできる。でも、そんなことをしたら、頭がおかしくなるのがオチよ」

「そう、ここにいる船長みたいに」一方の荷物入れを漁《あさ》りおえて蓋をしたラズロが、もう一方の荷物入れのほうにまわりながら言った。

「どうすればいいか、あえて言えば」とキヨカは辛抱強く続けた。「熱さに耐えられるやつを探し出して、共同集合体を作るのよ。そして、ヘアを手に入れて、最低限のプラグインを全員に装着できるまで基金を貯めれば、新品のクルーの出来上がりというわけ。何、見てんの？」

キヨカの最後のことばは、おれたちのそばにやってきて、羨ましそうに反重力バイクと装備を見ている若いデコムに向けられたものだ。キヨカの物言いに少しあとずさりはしたが、もの欲しそうな顔そのままに若者は言った。

「これ、ドラキュル・シリーズだろ？」

「そう」とキヨカはバイクの外殻を両の拳で叩きながら言った。「ドラキュル41シリーズ。ミルズポートの工場の製造ラインを出て三ヵ月、このマシンについてあんたが聞いてることは百パーセントほんとうよ。装甲エンジン、電磁パルスも粒子ビーム・バッテリーも内蔵、流体対応シールド、強化ヌハノヴィッチ・スマート・システム。何もかも装備されてる」

ジャドウィガがその若いデコムのほうに顔を向けた。死んだ口元にまた笑みを浮かべようとしたようだ。彼女の手がおれの肩から横腹にすべった。おれは座席の上で坐り直した。

「いくらぐらいするんだ？」とおれたちの新たなファンは訊いてきた。そいつのうしろで同じようなハードウェア・ファンの小さな一団ができはじめていた。

「あんたが一年に稼ぐ額じゃ足りないわね」とキヨカは優美に手を振りながら言った。「基本セットだけで十二万。しかもこれは基本セットじゃない」

若いデコムは二歩ほど近づいてきて言った。「ちょっといいかな――」

おれはそいつに視線を突き刺して言った。「駄目だ。おれはもう乗っちまってるんだから」

「小僧、来いよ」ラズロが荷物入れを引っ掻きまわしていたバイクの外殻を手で叩いて言った。「恋人たちにはかまうな――あいつらはひどい二日酔いで、機嫌が悪いんだ。おれが見せてやる。来シーズンが待ち遠しくなるものを見せてやる」

笑い声があがり、新米の小さな一団はラズロのバイクのほうに流れていった。おれは安堵の視線をキヨカと交わした。ジャドウィガはおれの腿を軽く叩いて、肩に頭をあずけてきた。おれはうんざりしてジャドウィガの頭越しにシルヴィを見やった。おれたちの背後の拡声器から咳払いが聞こえた。

「みなさん、ゲートはあと五分で開きます。タグの確認をしてください」


反重力モーターがうなり、ほんの数台のレールランナーの小さな軋み音がした。ゲートが二十メートル上のてっぺんまでぎしぎしと上がった。デコムたちはゲートの下にあいた空間をくぐり、その資金状況に応じて徒歩か乗りもので出発した。自動有刺鉄線がわれわれのタグに反応して掃討地域を這って巻き戻り、落ち着きのない、人の背の高さほどの生垣をつくった。おれたちは〝茸〟でラリって見る悪夢から出てきたみたいにのたくる壁を両脇に見ながら進んだ。

タグ・フィールドの接近を探知したスパイダー・ブロックが、複数の臀部をもぞもぞとうごめかせるのが遠くに見えた。おれたちがさらに近づくと、やつらは巨大な多面体の体をひび割れた永久コンクリートからもたげ、脇にさがった。プログラムされたブロック&クラッシュの動きを逆にして。おれは慎重にそんなやつらのあいだを進んだ。フン・ホームでのことだ。これと似たマシンが反乱を起こして、テク・ニンジャ突撃部隊を殲滅したことがある。おれはその夜クワン王宮の要塞の中にいたのだが、そこからでもテク・ニンジャたちの悲鳴が聞こえたものだ。盲目的で緩慢な動きとその巨体にもかかわらず、マシンがテク・ニンジャ全員を殺すのに大して時間はかからなかった。

十五分ばかり注意深く前進して、おれたちは橋頭堡の防衛陣を抜け出し、ドラヴァの通りに散開した。路面はドック用の表面材から、敷き詰めた砂利に変わり、だいたいが二十階建ての無傷のアパートメントハウスも散見された。入植時代の実用本位の建築様式で、これだけ海辺に近いと、できたての港に供する設備ばかりが優先され、美観などほとんど顧られない。小さく奥まった窓が列をなし、近視のその眼で海をのぞき見していた。爆撃の跡がまだ残っている永久コンクリートの壁は、数世紀間なんの手入れもされておらず、傷みがなんともひどかった。青灰色の苔が広がり、それを見れば抗バクテリア被覆が剝がれた個所がわかった。

空一面に雲が広がっていたが、隙間もあり、そこから洩れた日光が静まり返った道路を淡く照らしていた。おれたちをまえに急き立てるように、河口から突風が一陣吹いた。振り返ると、自動有刺鉄線とスパイダー・ブロックがまた元通りにからまり合っているのが見えた。傷口が閉じるように。

「急いだほうがいいみたい」シルヴィの声が肩のあたりで聞こえた。オアがもう一台のバイクでおれの横を走っており、コマンド・リーダーのシルヴィはその後部座席にまたがって、何かのにおいを嗅ぎ取ろうとするかのように首をめぐらしていた。「少なくとも雨は降ってないけど」

そう言って、彼女は身につけた通信ジャケットの制御装置に手を触れた。静寂の中、彼女の声が大きく響き、人気《ひとけ》のない通りにこだました。デコムたちはみなその声に振り返り、猟犬の群れのように興奮し、身構えた。

「いいわ、みんな、聞いて。場ちがいな命令に従いたくなくても――」

シルヴィはそこで咳払いをし、そのあとは囁き声になった。

「でも、誰かが――わたしじゃなくても誰かが――」

彼女はまた咳払いをした。

「誰かが何かをしなくてはならない。これはただの演習とはちがう」シルヴィは首をかすかに振った。声にまた力が出てきて、壁に反響した。「わたしたちの戦争はくそ政治的くそオナニーのくそ幻想などではない。これは現実だ。権力を持ってるやつらは自分たちの同盟をつくり、その同盟への忠誠を誇示したり、逆に忠誠心のなさを露呈したりしている。そうやって選択の自由を行使している。選択の自由などわたしたちは端《はな》から取り上げられている。やつらがそれを行使したときから。わたしは要らない……わたしは要らない……」

彼女は咽喉をつまらせ、頭を垂れた。

デコムたちは身じろぎすることもなく突っ立っていた。待っていた。ジャドウィガがおれの背中にぐったりともたれてきて、後部座席からずり落ちそうになった。おれは片手をうしろにまわして、どうにか彼女を抱き止めた。その拍子に鎮痛剤の柔らかな灰色越しに猛烈な痛みが走った。おれは思わず身をすくめた。

「シルヴィ……！」少し離れたところからシルヴィに小声で呼びかけた。「おい、しっかりしろ、シルヴィ。しっかりしろって！」

シルヴィはこんがらがった前髪の隙間からおれを見た。かなりのあいだただじっと見つめてきた。まったくの赤の他人を見る眼で。

「しっかりするんだ」とおれはやさしく繰り返した。

シルヴィはぶるっと体を震わせた。そのあと背すじを伸ばしてまた咳払いをしてから、片手をもたげて優雅に振った。

「わたしには政治なんか要らない」と彼女は勿体をつけて言った。彼女のことばを待ち受けていたデコムたちは笑った。その笑い声が収まるのを待って、彼女は続けた。「みんな、わたしたちは政治のためにここにいるわけじゃない。わたしだけがただひとりのヘアヘッドというわけじゃないこともわかってる。でも、経験の点ではたぶんわたしが一番だと思う。だから、仕事にまだあまり自信が持てない人に提案させてほしい。交差点ではどこでも移動用車両人員が通りをすべて調べるまで、放射状探索パターンを崩さないこと。誰についていってもいいけど、探索ラインは必ず六人以上で組むことを勧めるわ。移動用車両のクルーはすべての通りで先頭に行って、不運な徒歩の人たちは建物を一戸一戸点検する。どの建物の探索でも充分長く時間を取るようにして、移動用車両のクルーは探索パターンの外へは決して出ない。一方、建物内を探索する者はミミントの活動の気配を少しでも感じたら、外の移動用車両のクルーの援護を求めるように。どんなに些細な気配でも」

「そういうやり方だと、賞金はどうなる?」と誰かが呼ばわった。

同意を示すつぶやきがあちこちから聞こえた。

「おれが解体したものはおれのものだ。おれはそれを分け合うためにここにいるんじゃない」別の誰かが声高に宣した。

シルヴィはうなずくと、声を張り上げて反論した。

「あなたにもいずれわかるはずよ。成功したデコムはすべて三つの段階を経てることが。まず第一段階、それはもちろんミミントを倒すことね。第二段階、それは倒したミミントが自分のものであることをきちんと登録することよ。第三段階、橋頭堡に無事に戻るまでなんとか生き延びてお金を受け取ること。この第二段階と第三段階が何よりむずかしい。内臓をぶちまけ、頭もどこかに吹き飛ばされて通りに横たわるような破目になったら、なおさらむずかしい。誰の手助けもなしにカラクリの巣を解体しようとしたら、だいたいそういうことになる。つまり、クルーということばにはちゃんと意味があるってことよ。どの段階にしろ、クルーになりたいと思うなら、そのことをよく考えるといいわ」

ざわめきがつぶやきに変わった。おれの背後でも死んだジャドウィガが姿勢を正して、おれの腕に体重をかけなくなった。シルヴィは聴衆を見渡して続けた。

「いいわね。放射状探索パターンにはいると、すぐにお互いばらばらになる。だから、マッピング・ギアはいつもオンラインにしておいて。探索がすんだら、その通りには必ずタグをつけて、お互い連絡を絶やさないようにして、パターンが広がって隙間があいたら、すぐにあと戻りできるようにする。空間分析に関してはミミントのほうがわたしたちの五十倍は勝《まさ》ってる。そのことを忘れないように。隙間をそのままにしておくと、彼らは必ずそこに眼をつけて、そこを利用するから」

「すべてはそもそもやつらがそこにいればの話だ」デコムの群れの中からまた別な声があがった。

「すべてはそもそもやつらがそこにいればの話よ」とシルヴィは同意して言った。「いるかもしれないし、いないかもしれない。ニューホッカイドウにようこそ。それじゃ」シルヴィは反重力バイクのステップに足をのせて立つと、みんなを見まわした。「何かほかに建設的な意見を持ってる人は？」

誰も何も言わなかった。靴が路面をこする音がしただけだった。

シルヴィは笑みを浮かべて言った。「よろしい。それじゃ、探索よ。みんなの同意の得られた放射状探索ね。じっくり調べて！」

むしろ耳ざわりな歓声があがり、機械を拳で叩く音があちこちから聞こえた。何人かの馬鹿が空に向けてブラスターを発射すると、みんなの気合をのせて喚声が高まった。

「……くそミミントのケツをぶっ飛ばせ……」

「大金を稼ごうぜ。大金を！」

「ドラヴァ、ベイビー、さあ、来てやったぞ！」

キヨカがおれの横にやってきて、片眼をつぶって言った。

「彼らにはこの元気のすべてが要る。さらに加えてもう少し。今にわかるわ」


キヨカが片眼をつぶった意味は一時間後にはもうわかった。

遅々として、苛立ちばかりが募る仕事だった。おれたちは落ちている残骸や壊れた地上車をよけながら、通りを五十メートルほど進んだ。クモノスクラゲさながら。スキャンしては止まり、見ては止まる。徒歩探索員は通りの両側の建物にもぐり込むと、一歩ずつ這うようにして二十階ちょっとのぼり、おれたちは建物のせいで歪められた徒歩探索員の通信音声を聞く。そして、スキャン画像を見る。探索済みの建物にタグをつける。徒歩探索員が降りてくるのを待つ。スキャンを見る。そして、遅々たる五十メートルに向けてさらに進む。スキャンを見る。止まる。

何も見つからなかった。

太陽VS雲の戦争が太陽の負け戦《いくさ》の様相を呈し、そのうち雨が降りだした。

スキャンを見る。通りを進む。止まる。

「広告どおりとはいかない、でしょ？」雨を魔法のように撥ねのけている眼に見えないシールドの傘の下、キヨカが坐り、次の建物の中に消えていく徒歩探索員を顎で示して言った。みんなずぶ濡れだった。眼をぎらつかせた一時間前の興奮などとっくに消し飛んでいた。

「ニューホッカイドウの未開拓地でチャンスとアヴァンチュールを見つけようと思ったら、傘をお忘れなく」

キヨカのうしろにまたがっているラズロがにやりと笑い、あくびまじりに言った。「やめろよ、キヨカ。誰だってどこかから始めなきゃならないんだから」

キヨカは上体をそらすと、肩越しにうしろを見て言った。「ねえ、シルヴィ。あとどれぐらい――」

シルヴィは身振りで答えた。ユキオとの銃撃戦のあと、彼らが交わしていたのと同じ暗号化された簡潔な身振りだった。コマンド・リーダーからのデータを受信するあいだ、キヨカは片方のまぶたを震わせた。エンヴォイの集中力が高められているので、おれにはその震えまで感知できた。ラズロは満足そうにひとりうなずいていた。

コマンド・リーダーの頭との直接通話用に渡されたコムセットのスウィッチを入れて、おれは言った。

「何か起きてるのか、シルヴィ？　おれはそれを知らなくてもいいんだろうか？」

「ああ」オアの排他的な答が返ってきた。「おまえさんも知らなきゃならないことが出てきたら、仲間に入れてやるよ。だろ、シルヴィ？」

おれは彼女のほうを向いて尋ねた。「そうなのか、シルヴィ？」

シルヴィはいくらか疲れた笑みを浮かべて答えた。「確かに今はまだそのときじゃないわね、ミッキー」

スキャンを見る。破壊され、雨に濡れた通りを進む。バイクのシールドが頭上に広がり、きらきらと光る楕円形の傘となって、雨を弾《はじ》いてくれている。ずぶ濡れの徒歩探索員は悪態をつきまくっている。

何も見つからない。

午《ひる》には街中を二キロほど進んでいたが、作戦中の緊張感はすでに退屈に取って代わられていた。おれたちに一番近いクルーは、おれたちから六ブロックほど離れた両サイドを進んでいたが、位置表示ディスプレーを見るかぎり、彼らの車両はしまりのない駐車隊形を取っていた。ディスプレーを一般チャンネルに合わせると、建物を上下している徒歩探索員の悪態と愚痴が聞けた。なんとしても大金をつかむという最初の意気込みは、そのどちらのグループからも雲散霧消していた。

「おい、見てみろ」オアがだしぬけに野太い声で呼ばわった。

おれたちが前進していた通りは直角に右に曲がっていたが、見ると、そのすぐさきに円形の広場が広がっていた。広場のまわりは仏塔式のテラスに囲まれ、つきあたりに、間隔を広くあけて立てた支柱に支えられた多層式の寺院が見えた。広場のいたるところ、舗装が傷んだ個所には、大きな水たまりができていた。焼き尽くされた巨大なスコーピオン砲の傾いだ残骸以外、身をひそめられそうなものは何もなかった。

「あれがゆうべオオイシたちがやっつけたスコーピオンか?」とおれは尋ねた。

ラズロが首を振って答えた。「いや、あれはあそこに何年もまえからいる。それに、オオイシの話からすると、ミミントとしても焼かれるまえに砲架しかつくれなかったみたいだろ? あそこにいるあいつは死ぬまで歩いていて、話もしていて、自己繁殖もしてたくそミミントだ」

オアがラズロに渋面を向けた。

「新米たちはもう階下《した》に降ろしたほうがいいんじゃないかな」とキヨカがシルヴィに言った。

シルヴィはうなずくと、ローカル・チャンネルで探索員に、最後の建物から急いで出るように言った。そして、出てきた探索員を反重力バイクのうしろに集めた。探索員は雨に濡れた顔を拭いながら、恨めしげに広場を眺めた。シルヴィは反重力バイクの後部座席のステップの上に立つと、通信ジャケットをオンにして言った。

「みんな、聞いて。この広場は見るかぎり安全そうに見える。でも、百パーセント安全とは言えない。だから、ここからさきは新パターンに変更する。バイクの乗員は広場の反対側まで行って、寺院の低層レヴェルをチェックする。そう、時間は十分。チェックがすんだら、バイクのうち一台は戻ってきて、見張りにつく。そのあいだにあとの二台は広場の両サイドを通って戻ってくる。二台が無事に戻ってきたら、全員楔形になって前進。徒歩探索員は寺院の上層をチェックする。わかった？」

むっつりとした同意の声が列の前後からあがった。もうどうでもいいといったふうだった。シルヴィは自分にうなずいて言った。

「いいわ。じゃ、始めましょう。スキャン開始！」

シルヴィはバイクの上で体をひねると、オアのうしろに坐り直した。そして、オアのほうにもたれるようにして何やら言った。シルヴィが唇を動かしているところまではわかったが、おれの人造スリーヴではなんと言ったのかまで聞き取ることはできなかった。バイクの駆動装置のつぶやきがいくらか大きくなり、オアは広場に向かって前進を始めた。キヨカはラズロを乗せ、広場の左側を少しずつ進み、シルヴィたちのあとに続いた。おれは自分の操縦装置の上に覆いかぶさるようにして右側を進んだ。

それまでの通りが残骸に埋め尽くされていたせいだろう、広場はいかにも広々として無防備な感じがした。空気がより軽くなったように感じられ、バイクのシールドにあたる雨足も弱くなったようだった。空間の広さからバイクもいくらか速度を増した。もちろん錯覚だ――

危険を知らせるこの感覚も――

エンヴォイの特殊技能がかさかさとおれの神経を引っ搔いていた。注意が必要だと訴えていた。知覚の地平のすぐ向こうにトラブルがひそんでいると。今にも爆発しそうな何かがあると。

今回の場合、潜在意識のどんな小さな断片がそんな感覚の引き金を引いたのか。それはおれにもわからない。エンヴォイの直感的機能などというものは最高にいいときでも気まぐれなもので、橋頭堡を出てからずっとおれには街全体が罠のように感じられてならなかった。

それでも、この感覚は捨てられない。

シャーヤやアドラシオンのような遠く離れた別の星で、これまで五百回はおれの命を救ってきてくれたのだから。この感覚はおれの核に結びついている。子供の頃の思い出よりさらに深く。

おれは右手を軽く武器コンソールの上に置き、塔のテラスに沿って休むことなく周辺スキャンを続けた。

スコーピオン砲が近づいてきた。

あともう少しで——

あそこだ！

アドレナリン類似化合物が人造システムの中を暴れまわりはじめ、おれの手は反射的に火器管制装置の上に——

ちがった。

スコーピオン砲のひび割れた部分から植物が生え、花が頭を垂れて揺れているだけのことだった。花は降り注ぐ雨にひとつひとつ頭を押さえつけられては、そのたびに茎が反発していた。

思わず知らず息を止めており、それがこれまたゆっくりともとに戻った。スコーピオン砲の横を通り過ぎ、広場の中ほどまでやってきた。衝突が迫っているという感覚はそれでもまだ残った。

「ミッキー、大丈夫？」シルヴィの声が耳に飛び込んできた。

「ああ」おれは首を振って言った。「なんでもない」

おれにしがみついているジャドウィガの手に力が加わり、上体をいくらかおれの背中に押しつけてきた。

おれたちは何事もなく、寺院が影を落としているあたりを通り抜けた。斜めに延びる石の建造物が頭上にのしかかり、〝オオダイコ〟の鼓手の巨像に眼がいった。急勾配の重い上部構造を支える歪んだ柱のような構造物は、融解ガラスの床と継ぎ目なく合体しており、側面の通気孔から光が射し込み、屋根からの雨水がたえまなく奥の暗闇の中に流れ落ちていた。オアがその中にバイクを進めた。おれの基準に照らして言えば、ほとんど無警戒に。

「ここで間に合いそうね」シルヴィがおれたちのはいった空間に響き渡る大声で言った。そう言って立ち上がり、オアの肩に寄りかかるようにしてしなやかに体をねじってから、床に降り立った。「みんな、急いで」

ラズロが真っ先にキヨカのバイクから跳び降りて、あたりを歩きまわった。寺院の支持構造物のスキャンを始めたのだろう。オアとキヨカもバイクから降りようとしていた。

「いったいおれたちは何を――」と言いかけ、おれは耳につけたコムリンクがつながっていないことに気づいてやめた。バイクにブレーキをかけ、コムセットをはずして見つめてから、視線をデコムたちに――彼らがやろうとしていることに――向けて言った。「おいおい！　いったいぜんたいなんなんだ？　何をやろうとしてるのか誰か教えてくれ」

キヨカがそばを通りながら、おれに忙しげな笑みを向けて言った。ウェブストラップでまとめたかなりの量の爆発物を抱えて――

「あなたはじっとしてて、ミッキー。すぐ終わるから」

「ここと」ラズロが言っていた。「ここ。それからここ。オア？」

オアはがらんとした奥のスペースから手を振って言った。「把握できた。構造はきみの計算どおりだ、シルヴィ。最大であとふたつ要る」

彼らは爆発物を設置しようとしているのだった。

支柱を使ってアーチ状にした構築物を見つめた。

「おいおいおい、冗談だろ？」おれはバイクから降りようとした。が、ジャドウィガの死体にがっちりと胸をつかまれた。「シルヴィ！」

シルヴィは融解ガラスの床に置いた黒い梱包ユニットをまえにして、ひざまずいていたのだが、その眼をおれのほうにちらりと向けた。彼女の指がユニットのデッキ上で動くのに合わせて、フードつきのモニター画面に表示されたさまざまな色のデータ群が変化した。

「あと二分。それだけあれば充分」

おれは親指で背中のジャドウィガを示して言った。「おれが壊しちまうまえにこいつから解放してくれ、シルヴィ」

シルヴィがため息をついて立ち上がると、ジャドウィガはおれを放し、ぐったりとなった。おれはバイクのサドルにまたがったまま上体をひねり、ジャドウィガが床に落ちるまえに彼女の上体を支えた。同時にシルヴィがやってきて、ひとりうなずいて言った。

「いいわ。あなたも参加したいのね？」

「きみたちがいったい何をしてるのか知りたいだけだ」

「あとで言うわ。それよりテキトムラで渡したナイフでジャドの脊椎を切って、スタックを取り出してちょうだい。あなたはそういうことが得意みたいだから。わたしたちのうちの誰かがその仕事をやりたがるとも思えないし」

おれは、腕に抱えた死んだ女を見下ろした。ジャドウィガはうつむいてぐったりしており、サンレンズがずり落ち、死んだ片眼がかすかな光をとらえていた。

「今ここで？」とおれは訊き返した。

「そう、今ここで」シルヴィは両眼をぐるりとまわし、網膜ディスプレーをチェックした。どうやら時間的な制限があるようだった。「あと三分以内で。それだけしか時間は残ってないから」

「こっちはすべて終わった」というオアの声がした。

おれはバイクを降りると、ジャドウィガを融解ガラスの床に降ろし、ほとんど手の一部と化しているナイフを取り出した。そして、うなじのあたりの死体の服を切り裂き、布地をめくってその下にある青ざめた肌をあらわにしてから、ナイフのスウィッチを入れた。

その音を聞いて、寺院の反対側にいた者たちが反射的に顔を上げた。おれはただ見返した。みんな眼をそらした。

両手を使って、手際よく二回薄く切り、一回少し抉り、ジャドウィガの背骨のてっぺんを露出させた。あまり嗅ぎたくないにおいが立ち昇った。ジャドウィガの服でナイフを拭ってしまい、顔を起こして、組織がまとわりついている脊髄を指で探った。オアが大股で近づいてきて手を差し出して言った。

「おれが預かる」

おれは肩をすくめて言った。「喜んで。ほらよ」

「準備完了」梱包ユニットのところに戻ったシルヴィの声がした。何かを包み込んだ動作からも準備が整ったことが知れた。彼女は立ち上がると言った。「キヨカ、名誉を担う?」

キヨカはおれのところにやってきて横に立ち、切り裂かれたジャドウィガの死体を見下ろした。すべすべした灰色の卵を手にしていた。けっこう長く感じられるあいだ、おれたちは黙ってただ突っ立っていた。

「時間がないぞ、キヨカ」とラズロがおだやかにキヨカを促した。

キヨカはそっとジャドウィガの頭のそばにひざまずくと、おれが切り開いたうなじに手榴弾を置いた。すべまた立ち上がったキヨカはなんとも言えない顔をしていた。何かが顔の上をうごめいているようにも見える、そんな顔をしていた。

オアがキヨカの腕にやさしく触れて言った。

「また新品になるんだから」

おれはシルヴィを見て言った。「そろそろ教えてもらえないだろうか？」

「わかった」コマンド・リーダーは梱包ユニットを顎で示した。「免責条項を行使するのよ。あと二分ほどであそこのデータ地雷が爆発すると、全員のコムセットとスキャナーが一時的に使用不能になる。さらに二分ばかりでもっと騒がしいやつが爆発する。それがジャドウィガの死体をばらばらにしてあたりに飛び散らせ、建物が崩壊する。そこでわたしたちは逃げ出す。裏口からね。シールドした駆動装置で電磁パルスから逃れて、新米さんたちのスキャナーがまた使えるようになる頃には探知範囲外に出てるってわけ。つまり姿を消し去ってるってこと。新米さんたちはジャドの残骸を見て、きっとこう思うはずよ。わたしたちはカラクリの巣かスマート爆弾に引っかかって、その爆風で蒸発させられたんだろうって。かくしてわたしたちはまたフリー・エージェントになれるってわけ。それがわたしたちの狙いよ」

おれは首を振って言った。「これまで聞いた中で最悪の計略だ。もし——」

「なあ」とオアが険悪な眼でおれを睨んで言った。「気に入らなけりゃ、おまえさんはここに残ったっていいんだぜ」

「船長」とラズロが横から言った。いささか棘のある声音になっていた。「おしゃべりしてる暇があったら、さっさと行動に移したほうがいいんじゃないか？　あと二分しかないんだぜ。あんたの計算じゃ、ちがうのかい？」

「そう」キヨカが床に横たわっているジャドウィガの死体にちらりと眼を向け、向けた眼をすぐにまたそらして言った。「早く出ましょう。今すぐ」

シルヴィは黙ってうなずいた。〈スリップインズ〉全員がバイクに乗った。おれたちは隊形を組んで、雨水が流れ落ちている音が聞こえる寺院の奥をめざした。

誰ひとりうしろを振り返らなかった。

第八章

誰の眼にも完璧にうまくいった。

爆発が起きたときには、おれたちはもう寺院の反対側を出て五百メートルは行っていた。くぐもった爆発音が何度も続き、そのあと低いうなりが最後には咆哮《ほうこう》になった。おれは座席の上で上体をひねってうしろを見た。ジャドウィガはもうおれのバイクの後部座席ではなく、オアのポケットに収まっているので、眺めをさえぎられることはなかった。おれたちが選んだ通りの狭いフレームの中、巻き起こる埃の雲をまとい、建造物全体があっけなく地面に崩れ落ちるのが見えた。一分後、立体交差を過ぎて地下道にはいると、そんな眺めも見えなくなった。

おれは二台のバイクと並行して走っていた。「これは最初からの計画なのか？　最初からずっとこうしようと思ってたのか？」

トンネルの薄明かりの中、シルヴィはむっつりとうなずいた。トンネルの薄暗さは寺院と異なり、意図的なものではない。天井の劣化したイリュミナム・パネルが青息吐息で投げかけている青い光は、晴れた夜空に三つ出た月の光より弱かった。そんな暗さに反応し、バイクのナヴィゲーション・ライトが眼を覚ましていた。地下道は右に曲がり、背後のトンネルの出入口からの自然光も見えなくなった。空気が冷たくなってきた。

「ここはもう五十回は通ってる」とオアが間延びした声音で言った。「あの寺院は理想的な逃げ場だよ。ただ、これまでは逃げなきゃならない相手がいなかっただけで」

「ほう。そういうことなら、仲間に入れてくれてどうもありがとう」

青い闇の中、デコムたちの笑い声がこだました。

「問題は」とラズロが言った。「リアルタイムの音声通信を使わないかぎり、あんたは閉回路通信網にはいれないことだ。これがちょいと不便だ。船長はクルーネットを使って十五秒でおれたちに情報を送って合図をする。でも、あんたとおれたちは実際にしゃべらなきゃならない、それもことばで。橋頭堡には最新のコム装備がごろごろしてるからね。誰に聞かれるかわかったもんじゃない」

「でも、わたしたちに選択の余地はないわ」とキヨカが言った。

「ええ、選択の余地はない」とシルヴィがおうむ返しに言った。「死体は焼け、空には悲鳴があふれ、みんなはわたしに言う。わたしは自分に言う——」そこで彼女は咳払いをしてみんなに謝った。「ごめん。またずれちゃったわね。南に戻ったらなんとしてもこれをどうにかしなくちゃ」

おれはおれたちがやってきたほうを顎で示して言った。「あいつらがスキャン・システムを復旧するまでにどれくらいある？」

デコムたちは互いに顔を見合わせた。シルヴィが肩をすくめて言った。

「十分から十五分。どんな安全装置ソフトを持っているかによるけど」

「そのあいだにカラクリが現われたらとんでもないことになる。ちがうか？」

キヨカが鼻を鳴らした。ラズロは片眉をもたげた。

「そう、そのとおりだ」とオアが野太い声で言った。「そのときは気の毒としか言いようがないが、それがニューホッカイドウってもんだ。ニューホッカイドウで生きるってことだ。おまえさんも早く慣れたほうがいい」

「でも、いい?」とキヨカが忍耐強く諭すように言った。「ドラヴァにはくそカラクリなんていないんだから。あいつらは――」

前方からぶんぶんと何かが回転しているような金属音が聞こえてきた。

全員が緊張した視線を交わした。三台すべてのバイクの武器コンソールが点灯し、一気に臨戦状態になった。シルヴィがコマンド・リーダーの権限で指令を出したのだろう。小部隊は急停止した。オアが座席の上で背すじを伸ばしたのがわかった。

おれたちの前方、薄闇の中、捨てられた車両がその大きな姿をさらしていた。動いている気配はない。と思うなり、トンネルの次の曲がり角の向こうから、いきなりすさまじい衝突音が聞こえた。

弱い光の中、ラズロが硬い笑みを浮かべて言った。「あんた、さっきなんて言ったっけ、キヨカ?」

「いい?」とキヨカは自信がなさそうに言った。「わたしは反対証拠も受け入れる」

ぶんぶんという音が一旦やんで、また始まった。

「なんなんだ?」とオアがぼそっと言った。

シルヴィの顔からは何も読み取れなかった。「なんであれ、データ地雷がやっつけてくれてるはずよ。ラズロ、トップ・ウィンスフィッシュの給料に見合った仕事をやってみる?」

「いいとも」ラズロはおれに片眼をつぶってみせると、キヨカのバイクの後部座席から降りた。そして、両手の指を組み、手のひらを外に向け、関節が鳴るまで伸びをした。「もうパワーアップはしたかい、ビッグマン・オア?」

オアは黙ってうなずいた。すでにバイクから降りており、バイクのステップの荷物スペースを開けて、半メートルの長さのタイヤレンチを取り出していた。ラズロはまたにやりとして言った。

「それじゃ、紳士淑女のみなさん、シートベルトを締めて、ちゃんとさがっていてください。スキャン開始！」

そう言って、トンネルの湾曲した壁にへばりつき、壁を抱くような恰好で壊れた車両のところまで進むと、脇に跳んだ。薄暗がりの中、その動きには影ほどの実体もなかった。そんなラズロのあとをオアが追っていった。タイヤレンチを左手に持って低く身構えたその恰好は野蛮な猿人そのものだった。おれは振り返ってシルヴィを見た。まえに屈み込み、眼をフードで覆っていた。集中しながら同時に放心したような奇妙な無表情になっていた。ネットに接続しているのだ。

その彼女の無表情には見ていて詩的にさえ思えるところがあった。

ラズロは、車両の残骸の一部に手をかけて体を持ち上げると、猿のような身軽さで車両の屋根にのぼった。そこで完璧に静止し、頭だけわずかにもたげた。オアはトンネルがちょうど曲がりかけているところで待機していた。シルヴィがひとりごとのようになにやらつぶやくや、ラズロが動いた。一度のジャンプで地面に着地し、走りはじめた。おれには見えない何かに向かって、トンネルがカーヴしているところを斜めに横切った。オアは両足を広げ、両手も広げてバランスを取り、トップ・ウィンスフィッシュが消えたほうに上体を向けた。その次の瞬間には慎重ながらすばやい足取りで五歩ほど進んだ。それでもうオアもおれのところからは見えなくなった。

数秒が過ぎた。おれたちはバイクの座席に坐ったまま、青い闇の中で待った。

さらに数秒が過ぎた。

……

「……どういうこと……？」

シルヴィが困惑した声をあげた。ネット接続から解放されるにつれて声が高くなり、現実に戻ってくると、二、三度まばたきをして、キヨカを横眼で見やった。

キヨカは肩をすくめた。そこでやっとおれにもわかった。シルヴィはラズロとオアが演じていたバレエを受信して、その一部になっていたのだ。体をわずかにこわばらせてバイクに坐りながらも、その眼はほかのクルー同様、ラズロの肩の上にあったのだ。

「おれにはさっぱりわからないんだが、シルヴィ」

「ええ」コマンド・リーダーはおれのほうを見て言った。「でも、どうやら安全みたい。さあ、見てみましょう」

おれたちはトンネルがカーヴしているところを注意深く曲がった。そして、バイクから降りてラズロとオアが見つけたものを見た。

トンネルの中でひざまずいていたのは、ヒューマノイドとはとても言えないような姿の代物だった。メイン・シャーシの上に頭が据えられていたが、人間を思わせる唯一の理由は、そのカヴァーが何かに引き裂かれ、内部のもっと華奢な一部が剝き出しになっているからだった。頭頂部にあたるところに大きな固定リングがまるで光輪のように残っており、頭蓋全体の輪郭を示していた。

人間であればついているると推測されるおおよその位置に手足がついていたが、哺乳類というより昆虫を思わせた。片側にある四本のうち二本の腕はぐったりと力なく垂れて、その一本は焼かれてずたずたになっていた。反対側の四本の腕の一本は完全にちぎれ、体のカヴァーにもかなりのダメージが加えられていた。二本は明らかに使用不能になっていた。腕をなんとか動かそうとしていたが、そのたびに露出してしまっている回路にすさまじい火花が走り、痙攣を起こしては止まっていた。燃え立つ炎が痙攣したような影を壁に投げかけていた。

四本の下部の脚の機能状態はわからなかったが、少なくともおれたちが近づいても立ち上がろうともしなかった。機能している三本の腕だけが地面に身を横たえた金属のドラゴンの心だけにわかっている何かを達成しようと、思い出したように動きはじめているだけだった。

四本の脚には鉤爪がついており、見るからに強力そうで、角張って細い頭部には多砲身の補助武器がいくつも備えられ、地面に突き刺して安定性を増すための棘つきの尻尾もあった。翼さえあった——上向きに湾曲したクモの巣状の構造物で、ミサイルを装備できるように設計された発射台だ。

しかし、そいつはもう死んでいた。

巨大な裂け目ができるほど何かに左側面を並行に切り裂かれ、その損傷個所の下の脚が押しつぶされていた。まっすぐだった発射台はゆがみ、頭は片側にねじれていた。

「コモド発射台」とラズロが慎重に機械のまわりをまわりながら言った。「それにカラクリ管理ユニット。あんたの負けだな、キヨカ」

キヨカは首を振って言った。「理屈に合わない。カラクリがここで何をしてるの？　実際の話、何をしてるの？」

カラクリがその頭をキヨカのほうに向け、機能する腕を切り裂かれたドラゴンの腹の中からのろのろと引き出した。そして、傷口を覆うようにした。その所作は薄気味悪くもカラクリの防御姿勢を思わせた。

「修理しようとしてるのか？」とおれは言ってみた。

オアが大声で笑って言った。「ああ、カラクリはあるところまでは管理者だ。そのあとは掃除屋になる。ここまでひどく叩きのめされたら、共同集合体に何か新しいものをつくれるよう、ばらばらになる。試すこともなければ修理もしない」

「これはそういうやつじゃない」とキヨカが身振りで機械を示して言った。「この機械人形にはそこまでできない。でも、ほかのやつは？　シルヴィ、あなたのスキャンは何も拾ってないわよね？」

「何も」そう言って、シルヴィはトンネルを漫然と見まわした。トンネルの青い光が銀色の髪に反射した。「いるのはこいつだけよ」

オアがタイヤレンチを掲げて言った。「こいつのスウィッチは切るのか切らないのか？」

「それで雀の涙みたいな褒賞金がもらえる」とキヨカがうなるように言った。「もし請求できたら。でも、わたしたちにはそれはできない。新米さんたちが見つけられるように放っておかない？」

「おれは」とラズロが反対した。「まだ機能してるこいつをあとに残して、トンネルを進むつもりはないからな。スウィッチを切ってくれ、ビッグマン」

オアは問いかけるようにシルヴィを見やった。シルヴィは肩をすくめてから黙ってうなずいた。

タイヤレンチがひと振りされた。超人的なすばやさで、卵の殻のようなカラクリの頭の残骸めがけて。いやな音がして、金属が裂け、光輪状の外郭がはずれて、トンネルの床で跳ね、物陰のほうに転がっていった。オアはレンチを引き抜くと、また振り下ろした。機械はそれを払いのけようと腕を一本持ち上げたが、レンチに打ち砕かれた。レンチの先端が頭の残骸の中にめり込んだ。カラクリは不気味なほど静かに脚を使って立ち上がろうとした。が、そいつの脚は回復不能なまでに目茶目茶に破壊されていた。オアはうなりながらブーツを履いた足を持ち上げ、そいつの脚を力任せに踏みつけた。機械はひっくり返り、湿ったトンネルの空気を脚でばたばたと掻きまわした。オアは機械に近づくと、熟練した無駄のない動きで乱暴にさらにレンチを振りまわした。

多少時間がかかった。

作業が終わり、足元の残骸から火花が消えたところで、オアは上体を起こして額の汗を拭いた。さすがに息が上がっていた。シルヴィを見て彼は言った。

「これでいいかな？」

「ええ、これで完璧にオフになった」シルヴィはオアと一緒に乗っているバイクに戻って言った。「さあ、行きましょう」

全員バイクに乗ったところで、おれの視線に気づいたオアが嫌味ではなく眉を吊り上げ、両頰をふくらませて言った。

「おれだって手を使ってやるのはいやだよ。ブラスターをアップグレードした分割払いがやっと終わったときはなおさら」

おれはおもむろにうなずいて言った。「ああ、誰にとってもきつい仕事だ」

「未浄化地域にたどり着けば少しはましになる。すぐわかる。機材を展開するスペースがあるからな。スプラッシュを隠すこともないし。それでも」オアはおれにタイヤレンチを向けた。「また手でやらなきゃならないやつが出てきたら、今度はおまえさんの番だ。次のやつのスウィッチはおまえさんに任せるよ」

「そりゃどうも」

「気にするなって」オアはレンチを肩越しにシルヴィに渡した。彼女はそれを荷物入れにしまった。オアの手の下でバイクが震え、壊れたカラクリの残骸の脇を通り過ぎて漂いだした。オアは眉をまた吊り上げ、にやりとして言った。「デコムへようこそ、ミッキー」

第二部

これは誰か別のやつだ

借りた手袋みたいに新しい肉体をまとう。そして、指にまた火傷をする。

——ベイ・シティの中央犯罪者収容施設の外のベンチに書かれていたらくがき

第九章

　空電音がした。一般チャンネルは広く開け放たれていた。

「いいか」とスコーピオン砲は諭すように言った。「こんなことをする必要はない。われわれのことは放っておいてほしい」

　おれはため息をつき、引き攣った手足を狭い崖の上で少しだけ動かした。絶壁に吹く北極風がひゅうひゅうと音をたて、おれの顔と手を凍えさせていた。頭上の空は典型的なニューホッカイドウの灰色で、しみったれた北の太陽はとっくに傾いている。おれがしがみついている岩肌の下方三十メートルでは、細長い岩屑の小径が谷底まで延びており、川が蛇行しているあたりには大昔の長方形プレハブ住宅が小さな集落を形成している——今はもう使われていないクウェル主義者の情報収集所で、おれたちが一時間前にいたところだ。自動推進砲がその最後のスマート爆弾を命中させて叩きつぶしたところからは、煙がまだ立ち昇っていたが、ほかのプログラム・パラメーターも同じ運命をたどったことは想像にかたくない。

「われわれを放っておいてくれたら」とそいつは繰り返した。「われわれもあんたらに干渉しない」

「そういうわけにはいかないのよ」とシルヴィがおだやかにやさしく言った。が、声音とは裏腹に、クルーのリンクアップを戦闘準備態勢にして、砲共同システムの弱点を探っていた。警戒心があたりの地形の隅々にまで紗幕《しゃまく》のように張りめぐらされていた。床までの長さのあるシルクのスリップみたいに隙間なく。「わかるでしょうが。あなたたちは危険すぎるのよ。あなたたちのライフシステムすべてがわたしたちには有害なのよ」

「そう」とジャドウィガが新たに手に入れた笑い声をあげた。その声にも慣れてきたようだった。「それにそもそもわたしたちには土地が要るのよ」

「公益のパラメーターを超える土地の所有はこれを認めず」上流のどこか安全なところから広告ドローンの声がした。「権限付与の要諦はそこにある。連邦通商法は……」

「ここではきみたちが侵略者だ」とドローンの声をさえぎって、スコーピオン砲がいささか苛立たしげに言った。その口調には強いミルズポート訛りがあり、そのことにおれはぼんやりとユキオ・ヒラヤスを思い出した。「われわれはこの三百年、誰にも邪魔されずにここにいたわけで、今までどおりここにいさせてくれと頼んでいるだけだ」

キヨカが鼻を鳴らして言った。「ばかばかしい」

「これじゃ埒が明かない」とオアがぼそっと言った。

実際、そのとおりだった。ドラヴァの郊外を出て未浄化地帯にはいって五週間、シルヴィ率いる〈スリップインズ〉は都合四体の共同システムと、さまざまなサイズと形の自律ミミントを十体以上解体していた。おれに新しい体を提供してくれた司令部の掩蔽壕《えんぺいごう》では、長期保存されていたハードウェアにタグをつけた。これでシルヴィのチームはかなりの褒賞金を手に入れたことになり、クルマヤが抱くはずの疑惑をなんとかやり過ごせば、全員一時的にけっこう金持ちになれるはずだった。

まあ、このおれもどうにか。

「……かかる関係における搾取を通じて私腹を肥やした者は、真の代表民主制の発展を容認することができず……」

ドローンのくそ正論。

おれは超神経化学物質《ニューラケム》でアップグレードされた眼の感度を上げ、共同システムがいないか谷底を見まわした。新しいスリーヴは現代の基準に即して言えば、いたってベーシックなものだった――たとえば、今ではどんなに安価な人造スリーヴでも標準装備になっている視覚チップ・タイム・ディスプレーさえ備えられていなかった。それでもパワーはスムーズに出せた。クウェル主義者の基地が手を伸ばせば届きそうなところに見えた。おれはプレハブとプレハブのあいだのスペースに眼を走らせた。

「……あらゆる場所で繰り返し闘争が表面化するたび人類は足がかりを見いだす。なぜなら、そうした場所ではどこにおいてもデモクラシーの萌芽が――」

動きがあった。

中央が盛り上がった手足の集合体。自我意識のある巨大な昆虫のような恰好をしている。ちょこまかとしたカラクリの尖兵だ。缶切り程度の力でプレハブの裏戸と窓をこじ開けて出たりはいったりしている。全部で七体。だいたい三分の一のパワー――シルヴィはすでに共同システムのパワーを機械人形ほぼ二十体分と計算していた。それに、三台のスパイダー・タンク（そのうち二台は予備品からつくられたつぎはぎタンク）と自律火器のスコーピオン砲だ。

「そういうことなら選択の余地はなくなる」とそいつは言った。「私としてはきみたちの侵入をただちに阻止せざるをえなくなる」

「ああ」とラズロがあくび交じりに言った。「おまえさんたちとしてはそうせざるをえないだろうな。ということなら、さっさとそうしようぜ、ミスター・メタル」

「そのつもりだ」

殺人火器が熱追尾装置を備えた眼でおれたちの痕跡をたどり、崖をのぼっておれたちに迫ってくるさまが頭に浮かんだ。かすかな震えが走った。この二日間、おれたちはミミントの共同システムを探してこのあたりの山々を動きまわっていたわけだが、一気に追われる立場になるというのはあまり気持ちのいいものではない。おれが着ているフード付きステルススーツはおれの体熱を遮断し、顔にも手にも気前よく塗ったカメレオクローム重合体もまた同じ役目を果たしてくれている。それでも、ドーム上のオーヴァーハングを頭上に見ながら、谷底まで三十メートルという崖にどうにか足場を見つけているという状況で、追いつめられた感覚を捨て去るというのはむずかしい芸当だ。

ただの気の迷いだ、コヴァッチ。落ち着け。

これまた未浄化地帯でのおれの新しい人生における笑えない皮肉のひとつだ。標準的な戦闘バイオテクとともに手に入れたばかりのこのスリーヴは——もともとどんな会社だったのか知らないが、〈エイシュンドウ・オーガニックス〉製だ——ヤモリの遺伝子を利用して、手のひらと足の裏を強化したものなので、そもそもそういうことがやりたくなるとして、おれには百メートルの絶壁も普通の人間が梯子を使うのと変わらない労力で這いのぼることができる。天気がよければ、握力を倍加し、裸足でそれができ、今のような状況でもいつまでもへばりついていられた。遺伝子操作された手の中の百万の棘状突起が岩に吸いつくことを容易にしてくれ、保管タンクから出てきたばかりの筋肉システムは完璧にチューンアップされており、長時間の緊張がもたらす疲労にも、時折姿勢を変えるだけで簡単に対処できた。おれの隣りの保管タンクで再スリーヴしたジャドウィガなど、新たに獲得した遺伝子テクを知ると、耳をつんざくような歓声をあげ、その日の午後はずっと掩蔽壕の天井と壁を這いまわっていた。

ただ、おれは個人的に高いところが苦手なのだ。

エンジェルファイアを恐れて誰もあまり空に出ていきたがらない世界にあって、それは珍しいことでもなんでもない。もちろん、そんな恐怖はエンヴォイの特殊技能が巨大な油圧圧搾機並みのなめらかな力で抑えてはくれる。それでも、われわれが病的な恐怖を抑え込むクッションに日常利用している、警戒心や嫌悪感まで消し去ってはくれない。おれはすでに一時間近く岩壁にへばりついており、もういつでもスコーピオン砲に立ち向かってもいい気分になっていた。その結果、銃撃戦で命を落とすことになっても。

視線をずらして、谷の反対側——北側の岩壁を見た。ジャドウィガがそのどこかにへばりついて待機しているはずだった。その姿がおれには眼に浮かぶようだった。おれ同様、ステルス仕様で、おれよりはるかに臨戦態勢になっているにちがいない。ただ、シルヴィとほかのクルーと緊密にリンクしていてもおかしくない内蔵通信システムは彼女にはなかった。おれもそうだが、彼女も感応マイクと盗聴防止スクランブル・オーディオ・チャンネルでシルヴィのクルーネットに臨時接続していた。だから、ミミントに傍聴されるおそれはまずなかった——なんといっても、彼らは暗号解読術において二百年も遅れた代物であり、それだけのあいだ人間のことばの文法にも接していなかったのだから。

スコーピオン砲が視野に現われた。カラクリと同じカーキ色をしていたが、充分でかくて、ヴィジョンシステムを緊張させなくてもその姿は容易にとらえられた。クウェル主義者の基地まではまだ一キログらいはあったが、それでもすでに川を渡っており、チームのほかのメンバーがいる川下に向かい、明らかに照準線を急いでたどっていた。尾部に備えられた主力火器は水平射撃に向けて、すでにサソリの尻尾のように——それがこの砲の名前の由来だ——曲げられていた。

おれはスクランブル・チャンネルを顎で操作し、感応リグに向けて低い声で言った。「通信だ、シルヴィ。今やるか、ここから落ちるか」

「落ち着いてよ、ミッキー」悠長な彼女の声が返ってきた。「もう少しだから。それにわたしたちは今のところ百パーセント掩護されてる。谷でいきなりドンパチが始まるようなことにはならない」

「ああ、クウェル主義者の基地でもそういうことにはならないはずだった。パラメーターがそうプログラムされていたってことで。覚えてるか？」

間《ま》ができた。ジャドウィガがちょっとビビったような声をあげた。一般チャンネルでは広告ドローンが相変わらず長広舌を揮《ふる》っている。

シルヴィのため息が聞こえた。「それはわたしが彼らの政治的ハードワイヤリングを見誤ったからよ。あなたは不安定時代にここでどれだけ多くの政党が鎬《しのぎ》を削ってたか知ってる？　政府を相手に戦わなくちゃならないときに、最後には彼らがどれほど多くのくそくだらないくそ議論をしてたか。政党の中には修辞的暗号レヴェルでどれほど互いに隔たったものがあったのか。わたしたちが今相手にしてるのは、敵にとらえられた政府の機甲部隊の残党にちがいないわ。アラバルドスのあと、準クウェル主義者に再ワイヤリングされたやつらに。たぶん十一月十七日プロトコル共同戦線か、ドラヴァ修正主義者に再ワイヤリングされたやつらに。でも、そんなこと誰にわかる？」

「そんなこと誰が気にする？」とジャドウィガの声が聞こえた。

「気にしてたさ」とおれは指摘した。「おれたちが一時間前朝食をとったのが二軒左隣りのプレハブだったら」

そうは言ったものの、自分が不公平なことを言っているのは自分でもわかった。スマート爆弾の狙いがはずれたのは、シルヴィのおかげだった。完全記憶にそのときのシーンが眼の裏側に再現された。まず朝食のテーブルについていたシルヴィがいきなり立ち上がったのだ。心が飛んでしまい、うつろな顔をしていた。どうにかとらえることのできたかすかな電子の悲鳴に感応し、機械速度でウィルス擬態トランスミッションを展開した。その数秒後、スマート爆弾が上空の空気を切る耳ざわりな音が聞こえたのだ。

「修正！」と彼女は叫んだ。うつろな眼で、非人間的な韻律にまで破壊された、増幅されていない声で。やみくもで完璧な反射機能が働き、彼女の頭脳の中の言語センターが、トランスミッション・レヴェルで拾った情報をアナログにして、彼女に叫ばせたのだろう。オーディオ・リンクを使いながら、必死に身振りを交えている人のように。「全員パラメーター修正！」

そこでスマート爆弾が落ちたのだった。

起爆システムが炸裂し、くぐもった爆音が響き、軽い破片が屋根を打つ音が頭上から聞こえ、そのあと——何も起こらなかった。シルヴィが主弾頭をロックし、相手の未発達の頭脳から盗んだ緊急シャットダウン・プロトコルで、起爆システムから爆弾を切り離し、デコムのウィルス・プラグインで封印して、抹殺したのだ。

そのあとおれたちは莢《さや》から弾けたベラウィードの種のように谷に散開し、不完全ながら、訓練した布陣に近い待ち伏せ態勢を取ったのだった。反重力バイクに乗ったシルヴィとオアを背後の中心点にして、扇状に前面に展開し、遮蔽物をまわりにめぐらせ、身を隠して待った。しかるのち、シルヴィが頭の中で武器を整理し、迫りくる敵に手を伸ばしたのだ。

「……数世紀の長きにわたる建造物を打ち壊すため、われらが戦士は日々のありふれた暮らしの群葉の中から立ち上がるだろう……」

川の向こう岸に先頭のスパイダー・タンクが見えた。川岸に生えた植物群のへりに陣取り、旋回砲塔を右左に回転させていた。スコーピオン砲の図体の大きさに比べると、見るからにちゃちなマシンで、おれがシャーヤやアドラシオンでやっつけた有人ヴァージョンよりはるかに小さかったが、やつらは有人ヴァージョンよりある意味で慎重なおかつ機敏だ。おれとしても次の十分間を心待ちするわけにはいかなかった。

戦闘スリーヴの奥深いところで、暴力気質が蛇のようにうごめき、おれを嘘つき呼ばわりした。

二台目のタンク、さらに三台目が流れの速い川の中に慎重に車体を進めた。カラクリが三台、脇の川岸をちょこまか動きまわっているのも見えた。

「行くわよ、みんな」というシルヴィの鋭い囁き声が聞こえた。ジャドウィガとおれのために声に出したのだ。内蔵ネットを通じてほかのクルーにも人の意識が形成されるより早く伝わっていた。「主隔壁を抜ける。わたしの指示に従って動いて」

自律砲はすでにプレハブの集落の脇を過ぎていた。ラズロとキヨカは、クウェル主義者の基地から二キロと離れていない下流の川岸で待機している。だから、カラクリの尖兵はもうすでに彼らのすぐそばまでやってきているはずだった。彼らが通るのにつれて、谷底に生えている背丈のある銀色の下生えが揺れた。十個所ばかりで。それ以外のカラクリはタンクに歩調を合わせている。

「今よ！」

下流の木々のあいだでいきなり青白い炎が炸裂した。オアだった。機械人形の最初の一体を解体したのだ。

「行け、行け！」

先頭のタンクが川の中でほんの少しよろめいた。おれはもう動いていた。崖にへばりついていたときに二十回ほど頭の中で岩肌に描いたルートを通った。滝のように流れる数秒で、〈エイシュンドウ〉のスリーヴはフル稼働し、手もプログラムされたとおり自然に動いていた。最後の二メートルを跳び、岩屑の斜面に降り立った。でこぼこの足場に合わせて足首が器用に角度を変え、緊急腱サーヴォ機構が働いたと思ったときにはおれはもう全力で走りだしていた。

スパイダー・タンクの旋回砲塔が回転し、おれが数秒前に立っていた岩屑の斜面が泥板岩の斜面に変わった。岩のかけらが飛んできて、おれの後頭部を直撃し、頬まで切り裂いた。

「おい！」

「ごめん」シルヴィの声にはこらえた涙のような緊張感があった。「やってる！」

次の一弾はおれのはるか頭上を越えていった。スパイダー・タンクとしては、岩肌をすべり降りているはずのおれを狙ったのだろうが、それはマシンのパニック版みたいなめくら撃ちだ。スパイダーが見ているのは、視覚ソフトウェアにシルヴィに埋め込まれた、数秒で朽ちるおれのイメージにすぎないのだから。おれは安堵の笑みを洩らし、ローニン製の破砕銃を背中のホルダーから抜くと、ミミントに接近した。

シルヴィが共同システムに何をしたにしろ、それは残虐なまでの効果を上げていた。スパイダー・タンクは酔っぱらいみたいに車体をふらふらさせ、空と谷の両サイドの絶壁に向けてやみくもに撃ち、炎を無駄にしていた。カラクリはそのまわりで沈みかけているいかだの上のネズミみたいに慌てふためいていた。スコーピオン砲はそんな騒ぎの真ん中で動きを止め、うずくまっていた。

おれは無酸素状態の限界までスリーヴのバイオテクを酷使し、一分たらずでスコーピオン砲にたどり着いた。十五メートルほど前方に、どうにか機能しているカラクリが戸惑ったように上腕を振りながら、よろよろと現われた。おれは左手に持ったローニンでそいつを撃った。軽い咳をしたような音が聞こえ、単分子の破片の嵐がそいつをばらばらに引き裂くのが見えた。次の弾丸《たま》が破砕銃の薬室に送られた。相手が小さなミミントなら、破砕銃は荒廃的な火器になる。しかし、スコーピオン砲は重装備なので、方向性火力で内蔵システムにダメージを与えるのはむずかしい。

おれはタンクにさらに近づくと、超振動地雷をタンクの旋回砲塔の側面に貼りつけ、爆発が起こるまえにできるかぎり遠くに離れようとした。

そこで予定が狂った。

スコーピオン砲が横に動き、その背骨の上の武器システムが息吹を吹き込まれたかのように、いきなり回転した。逞しい一本の脚が曲げられ、すぐまた勢いよく伸ばされ、故意にせよ、たまたまにしろ、それがおれの背中と肩をかすめた。それだけで腕の感覚がなくなり、おれは丈の高い草の上に吹き飛ばされ、その拍子に破砕銃が手から離れた。それでいっぺんにおれはナーヴァスになった。

「ファック!」

スコーピオン砲がまた動きだした。おれは膝をつき、砲の外郭の動きを見た。背甲の上にある第二回転塔がまわり、おれのほうにマシンライフルの銃口を向けようとしていた。おれは草の上に落ちている破砕銃を見つけ、それをめがけてダイヴした。戦闘仕様の化学物質が筋肉の中でざわめき、麻痺していた腕に感覚がぞわぞわと戻ってきた。頭上では——自律火器搭載フレームの上では——マシンライフルの引き金が引かれ、弾丸《たま》が草を切り裂いた。おれは破砕銃をつかむと、マシンガンの死角にはいろうと、草の上を狂ったようにスコーピオン砲に向けて転がった。マシンライフルの弾丸《たま》が大地を裂き、下生えを粉砕しながら嵐のようにおれを追ってきた。おれは左手で眼を覆い、銃声のするほうを狙って、右手に持った破砕銃をやみくもに撃った。戦闘慣れの賜物だろう、マシンライフルのどこかをとらえたようで、雨あられと飛んできていた弾丸《たま》がやんだ。

そこで超振動地雷が炸裂した。

それはもうオータム・ファイア・ビートルの狂食状態みたいなものだった。ドキュメンタリー・エクスペリアでよく拡大されて映され、人をびっくりさせるあれだ。爆弾が分子結合を壊し、直径一メートルほどの球体の被甲マシンを鉄のやすり屑に変えるのと同時に、鳥のさえずりのような鋭い爆発音がした。おれが地雷をくっつけた砲尾からは金属のダストが噴水のように噴き出した。スコーピオン砲の脇に沿ってすばやくあとずさりながら、おれは二個目の地雷を弾薬帯から取り出した。この地雷はさほど大きなものではない。ラーメン鉢程度のもので、形もよく似ている。が、これが爆発したとき、その影響範囲内にいると、あっというまにペースト状になってしまう。

最初の地雷が内側に向けて崩壊し、それ自体が塵芥に帰《き》すと、その叫び声も消えた。地雷があけたスコーピオンの体の穴から煙が立ち昇った。おれは信管をひねると、二個目の地雷をその穴に放り込んだ。スコーピオン砲は居心地が悪いほどおれに近いところで脚を曲げたり、地面を蹴ったりしていたが、見るかぎりただ痙攣しているだけのようだった。このミミントはどちらから攻撃を受けているのかもわからないほど方向感覚をなくしていた。

「ヘイ、ミッキー?」隠しチャンネルからジャドウィガの声がした。いくらか戸惑っているようだった。

「助けは要らない?」

「要らないと思う。そっちは?」

「こっちも。あんたも見るべきよ――」そのあとは二個目の地雷が炸裂して聞き取ることができなかった。スコーピオン砲の体にできた穴がまた新たに粉塵を吐き出し、紫色の放電も見られた。超振動が腸《はらわた》の奥に進むにつれ、一般チャンネルを通じて、スコーピオン砲が耳ざわりな電子音の泣き声を発しはじめたのが聞こえ、その泣き声に全身の毛が逆立ったのが自分でもわかった。

その泣き声越しに誰かが叫んでいるのが聞こえた。オアのようだった。

スコーピオン砲の腸《はらわた》で何かが炸裂し、それが地雷の振動も止めたのにちがいない。ほぼ同時に虫の鳴き声のようなスコーピオンの叫びがとだえたところを見ると。スコーピオンの泣き声は乾いた大地に血が吸い込まれるように消えた。

「なんだって？」

「繰り返す」やはりオアだった。「コマンド・リーダーがダウンした。繰り返す。シルヴィがダウンした。ただちにここからおん出ろ」

何かどでかいものが転がってくる感覚――

「言うは易く、おこなうは難しってやつよ、オア」ジャドウィガだった。その声音にはこわばった笑みを連想させる響きがあった。「今はちょっと動きが取れない」

「こっちもご同様」軋るような声がした。ラズロだ。彼はオーディオ・リンクを使っていた――シルヴィがダウンしたことでクルーネットが使えなくなったのだろう。「ビッグマン、でかい兵器をこっちに持ってきてくれ。それがあれば――」

キヨカが割ってはいってきた。「ジャド、もうちょっと踏ん張っ――」

視野の隅で何かが光った。カラクリがおれを捕まえようと、八本の脚すべてを曲げて襲いかかってきたのと、おれが振り向いたのが同時だった。今度はなんの迷いもなく、その機械人形は持てる能力を全開にしていた。おれはヘッドスリップして、そいつの大鎌のような上肢をすんでのところでよけ、破砕銃を直射した。それでカラクリはうしろに吹き飛んだ。下部が見事にずたずたになっていた。おれは念のために上部も撃ってから、振り向き、〈ローニン〉製の破砕銃を両手でしっかりと構え、死んだスコーピオンのまわりをまわりながら言った。

「ジャド、どこにいる？」

「罰《ばち》あたり川の中」リンク越しに彼女の背後で何かの爆発音がしたのが聞こえた。「ダウンしたタンクとそいつをもとに戻したがってる百万のくそカラクリを追ってる」

おれは走った。

川にたどり着くまでにさらに四体のカラクリを殺した。徹底破壊するには四体とも動きが速すぎた。シルヴィをダウンさせたやつがどんなやつであれ、そいつは彼女に侵入させる時間を与えなかったのだろう。

オーディオ・リンクでラズロが叫び、悪態をついていた。ダメージを連想させる悪態だった。ジャドウィガはミミントに向けて猥褻なことばを次々に浴びせており、それは彼女の破砕銃の平板なレポートと対旋律を奏でていた。

おれは顔をしかめて最後の機械人形の残骸が転がっている脇を通り、川岸まで全力で走った。水ぎわでジャンプし、氷のように冷たい水に股まで浸かった。渦巻いて流れる川の音がした。川底の岩には苔が密生しており、足に熱い汗をかいたような感覚があった。ＤＮＡテクの棘状突起が本能的に反応したのだ。ブーツの中で足の指が岩をとらえようとしていた。実際、バランスを取ったあとしっかりと岩をつかんだ。それで倒れずにすんだ。風に揺れる木のように自らのはずみに打ち勝ち、太腿まで浸かりながらも、どうにかまっすぐに立ったまま、タンクを探してスキャンした。

対岸のそばにいた。速い流れに一メートルほどの深さまで浸かり、崩壊していた。視力をヴィジョンアップすると、ジャドウィガとラズロはそのタンクの川下にうずくまっていた。カラクリが川岸を這っていたが、川の流れの速さにあまり自信が持てない様子だった。二体ばかりタンクに向けてジャンプしたやつがいたようだが、あまりうまくいかなかったのだろう。ジャドウィガはそんなカラクリに向けて片手に持った銃を乱射していた。もう一方の手でラズロを支えて。ふたりとも血を流していた。

カラクリまでの距離はほぼ百メートル。破砕銃ではさほど効果は得られない距離だ。おれはさらに川の中を進んだ。深さが胸にまで達した。それでもまだ遠すぎた。川の流れはしきりとおれを押し倒そうとしている。

「くそ――」

おれは破砕銃を胸に抱え、川底を蹴って、不器用に泳ぎはじめた。すぐに流れに下流に押しやられた。

「くそ、くそ、くそ――」

川の水は氷水のようで、おれの肺を押しつぶし、おれに息をさせまいとし、おれの顔と手の皮膚から感覚を奪った。進もうとすると、まるで生きもののように執拗におれの足と肩を引っぱってきた。破砕銃と超振動地雷を収めた弾薬帯の重さもまたおれを水の中に引きずり込もうとしていた。

結局、引きずり込まれた。

やみくもに手足をばたつかせて水面に顔を出し、空気を貪った。水と空気を半分ずつ。と思ったら、また引きずり込まれた。

手がかりだ、何か手がかりをつかむんだ、コヴァッチ。

考えるんだ。

くそ手がかりだ。

おれは川底を蹴ってまた水面に顔を出すと、さらに体を持ち上げて、思いきり肺に空気を吸い込んだ。みるみるスパイダー・タンクの残骸から遠ざかっていた。今度は逆に自分から水にもぐり、川底に手を伸ばして岩をつかんだ。

棘状突起がしっかりと川底をつかんだ。足も同じことをしてくれ、それで流れに対応できるようになった。流れに逆らい、おれは川底を這いはじめた。

受け容れられる以上に時間がかかった。

ところどころ選んだ石が小さすぎたり、頼りなさすぎたりして、そのたび石ごとすべった。また、ブーツがうまく川底を掘り開いてくれなかったりもして、そのたび数秒と数メートル損をし、押し戻された。一度などもう少しで破砕銃を落としそうにもなった。あまつさえ、無気性強化がされていようとされていまいと、三分か四分に一度は空気を求めなければならなかった。

それでもどうにかたどり着いた。

永遠とも思われるあいだ、痙攣的なまでに冷たい水の中を這いつづけ、腰までの深さのところで立ち上がり、よろよろと岸をめざし、喘ぎ、震えながら川から出た。そのあとしばらくは四つん這いになって、咳き込むことしかできなかった。

ブーンという機械音がした。

なんとか立ち上がり、まだ震えている両手で握って破砕銃を構え、どうにかこうにか静止していると言える程度まで持っていった。顎の筋肉の回線がショートしてしまったみたいに、歯がカタカタ鳴った。

「ミッキー」

オアだった。バイクにまたがり、片手にローニンを構えていた。上半身裸で、右脇腹の噴射口はまだ閉じきっておらず、そこから発せられる熱がふたりのまわりの空気にさざ波を立てていた。顔にはステルス重合体の残滓と炭化した粉塵らしいもののすじができていた。カラクリの攻撃を受けたのだろう、胸から左腕にかけて少し血を流していた。

バイクを停めると、信じられないといった顔でおれを見た。

「いったいどうした？　ずっと探してたんだぞ」

「お、おれ、お、れ、カラ、カラ、カラ――」

彼はうなずいて言った。「心配は要らない。ジャドとキヨカが掃除してる。スパイダー・タンクも解体した。二台とも」

「シ、シ、シルヴィは？」

彼は顔をただそむけた。

第十章

「どんな具合だ？」

キヨカが肩をすくめ、絶縁シーツをシルヴィの首のところまで引っぱり、バイオタオルで彼女の額の汗を拭いて言った。

「なんとも言えない。熱がひどいけど、こういうギグのあと、熱が出るのは聞かないことじゃない。それより心配なのはあっちよ」

そう言って、簡易ベッドの脇に置かれた医療モニターを親指で示した。ユニットのひとつの上でデータコイル・ディスプレーが暴力的な色と動きを呈して暴れていた。その一隅に人間の頭脳の電子活動を示すラフマップが描かれているのが見て取れた。

「あれは司令ソフトか？」

「そう」とキヨカは答え、ディスプレーに指を入れて示した。緋色とオレンジと明るいグレーが彼女の指のまわりでのたくった。「これが彼女の頭脳と司令ネット容量の主連結部で、ここに連結緊急切断システムも備えられてる」

おれはそのマルチカラーのもつれ合いを見て言った。「かなりの活動量だな」

「ええ。多すぎるくらいのね。容量を超えるほどのね。このエリアは黒かブルーじゃなくちゃいけないのよ。このシステムは鎮痛効果を高めながら、神経経路の膨張を抑えて一時的に連結を遮断する。普通だと眠ってるときに彼女はそれをやる。でも、こんなふうになっちゃってる」彼女はまた肩をすくめた。「こんなのこれまで見たことがない」

おれはベッドの端に腰かけ、シルヴィの顔を見た。プレハブの中は暖かかったが、川の水の冷気が取れず、おれの骨は筋肉に包まれてまだ震えていた。

「今日はどこでおかしくなったんだ、キヨカ？」

彼女は首を振って言った。「わからない。わたしの考えを言えば、わたしたちはわたしたちの侵入を知っていた抗ウィルス物体に出くわしたのかも」

「相手は三百年も昔のソフトウェアなんだぜ。それはないよ」

「わかってる」

「でも、やつらも進化してるという話はある」とラズロが言った。骨までカラクリにやられた腕を吊り、青ざめた顔で戸口に立っていた。そんな彼の背後でニューホッカイドウの昼が暗く朽ちはじめていた。「完璧に制御不能になってるって。そもそもそれがただひとつ、おれたちがここにいる理由だろうが。それを阻止する。政府は極秘人工知能計画を進めた。そこまではいいとして——」

キヨカが歯の隙間からことばを押し出すようにして言った。「そういう話は今はいいから、ラズロ。まったく。そんなことよりもっと心配しなきゃならない問題があるとは思わない？」

「——結局、それが手に余っちまった。それこそおれたちが心配しなきゃならないことだよ、キヨカ。それも今ここで」ラズロは部屋の中にはいってくると、データコイルを手で示して続けた。「この黒い医療ソフトは放っておくと、シルヴィの心を食っちまう。おれたちがそのための青写真を見つけないかぎり。そこのところが一番悪いニュースだ。なぜなら、もともとの設計者はみんなここじゃなくて、くそミルズポートにいるからだ」

「くそ馬鹿らしいことを言わないで！」とキヨカが怒鳴った。

「おい！」驚いたことにふたりとも口を閉じて、おれのほうを見た。「いいかな、ラズロ。どれほど進化したソフトウェアにしたところで、それほど簡単にこっちの特別システムのマップが書けるようになるとはおれには思えない。その可能性はどれぐらいある？」

「そりゃ同じ人間が書いてるからだ、ミック。いいか、デコムのためのソフトは誰が書いてる？　誰がデコム全体のシステムをデザインしてる？　事業に金玉までどっぷり浸かって、秘密の黒いナノテクを開発してるのは誰だ？　くそメクセク行政当局だろうが」ラズロは両腕を広げ、世界じゅうの疲れを一手に背負ったような顔をした。「いったいどれぐらいの報告があると思う？――いったいおれの知ってる人間で、おれが話したことのある人間で、保管記述子のないミミントを見たことがあるやつが何人いると思う？　この大陸全体が実験なのさ。おれたちはそのごく一部にすぎない。つまり、そこに寝てる船長はネズミの迷路の中に放り込まれたということだ」

戸口に人の気配があり、オアとジャドウィガがはいってきた。ラズロとキヨカの言い合いに何事かと思ったのだろう。ビッグマンが首を振りながら言った。

「ラズロ、おまえさんはおまえさんがいつも話してるニューペストのカメ牧場をほんとに買うべきだ。で、まわりにバリケードでも築いて、卵とおしゃべりでもしてるんだな」

「ふざけたことを言うな、オア」

「いや、おまえこそ。おれは真面目に言ってるんだ」

「彼女、よくなってない、キヨカ？」ジャドウィガがモニターのところまで行き、キヨカの肩に手を置いて言った。おれ同様、ジャドウィガのスリーヴもハーランズ・ワールド・スタンダードの代物だった。スラヴ系と日本系を祖先に持つ混血で、荒々しいほど美しい頰骨に蒙古襞のある翡翠色の眼、それに幅の広い口をしていた。戦闘バイオテクによる手足の長い筋肉質の体型ながら、もともとの遺伝子の名残だろう、奇妙に繊細で華奢なところもないではなかった。肌は茶色がかっているが、保管タンクから出てきたばかりなのと、ニューホッカイドウの情けない天候のもとに五週間もいるせいで、いささか色褪せて見えた。

そんな彼女が部屋を横切るのを見ていると、まるで鏡でも見ているような気分になった。兄妹と言っても通るだろう。実際、遺伝子的にも兄と妹だった——掩蔽壕のクローン・バンクにはモジュールが五種類あり、それぞれ同じ遺伝子系から十体のスリーヴが育っていたのだが、シルヴィにとってもひとつのモジュールに不正接続するほうが簡単だったからだ。

キヨカは自分の肩に手をやり、新しいジャドウィガの長い指に触れた。それは意識的になされた仕種だった。もっと言えば、ほとんどためらいがちに。ここが再スリーヴの厄介なところだ。フェロモン混合物にはひとつとして同じものはなく、性的関係の根幹はあまりにその混合物に依拠している。

「すっかり壊れてしまってる」とキヨカは言った。「わたしには何もしてあげられない。どこから始めればいいのかもわからない」彼女はまたデータコイルを指差した。「何がどうなってるのかさっぱりわからない」

沈黙ができた。誰もがデータコイルの色の嵐を無言で見つめた。

「キヨカ」とおれは自分の考えを自分で値踏みしながらためらいがちに言った。すでにひと月あまりデコムの仕事を彼らと一緒にこなしていたので、彼らのチームの一員になったような気がしはじめていた。オアはまだおれのことをアウトサイダーとしか見ていなかったが、それ以外の連中はそのときの雰囲気によって異なった。ラズロは基本的に気さくなやつで、おれに対しても仲間意識を持ってくれているようだった。それでも時折パラノイア的な発作を起こすことがあり、そういうときには、語られないおれの過去がおれを翳のある人間、信用できない人間に仕立ててしまうようだった。ジャドウィガにはおれのほうも親近感を持っていたが、それは多分に遺伝子が近いスリーヴのせいだろう。キヨカは朝方、手のつけられないいやな女になることが時々ある。そんなみんながこのことにどう反応するか、おれにはまるで見当がつかなかった。

「なんだって？」予想どおり、オアが訊き返してきた。「聞いてくれ。連結切断システムを作動させる方法はないのか？」

キヨカが不幸せそうな顔をして言った。「できるかもしれない化学物質はあるけど、でも――」

「おまえ、彼女の髪を切ろうなんて言ってるんじゃないだろうな」

おれはベッドから立ち上がり、ビッグマンと向かい合って言った。「そこに現われてるものが彼女を殺しちまったらどうする？　おまえさんは彼女に長い髪のまま死んでほしいのか、ええ？」

「くだらねえことをほざいてるんじゃ――」

「オア、彼はいいところを突いてる」ジャドウィガがすべらかにおれたちのあいだに割ってはいって言った。「シルヴィが共同システムから何か拾ってしまって、彼女の抗ウィルス・ソフトが機能しなかったんだとしたら、いったいなんのための連結切断システムなのよ？」

ラズロがしきりとうなずいて言った。「それしか助かる道はないかも」

「シルヴィがこんなふうになったことはこれまでにもあった」とオアは頑固に言い張った。「去年のあのイヤモン渓谷のときだ。何時間も意識をなくして、熱なんか屋根を突き破りそうなくらい上がったが、眼を覚ましたときにはけろっとしてた」

ほかの三人は互いに顔を見合わせた。三人ともその顔はこう言っていた――ちがう。およそけろっとはしていなかった。

「連結切断システムを誘導できたとして」とキヨカがおもむろに言った。「それが彼女にどんなダメージを与えるか、わたしには予測がつかない。何が起こってるにしろ、彼女は百パーセント司令ソフトウエアにコミットしてる。だから熱が出てるのよ——リンクをシャットダウンしなくちゃいけないのに、それができないから」

「ああ。だけど、それには何か理由があるはずだ」とオアがみんなを睨《ね》めまわして言った。「シルヴィは根っからのファイターだ。だから今も戦ってるんだ。連結を吹っ飛ばしたけりゃ、彼女が自分でやってるよ」

「ああ。しかし、彼女が戦ってる相手がなんであれ、そいつには彼女にそれをさせる気がない」おれはベッドに戻った。「キヨカ、シルヴィはバックアップされてるんだよな？　彼女の大脳皮質スタックは司令ソフトウェアとはなんの関係もないんだよな？」

「ええ、ソフトウェアはセキュリティ・バッファリングされてる」

「ということは、彼女がこういう状態にあるときにはスタックのアップデートはロックされてる、だろ？」

「そう、まあ、そうだけど……」

「ということは、連結切断がたとえ彼女にダメージを与えたとしても、彼女のスタックは無傷なわけだ。アップデート・サイクルはどれくらいなんだ？」

彼らはまた互いに顔を見合わせた。キヨカが顔をしかめて言った。「よく知らないけど。まあ、標準なんじゃないかしら。二分ってところじゃないかな」

「だったら——」

「それだとおまえの好みにぴたりと合うわけだ、だろ、ミスター・ファッキング・セレンディピティ」とオアがおれのほうに指を突きつけて言った。「肉体を殺して、その小さなナイフで命を取り出すってところだ。今じゃもう何個ぐらい大脳皮質スタックを持ち歩いてるんだ？　だけど、なんのためだ？それをいったいどうしようってんだ？」

「今はそういうことを話してるときじゃない」とおれはおだやかに言った。「たとえ切断ダメージを受けたとしても、シルヴィのスタックはアップデートされるまえに救うことができる。おれはそう言ってるだけだ。そのあと掩蔽壕に持っていけば――」

オアはおれのほうに上体を押し出すようにして言った。「わかってるのか、おまえはシルヴィを殺そうって言ってるんだぞ」

ジャドウィガが彼を押し戻して言った。「彼は彼女を救おうって言ってるのよ、オア」

「それじゃ、今ここで息をしてる、生きてるシルヴィのコピーはどうするんだ？　彼女の脳がダメージを受け、バックアップ用のコピーがあるからという理由だけで、彼女の咽喉を掻っ切ろうというのか？おまえとしちゃあんまり話したくないことだろうが、おまえはこれまで何人もの人間にしてきたのと同じことをただしたいだけのことじゃないのか？」

ラズロがまばたきをして、新たな疑念を含んだ眼でおれのほうを見たのがわかった。おれは降参の印に両手を上げて言った。「わかった、忘れてくれ。あんたたちの好きなようにすればいい。よけいな口出しはもうしないよ」

「どっちみちあなたが言ったようなことはできないわね、ミック」とキヨカがシルヴィの額の汗を拭きながら言った。「ダメージがすごく微妙なものだったら、それを突き止めるだけで二分以上かかってしまう。それだと遅すぎる。ダメージもまたアップデートされてしまうから」

それでもこのスリーヴを殺すことはできなくない――もちろん口にはしなかった。早く手を打って、今すぐ咽喉を切り裂いて、スタックを抉り出すことはできなくない……

おれはシルヴィを見て、そんな考えを嚙み殺した。遺伝子でつながっているジャドウィガのスリーヴ同様、鏡を見ているのと変わらなかった。自分の姿が一瞬シルヴィに重なり、おれは自らの過ちを悟った。

たぶんオアが言っていることが正しいのだろう。

「ただひとつ言えるのは」とジャドウィガが陰鬱に言った。「このままじゃ、わたしたちはここにはいられないってことよ。シルヴィがダウンしてたんじゃ、わたしたちには新米さんたち程度の生存能力しかない。ドラヴァに戻らなくちゃ」

彼女が言ったことの意味がみんなに浸透するまでただ沈黙が流れた。

「彼女は動かせるのか？」とおれは言った。

キヨカが顔をしかめて答えた。「動かすしかない。いずれにしろ、ジャドの言ったとおりよ。わたしたちはもうここにはいられない。遅くとも明日の朝までには退却しなくちゃならない」

「ああ、その際、援護はいくらあってもありすぎることはない」とラズロがぼそっと言った。「ドラヴァまでは六百キロ以上あるからね。その間、どんなやつに出くわすかわかったもんじゃない。ジャド、戻る途中、こっちに友好的なやつを見つけられる可能性はあるかな？　もちろん、見つけようとすること自体危険なことだが」

ジャドウィガはゆっくりとうなずいて言った。「でも、探すだけの値打ちはあるわね」

「徹夜仕事になるな」とラズロは言った。「ドラッグ――テトラメスはある？」

「ミッツィ・ハーランってストレートなの？」

ジャドウィガはわかりきったことを訊くなと言わんばかりにそう言うと、キヨカの肩にまた触れた。そのためらいがちな愛撫はすぐにビジネスライクに変わり、結局、キヨカの背中を景気よく叩いて、彼女は部屋を出ていった。もの思わしげな一瞥をおれに向け、ラズロも彼女のあとを追って出ていった。オアはシルヴィを見下ろすようにベッドのそばに立つと、腕組みをしておれに警告した。

「彼女にはくそ指一本触れるんじゃないぜ」


その夜、ジャドウィガとラズロはクウェル主義者の情報収集所の中でも比較的安全な場所から、チャンネルをスキャンして、未浄化地帯内に友好的生命体がいないかどうか探りを入れた。眠ることをあきらめ、テトラメスで高揚した顔にポータブル・スクリーンの光を浴び、地帯全体に繊細な電子の巻きひげを伸ばして生命の形跡を探した。うしろに立って見ていると、そのさまは『極地の獲物』や『ディープ・チェイス』といったアラン・マリオット主演の昔のエクスペリアに出てくる、潜水艦狩りを思わせた。仕事柄、デコムのクルーは長距離間のやりとりはできるだけ避ける。ミミントの火器システムや、カラクリ掃除人の襲撃群に気づかれる危険が大きすぎるからだ。また、たいていは解体請求を記録として保存しておくために、電子伝導もニードルキャストを最小単位にまで切り刻んでおこなわれる。それ以外、デコムのクルーというのはほとんど口を利かない。ほとんど音をたてずに作業をする。

そう、ほとんど。

しかし、技術があれば、ネット・トラフィックにおけるクルー間の囁き声を感じ取ることもできなくはない。愛煙家の服にしみついた煙草のにおいのように、デコムのクルーが残す断続的な電子操作の痕跡を嗅ぎ取ることができるのだ。さらに技術があれば、これらとミミントの臭跡との区別をつけることもでき、スクランブル・コードがわかれば、コミュニケーションが可能になる。で、結局のところ、夜明け近くまでかかったものの、ジャドウィガとラズロは、われわれの現在地点とドラヴァの橋頭堡とのあいだの未浄化地帯で、ほかに三つのデコムのグループが活動していることを突き止めた。コード化されたニードルキャストでの応答を数語交わして、互いのアイデンティティが確かめられると、ジャドウィガはテトラメスに鼓舞された笑みをにんまりと浮かべて言った。

「友達ができるのっていいものね」

ふたりの説明を受け、三組のデコム・クルーはすべて、われわれが彼らの作戦行動地域を通る際には援護するということで同意してくれた。それぞれ温度差はあったが。こういった緊急時に同業者を援助するというのは、デコム業務における不文律のようなものだ。いつなんどき自分が助けを求めなければならなくなるともかぎらないからだ。もっとも、そもそも独立独歩で過当競争という仕事の性格上、その援助はしみったれたものになりがちではあったが。より近くにいるふたつのチームの両方に出迎えも南までのエスコートも渋られ、ふたつのチームの位置関係から、おれたちは長く曲がりくねったルートを退路に選ばざるをえなかった。三番目のチームについてはおれたちにつき、があった。オオイシ・エミネスクが重武装重装備をした九人の仲間とともに、ドラヴァの北二百五十キロのところでキャンプしていたのだ。彼は、それまでの援護圏が切れるところまでおれたちを迎えに来て、そのあとは橋頭堡までおれたちに同行すると自分のほうから申し出てくれた。

「実際の話」とオオイシは露営地の真ん中に立ち、切り詰められた冬の午後の陽の光が地平から滲み出しているのを眺めながら言った。「おれたちも休めてよかったんだ。カシャはまだ百パーセントの状態じゃなくてね。あんたらがドラヴァにくるまえの晩に食らった抗迎撃スプラッシュのダメージがまだ残ってるんだよ。自分じゃ大丈夫だって言ってるけど、展開してるときなんかケーブル越しにもわかるよ、彼女がそうじゃないのは。ほかのみんなも疲れてるし、それにおれたちはこのひと月で三つの集団と二十数体の自律ユニットを解体したからね。当分はそれで食っていける。欲張って誰かまた怪我したりしちゃ元も子もないからね」

「実にまっとうな意見だ」

オオイシは笑った。「シルヴィの基準でおれたちを判断するなよ。みんながみんな仕事中毒ってわけじゃない」

「この仕事にはそれがつきものだって思ってたが。デコムというのはそもそも徹底的にやる仕事だと」

「ああ、それが謳い文句ではあるよ」彼はそう言ってゆがんだ笑みを浮かべた。「新米はみんなそんなふうに聞かされる。それに、そう、ソフトウェアも当然おれたちを過度に働かせようとする。それが殉職率の高さの一因だ。だけど、所詮ソフトウェアはソフトウェアだ。ただのケーブルだ。そんなものの言うとおりにしてたら、最後にはどんな人間になっちまうと思う？」

おれは暗くなりつつある地平を眺めながら言った。「さあ」

「そんなものの言うことは聞かないことだ、相棒。絶対にな。聞いてたら、結局死ぬことになる」

いくらか離れたところに建てられたバブルファブのひとつから、誰かが出てきて、薄暗さが深まる中、街場の日本語でなにやら呼ばわった。オオイシは笑みを浮かべ、呼ばわり返した。笑い声が行き交った。誰かが焚き火を始めたらしく、背後から木を燃やした煙のにおいがしてきた。標準的なデコムのキャンプだ——移動するときにはただちに溶かすことができる支持構造に支えられた数戸の仮設バブルファブ。彼らもときには廃屋を利用したりするのだろうが。おれたちがクウェル主義者の情報収集所を使ったみたいに。おれはすでにほぼ五週間、シルヴィのクルーとともにそういった住環境にいたわけだが、このオオイシ・エミネスクという男はどこかしらくつろげる雰囲気をかもしており、それはデコムには珍しいことだった。少なくとも、これまで出会ったデコムの大半はオオイシのような人間ではなかった。オオイシにはドッグレース犬特有のぴりぴりしたところがなかった。

「この仕事はもう長いのかい？」とおれは尋ねた。

「ああ、かなりね。自分じゃ認めたくないほど長い。だけど――」

そのあとはただ肩をすくめた。おれはうなずいて言った。

「だけど、ペイは悪くない。そういうことかい？」

彼は苦笑して言った。「そうだ。弟がミルズポートで火星人の人工遺物テクの勉強をしてるんだよ。でもって、親はふたりとも自分じゃどうにもできない再スリーヴが必要な歳になっちまった。今のこの経済情勢で、そうした出費をカヴァーするにはこれ以外、おれにできる商売はない。メクセクが教育憲章もスリーヴ年金制度もずたずたにした今は、金を出さなきゃ、何も手にはいらない」

「ああ、おれがまえにこの星にいた頃と比べてもなんともひどいことになってる」

「よそにいたのか？」プレックスみたいに詮索はしてこなかった。ハーランズ・ワールドの昔ながらの礼儀だ――おれが自分に前科のあることを話したがっているとすれば、どっちみち話すと思ったのだろう。話したくないのだとしたら――いや、そもそもおれの気持ちを読んで彼は訊いてきたのだ。職業柄。

「ああ、三十年、いや、四十年ほどね。それだけでもずいぶんと変わったよ」

彼はまた肩をすくめた。「おれはこの商売をそれより長くやってる。クウェル主義者がもとのハーラン体制から搾り取ったものは全部、その後いろんなやつが食いつぶしてしまった。メクセクはそんな中では最近の悪い知らせだな」

「〝この敵はあなたには殺せない〟」とおれはぼそっとつぶやいた。

彼はうなずき、おれのあとを引き取ってクウェルクリストのことばを引いた。「〝ダメージを負って深みにはまり、敵をまた引き戻してしまい、自分の子らにはその引き波を監視せよと教えることしかできない〟」

「要するに誰かさん自身、波をちゃんと監視してなかったってことだな」

「それはちがうよ」と彼は腕組みをして顔をそらし、西の空に消えゆく陽の光を眺めながら言った。

「クウェルクリストがいた頃とは時代が変わってしまった。それだけのことだ。ここであれどこであれ、ファースト・ファミリーを倒すことにどんな意味がある？　結局のところ、面倒が起こると、保護国がしゃしゃり出てきて、エンヴォイにその処理を任せるだけのことだとしたら」

「確かにそれは言える」

彼はまた笑みを浮かべた。今度の笑みに苦味はなかった。「言えるどころじゃない。まさにそれこそがただひとつの問題点さ。それがただひとつの当時と今との大きなちがいだ。不安定時代にエンヴォイがいたら、クウェル主義運動は半年も持たなかっただろう。あのファック野郎どもには誰も敵わない」

「彼らもイネニンじゃ失敗したが」

「ああ。だけど、そのあとやつらが何回負けた？　やつらにとっちゃ、イネニンなんてささやかな障害みたいなものだ。大望遠鏡のレンズについた米粒ほどのしみみたいなもんさ」

おれは一気に自らの記憶に呑み込まれた。自分の顔の残骸に爪を立てて叫んでいるジミー・デ・ソトの姿が眼に浮かんだ。ジミーはすでに自分で片眼を抉り出してしまっていた。おれが止めなければ、もう一方の眼も……

おれは記憶を封印した。

ささやかな障害。レンズについた米粒ほどのしみ。

「かもしれない」とおれは言った。

「ああ」と彼はぼそっと言った。

おれたちはそのあとしばらく闇がやってくるのを立ったまま黙って眺めた。空は澄んでおり、北の山々の稜線に打ちつけられたように、欠けたダイコクがのぼり、頭上には銅貨のようなマリカンノンがすでに高く上がっていた。ぽってりとしたホテイはまだ西の地平の下にあった。おれたちの背後で焚き火が燃え上がり、ちろちろとした赤い光の中におれたちの影がぽつんとふたつ伸びた。

そこに立っているとその熱が熱くなりすぎはじめ、オオイシは礼儀正しく〝失礼〟とおれに声をかけてその場を離れた。おれはオオイシがいなくなってもそのあと一分ばかり、焚き火の熱が背中を舐めまわすのをこらえてから振り返り、火を見て眼をしばたたいた。オオイシのクルーの中のふたりが焚き火の向こう側に坐って、手を暖めていた。暖められた空気の闇の中であいまいな人影が揺れていた。低い声でのやりとり。ふたりともおれのほうを見ていなかった。それはオオイシが示したような昔ながらの礼儀のためか、デコム特有の排他性のためか、おれにはどちらとも判断がつかなかった。

いったいこんなところで何をしてるんだ、コヴァッチ？

いつもながらの簡単な問いだ。

おれは火のそばを離れ、バブルファブのあいだを抜け、オオイシたちのキャンプと如才なく適切な距離を取って設営した自分たちの三つのバブルファブのほうに歩いた。顔と手が冷たくなり、ぬくもりがいきなり消えたことを肌が教えてくれた。月明かりがバブルファブを草の海に横たわるボトルバックサメのように見せていた。シルヴィが寝かされているファブのそばまで来ると、閉じられたフラップのまわりから明るい光が洩れているのが見えた。ほかのふたつは暗かった。パーキングラックには反重力バイクが二台斜めに駐車しており、空を背景に操縦装置と火器スタンドが木の枝のように見えた。三台目のバイクはそこにはなかった。

おれはチャイムパッチに手を触れてからフラップを引っぱり、中にはいった。部屋の一隅に置かれた寝具の上にジャドウィガとキヨカがおり、慌てて互いに離れ合った。シルヴィはその反対側の寝袋の中にいた。脇に置かれたイリュミナム・スタンドの弱い光に照らされ、死人のように見えた。髪は丁寧に梳《す》かれていたが。足元に置かれたポータブル・ヒーターが彼女の足を暖めていた。そのファブにいるのは三人だけだった。

「オアは?」

「ここにはいない」とジャドウィガが衣服の乱れを直しながらむっとして言った。「ノックぐらいしたらどうなの、ミッキー」

「したよ」

「わかった。ノックをしたら、待ったらどうなの?」

「すまん。思いもよらなかったものでね。オアはどこへ行ったんだ?」

キヨカが腕であたりを示すような仕種をして言った。「バイクに乗ってラズロと出かけた。周辺監視をするって自分たちから申し出て。そういう気持ちのあるところを見せる必要があったんでしょうね。オオイシたちは明日わたしたちを橋頭堡まで連れ帰ってくれるみたいだから」

「だったら別のファブを使えばいいのに」

ジャドウィガがシルヴィを眺めやってぼそっと言った。「誰かがシルヴィを見てなくちゃならないでしょうが」

「おれがやるよ」

ふたりは怪訝な顔でおれを見てから、互いに顔を見合わせた。キヨカが首を振って言った。「それはできない。オアに殺されちゃう」

「そのオアはここにはいない」

またふたりは顔を見合わせ、ジャドウィガが肩をすくめ、立ち上がって言った。

「そうよね。いいじゃん。行こう、キヨカ。監視は四時間はかかる。監視をしたからってオアが急に勘が鋭くなるとも思えない」

キヨカのほうはためらっていた。が、シルヴィのベッドに近づいて見下ろし、彼女の額に手を置いて言った。

「わかった。でも、何かあったら――」

「わかってる。すぐ知らせる。さあ、早く行けよ」

「ええ。キヨカ、行こうよ」ジャドウィガはドアフラップのそばに立ってキヨカを促した。そして、ふたりで出ていきかけたところで立ち止まり、振り向くと、にやっと笑って言った。

「ヘイ、ミッキー。あんたが彼女を見る眼つきからわかるんだけど、のぞいたり突いたりしちゃ駄目よ、わかった？　果実を搾ったりしちゃ。自分のものじゃないパイには指を触れたりしないことね」

おれは笑みを返して言った。「ファック・ユー、ジャド」

「そう、ファックが望みなら。夢でやってて、ミック」

キヨカはそれよりかなり伝統的な礼のことばを口にし、ふたりは出ていった。おれはシルヴィのそばに坐り、無言で彼女を見下ろした。いっときが経ち、おれは手を伸ばすと、キヨカの真似をしてシルヴィの額を撫でた。彼女は身じろぎひとつしなかった。その肌は熱く、紙のように乾いていた。

「なあ、シルヴィ。そこから出てこいよ」

返事はなかった。

おれは手を引っ込めて、彼女をさらに見つづけた。

こんなところで何をしてる、コヴァッチ？

彼女はサラじゃない。サラはもう死んだ。いったいぜんたいおまえはここで何を――

うるさい。

また新しい選択肢ができたわけでもなんでもないだろうが、ええ？

〈トウキョウ・クロウ〉での最後の時間が甦り、そのときに選択肢を捨てたことが思い出された。プレックスと一緒だったテーブルの安全性も、温かい無名性も、明日に向けての切符も――おれは自分から席を立って、そこから歩き去ったのだ。セイレーンの歌声に応じるかのように。そうして、戦いの血と怒りの中に自分から身を投じたのだ。

振り返ると、あれが分岐点の扉だった。運命が変わる示唆に富んだ一瞬だった。だから、その扉はおれがそこを通り抜けたときに軋んだ音をたててもよかったのに。

振り返ってみると、たいていのことがそんなふうに思える。

これは言っておかなくちゃね、ミッキー、わたしはあなたが好きよ。朝がアパートメントの窓の遠くから忍び寄ってくる時間帯のことで、彼女の声は朝まだきとドラッグのせいで不明瞭なものだったが。どこと指を差すことはできないけど。でも、好きよ。あなたが好き。

悪くない。

しかし、それだけでは充分とは言えない。

手のひらと指が軽くうずいた。プログラムされた遺伝子が、つかんで登れるざらざらした表面を求めていた。その感覚にはだいぶまえから気づいていた。体にずっと居坐っている感覚ではない。来ては去っていく感覚ながら、ストレスを覚えたり、何もしていないときによく自分を主張したがる。ちょっとした苛立ちというのは再スリーヴにつきものだ。新品のクローン・スリーヴにさえ歴史というものがある。おれは二、三度握りしめては開いてからポケットに手を入れ、大脳皮質スタックを見つけた。それはおれの指をすべらかにすべり、高価な機械部品のなめらかな重さで手のひらに収まった。ユキオ・ヒラヤスと彼の手下が新たに加わったおれのコレクション。

未浄化地帯でのいささか躁病的な探索解体作業が続いたこのひと月、おれは時間を見つけてはこの戦利品をケミカルと回路基板クリーナーで磨いていた。手のひらを開くと、イリュミナム・スタンドの明かりを受けて、骨も脊椎組織もきれいに除去したスタックはきれいに輝いた。レイザーカットされた筆記具の一部のような、半ダースほどのぴかぴかのシリンダー。一方の端にフィラメント・マイクロジャックのわずかな突起があるが、それを除けば完璧な円筒形をしている。そんな中でもユキオのスタックはきわだっている——円筒形の中央に几帳面な黄色のストライプが描かれ、製造者のハードウェアコードが彫られている。典型的なデザイナー・スタック。

ほかのスタックは——ヤクザの三下のも含めて——国の公共機関でインストールされた標準仕様のものだ。眼に見える特徴はない。だから、ヤクザのやつには黒い絶縁テープを巻いて、寺院で集めたものと区別してある。ユキオにはあるかもしれない値打ちがこいつにあるとも思えないが、ギャングの三下まで坊主たちと同じところに持っていかなければならない理由などどこにもない。では、おれはこいつをどうするつもりなのか。自分でもよくわかっていなかった。シルヴィにはアンドラッシー海に捨てるかもしれないと言った。が、そのあと気が変わったのだ。

おれはそいつとユキオをポケットに戻し、手のひらに残った四個のスタックを見て思った。

これで充分か。

ハーランズ・ワールドからは見ることのできない星で、以前、スタックを売買することで生計を立てている男に会ったことがある。そのスタックに込められた人生を値踏みして目方で売り買いしていた。

香辛料にしろ、準宝石にしろ、それぞれの世界の政治状況がきわめて高価なものにしてしまう代物にしろ、その手の品を扱うように。その男は商売敵を脅すのにその惑星版の悪魔を演じており、それがいささか大仰になりすぎていたのだが、それでも今もおれの心に居坐っている。

今のおれを見たら、あいつはなんと思うだろう？

これは――

誰かの手がおれの腕をつかんだ。

ショックが早波《さざなみ》のようにおれの体を駆け抜けた。反射的にスタックを握りしめていた。おれは眼のまえの寝袋の中で片肘をついて上体を起こし、自分の顔の筋肉を相手に悪戦苦闘している女を見た。その眼におれがわかった形跡はなかった。おれの腕をつかんでいる彼女の手はまるで機械のようだった。

「あなた、助けて」と彼女は日本語で言い、咳き込んだ。「助けて、助けて」

それは彼女の声ではなかった。

第十一章

　ドラヴァが見渡せる丘陵地帯にはいった頃には空から雪が舞い落ちはじめた。時折突風が眼に見える形で吹き荒れ、風がやんでも宙に残るその名残がおやみなくおれたちを突き刺した。眼下の市《まち》の通りも建物の屋根もまるで昆虫の毒に侵されたかのようにすでに雪で覆われていたが、東の空に雲が分厚く重なっており、雪はすぐにはやまないことを示していた。一般チャンネルのひとつを使って、政府寄りの広告ドローンが局地暴風雪警報を発しており、その暴風雪をクウェル主義者のせいにしていた。市《まち》まで降りると、暴風雪に痛めつけられた通りが見えた。あらゆるものに霜が降り、水たまりもすでに凍っていた。不気味な静けさをかもしながら、雪片がたえまなく空から落ちていた。

「メリー・ファッキング・クリスマス」とオオイシのクルーのひとりが言った。

　誰かが笑った。が、その笑い声もすぐ消えた。横溢的なまでの静けさと雪にくるまれたドラヴァの市《まち》の痩軀は陰気すぎた。

　新しくインストールされた歩哨システムを抜けて街中にはいった。六週間前に共同システムの襲撃を受けたことから、クルマヤが考えたのだろうが、デコム特免によって認められている人工知能の水準をはるかに下まわる代物だった。それでも、オアがバイクをそのずんぐりとしたシステムのそばに寄せると、シルヴィは身をすくませた。さらに、システムのひとつがいくらか背を起こし、かすかなノイズを立てながら、わざわざ二度おれたちのタグの確認をすると、彼女はうつろな眼をそむけ、オアの巨大な肩に顔を埋めた。

眼を覚ましても彼女の熱は下がらなかった。彼女を風雨にさらして汗みずくにさせたまま、潮がただ引いたようなもので、遠い陸のへりでそいつはまだあきらめていなかった。小さくなり、ほとんど音も立てなくなっても、波が彼女を叩いているのがわかった。彼女のこめかみの血管の中できわめて小さなうなり声をあげているのがわかった。

まだ終わっていなかった。少しも終わっていなかった。

複雑に入り組んだ、見捨てられた通りを抜けて橋頭堡に近づくと、おれの新しいスリーヴのアップグレードされた嗅覚は、寒さの底からかすかな海のにおいを嗅ぎ取った。塩のにおい、さまざまな有機物の残滓のにおい、消えることのないベラウィードの強いにおい、それに河口の水面にばら撒かれたケミカルの人工的な刺激臭だ。以前の合成スリーヴでは嗅覚システムがどれほど削げ落ちていたか、おれは改めて思った。今嗅いでいるのは、テキトムラからこっちに来る旅のあいだ一度も嗅いだことのないにおいだ。

おれたちが近づくと、橋頭堡の防御システムがなめらかに眼を覚ました。スパイダー・ブロックは脇にどいた。自動有刺鉄線も身を退けた。そのあいだを通るとき、シルヴィは肩をすぼめてうつむき、震えていた。彼女の髪までちぢんで、彼女の頭蓋骨に貼りついているように見えた。

過剰露出。オオイシのメディカル・クルーは自分のイメージングセットを見ながらそう言った。シルヴィはスキャナーの下にじれったそうに横たわっていた。あんたはまだ破砕者から逃れられてない。どこか暖かくてもっと文明的なところで二ヵ月ぐらいのんびりすることを勧めるね。ミルズポートとか。

連結クリニックで精密検査を受けたほうがいい。

シルヴィは脳みそを沸騰させて言った。二ヵ月？　くそミルズポート？

オオイシのメディカル・クルーは肩をすくめて答えた。それぐらい休まないと、まちがいなくまた気を失うことになる。少なくとも、テキトムラに戻って、ウィルス・チェックを受けるべきだ。こんな状態でプレーするのは無理だ。

シルヴィの〈スリップインズ〉のほかのメンバーは全員それに同意した。シルヴィの意識が回復したのは思いがけないことだったが、それでもおれたちはもう帰ることに決めていた。

貯まったクレジットを使おうよ――ジャドウィガがにやりとして言った――パーティよ、テキトムラのナイトライフを愉しもうよ。

橋頭堡のゲートが振動しながら開き、おれたちは中にはいった。このまえ来たときと比べると、やけに閑散としていた。バブルファブとバブルファブのあいだに、装具をカートで運んでいる人影がちらほらと見えるだけだった。それ以外のことをするには寒すぎた。通信マストに取り付けられた二体の監視凧が風と雪になぶられ、狂ったように舞っていた。暴風雪を予測して、ほかの凧は収納されているようだった。ファブの屋根の向こうに、埠頭に停泊している巨大なホヴァーローダーの雪をかぶった上部構造が見えたが、付属クレーンは止まっていた。暴風雪に備える陰鬱とした雰囲気に陣地全体が包まれていた。

「すぐクルマヤと話したほうがいい」ゲートが閉まると、オオイシが使い込んだ一人乗りバイクから降りて言い、おれたちと自分のクルーを見まわした。「寝床の手配もしないとな。スペースに余裕があるとも思えない。今日着いた連中も天気が回復するまでは出ていかないだろうから。シルヴィ？」

シルヴィはコートの襟をことさら強く胸のまえに引き寄せた。やつれきっていた。クルマヤと話したがっていないのは明らかだった。

「おれが行くよ、船長」とラズロが自分から申し出た。そう言って、ダメージを受けていない腕をおれの肩にまわし、おれと一緒に乗ってきたバイクから飛び降りた。彼の靴の下で凍った雪がさくっと音をたてた。「みんなはコーヒーでも飲んでてくれ」

「いいね」とジャドウィガが言った。「クルマヤの古だぬきに嫌な思いをさせられないように、ラズロ。あたしたちの話が気に入らないのなら、あんなやつ、犬に食われろってね」

「ああ、そのとおり伝えるよ」とラズロは大げさに眼をぐるっとまわして言った。「ヘイ、ミッキー、助っ人としてあんたも一緒に来てくれないかな?」

おれは眼をぱちくりさせた。「ああ、いいけど。もちろん。キヨカ? ジャド? どっちかこのバイクに乗っていってくれないか?」

キヨカが助手席から降りて、ゆっくりバイクを前進させた。ラズロは歩きはじめたオオイシに並ぶと、おれのほうを振り向き、頭を陣地の中央のほうに傾げて言った。

「さあ、来てくれ。早く終わらせちまおう」


当然と言えば当然かもしれないが、クルマヤはシルヴィのクルーの顔を見てもあまり嬉しそうな顔はしなかった。さきにオオイシが通され、ベッドを割り当てられるのをおれとラズロは貧弱な暖房しかない外部屋で待った。パーティションで区切られた壁ぎわに安っぽいプラスティックの椅子が並べられ、世界の最新ニュースが音量を低くして、隅に設置されたスクリーンに流されているといった部屋だ。背の低いテーブルにはディテール中毒のためにはデータコイル、低能のためには灰皿が置かれていた。自分たちの吐く息がかすかに白く見えた。

「で、おれと何を話したいんだ?」とおれは手に息を吹きかけながらラズロに言った。

「ええ?」

「おいおい。ジャドやキヨカにはチンポコが要るみたいにあんたには助っ人が要った。なんなんだ?」

ラズロは笑みを浮かべて言った。「そう、あのふたりについちゃ、おれもいつもあれこれ考えてるよ。そういうことを考えはじめると、男ってやつは夜眠れなくなる」

「ラズロ」

「わかった、わかった」彼はダメージを受けていないほうの肘を椅子についてもたれ、テーブルに足をのせた。「シルヴィが目覚めたときにはあんたが彼女のそばにいた。だよね?」

「ああ」

「彼女、そのときなんて言った? 正直な話」

おれは彼のほうを向いて答えた。「それはゆうべもう話しただろうが。取り立てて言わなきゃならないようなことじゃない。彼女は助けを求めてきた。その場にいない人間の助けをね。意味のないことばだよ。彼女自身、わけもわからず口にしたんだろう」

「ああ」ラズロは手を開き、まるでそれが何かの地図でもあるかのように手のひらを吟味した。「なあ、ミッキー、おれはウィンスフィッシュだ。切り込み要員だ。おれが今も生きていられるのは周辺情報にいち早く気づくのが得意だからだ。そんなおれの今の周辺情報を言おう。あんたは彼女のことをこれまでとはちがった眼で見てる。それだ」

「ほんとうに?」とおれはおだやかな声音を崩さずに言った。

「ああ、ほんとうに。ゆうべまであんたはもの欲しそうに彼女を見てた。いつか味見をしてみたいって眼で見てた。それが今は……」ラズロはおれと眼を合わせた。「まるで食欲をなくしちまってる」

「彼女は具合がよくないんだぜ、ラズロ。おれは病人には惹かれない」

彼は首を振って言った。「それはちがうね。彼女は情報収集所でのギグのときからずっと具合が悪かった。それでもあんたは腹をすかした眼を彼女に向けてた。そんなに露骨じゃなかったけど、それでもあんたは彼女にもよおしてた。今、あんたは何かが起こるのを待ってるような眼で彼女を見てる。まるで彼女が爆弾かなんかみたいに」

「おれは彼女のことを心配してるだけだ。あんたたちみんなと同様」

口に出したそのことばの下では別のことばが変温層を流れる水のように流れていた――周辺情報に気づくことでこれまで生きてこられたというなら、ラズロ、こんなふうにそのことをしゃべっちまうと、命を落としかねないってことにも気づくべきじゃないのか、ええ？　これがもっと別なときなら、おまえはもう死んでるかもしれないんだぜ。

いっとき、おれたちは並んで坐ったまま押し黙った。ひとりうなずきながら、彼が言った。

「話す気はないわけだ、ええ？」

「そもそも話すことがないからだ」

さらに沈黙が流れた。スクリーンは最新ニュースを次々と繰り出していた。ハーラン家のマイナーな遺産相続人のひとりがミルズポートの埠頭地区で事故死（スタックは回収可能）していた。コスース湾ではハリケーンが勢力を強めていた。メクセクは年末までに公共医療費を削減しようとしていた。おれはなんの関心もなく、そんなニュースをしばらく眺めた。

「なあ、ミッキー」とラズロがためらいがちに言った。「あんたを信用してないなんて言うつもりはないよ。実際、そうじゃないんだから。でも、おれはオアとはちがう。嫉妬してるんじゃない。おれにとっちゃ、彼女は、わかるだろ、船長だ。それだけのことだ。それと、あんたには彼女の面倒がみられる。

そのこともわかってる」

「そりゃどうも」とおれは皮肉っぽく言った。「しかし、なんでまたおれはそんなお誉めのことばをちょうだいすることになるんだ?」

「ああ、あんたらふたりはどんなふうに出会ったのか。彼女自身からちょっと聞いたのさ。ひげ野郎のこととか。あれこれ想像するには充分なことを——」

ドアがしなやかに手前に開き、オオイシが出てきた。にやりとして、親指で今自分が出てきたほうを示した。

「尋問終了。バーで待ってる」

おれたちは中にはいった。ラズロは何を察知したのか、それはどれほど真実とはかけ離れたものか、結局、わからずじまいになった。

シゲオ・クルマヤは机について坐っていた。立ち上がることもなく、おれたちがはいってきたのを見ていた。表情は読めなかったが、身じろぎひとつしようとしないそのさまが彼の怒りを怒鳴り声ほどにも明瞭に伝えていた。いかにも昔気質《かたぎ》の男のようだった。彼の背後ではホロがアルコーヴの幻影を映し出しており、影と月明かりが回転し、眼にはほとんど見えない渦を描いていた。机の上では、データコイルが彼の肘のあたりでアイドリングしており、しみひとつないデスクトップに嵐のような色を投げかけていた。

「オオシマは具合がよくないのか?」と彼は抑揚のない口調で言った。

「そう、高地地帯で共同クラスターから何かもらっちまったみたいでね」とラズロが耳のうしろを掻きながら、がらんとした室内を見まわして言った。「こっちは変わりなかったんだろうか、シゲ? 局地暴風雪への備えとかはもうすんだのかな?」

「高地地帯は」よけいなことに時間を割くつもりはクルマヤにはさらさらないようだった。「きみたちが作業をすることに私が同意した場所から七百キロも離れてる。きみたちが掃除を請け負うことになった場所から北に七百キロも、だ」

ラズロは肩をすくめて言った。「まあ、そうなんだけど……まあ、それが船長の命令だったもんでね。われわれはそういうことには従わなきゃ――」

「きみたちには契約というものがあった。もっと重要なものとして義務があった。きみたちは橋頭堡と私に対して〝ギリ〟があった」

「おれたちは攻撃を受けたんだよ、クルマヤ―サン」嘘がおれの口を突いて出た。エンヴォイのスムーズさで。エンヴォイの特殊技能の中でも支配的なものが自然と発揮できたことに対して、単純な嬉しさがあった。最後に行使してからかなり月日が経っていた。「寺院で待ち伏せにあったあと、おれたちはソフトウェアをやられちまって、有機的ダメージを受けたんだ。おれもチームのほかのクルーも。だから、やみくもに逃げるしかなかった」

おれのことばの痕跡の上に静寂が降りた。おれの横でラズロが何かを言いかけ、体をぴくっと動かした。おれは鋭い一瞥を彼に向けた。ラズロはそれで思いとどまった。橋頭堡司令官はおれとラズロを交互に見てから、その眼をおれに落ち着かせて言った。

「このまえとスリーヴがちがってるが、きみはセレンディピティか?」

「そうだ」

「新しくチームに加わったんだったな。でもって、今はスポークスマンを自任してるのか?」

攻撃ポイントを見つけたら、あとは前進あるのみだ。「おれには彼らに〝ギリ〟があるんだよ、クルマヤ―サン。仲間の掩護がなかったら、おれは死んでた。ドラヴァのカラクリに手足をばらばらにされてた。みんながおれを救い出して、新しい体まで見つけてくれたんだ」

「ああ、そのようだな」クルマヤは机の上をいっとき見てからまたおれに眼を向けた。「なるほどな。しかし、きみが今言ったことはきみたちが未浄化地帯から送ってきたレポートに全部書かれてる。今訊きたいのは理由だ。やみくもに逃げなきゃならなかったとして、どうして橋頭堡に戻らなかったのか」

その答はさらに簡単だった。未浄化地帯でひと月以上、キャンプファイアを囲んでみんなで話し合い、よりよくできた嘘に仕上げていた。「おれたちのシステムはダメージを受けたけれど、部分的には機能してた。だから、おれたちの背後にいるミミントの活動は探知できた。それでやつらに退路を断たれてることがわかったんだよ」

「で、きみたちはきみたちが掩護することになっていたほかの掃除人に警告を発した。しかし、ただ警告しただけで、彼らを助けようとはしなかった。何もしようとしなかった」

「ちょっとちょっと、シゲ。おれたちは逃げるだけで精一杯だったんだぜ」とラズロが横から口をはさんだ。

橋頭堡司令官は視線をラズロに移して言った。「きみの解釈は求めてない。ちょっと黙っていてくれ」

「でも――」

「おれたちは北東へ退却した」おれは横に立っているウィンスフィッシュに眼だけでもう一度警告を与えて続けた。「見るかぎり、そっちが安全地帯に思えたもんでね。司令ソフトウェアがまたオンラインに戻るまで逃げた。その頃にはほとんど市《まち》を出てしまっていて、おれは死ぬほど血を流してた。ジャドウィガなんかはもう大脳皮質スタックだけをどうにか確保できた状態でね。だからわれわれとしてはしかたなかったんだ。未浄化地帯にはいって、あらかじめ位置を確認してあった、クローン・バンクと再スリーヴ設備のある掩蔽壕まで行くしかなかった。そのことはレポートにあったと思うけど」

「〝われわれとしては〟？　きみもその決定に加わったということか？」

「言っただろ、おれは死ぬほど血を流してたって」とおれは繰り返した。

クルマヤは視線をまた机の上に向けて言った。「きみたちとしても関心があろうかと思うので言っておくと、きみたちの言う待ち伏せのあと、そのエリアでのミミントの活動を見た者は誰もいない」

「そう、それはあのくそ寺院をおれたちが破壊したからだ」とラズロが横から言った。「現場に行って掘り起こせばミミントの残骸が見つかるはずだよ。おれたちがトンネルを抜けるときに素手で解体した二体を除いて」

クルマヤはまたラズロに冷ややかな眼を向けた。

「時間も労力も割けなかったんで、遠隔スキャンをしただけだが、あの廃墟にマシンの痕跡は見つからなかった。きみたちがやった爆破であの建物の下層構造の大半が雲散霧消していた。だから、もし――」

「もし？　なんなんだよ、そのくそ〝もし〟ってのは？」

「――きみたちの言うとおりミミントがいたのだとしたら、みんな蒸発してしまったんだろう。トンネルの中の二体は発見されてる。それはきみたちが未浄化地帯に退却してから送信してきたレポートどおりだった。ただ、これはきみたちとしても関心があるだろうと思うので言っておくと、きみたちがあとに置き去りにした掃除人たちはその後、西に二キロ行ったところでカラクリの巣に遭遇し、戦闘の結果、二十七名が死んだ。そのうち九名はスタック回収不能の真の死《リアル・デス》だ」

「それは気の毒なことをしたよ」とおれは抑揚のない口調で言った。「だけど、おれたちとしてもそれを防ぐことはできなかった。肉体にダメージを負い、いかれた司令システムしか持たないで引き返しても、彼らのお荷物になっただけだ。そうするかわりに、おれたちはあの状況下でできるだけすみやかにフル装備で戻れる策を取った」

「確かにきみたちのレポートにはそうあるが――」

クルマヤはしばらく考えにひたった。おれはラズロがまた何かよけいなことを言いはしまいかと気になり、彼のほうをちらっと見た。そのとき顔を起こしたクルマヤと眼が合った。

「よかろう。とりあえず、きみたちはオオイシ・エミネスクのクルーと同宿とする。シルヴィ・オオシマにはソフトウェア・ドクターの検査を受けてもらう。費用はもちろんきみたち持ちだ。その結果、彼女の状態が安定していることがわかったら、天候が回復次第、寺院での事件に関する本調査をする」

「なんだって？」とラズロが一歩前に出て言った。「それはあんたらがろくでもない事故の瓦礫を掘り返してるあいだ、おれたちはここでぶらぶらしてなきゃならないってことかい？　あんたはそんなことを考えてるのかい？　冗談じゃない。つき合ってられないね。おれたちは今すぐにもテキトムラに戻るつもりだ。あそこに停泊してるくそローダーで」

「ラズ――」とおれは言いかけた。

クルマヤが言った。

「私はそんなことを考えてるわけじゃない。私はきみたちにドラヴァにいてくれと頼んでいるわけじゃない。これは命令だ。好むと好まざるとにかかわらず、ここには司令系統というものがある。だから、きみたちがあの〈ダイコク・ドーン〉号に乗ろうとしても、乗船を止められるだけだ」クルマヤはそこで眉をひそめた。「あまり直接的なことはしたくないが、それもやむなしとなれば、きみたちを拘束するという選択肢もある」

「拘束？」とラズロはまるで初めて耳にすることばのように訊き返し、さらに目の前のコマンドリーダーがそのことばの意味を説明するのを待つかのような顔をした。「拘束だって？　おれたちはこのひと月で五体の共同システムと十体以上の自律ミミントを解体して、いやったらしいハードウェアだらけの掩蔽壕を安全な掩蔽壕にしたんだぜ。その返礼がこれなのかい、ええ?」

そう言いおえるや、彼は叫び声をあげた。そして、まるでクルマヤにつつかれたかのように片眼に手のひらをあててうしろによろけた。クルマヤは机の向こうで立ち上がっていた。その声はいきなり解き放たれた怒りの歯擦音に満ちていた。

「さっき言ったことは返礼じゃない。今のが返礼だ。私の管理下にありながら、もはや信用できなくなったクルーの身に起こることだ」彼はおれのほうにも怒りの眼を向けた。「おまえ。セレンディピティ。こいつを連れ出して、今私が言った指示をほかの仲間にも伝えろ。今日のような話し合いはもう二度とするつもりはないからな。ふたりともさがってよし」

ラズロはまだ眼を押さえていた。おれは彼の肩に腕をまわして戸口に導こうとした。ラズロはそんなおれの腕を苛立たしげに振り払うと、なにやらぶつぶつ言いながら、震える指をクルマヤに向けた。が、そこで思いとどまったらしく何も言わず、クルマヤに背を向けると、大股で戸口に向かった。

おれはそんな彼のあとから部屋を出た。ドアを出かけたところでクルマヤを振り返った。その張りつめた表情を正確に読み取るのはむずかしかったが、それでもかすかに彼の内面がにじみ出ているような気がした――まず、不服従に対する怒り。さらに怒りをしのぐ呵責。状況も自らも制御できなかったことに対する呵責だ。最後は今まさに司令バブルファブで起きた退廃に対する嫌悪。もしかしたら、その嫌悪はメクセク計画における自由参加市場に対する嫌悪かもしれない。このくそ惑星における事態の推移そのものに対する嫌悪かも。

シゲオ・クルマヤ。昔気質《かたぎ》の男。

おれはバーでラズロに飲みものをおごってやり、彼がクルマヤのことをくそファッキング野郎と言って罵るのを聞いてやってから、ほかのクルーを探しに席を立った。ラズロは仲間には不自由しなかった。バーは〈ダイコク・ドーン〉号から降りてきた不機嫌なデコムで混み合っていたから。みんな天気のことと、天気のせいで戦闘配備ができないことについて声高に文句を垂れていた。時代遅れのアップテンポのジャズがそんな店内にふさわしいＢＧＭを奏でていた。このひと月のあいだに、そのジャズには宣伝ＤＪがつきものみたいに思うようになっていたが、それは慈悲深くもカットされていた。煙と騒音。そのふたつがバブルファブの天井まで満たしていた。

店の隅にジャドウィガとキヨカがいた。互いに互いの眼を見つめ合い、いかにも意味深そうなやりとりをしていて、加わるのにはいささか勇気を要した。案の定、ジャドウィガがせっかちにおれに言った。オアはシルヴィとふたりで宿舎のファブに残っており、オオイシはどこかにいる、と。たぶんカウンターじゃないかな、最後に見たときには誰かと――女と話していた。そう言って、あいまいに腕を振ってカウンターのほうを示した。おれはいくつものヒントを汲み取り、ふたりだけにしてやった。

オオイシはジャドウィガが示した方向とはちがっていたが、カウンターについていたことにまちがいはなかった。ふたりのデコムと話していた。そのうちひとりは彼のクルーで、見覚えがあった。オオイシは笑みでおれを迎えると、グラスを掲げ、騒音に逆らって声を張り上げた。

「相当搾られたか?」

「まあね」おれはバーテンダーの注意を惹こうと、手を上げながら答えた。「シルヴィの〈スリップインズ〉はあんまり規則を守らないチームなんだね。おかわりは?」

オオイシは冷静に自分の飲みものの残り具合を見て言った。「いや、いい。規則を守らないというのは言えてるな。共同体意識が誰より強いチームとは言えない。それだけは確かだ。それでも成績はたいていトップだ。それができてりゃ、誰だってしばらくはやっていける。たとえクルマヤのようなやつが相手でも」

「名声を得るというのは悪いことじゃない」

「ああ、それで思い出した。あんたを探してるやつがいた」

「おれを？」オオイシはおれの眼をのぞき込みながら言っていた。おれは反射的な反応を抑え、片眉を吊り上げた。そして、ミルズポートのシングルモルトをバーテンダーに注文してからオオイシのほうに向き直ると、自然な関心を声に含ませて訊き返した。「そいつの名前はわかるかい？」

「おれがそいつと話したわけじゃないんでね」とオオイシは言い、クルーではないもうひとりの連れを顎で示した。「こいつはシミ。〈インタラプターズ〉のトップ・ウィンスフィッシュだ。シミ、シルヴィと彼女のチームの新メンバーのことを訊いてまわってたやつだけど、名前を覚えてるか？」

シミは眉をひそめ、眼をすがめるようにしてしばらく脇を見てから、ぱっと眉を開くと、指を鳴らして言った。

「ああ、覚えてる。コヴァッチ。コヴァッチっていってた」

第十二章

すべてが停止した。

店内の音すべてがおれの耳の中で極北の海面氷のように凍りついた。煙も動きを止めた。カウンターについて背中に感じていた客たちの圧力が減少したようにも思えた。ミミントと戦っているときでさえ、この〈エイシュンドウ〉のスリーヴから感じたことのないショックを覚えた。夢見るような無音のときが過ぎ、おれはオオイシがおれをじっと見つめているのに気づき、反射的にグラスを口に持っていった。シングルモルトが咽喉を通り、食道を焼き、その熱が胃袋にたどり着くと、そこで世界はまた動きだした。止まったときと同じくらい突然、おれのまわりに音楽と騒がしさと客同士の押し合いへし合いが戻ってきた。

「コヴァッチ」とおれは言った。「ほんとうに?」

「知ってるやつか?」とシミが訊いた。

「名前だけだが」百パーセントの嘘をつく意味はなかった。オオイシに表情を観察されてしまっている以上。おれはシングルモルトをもう一口飲んで言った。「おれにどんな用があるのか言ってたかい?」

「いや」シミは首を振った。どう見てもあまり関心は持っていなかった。「あんたがどこにいるか訊いてただけだ。シルヴィの〈スリップインズ〉と一緒に出ていったのかとか。二日ほどまえのことだ。こっちはそのとおり答えたけど。未浄化地帯に出てるって。そいつは――」

「そいつは――」と言いかけておれはことばを切った。「すまん。今なんて言おうとした?」

「とにかくすごくあんたと話したがってた。で、誰だったかな――確か〈アントンとスカルギャング〉だったと思うけど――未浄化地帯に連れていってくれって説得までしてた。知ってるやつなんだね? あんたにとっちゃちょっと面倒なやつとか?」

「決まってるだろうが」とオオイシがぼそっと言った。「だけど、もしかしたらあんたの知ってるコヴァッチとはちがうコヴァッチかもしれない。よくある名前だからな」

「確かに」とおれは認めて言った。

「でも、そうは思わない?」

おれは肩をすくめてみせた。「そうだな。そいつはおれを探してて、おれはそいつの名前を知ってるんだからな。たぶんどこかで出会ってるんだろう」

オオイシの同僚とシミは酒に促されたその場かぎりのいい加減な同意をした。が、オオイシのほうはいささか興味をそそられたようだった。

「名前は知ってるということだが、どういうやつなんだ、このコヴァッチというのは?」

いたって簡単な質問だった。「いい噂はひとつもないね」

「ああ」とシミがいかにもと言わんばかりに同意して言った。「そうだろうとも。情け容赦のない筋金入りのファック野郎。おれにはそう見えた」

「ここにはひとりで来てたのか?」とおれは尋ねた。

「いや。用心棒タイプを一個連隊引き連れてた。四人か五人。みんなミルズポート訛りがあったな」

すばらしい。これでもうここだけの問題ではなくなった。タナセダはちゃんと約束を守る男のようだ。あんたを捕まえ次第、処刑するという命令を全惑星に流す。おそらくやつらはどこかでおれの行き先を——

なあ、そこまで決めつけることはない。まだ。

おいおい、そうに決まっているだろうが。そうでなきゃ、どうしておれの名前を騙《かた》ったりしてる？

こういうのは誰のユーモアのセンスだと思う？

いや、待て——

「なあ、シミ、そいつはおれを名指しで探してはいなかった。ちがうか？」

シミは眼をぱちくりさせて言った。「どうだったかな。あんた、名前はなんていうんだ？」

「いや、いい。忘れてくれ」

「そいつはシルヴィを探してたんだよ」とオオイシが横から言った。「彼女の名前は知ってた。たぶんチームの名の〈スリップインズ〉も。でも、それよりなにより彼女のチームの新入りに関心を持ってたということだ。名前は知らなかったんじゃないかな。だろ？」

「ああ、おれもそんな気がする」とシミは自分の空《から》のグラスをのぞき込みながら言った。おれはバーテンダーに合図をして全員におかわりを頼んだ。

「いずれにしろ、ミルズポートのやつらで、まだこのあたりにいる。そういうことかな？」

シミは唇をすぼめて言った。「たぶん。断言はできないけど。〈スカルギャング〉が出発したところは見てないからね。彼らがそいつらのうちの何人を連れていくことになったのかもわからないし」

「こっちに少なくとも何人かが残ってる可能性は高いよ」とオオイシが落ち着いた声で言った。「このコヴァッチってやつがちゃんとリサーチをしてるようなら、未浄化地帯で人探しをするのがどれほどむずかしいかぐらい、わかってるはずだ。だから、探してるあいだにあんたが戻ってきたことを考えて、こっちにも何人かは残してるはずだ」彼はそこでことばを切っておれの顔を見た。「あんたが戻ってきたら、ニードルキャストでそのことを知らせられるように」

「ああ」おれは飲みものを飲み干し、ひとつ身震いをして立ち上がった。「いずれにしろ、このことは仲間にも伝えておいたほうがよさそうだ。それじゃまた」

おれはほかの客を肩で押しのけ、ジャドウィガとキヨカのいる隅のテーブルまで戻った。ふたりは口と口をぴたりとくっつけ合い、まわりにはまるで注意を払うことなく、互いに互いを包んでいた。おれはその隣りの椅子に坐り、ジャドウィガの肩を叩いた。

「おふたりさん、そろそろ終わりにしてくれ。ちょいと面倒が持ち上がった」

「つまるところ」とオアが言った。「おまえさんはやっぱりくそまみれのくそ野郎だったわけだ」

「ほんとうに？」とおれは努めて自分の感情を抑えて言った。デコムの同僚の判断力を信じるかわりに、エンヴォイの特殊技能を総動員して彼らを説得するべきだったと後悔しながら。「こいつらは例のヤクザだ」

「そうと決まったもんでもない」

「算数をしろよ。六週間前、おれたちは全員ヤクザの幹部の息子と用心棒ふたりの死に関して責任を取らなきゃならなくなった。で、今、おれたちを探してるやつらがいるとなれば、それはもう――」

「いや、そいつらが探してるのはおまえさんだろうが。おれたちまで探してるかどうかはわからない」

「聞いてくれ。みんな」シルヴィのために見つけた、窓のない宿舎バブルファブにいる全員がおれに視線を向けた。スパルタ風の簡易シングルベッド、壁ぎわには部屋と一体化した物入れ、それに片隅に椅子が一脚。そんな部屋だ。シルヴィは簡易ベッドに寝ており、クルーはみなそのまわりの狭い空間に立っていた。「やつらはシルヴィの名前を知ってた。つまり、彼女とおれとはもうすでに結びつけられてるということだ。オオイシの友達の話によれば」

「あたしたちはあの部屋をこれ以上ないほどきれいにして――」

「わかってる、ジャド。だけど、それじゃ充分じゃなかったということだ。やつらにはおれとシルヴィが一緒にいるところを見た目撃者がいるんだろう。その目撃者が周辺ビデオであれなんであれ。問題はおれがコヴァッチという男を知ってるということだ。だからこれだけは言っておこう。ここでコヴァッチに捕まるのをただ待ってたら、彼が探してるのがおれであろうと、シルヴィであろうと、おれたちふたりであろうと、そんなことにはもうあまり意味はなくなるってことだ。コヴァッチというのは元エンヴォイなのさ。やつはこの部屋にいる全員をバラそうとするだろう、ただことを単純にするというだけのためでも」

エンヴォイに対する恐怖は根強い。シルヴィは回復ケミカルと純然たる疲労のせいで熟睡しており、オアはおれと張り合おうとかなり熱くなっていたが、ほかのメンバーがエンヴォイということばにひるんだのは明らかだった。冷静というデコムの鎧をまとっていても、彼らもまたどんな人間同様、アドラシオンやシャーヤでの恐怖の物語を聞かされて育っているはずだった。エンヴォイがやってくると、自分たちの世界が破壊されるという物語だ。実際にはもちろんそれほど単純な話ではない。はるかにもっと込み入っていて、流布しているよりはるかにもっと恐ろしい話だ。しかし、この宇宙で真実を知りたいやつなどどこにいる?

「機先を制するというのは?」とジャドが言った。「こっちに残ってるコヴァッチの仲間を見つけて、通信されるまえにそいつらをやっつけるというのは?」

「たぶんもう遅すぎるよ、ジャド」とラズロが首を振りながら言った。「おれたちがこっちに戻って時間が経ちすぎてる。おれたちが帰ってきたことはもうみんなが知ってるはずだよ」

おれはなりゆきに勢いがつくのに任せ、しばらく黙っておれが望む方向にやりとりが転がっていくのを見守った。キヨカが値踏みをする顔つきで眉をひそめて言った。

「いずれにしろ、このファック野郎どもをこっちから見つけるのはむずかしいわね。ミルズポート訛りに強面なんていうのは、ここじゃプランクトン並みにありふれてるもの。少なくとも、橋頭堡のデータスタックを調べなくちゃならない。でも、わたしたちは――」――彼女は胎児のような恰好をして眠っているシルヴィを指差した――「――今はそういうことができる状態にない」

「シルヴィのオンラインを利用できたとしてもむずかしいよ」とラズロがむっつりと言った。「クルマヤが今のおれたちをどう思ってるか考えたら。おれたちがまちがったボルト数で自分の歯を磨こうとしただけで怒り狂うだろう。あそこにあるのは侵入防止装置付きだよね」

そう言って、彼は椅子の上にのっている個人空間共鳴スクランブラーを顎で示した。キヨカはうなずき返して言った。どこかしら疲れたように。

「そう、最新技術を駆使した機器。よく言うよ、ラズロ。出航するまえに〈レイコの駄物屋〉で見つけたものよ。ミッキー、問題は今ここでわたしたちはヴァーチャル拘束を食らってるってこと。このコヴァッチという男がわたしたちを探してるとして、そんな状態でわたしたちはどうすればいいのよ？」

いよいよ出番だ。

「これがおれの提案だ。今夜のうちにおれがシルヴィを連れ出す。ダイコク・ドーン号でここを出る」

静けさが部屋を揺らした。おれはみんなの視線をたどり、感情を測り、おれのことばがどこに向かうか算定した。

フリーク・ファイターがウォームアップするみたいに首をまわしながら、オアがわざとらしく言った。

「ああ、そうとも。帰りたけりゃ、ひとりで帰るがいい」

「オア――」とキヨカが言いかけた。

「そんなことはおれが許さない、キヨカ。どこであろうと、こいつがシルヴィとどこかに行くなんてな。おれの眼の黒いうちは」

ジャドウィガがまじまじとおれを見て言った。「わたしたちはどうなるの、ミッキー？　コヴァッチが血を求めてやってきたら、わたしたちはどうすればいい？」

「隠れてればいい」とおれは彼女に言った。「誰か伝手《つて》を頼って、橋頭堡のどこかにしろ、別のチームを説得できれば、未浄化地帯のどこかにしろ、身を隠せばいい。いや、クルマヤに逮捕されるのも悪くない。安全に監禁してもらえることがあてにできるなら」

「おい、ファック頭、そんなことはおまえにシルヴィを任せなくても全部――」

「できるか、オア？」おれは大男をじっと見つめた。「できるのか、ええ？　シルヴィが今のような状態でも未浄化地帯に戻れるのか？　誰が彼女をそこまで連れていくんだ？　どのチームが連れていってくれる？　どのチームがそんなお荷物を引き受けてくれる？」

「オア、彼の言うとおりだよ」とラズロが肩をすくめて言った。「そんな荷物を背負わされたら、オオイシだって行ってくれないよ」

オアは追いつめられた眼でみんなを見まわした。

「彼女をここに隠すことだって――」

「オア、あんたはおれの話を聞いてない。おれたちを見つけるためなら、コヴァッチはこの場所そのものを破壊するだろう。おれはやつのことをよく知ってるんだよ」

「そんなことはクルマヤが――」

「クルマヤのことはこの際忘れるんだな。コヴァッチはクルマヤだってぶっ壊すだろう。エンジェルファイアみたいに。必要とあらばほんとうにエンジェルファイアでもって。オア、やつを止める方法はただひとつしかない。おれとシルヴィはもうここにはいないことをわからせることだ。そうすれば、やつはあんたたちを探すのによけいな時間は使わないだろう。テキトムラに着いたら、クルマヤにそのことをわざと知らせる。それでコヴァッチがここに戻ってきた頃には、おれたちがとんずらしたことは誰もが知ってることになる。それだけでコヴァッチは次のローダーに飛び乗るだろう」

今度はさっきより長い沈黙になった。カウントダウンのような。おれはひとりひとりがおれの提案を受け容れていくのを見守った。

「ミッキーの言ってることはすじが通ってるよ、オア」とキヨカがオアの背中を叩いて言った。「あんたとしちゃ気に入らないかもしれないけれど、すじは通ってる」

「少なくとも、これだとシルヴィを最前線から遠ざけることができる」

オアは首を振って言った。「信じられない。こいつがおれたちみんなを脅そうとしてるのがわからないのか、ええ?」

「ああ、確かにそうだよ。おれはしっかり脅されちまってるよ」とラズロが言い返した。「シルヴィはダウンしてるんだぜ、オア。そんなところへヤクザがエンヴォイを雇ったとなったら、勝負は端から見えてる」

「とにかくシルヴィを守らなくちゃ、オア」とジャドウィガがうつむき、床を見つめながら言った。「トンネルでも掘るのがこのあとわれわれが選べる最善策とでも言わんばかりに。「ここじゃそれはできない」

「だったらおれも一緒に行く」

「悪いが、それは不可能だ」とおれは静かに言った。「おれとシルヴィだけなら、ラズロにもおれたちを救命いかだの発射口に押し込むことができる。テキトムラを出るときにラズロ自身がやったやり方だ。だけど、あんたはハードウェアを内蔵してる。承認されてない電源が船体を貫通すると、〈ダイコク・ドーン〉号のすべての漏電探知器が鳴りだすだろう」

ふと思いついた当て推量だった。エンヴォイの本能が築いた即席の足場からやみくもに飛び降りたも同然だった。が、それが奏功した。〈スリップイン〉のメンバーは互いに顔を見合わせ、最後にラズロがうなずいて言った。

「彼の言うとおりだ、オア。バリアに引っかからずにあんたをローダーの発射口に押し込むことはできない」

兵器クルーの大男はかなり長いこと無言でおれを見てから、顔をそむけ、ベッドの上のシルヴィを見やった。

「彼女にもしものことがあったら――」

おれはため息をついた。「彼女にもしものことがある可能性が一番高いのは、おれが彼女をここに置き去りにすることだ。おれはそれは考えてない。だからそういう態度はコヴァッチ向けに取っておいてくれ」

「そうね」とジャドウィガがむっつりと言った。「でも、これは約束よ。シルヴィがまたオンラインになったら、そのときはそのファック野郎をぶっ壊して――」

「それに異議はないけど、今はそのときじゃない」とおれは言った。「リベンジ計画はまたあとで考えよう。今は生き延びることだけに集中するんだ」

もちろん、それは口で言うほど簡単なことではなかった。

詳しく問い質すと、ラズロはコンプ地区のホヴァーローダーのタラップの警備は笑ってしまうほど杜撰《ずさん》だったことを認めた。一方、常にミミントの攻撃の脅威にさらされているドラヴァの橋頭堡では、埠頭自体が緻密な電子侵入対策でぴっちりと縫い合わされていた。

「つまるところ」とおれは我慢強く努めておだやかに言った。「あんたはこれまでドラヴァじゃ救命いかだの発射口にもぐり込んだことはないんだね」

「いや、そう、一度だけある」とラズロは耳を掻きながら言った。「でも、そのときにはスキ・バジュクに通信妨害をしてもらったんだ」

ジャドウィガが鼻を鳴らして言った。「あのちんけなあばずれ」

「おいおい、それはひがみというものだ。彼女はとびきりの司令デコムだ。あのときもラリってたのに、ゼリーを塗ったみたいにすんなりと乗船コードを――」

「その週末には彼女自身がゼリーになったみたいに濡れまくってたって聞いたけど」

「なあ、彼女があんたらとちがうからといって――」

「その女はここにいるのか？」とおれは声を荒らげて言った。「今、この橋頭堡に？」

ラズロはまた耳を掻いた。「さあ。調べることはできると思うけど――」

「どれだけ時間がかかるかわかったもんじゃない」とキヨカがあとを引き取って言った。「それにわたしたちがやろうとしてることを知ったら、彼女は手伝ってくれないかもしれない。ラズロ、今度のことはあんたの趣味に手を貸すこととはちがうんだから。クルマヤに拘束されてる人間に協力するなんてことに彼女が魅力を覚えるとも思えない。でしょ？」

「彼女にはそこまで教えなくてもいいんじゃない？」とジャドウィガが言った。

「セコいことを言うなよ、ジャド。スキを騙してこんなことに巻き込むなんて真似だけは、おれは――」

おれは咳払いをして言った。「オオイシは？」

全員がおれを見た。額に皺を寄せてオアが言った。「いいかもしれない。あいつとシルヴィとは古い仲だからな。この商売の同期生みたいなものだからな」

ジャドウィガがにやりとして言った。「そうだよ。彼ならやってくれるよ。ミッキーが頼めば」

「なんだって？」

見まわすと、みんなの口元に笑みがこぼれているように見えた。緊張が増す中、それは悪いことではなかったが。キヨカは手を鼻に押しつけ、笑みをごまかしていた。ラズロはわざと天井を見上げていた。みんな可笑しさを嚙み殺していた。ただひとりオアだけが不機嫌そうにその可笑しさの輪から逃れていた。

「ミッキー、二日も一緒にいて気づいてないの？」とジャドウィガがしびれを切らして言った。「あんたはオオイシに好かれてる。つまり、ほんとうに好かれてるってことよ」

おれは部屋を見まわし、みんなを見まわし、オアに倣って可笑しさの輪から努めて逃れようとした。そもそも自分に苛立っていた。実際、まるで気づいていなかった。少なくとも、彼のおれに対する好意をジャドウィガが言ったようなものとしては認識していなかった。エンヴォイにとってこれは深刻な過ちだ。受けられる恩恵に気づかないというのは。

元エンヴォイだろ？

ああ、そうだ。どうも。

「だったら、なおいい」とおれは感情を交えずに言った。「彼に話してみる」

「ええ」とジャドウィガが真顔を取りつくろって言った。「彼があんたにこっそり手を貸したがるかどうか確かめるといい」

笑い声が狭い部屋の中で炸裂した。笑うつもりはなかったが、おれ自身思わず知らず口元に笑みが浮かんでいた。

「このトチ女《アマ》」

それでも笑い声は収まらなかった。より大きくなっただけだった。その声にシルヴィがベッドの上で体をもぞもぞさせ、片肘を突いて上体を起こした。が、そこで苦しそうに咳き込んだ。笑い声は起こったのと同じくらい突然やんだ。

「ミッキー?」シルヴィの声は弱々しく、錆びついていた。

おれはベッドに近づいた。オアが毒を帯びた視線をおれに向けたのが眼の端にとらえられた。おれはシルヴィの上に屈み込んで言った。

「ああ、シルヴィ、ここにいる」

「何を笑ってたの?」

おれは首を振りながら言った。「それはいい質問だ」

彼女はおれの腕をきつくつかんだ。オオイシのキャンプでのあの夜と同じくらいきつく。おれは彼女が言おうとしていることに対して身構えた。が、彼女はただ震え、おれが着ているジャケットの袖に食い込んでいる自分の指を見つめただけだった。

「わたし……そいつはわたしを知ってた。まるで古い友達みたいに。まるで――」

「彼女にかまうな、ミッキー」とオアがおれを肩で押しのけようとした。が、おれの腕をつかんでいるシルヴィの握力のほうが勝《まさ》った。彼女はものわかりの悪い子供のような顔で彼を見て尋ねた。

「いったいどうなってるの?」

おれは横眼で大男を見て言った。

「あんたから話すか?」

第十三章

　雪が闇のところどころに穴をあけているドラヴァに夜が降り、使い古した毛布のような、ずんぐりとした橋頭堡のバブルファブと、より高くより角張った市《まち》の建物の残骸を包んでいた。暴風雪の前線が風をともなってやってきていた。雪が勢いを増し、渦を巻く雪片が顔に貼りつき、着ているものの襟から中にはいり込んでくる。が、そのあと急にほとんどやんだと思えるほど雪も風も収まる。と思うまもなくまた戻ってきては、キャンプのアンギア・ランプの漏斗状の光の中で躍りだす。視界が五十メートルもなくなったかと思うと、急に澄むということが繰り返される。どう考えても屋内にいるのが得策という天候だった。

　埠頭の一方のへりに捨てられたコンテナの陰に身をひそめ、もうひとりのコヴァッチは未浄化地帯で今頃どうしているだろうとふと思った。ミルズポート出身だとすれば、おれ同様、寒さはこたえることだろう。また、おれ同様――

　そいつのことはまだ何もわかってないではないか。

　ああ、そのとおりだ。

　しかし、ヤクザはいったいどこで元エンヴォイのパーソナリティ・コピーを手に入れたのか。だいたいどうしてわざわざ危険を冒そうとしているのか。古きよき地球の先祖たちを気取ってみても、所詮やつらはただのくそ犯罪常習者だ。

そうとも。

われわれはみな現代を生きる代償として、ある種のむず痒さとともに生きている。〝もし〟という問いかけだ。もし人生のどこかで自分の複製がつくられていたら？　もし自分という人間がマシンの腹のどこかに保存され、パラレルなヴァーチャル・ライフを生きていたら？　あるいは、現実世界に解き放たれるのを待って眠りつづけていたら？

それとも、もうすでにどこかに解き放たれていたら？　すでに生きていたら？

エクスペリアに出てくる話、友達の友達の話としてよく聞く都市伝説だ。おぞましいマシンのエラーで、ある人物がヴァーチャルか、稀ながら現実世界で自分に出会うというのは。ラズロの好きな陰謀ホラー――軍公認のマルチ・スリーヴもの――というのもある。そういう話を聞いて、人は存在に関わる震えを背すじに感じて喜ぶのだ。長く生きていれば、そんな話の中にひとつぐらい信じられそうなものに行きあたることもあるだろう。

おれの場合、実際そういうものに出会い、二重スリーヴされたそいつを殺さなければならなくなったことが一度ある。

言い換えると、自分自身に出会ったものの、その結末はあまり愉しいものにはならなかったということだ。

同じことを慌ててやろうとは思わない。

今はそれ以外に心配しなければならないことが充分すぎるほどあった。

埠頭を五十メートルほど行ったところに、暴風雪の中、〈ダイコク・ドーン〉号の巨体がぼんやりと見えた。〈ガンズ・フォー・ゲバラ〉号より大きく、見てくれから察すると、古い商業ローダーを倉庫から引っぱり出して、デコム客船に改造したもののようで、アンティークな威厳を船体にそこはかとなく漂わせていた。舷窓からは暖かい光が洩れ、上部構造にはよりひんやりとした赤と白の光が星座のように散らばっていた。少しまえまでは乗船するデコムの人影がちらほらと舷門に見え、タラップには明かりがともっていたが、今はもうハッチが閉じられ、〈ダイコク・ドーン〉号はニューホッカイドウの夜の寒さの中、ただ一隻ひっそりと停泊していた。

暗い右の視野に白っぽい影が音もなく旋回したのがわかった。おれはテビット・ナイフの柄に触れ、視力を高めた。

ラズロだった。ウィンスフィッシュ特有のしなやかなストライドで歩き、雪に凍えたその顔にすさまじい笑みを浮かべていた。オオイシとシルヴィがそのあとについていた。シルヴィの動きにはケミカルのおかげでどうにか機能しているといったところがありありと見て取れた。オオイシのほうはもっとぴんと張りつめており、自己抑制のよく利いた動きだった。三人とも波止場のオープンスペースを横切ると、コンテナの陰にすべり込んできた。ラズロは両手で顔をこすり、手のひらにくっついた溶けた雪を払って落とした。怪我をした腕には自動副木をつけていたが、痛みはもうすっかり取れたようだった。息が酒くさかった。

「大丈夫か?」

彼はうなずいて言った。「クルマヤがおれたちを拘束したことは、関心のあるやつには全員に――関心のなさそうなやつには数人に――充分伝わった。ジャドは向こうにいて聞く耳を持つやつらみんなに文句を垂れまくってる」

「オオイシ? 準備はいいか?」

オオイシはいかめしい眼でおれを見て言った。「あんたのほうがよければ。言ったとおり、長くて五分。痕跡を残さずにやれるのはおれにはそれが限度だ」

「五分で充分だ」とラズロがじれったそうに言った。

みんながシルヴィを見た。その視線を浴びて、シルヴィは弱々しい笑みを浮かべて言った。

「大丈夫。問題ないわ。さあ、やりましょう」

ネットタイムにはいり、オオイシの顔つきがいきなり変わった。いかにも内省的な表情になった。しばらく自分で自分にうなずいてから、彼は言った。

「航行システムをもうスタンバイさせてある。システムテストがあと二百二十秒後に始まる。そのときまでには水の中にいたほうがいいな」

シルヴィがくぼんだ眼に職業的な関心を浮かべ、くぐもった咳払いをして言った。「船体セキュリティ・システムは？」

「ああ、作動してる。だけど、ステルススーツでたいていのスキャンはやり過ごせる。水中にもぐったら、あんたたちをリップウィング鳥に見せかける。航跡に集まる魚を捕まえようと待ちかまえてる二羽のリップウィングだ。システムテスト・サイクルが始まったらすぐにあの発射口のところまで行ってくれ。船内スキャナーについては問題ない。ふたりともきれいに消してあげるよ。それで航行システムは、二羽のリップウィング鳥は航跡の中に消えたと思うはずだ。ラズロ、あんたが出てくるときも同じ要領だ。だから、ローダーが入り江に出るまではずっと水の中にいてくれ」

「すばらしい」

「キャビンももう確保できてるんだね？」とおれは尋ねた。

オオイシは口元をゆがめて言った。「もちろん。逃亡者のわが友にそれほど贅沢な部屋は用意できなかったが。右舷の下層キャビンはほとんど空《あ》いてるから、S－37号室は好きなように使える。ただドアを押せばいい」

「よし、もう行かないと」とラズロが言った。「一度にひとりずつ」

そう言って、彼は未浄化地帯でよく見たウィンスフィッシュ独特の軽やかな身のこなしでコンテナの陰からすばやく出ると、ほんの一瞬、波止場に姿を現わし、見えたと思ったらもう埠頭のへりから姿を消していた。おれはシルヴィを横目で見やり、うなずいた。

彼女も出ていった。ラズロほどなめらかな動きとはいかなかったが、それでも同じ優雅さがあった。今度はかすかに水のはねる音が聞こえたような気がした。五秒待ってから彼女のあとを追った。暴風雪が荒れ狂うオープンスペースを横切り、身を屈めて点検梯子の一番上の横桟をつかみ、すばやく手を繰り出してケミカル臭の強い海面まで降りると、腰まで浸かったところで手を放し、うしろ向きに水中にはいった。

ステルススーツとその上に着た服越しにも、そのときのショックは容赦がなかった。冷たさがしみ込み、おれの股と胸をつかみ、食いしばった歯の隙間から肺の中の空気を無理やり押し出した。そんなおれに同情するように、手のひらのヤモリの細胞が繊維組織を収縮させた。おれは息を吸い直し、ほかのふたりを探してまわりを見た。

「ここだ」

埠頭が波形になったところからラズロが身振りを交えて知らせてきた。彼とシルヴィは腐食した緩衝材発生装置にしがみついていた。おれは水中をふたりのほうに進み、DNAテク仕様の手で永久コンクリートにへばりついた。ラズロが浅い息をしながら、歯をかたかた鳴らせながら言った。

「埠頭と船体の隙間を泳いで……船尾まで行ったら……発射口が見えるはずだ……海の水を飲んだりし

ないように」

おれたちは歯を食いしばったまま笑みを浮かべ、水を蹴って泳ぎはじめた。

寒さと冷たさに反射的に固くまるまろうとする体で泳ぐのは、けっこう骨の折れる仕事だ。半分も行かないうちにシルヴィが遅れはじめたので、おれたちはシルヴィのいるところまで引き返さなければならなかった。彼女は歯を食いしばってぜいぜいという息をしており、今にも白眼を剝きそうな眼をしていた。

「もう無理みたい……」おれが水の中で体の向きを変えると、彼女は言った。ラズロが手伝ってくれ、おれは彼女を抱き寄せた。「くそろくでもない……シス……テムを……やっつけられる……なんて……言わ……ないで……くれる?」

「大丈夫だ」とおれはこわばった顎をどうにか動かして言った。「しっかりしろ。さきに行ってくれ、ラズロ」

彼は痙攣したようにうなずくと、おれたちから離れた。おれもそのあとを追ったが、胸にお荷物を抱えているのでどうしても泳ぎがぎこちなくなった。

「ほかに選択肢はなかったの?」とシルヴィがどうにか聞こえる囁き声で言った。

ラズロが待っている〈ダイコク・ドーン〉号の盛り上がった船体のところまで、どうにかこうにか泳ぎ着いた。ローダーと埠頭のあいだの狭い隙間で水を搔き、おれは埠頭の壁面に手のひらを貼りつけた。

「一分を切った」とラズロが言った。たぶん網膜タイム・ディスプレーを見たのだろう。

「オオイシが……うまく……プラグインして……くれたこと……を祈ろうぜ」

ホヴァーローダーが眼を覚ました。まず反重力システムが浮遊から前進にシフトすると、単調で低い音が響き、空気を吸い込む鋭い音が聞こえ、続いて船体の外郭部がぶよぶよとふくらんだ。船体のまわりに海水の渦巻きができ、体を強く引っぱられた。船尾で水煙が起こり、目一杯水しぶきを浴びせられた。ラズロが眼を大きく見開いた笑みをまた向けてきて、エンジン音に逆らって呼ばわった。

「あそこだ！」

おれは彼が腕を向けたほうを眼で追った。螺旋を描く花びらのようにハッチが開いている三つのまるい通気口が見えた。メンテナンス・ライトが発射口の中と、鎖でつながれてローダー外郭部の最初の入口のところまで延びている点検梯子を照らしていた。

エンジン音が深まり、落ち着いた音に変わった。

ラズロがさきに行き、ローダーの外郭上部のわずかな出っぱりにかけられた梯子の横桟をつかむと、体を船体に押しつけ、あとに続くよう身振りでおれたちに示した。おれはシルヴィを梯子のほうに押しやり、登るように彼女の耳元で呼ばわり、彼女にまだ登るだけの体力があることを見てほっとした。彼女が梯子の一番上まで登るなり、ラズロが彼女を捕まえ、ちょっとした操作のあと、ふたりは発射口の中に姿を消した。おれもかじかんだ手でできるかぎり速く梯子を登り、発射口の中にもぐり込んだ。騒音がいきなり消えた。

シルヴィとラズロは二メートルほど頭上にいた。発射筒の中の突出部と突出部のあいだに手足を伸ばしてへばりついていた。初めて会ったときにラズロが言っていたウィンスフィッシュの定番の自慢を思い出した——〝つるつるのスティール煙突を七メートル這い登ってきたんだ。ちょろいもんさ〟。いずれにしろ、発射筒の内部を見て、おれは安堵した。ラズロのたいていの話同様、彼の自慢はだいぶ誇張されていた。発射筒はつるつるからはほど遠く、つかまりどころがいくつもメタルに埋め込まれていた。試しに頭上に突き出ている横木をつかんでみた。簡単に自分の体を持ち上げることができた。より高く。自分の体重の何割かは支えられるまるいこぶもあった。おれはかすかに震えている筒の表面にもたれ、いっとき体を休め、オオイシが言っていた最大五分ということばを思い出して、また登りつづけた。

発射筒の根元までたどり着くと、シルヴィとラズロはずぶ濡れのまま、開かれたハッチの人の指ほどにも細いへりにしがみついていた。オレンジ色の合成キャンヴァスのいかだがハッチをふさぎ、外にたわみ出ていた。ラズロが疲れた眼をおれに向けて言った。

「これだ」そう言って、頭上の柔らかな表面を拳固で叩いた。「これが最下層いかだだ。一番最初に落とされるやつだ。この隙間から中にはいり込んで、いかだの上にあがったら、すぐに点検ハッチが見つかるはずだ。そのハッチの向こうはフロアとフロアのあいだの点検スペースだ。そこまで行ったら、一番近くにあるアクセスパネルを押せばいい。通路のどこかに出られる。シルヴィ、あんたがさきに行ったほうがいい」

おれたちは合成キャンヴァス地のいかだとハッチのあいだにどうにか隙間をつくった。暖かい饐《す》えた空気が中から出てきた。その暖かさがただ嬉しくて、おれは声をあげて笑った。ラズロがむっつりと言った。

「まあ、せいぜい愉しんでくれ。われわれのひとりはすぐまた水の中にはいらなきゃならないわけだけど」

シルヴィがまずハッチをすり抜けた。おれもあとに続こうとして、ラズロに腕をつかまれた。おれは振り向いた。ラズロはすぐには何も言わなかった。

「ラズロ？　なんなんだ？　時間がない」

「あんたのことを」ラズロは指を一本立てておれに警告をした。「おれは信じてるよ、ミッキー。あんたなら彼女の面倒をみてくれるって。また合流するときまでちゃんと彼女を守ってくれるって。彼女がまたオンラインに戻れるときまで」

「ああ」

「信じてるよ」

彼はそう繰り返しておれに背を向けると、ハッチのへりにつかまっていた手を放し、あっというまに発射筒の中をすべり落ちていった。姿が見えなくなってほどなく、海面に着水したかすかな音が聞こえた。

おれは彼のあとを長すぎるくらい長く見送ってから、振り向き、新たに負わされた責任と自分とのあいだのバリアのような合成キャンヴァスに向かった。キャンヴァスとハッチ枠とのあいだの苛立たしい隙間に体を割り込ませた。

記憶が甦った。


あのバブルファブ——

「あなた、助けて、助けて」

シルヴィの眼がしっかりとおれをとらえる。口をいくらか開き、顔の筋肉がこわばっている。必死の形相だ。見ていると、不快な泡が腹から立ち昇ってくるような人の姿。彼女はおれをつかもうとして、寝袋の中でもがいている。抑えられたイリュミナムの明かりのもと、伸ばした彼女の腕の下にゆったりとした胸のふくらみが見える。こんなふうになった彼女を見るのはこれが初めてではない——〈スリップインズ〉のメンバーに恥ずかしがり屋はひとりもおらず、未浄化地帯でひと月、身を寄せ合って露営したあとのことだ。おれの記憶には彼らほぼ全員の裸身がある。が、今のシルヴィの顔と姿態にはだしぬけの深い官能がある。

「触って」彼女のものではないざらざらとした声がおれのうなじの毛を逆立てる。「あなたはリアルだって言って」

「シルヴィ、きみは――」

彼女の手がおれの腕から顔へと移る。

「わたし、あなたを知ってる気がする」と彼女は思いをめぐらせるようにして言う。「黒の部隊の先鋭。でしょ？　〝テツ〟の大隊。オディセジのほう？　それともオガワのほう？」

彼女が使っている日本語は何世紀も昔の古語だ。おれは戦慄を無理やり抑え込み、アマングリック語で答える。「シルヴィ、聞くんだ――」

「あなたの名前はシリヴィなの？」彼女の顔に疑念が浮かぶ。彼女はことばをおれに合わせて言う。「覚えてない。わたし……それは……思い出せ――」

「シルヴィ」

「ええ、シリヴィ」

「ちがう」とおれは感覚をなくした唇の隙間から声を押し出す。「シルヴィというのはきみの名だ」

「ちがう」彼女の顔にパニックの影が走る。「わたしの名前は……わたしの名前は……みんなはわたしのことを……こう呼んでる……こう呼んでた……こんなふうに――」

声がそこでとぎれ、彼女はひるんだようにおれの眼から視線をそらし、寝袋を出て起き上がろうとする。が、すべりやすい寝袋の裏地に肘をすべらせ、おれのほうにもたれかかってくる。おれは腕を差し出し、彼女の温かい筋肉質の上半身を受け止める。彼女が話しはじめたときには固く握っていた拳が自然と開き、握りしめていた大脳皮質スタックが床に落ちる。おれはぴんと張った彼女の肌に手のひらを押しつける。彼女の髪がうごめき、おれの首すじを撫でる。彼女のにおいがする。開かれた寝袋から立ち昇る温かい女の汗のにおいがする。みぞおちのあたりでまた何かが動く。それがおそらく彼女にも伝わったのだろう。おれの咽喉笛にうめき声を吹き込んできたところを見ると。寝袋の中の限られた空間で彼女の脚が動く。じれったそうに。おれの手が彼女の尻から脚と脚のあいだにすべり込むと、彼女は脚を開く。自分がしていることに気づくまえから、おれは彼女のあそこを撫でている。おれの指に彼女はもう濡れている。

「イエス」という彼女の声がする。「イエス、そう、そこ」

彼女の尻から上の体すべてが攻撃態勢になり、寝袋が許すかぎり太腿が広げられる。おれは彼女の中に指をすべり込ませる。彼女は張りつめた擦過音を発し、おれの首すじから顔を離しておれを睨む。まるでおれが彼女を突き刺しでもしたかのように。おれの肩から二の腕にかけて彼女の爪が食い込む。おれの指が彼女の中でゆっくりと長い楕円形を描くと、それに合わせ、彼女の尻が慎重なペースで隆起する。彼女の息が短くなる。

「あなたはリアルだった」と彼女は息をする合間に言う。「やっぱりあなたはリアルだった」

そう言って、手を動かす。おれのジャケットのファスナーに指をからませ、急激にふくらむおれの股間を撫で、おれの顎をつかむ。ただ、自分が触っている体をどうすればいいのか判断ができないでいる。そのように見える。それでも、引き返しようもなく、彼女がオーガズムのクレヴァスにすべり落ちていくのがおれにはわかる。念を押す彼女の声が速くなる。あなたはリアルだった、リアルだった、くそリアルだった、でしょ？　あなたはリアル、リアル、リアル、イエス、リアル、あなたはくそリアル――

クライマックスの力に、彼女は息とともに声を咽喉でつまらせ、ほとんどふたつ折りになるほど体を曲げる。そして、おれにからみつく。ヒラタ礁の沖を漂う危険きわまりない長いベラウィードのように、太腿でおれの手を締めつけ、おれの肩と胸に上半身をたたみ込む。彼女がおれの肩越しにバブルファブの反対側に差している影を見ていることがおれにはわかる。

「わたしの名前はナディア・マキタ」と彼女はぼそっと言う。

おれの骨にまた電流が走る。彼女に腕をつかまれたときのように。名前にショックを受けたのだ。頭の中でその名の連禱が始まる。ありえない。ありえない。ありえ――

彼女を肩からいったん離してまた引き寄せる。その動きが新たなフェロモンの波を追い払う。おれたちの顔と顔は二センチと離れていない。

「ミッキー」とおれはつぶやく。「セレンディピティ」

まるで鳥の動きのように彼女は頭を動かすと、自分の唇でおれの唇をロックする。おれのことばを封鎖する。彼女の舌は熱を帯びたように熱く、彼女はまたおれの股間をまさぐりはじめる。今度ははっきりとした目的を持って。おれはもがくようにしてジャケットを脱ぎ、重たい人造キャンヴァスのズボンのファスナーを開ける。彼女の手がその穴の中にもぐり込んでくる。マスをかくプライヴァシーもなく、未浄化地帯で五週間過ごしたあとのことであり、また何世紀も凍結されていた体では、彼女の手に握られただけでもどうにか射精をこらえることしかおれにはできない。そのことがわかるのだろう、彼女はキスをしながらにやりと笑う――歯と歯がかすかにこすれ合い、唇がいくらか離れたところで、咽喉の奥から耳ざわりな笑い声を洩らす。そのあと寝袋の中で器用に膝立ちし、片手をおれの腕と肩に置き、もう一方の手をおれの股間に置いて、動かす。彼女の指は長く細く熱く、汗で湿り、慣れた手つきでおれをしごく。やさしくピストン運動を繰り返す。おれはズボンを尻の下まで引き下ろし、仰向けになり、彼女にスペースを与える。彼女は親指の腹で、メトロノームのようにおれの亀頭を前後に撫でる。が、おれが肺から息を出してうめき声をあげると、すかさずペースを落とし、ほとんど手を止めかける。そして、もう一方の手のひらをおれの胸にあてて強く押し、勃起したおれのペニスを握る手にも力を込める。ほとんど握りつぶしてしまいそうなほど。彼女がかける圧力にうしろに押し倒されまいと、おれの腹筋は反射的に収縮し、射精に必要な血液の流れを抑制する。

「わたしの中にはいりたい？」とシルヴィは真面目におれに訊いてくる。

おれは首を振って答える。「どっちでも、シルヴィ。どっちでも――」

彼女はおれのペニスの根元を強く引っぱって言う。「わたしの名前はシルヴィじゃないわ」

「ナディア。どっちでもいい」おれは彼女のまるい尻の片方と長くて逞しい太腿をつかんで、自分のほうに引き寄せる。彼女はおれの胸から離した手を床につき、自分を開いておれのペニスの上にゆっくりと沈み込む。その接触におれたちの喘ぎが溶け合う。おれは自分の体内にエンヴォイのささやかな抑制力を探ってから、彼女の尻に両手をあてがい、彼女の上下運動を助ける。が、長くは続かない。彼女はおれの頭に手を伸ばし、豊かな乳房の一方に押しつける。おれの顔を自分の肉にめり込ませ、乳首に誘導する。おれはそれを吸い、一方の手でもう一方の乳房をつかむ。彼女は膝立ちしておれたちふたりをクライマックスに導く。そのクライマックスの炸裂とともに視野が暗くなる。

薄暗いバブルファブの中、おれたちはともに瓦解して、汗と震えになめらかにまみれる。互いにきつく押しつけ合い、からまり合ったおれたちの体に、ヒーターが赤い影を投げかけ、薄闇に小さな音が響いている。彼女の泣き声か、どうにか中にはいろうとしている外の風の音か。

おれはどちらなのか見きわめたくなくて、彼女の顔を見るのを努めて避けている。

おれたちは規則的で単調な低音を奏でる〈ダイコク・ドーン〉号の下腹の点検スペースから通路に出ると、水をしたたらせながら、S－37号室に向かった。オオイシが言っていたとおり、ドアは押しただけで開いた。中にはいると、自動照明が意外に豪勢な室内を照らした。おれは、〈ガンズ・フォー・ゲバラ〉号と同じような、簡易ベッドがふたつ備えられたスパルタ風のキャビンを漫然と思い描いていたのだが、オオイシは客が大いに自慢したくなるようなキャビンを見つけてくれていた。ふたつのシングルにも広いダブルにもなる自動形成ベッド用スペースのある、快適な完全装備クラスの部屋だった。調度品はさすがに年季の入ったものだったが、防虫抗バクテリア剤のにおいがほのかにして、すべてに清潔感が漂っていた。

「すばらしい」とおれはドアをロックして言った。「よくやってくれたな、オオイシ。気に入ったよ」

続き部屋はそれだけでシングルルームほどの広さがあり、シャワーキャビネットにはエアブラスト・ドライヤーまでついていた。おれたちは裸になり、濡れた服を放り出し、交替でまず温かいシャワーに身を打たせて骨から寒さを洗い流し、そのあと暖かい空気のやさしい洗礼を受けた。キャビネットを交替で使ったので、それだけ時間がかかったが、キャビネットにはいったときのシルヴィの顔におれを誘っている気配はまったくなかった。おれは冷えきった体をさすりながら外で待った。ただ、彼女が振り向き、湯が彼女の胸から腹、腹から股間に流れ、ささやかな恥毛をなぶるのが見えたときには、思わず知らず勃起してしまったが。おれは慌ててステルススーツのジャケットを取り上げ、それで勃起を隠して椅子に坐った。彼女はシャワーを浴びながらそんなおれの動きに気づき、怪訝な顔をした。が、何も言わなかった。もちろん、彼女には何か言わなければならない理由など何もない。おれが最後に〝ナディア・マキタ〟を見たのは、彼女がニューホッカイドウ平野のバブルファブで、性交後のけだるさに身を委ねていたときのことだ。そのとき彼女はおれの太腿に漫然と片腕をまわし、かすかで秘めやかな笑みを口元に浮かべていたのだが、おれが最後に身を引いても、寝袋の中で体をうごめかせ、自分になにやらつぶやいただけだった。

彼女が自分に戻ったのはそのときだけだ。

おれのほうはほかのクルーが戻ってくるまえに服を着て、現場を整えたのだった。まるで犯罪者が犯行の痕跡を消そうとするかのように。

それでも——エンヴォイの詐術を総動員したが——オアの懐疑的な視線にさらされた。

おれはラズロとともに自分のバブルファブに戻ると、そのあと明け方までまんじりともせず過ごした。自分が見たこと、聞いたこと、したことが信じられなかったのだ。

シルヴィがようやくキャビネットから出てきて、体を思う存分乾かした。おれはいきなり性的な景色に見えだした彼女の肢体から眼を離し、彼女と場所を入れ替わった。彼女は何も言わず、ただ軽く握った拳でおれの肩を叩き、そこでふと眉をひそめた。が、それだけのことで隣りの部屋に姿を消した。

おれは一時間近くシャワーを浴びた。熱い湯の下で体の向きを何度も変え、大した熱意もなくマスをかき、テキトムラに着いたらしなければならないことは努めて考えないようにした。南に向かう〈ダイコク・ドーン〉号の低音だけが聞こえた。シャワーをすますと、濡れた服をキャビネットに放り込み、エアブラストのレヴェルを最大にして、キャビンに出た。彼女はベッドスプレッドを掛け、すやすやと眠っていた。ベッドはダブルにしてあった。

おれはただ佇んで、かなり長いこと彼女の寝顔を見ていた。口は開かれており、髪はぼさぼさになっていた。黒い中央コードがねじれ、男根のように彼女の片頰にかかっていた。それはおれには不必要なイメージだった。おれはそのコードを彼女の顔から払い、ほかの髪と一緒にして梳かしつけた。彼女はなにやら寝言を言い、おれの肩を叩いたときのようにゆるく握った拳を口に持っていった。おれはさらに彼女を見つめつづけた。

彼女はちがう。

彼女がそうじゃないことはわかっている。それはありえ——

ありえない？　そう、もうひとりのタケシ・コヴァッチがおまえを追いつめようとしているのと同じくらいありえない？　おまえの想像力はどこへ行った、タケシ？

おれは突っ立ったまま見つづけた。

そして、最後に苛立って肩をすくめ、彼女の隣りのベッドスペースにもぐり込み、眠ることにした。

睡魔がやってくるまでかなり時間がかかった。

第十四章

テキトムラへは〈ガンズ・フォー・ゲバラ〉号でニューホッカイドウに向かったときよりはるかに早く戻れた。ニューホッカイドウから離れる〈ダイコク・ドーン〉号は、ニューホッカイドウに向かった姉妹船とはちがい、あたりを警戒する必要がない。だから、ニューホッカイドウの港を出ると、航程の大半をフルスピードで飛ばした。夜明け直後にテキトムラが水平線上に見えたとシルヴィは言った。ゆうべ閉め忘れた窓から射し込んできた朝日に起こされたのだろう。いずれにしろ、今から一時間もしないうちに、おれたちはコンプ地区に降りるタラップを急いでいるはずだった。

エンジンが止まり、おれも眼を覚ました。キャビンには光があふれ、シルヴィは着替えをすませておれを見ていた。ベッドスペースに持ってきた椅子を反対にしてまたがり、椅子の背の上で腕組みをして。おれは眼をしばたたきながら言った。

「どうした?」

「あなた、ゆうべ何をしてたの?」

おれはベッドスプレッドの下で上体を起こし、あくびをした。「それが何にしろ、もうちょっと説明してくれよ。いったいなんのことなのか、ちょっとはヒントをくれ」

「わたしが言ってるのは」と彼女はぴしゃりと言った。「まるで破砕銃の銃身みたいに、あなたのチンポコを背骨に押しつけられて眼が覚めたことについてよ」

「ああ」とおれは言って片眼をこすった。「すまん」

「それはもうすまながってもらわないと。いつからわたしたちは一緒に寝るようになったの?」

おれは肩をすくめた。「それはきみがベッドスペースをダブルにしたときからじゃないかな。おれはどうすりゃよかったんだ、アザラシみたいに床で寝りゃよかったのか?」

「ええ?」と言って彼女は顔をそむけた。「そんなことをした記憶はないんだけど」

「それが、まあ、したんだよ」おれはそう言ってベッドから出かかり、そこで彼女を怒らせた勃起がまだ明らかな証拠として続いていることに気づいて、ベッドの中にとどまり、彼女が着ているものを顎で示して言った。「どうやら服は乾いたようだな」

「ええ、そう。ありがとう。乾かしてくれて」彼女はいくらか戸惑ったように言った。おれの今の状態に彼女も気づいたのだろう。「あなたの服を持ってくるわ」

おれたちはキャビンを出て、誰にも出くわすことなく、一番近くの下船ハッチまで通路を歩いた。外は明るい冬の陽射しに満ちており、タラップのそばには一握りの警備官が立ち、ボトルバックサメ釣りとウォーターフロントの不動産ブームについて話していたが、おれたちが通っても見向きもしなかった。おれたちはタラップを降りると、コンプ地区の朝の雑踏にまぎれ込み、海に面した通りから二ブロックと三本通りを隔てたところに、試しに中を見てみるまでもないほどみすぼらしい簡易宿泊所を見つけて、中庭が見渡せる小部屋を借りた。

「きみは偽装していたほうがよさそうだ」おれはシルヴィにそう言って、ぼろカーテンをテビット・ナイフでいくらか切り取った。「いったい何人の宗教フリークがきみの写真を胸にしっかり抱いて、通りをうろつきまわってるか、わかったもんじゃないからな。これをつけてくれ」

彼女は間に合わせのスカーフを受け取ると、嫌悪もあらわに見つめた。「今度の作戦のキモはわたしたちが逃亡した痕跡を残すことだと思ってたけど」

「ああ、そうだ。だけど、それは寺院の刺客向けの作戦じゃない。人生を不必要に複雑にするのはよそうぜ」

「わかった」

その部屋には、おれがこれまで見たどれより傷みきったデータスクリーンの端末機が誇らしげに置かれ、ベッド脇のテーブルにしっかり固定されていた。おれはそれをオンにして、アクセスできるビデオ・オプションを消し、コンプ地区の港長に通信回線をつないだ。思ったとおり、応答コンストラクトが現われた——二十代前半のスリーヴのブロンドの女で、リアルに見せるにはいささか身づくろいがよすぎた。まるでおれのことが見えているみたいに全世界に向けて笑みを浮かべて言った。

「どういうご用件でしょう?」

「重要な情報がある」とおれは彼女に言った。声紋を採られていることはまずまちがいなかったが、三世紀もまえのスリーヴの声だ。その出所を突き止められる確率はどれほどのものか。そのスリーヴをつくった会社そのものがもう存在していないのだから。そもそも顔もわからないのだ。ビデオの残像記録からおれを追跡するのは容易ではない。おれの痕跡は当分安全と思えるぐらいには充分冷えきっている。

「根拠のある情報だ。さっき到着した〈ダイコク・ドーン〉号には認可されてない乗客がふたりばかり乗船してた。ドラヴァを出るまえにこっそり乗り込んだようだ」

コンストラクトは笑みをたやさずに言った。「それは不可能です」

「そうなのかい? だったらS−37号室を調べることだ」おれはそう言って通信を切り、端末機の電源も切って、シルヴィにうなずいてみせた。彼女は豊かな髪の最後のひと房をカーテンでつくったスカーフの中に収めるのに悪戦苦闘していた。

「すごく似合ってる。神を畏れる敬虔この上ないご婦人の出来上がりだ」

「ほっといて」髪の自然の弾力がスカーフをもたげ、へりから少しはみ出ていた。彼女はスカーフをうしろにずらし、周辺視野から追い払いながら言った。「彼ら、ここにやってくると思う？」

「最後には。でも、さきにキャビンを調べなきゃならない。だけど、それを慌ててやるとも思えない。まずはいたずら電話と思うだろう。そのあとドラヴァに確認してから逆探知ということになるはずだ。今日一日、たぶんそれより長くかかるんじゃないかな」

「だったらここは焼かなくても大丈夫ってことね？」

おれはみすぼらしい小部屋を見まわして言った。「捜索班がここを借りた最後の十人ほどの客が触れたものの中から、おれたちが触れたものを嗅ぎつけようとしても大したものは得られない。キャビンの痕跡をどうにか補強する程度のことだろう。心配するには及ばない。それに、おれは今のところ焼夷物質が払底してるてね。きみは？」

彼女はドアを顎で示した。「コンプ地区の波止場よ。どこでも一梱包につき二百で手に入れられる」

「それは心をそそられる。ここのほかの客には悪いが」

彼女は肩をすくめた。おれは笑って言った。

「それをかぶってるのがほんとにいやなんだな、ええ？　痕跡はどこか別のところで消そう。さあ、こんなところはもう出ようぜ」

おれたちは斜めになったプラスティック製の階段を降りると、建物の脇にある出入口を見つけ、チェックアウトせずに通りに出た。デコム商売の息吹がそこここに感じられる中に舞い戻った。注意を惹こうと、新米デコムたちが街角でおどけ合っていた。ヴェテラン・クルーも通りをぶらついていた。ドラヴァで気づいたことだが、彼らは繊細な統率力といったものをそこはかとなくかもしていた。ハードウェアを携えた男に女にマシン。司令デコムたちだ。ディーラーがプラスティック・シートを広げて、安売りケミカルや目先の変わった小物を売っており、プラスティック・シートが陽に輝いていた。ちんけな宗教フリークが嘲《あざけ》り顔で通り過ぎる人々になにやら一心に訴えていた。ストリート・エンターテイナーが地元の流行りものを真似て、笑いを取っていた。安っぽいホロショー・ストーリーにもっと安っぽいパペットショー。集金トレーにまばらに投げ込まれるほとんど残高のないクレジット・チップ。残高ゼロのチップを放り込む見物人がとにかく少ないことが芸人の願いだ。おれたちはそんな通りをしばらく行ったり来たりした。おれとしてはもう習慣のようになっている監視を逃れる行為だが、いくらかはパフォーマンスそのものにも興味を覚えた。

「――血も凝固するマッド・ルドミラとパッチワーク・マンの話――」

「――デコム・クリニックから流出したハードコア！　最新手術と限界までの人体実験、お立ち会いのみなさん、これぞ限界――」

「――英雄的なデコム・チームのドラヴァ話。フルカラーで――」

「――神――」

「――全感覚複製の海賊版。本物であることは百パーセント保証！　ジョゼフィーナ・ヒカリ、ミッツィ・ハーラン、イトー・マリオット、ほかにも多数出演。最も美しいファースト・ファミリーの肢体で濡れてみないか――」

「――デコム土産。カラクリの破片――」

アマングリック語を漢字化したレタリングのイリュミナム看板を掲げているところが角にあった。おれたちは何千もの小さな貝殻に糸を通してつくったカーテンを押し分け、暖かい空調の利いたその大きな店にはいった。耐久性のある弾丸発射装置や強力なブラスターが壁に掛けられていた。その脇にそれらの火器の拡大ホロ図解が示され、ニューホッカイドウでの対ミミント戦の寒々とした映像も繰り返し映し出されていた。隠されたスピーカーからは、リーフダイヴィング・サウンドの環境音楽が静かに流れていた。

　入口近くに丈のあるカウンターがあり、司令デコムの髪をした不気味な顔だちの女が、買いたそうにしている新米デコムを相手に年代物の擲弾《てきだん》ライフルを分解してみせていた。おれたちに気づくと、女は軽く会釈だけして、また作業と説明に戻った。

「見て。弾丸《たま》が発射するまでこれを引くと、次の弾丸《たま》が落ちてくる。わかる？　それで装塡し直さなくてもだいたい十二発ぐらい撃てる。銃撃戦になったらすごく便利。ニューホッカイドウでカラクリの群れに出くわしたら、こういう頼れるものがあって、つくづくよかったたって思うはずだよ」

　新米デコムはなにやらぼそっと言った。なんと言ったのかは聞き取れなかったが。おれは簡単に隠せる武器を探して店内をぶらついた。シルヴィはただ突っ立って、苛立たしげにしきりとヘッドスカーフを掻いていた。最後に新米デコムも決断したようで、金を払うと、買ったものを肩からさげて出ていった。女がおれたちに注意を向けて言った。

「気に入ったのがあった？」

「どうかな。ないな」おれはカウンターのところまで歩いた。「これからドラヴァに行くわけじゃないんだ。有機的ダメージを与えられるものを探してる。パーティにも身につけて持っていけるようなやつだ」

「ほほう、肉切り銃だね」そう言って、女は片眼をつぶってみせた。「ここらじゃ、お客さんが思ってるほど見つけにくいものでもないよ。ちょっと見てみるね」

女はカウンターの奥の壁から端末機を飛び出させると、データコイルを立ち上げた。近くで見ると、女には中央コードもコードに結合した髪もないことがわかった。普通の髪がだらりと青白い肌に垂れているだけだった。ただ、その髪は額のへりにある円状の傷痕をすべて隠せるほど長くはなく、引き攣れた傷痕が端末機の明かりにてらてらと光って見えた。女の動きはどこか硬くて、シルヴィやほかのクルーに見られるデコム特有の優雅さは微塵もなかった。

それでも、おれに見られているのを感じ取ったのだろう。端末機のスクリーンから振り向くこともなくくすくす笑った。

「あたしみたいなのはあんまり見かけないだろ？　歌にもあるけどさ——デコムの軽やかなステップを見よって。あたしにはだいたいステップそのものが無理だよね、だろ？　あたしみたいな人間はテキトムラには似つかわしくない。あたしだっていたくているわけじゃない。家族がいれば、家族のいるところに帰ってるさ。故郷があればそこに帰ってるって。あたしだって、家族がいることが思い出せて、故郷がどこにあるか思い出せたら、帰ってるって」彼女はまた笑った。パイプの中で水がごぼごぼとくぐもった音をたてるようにひっそりと。彼女の指がデータコイルの上で動いた。「肉切り銃。あったよ。シュレッダーはどう？〈ローニン〉のMM－86。銃身の短いブラスターで、二十メートル離れてる人間をお粥に変えちゃうやつ」

「欲しいのは身に着けられるやつだってさっき言ったと思うが」

「そうだったね。そうだった。でも、〈ローニン〉は単分子レンジじゃ86より小さいやつはつくってないんだよ。弾丸《たま》を撃つ銃じゃ駄目なのかい？」

「ああ。欲しいのはシュレッダーだけれど、小さいやつだ。ほかにはないのか？」

女は上唇を噛んだ。老婆みたいな顔になった。「そうだね。地球ブランドのがいくつかあるけど――〈H&K〉に〈カラシニコフ〉に〈ジェネラル・システム〉。だいたい中古だけど。新米デコムさんたちの下取り品だよ。彼らに要るのはミミント破砕ギアだからね。そうだ、GSラプソディアはどう？　抗スキャン装置付きで、すごくスリムで、ストラップでとめれば服の下に隠せる。それでも銃把は自動型で、握ったら、体温に反応してふくらんでフィットする。どう？」

「射程は？」

「散布角度によるけど、角度を絞って、手が震えなければ、四十メートルから五十メートルってところかな。広角にしたら、射程は短くなるけど、それでもひと部屋いっぺんに掃除することはできる」

おれはうなずいて言った。「いくらだ？」

「そう、値段のことは少しばかり話し合いができると思うけど」女はそう言って不器用に片眼をつぶってみせた。「お連れさんも買うの？」

シルヴィは六メートルほど離れた店の反対側にいた。女の声が聞こえたらしく、データコイルを見て言った。

「ええ。データにリスティングされてる〈ゼゲド〉の圧搾銃をもらうわ。弾丸《たま》のおたくの在庫はあれで全部？」

「ええっと……そうね」女は驚いたように眼をぱちくりさせながらシルヴィを見てから、またディスプレーに視線を戻した。「でも、あの圧搾銃なら〈ローニン〉のSP－9でもオーケーよ。互換性を持たせてつくられてるから。SP－9でよければ、2クリップか3クリップつけられるけど」

「そうして」シルヴィはそう言って、おれのほうを見やった。その顔にはおれには読み取れない表情が浮かんでいた。「外で待ってる」

「わかった」

シルヴィが貝殻のカーテンを抜けて外に出るまで誰も口を利かなかった。おれと女は彼女が出ていったあともしばらく見送った。

「彼女、自分のデータコードを知ってるんだね」と女がさえずるようにようやく言った。

おれは女の皺だらけの顔を見て、そのことばには何か裏があるのだろうかと疑った。シルヴィの髪はデコム・パワーを騒々しく宣伝するようなもので、だからスカーフで頭を覆ったわけだが、かなり離れたところから彼女がデータコイルを読んでしまったことで、女の注意を惹いたことはまちがいなかった。しかし、この女の心にはどれほどのキャパシティがあるのか。おれとしてもそれはなんとも言えなかった。この女が手っ取り早いセールス以外のことに興味を持つかどうかも。二、三時間後、この女がおれたちを覚えているかどうかも。

「まあ、ちょっとした芸当だよな」とおれはどことなく守勢になって言った。「それより値段の話をしようじゃないか、ええ?」

通りに出ると、シルヴィはホロショー・ストーリーテラーのまえに集まった人たちの群れのへりに立っていた。そのストーリーテラーは老人だったが、登場人物によってさまざまな声色を使い分けるのに、咽喉に貼りつけたシンセサイザー・システムと、ディスプレー・コントローラーを操っており、その手の動きがすこぶるすばやかった。ホロは老人の足元の青白い球体で、不鮮明な像があれこれ映し出されていた。クウェルということばが聞こえたところで、おれはシルヴィの肘を引っぱって言った。

「さっきはなんであんなあからさまな真似をしたんだ?」

「しっ。黙って。聞いてて」

「クウェルがベラウィード商人の家から出てくると、人々が波止場に集まり、荒々しい身振りを交えて口々に叫んでいた。何が起きているのか、彼女にははっきりとはわからなかった。どうか思い出していただきたい。これはシャーヤのことで、シャーヤの太陽光線は光化学作用がきわめて強く――」

「シャーヤにはベラウィードなんてものはないけど」とおれはシルヴィの耳元で囁いた。

「しっ」

「――彼女は眼をすがめるようにした。それでも――」ストーリーテラーはコントローラーを脇に置くと、指に息を吹きかけた。ホロディスプレーの中でクウェルの像が固まり、彼女のまわりの景色がぼやけはじめた。「今日はここまでにしておこう。今日はやけに寒い。私はもう若者とは言えないんでね。寒さが骨身に――」

集まった人々から抗議のコーラスが湧き起こり、ストーリーテラーの足元に置かれたクモノスクラゲを獲る笊《ざる》にクレジット・チップがいくつも放り込まれた。ストーリーテラーはにやりとして、コントローラーを取り上げた。ホロがまた明るくなった。

「これはどうもご親切に。それでは――クウェルは叫ぶ群衆の中を進んだ。そして、その群衆の只中にひとりの若い売春婦が立っているのを見た。着ている服はすべて引き裂かれ、サクランボのような乳首の完璧な豊かな胸をみんなのまえにさらけ出していながらも、その売春婦は毅然として立っていた。彼女の長くてすべらかな太腿のあいだの柔らかな黒い毛は震えていたが。獰猛なリップウィング鳥に襲われた小動物さながら」

そこでホロが不可避的にクローズアップになった。おれたちのまわりの人々が爪先立った。おれはため息をついた。

「娼婦のそばに、黒で身を固めた悪名高き宗教警察の男がふたり、覆いかぶさるように立っていた。ひげを生やした僧侶がふたり長いナイフを持って立っていた。血に飢えて眼をぎらつかせながら。このか弱き若き女の肉体に対して持つ自らの力を誇示するかのように、ふたりの歯がひげにまぎれてぎらりと光った。

クウェルは彼らのナイフと剝き出しにされた若い娼婦の肉体のあいだに身を置くと、凛とした声で言った。いったいこれはなんなのか？　その声に群衆の叫び声がぴたりとやんだ。彼女はさらに尋ねた。これはなんなのか？　どうしてあなたたちはこの女を処刑しようとしているのか？　群衆はさらに鳴りをひそめた。最後にふたりの黒装束の僧侶が言った。この女は売春という罪を犯しているところをとらえられ、シャーヤの法の定めによって死ななければならないのだと。その血は砂漠の砂に吸い込まれ、その亡骸《なきがら》は海に捨てられなければならないのだと」

おれの心の隅で一瞬、悲しみと怒りが揺れた。おれはその感情に封をして、ひとつ強く息を吐いた。おれのまわりの人々は互いに身を寄せ合い、ディスプレーの画像をもっとよく見ようと首を伸ばしていた。そんな人々のひとりにぐいと押され、おれはそいつの脇腹に容赦なく肘鉄を食らわした。そいつは大きな叫び声をあげ、罵《ののし》りのことばを吐いた。誰かがしっとそいつを制した。

「クウェルは群衆のほうを振り向くと言った。この中に娼婦と罪を犯したことのない者がひとりでもいるだろうか。群衆はさらに静まり、誰ひとり彼女と眼を合わせようとしなかった。ただ僧侶のひとりが怒りもあらわに彼女を譴責《けんせき》した。聖なる法の執行を妨げるとは何事かと。すると、クウェルはその僧侶にじかに尋ねた。あなたは娼婦とともに過ごしたことがこれまで一度もないのかと。これには僧侶を知っている群衆の多くが笑い、僧侶としても認めざるをえなかったのだが、それとこれとはちがうと僧侶は言った。私は男なのだから、と。クウェルはときを措かなかった――あなたは偽善者だ。そう言って、着ていたグレーのロングコートの下から重口径のリヴォルヴァーを取り出すと、僧侶の両膝を撃った。僧侶は叫び声をあげて地面にくずおれた」

ホロディスプレーから二発の小さな銃声と甲高い悲鳴が聞こえた。ストーリーテラーはうなずき、咳払いをして続けた。

「誰かこの男を連れ去りなさい、とクウェルが群衆に命じると、群衆の中からふたりが進み出て、まだ叫び声をあげている僧侶を抱え、連れ去った。これは私の憶測だが、そのふたりは立ち去る機会を得て、ほっとしていたことだろう。群衆はみなクウェルの手に握られているリヴォルヴァーを見て、押し黙り、怯えていたのだから。僧侶の叫び声が遠のくと、波止場に吹く海風のうなりと、クウェルの足元にいる美しい娼婦の泣き声しか聞こえなくなった。クウェルはもうひとりの僧侶のほうを向くと、リヴォルヴァーを僧侶に向けて言った。さて。あなたはどうなのか、娼婦と関係を持ったことはこれまで一度もないのか。僧侶は背すじを伸ばすと、彼女の眼をしかと見返して言った。私は僧侶だ、女と交わり、自らの肉体を汚したことなど生まれてこの方一度もないと」

ストーリーテラーはそこで芝居がかった間《ま》を取って、待った。

「このストーリーテラーは相当な危険を冒してる」とおれは囁き声でシルヴィに言った。「寺院は丘のすぐ上にあるんだから」

シルヴィはおれのことばを聞いていなかった。ホロディスプレーをじっと凝視しており、見ていると、そのうち揺れだした。

しまった……

おれは彼女の腕をつかんだ。彼女は苛立たしげにおれの手を振り払った。

「さて。クウェルは黒装束の男を見つめた。男の真っ黒な熱い眼をひたと見すえ、彼女は理解した。この男は真実を語っていることを。この男は彼自らの世界に生きていることを。彼女は手にしたリヴォルヴァーを見て、また男に眼を戻すと言った。ということは、あなたは狂信者で、何も学ばない人間ということになる。そう言うなり、彼女は男の顔を撃ち抜いた」

ホロディスプレーからまた銃声が響き、ディスプレー全体が鮮やかな赤に染まり、無残に砕かれた僧侶の顔がアップになった。人々の中から拍手と歓声が起きた。ストーリーテラーはおだやかな笑みを浮かべながら、人々の反応が収まるのを待った。おれの横ではシルヴィが体をもぞもぞさせていた。眼を覚ましかけた人のように。ストーリーテラーは続けた。

「さて、想像にかたくないことだが、この美しき若き娼婦は自分を救ってくれた相手に心からの感謝を捧げ、群衆が二人目の僧侶の死体を運び去ると、クウェルを自分の家に招き入れた。その家で彼女は——」ストーリーテラーはコントローラーをまた脇に置くと、両腕に自分を抱え、わざと震えてみせ、両手で両腕をさすった。「しかし、これ以上続けるにはあまりに寒くなってきた。残念ながら、もうこれ以上——」

また抗議の声があがる中、おれはシルヴィの腕をつかんで人々から引き離した。最初の数歩、彼女は何も言わなかった。が、そのあとぼんやりとストーリーテラーを振り返り、次におれを見ると、戸惑い顔になって言った。

「わたし、シャーヤには行ったことがない」

「ああ。しかし、そういうことを言えば、あのストーリーテラーもきみと同じというほうにおれはいくらでも賭けられる」おれはそう言って彼女の眼を注意深く見つめた。「さらに言えば、クウェルも一度も行ってない。だからこそいい話もつくれるのさ、だろ?」

第十五章

　波止場のもぐりの露天商から使い捨て電話を一パック買い、そのひとつを使ってラズロと連絡を取った。二〇〇〇年代初期の地球の都市のスモッグみたいにニューホッカイドウに瀰漫《びまん》しているアンティークな妨害電波と抗妨害電波越しのラズロの声は、ひどく揺れていた。おれのまわりの波止場の雑音がラズロの声をより鮮明に聞き取る役に立つわけもなく、おれは電話を耳に強く押しつけて言った。

「もっと大きな声で話してくれ」

「……彼女はまだネットが使えるほどには回復してないのかって訊いたんだ」

「本人はまだだと言ってる。それでも、くじけず頑張ってる。それより聞いてくれ。おれたちはわざと臭跡を残した。だから、怒り狂ったクルマヤがあんたの部屋のドアを叩きにきたときのために、アリバイを用意しておいたほうがいい」

「誰の？　おれの？」

　意に反し、彼のいつものおとぼけには思わず笑みが浮かんだ。「例のコヴァッチはどうしてる？」

　彼の答はいきなり起こった空電とフラッターに邪魔され、聞き取れなかった。

「もう一回言ってくれ」

「……今朝聞いた話だ。〈スカルギャング〉をソプロンのそばで昨日見かけたやつがいて、そいつの話だと、見かけない顔も混ざってたそうだ。どっちかというと……似た……南に向かって急いでた。たぶん今夜あたりにはもう帰ってくるんじゃないかな」

「わかった。コヴァッチが現われたら、気をつけるように。そいつは危険きわまりないクソだから。油断のないようにな。スキャンを怠るなよ」

「ああ」空電音交じりの沈黙がいっとき過ぎた。「なあ、ミッキー、彼女の面倒はちゃんとみられてるんだよな？」

おれは鼻を鳴らして言った。「いや。ちょうど彼女の頭の皮を剝いで、予備のキャパをデータのブローカーに売ろうと思ってたところだ。どうだ、このアイディアは？」

「あんたが……わかってるけど……」また別のひずみが彼の声を押しつぶした。「……できなきゃ……誰か役に立ちそうなやつのところに彼女を連れていってくれ」

「ああ、おれもそういうことを考えてたところだ」

「……ミルズポートとか？」

そう言われて、おれはその選択肢も考えてみた。「どうかな。まだ今はその段階じゃないと思う」

「だけど、必要なら……頼むぜ」彼の声が妨害電波のせいでねじれて遠のき、聞き取りにくくなった。

「……必要ならどんなことでも……」

「ラズロ、また聞こえなくなった。そろそろ切るよ」

「……気をつけてな、ミッキー」

「あんたも。また連絡する」

おれは電話を切り、耳から離し、重さを計るようにして手に持った。そうして長いこと海を見つめてから、もうひとつ電話器を取り出し、何十年も昔の記憶を頼りに別の相手に電話した。

ハーランズ・ワールドのたいていの町同様、テキトムラも腰まで海に浸かっているような山岳地帯の裾野に広がっており、建物に適した土地はまばらにしかない。地球が洪積世の氷河時代を迎えていた頃、ハーランズ・ワールドはそれとは逆の急激な気候の変化を体験していたように見える。極はただのぼろぼろの残骸と化し、海の水位が高まり、惑星の小さなふたつの大陸以外すべてが海水に呑み込まれた。それにともなって、大規模な種《しゅ》の絶滅が起きたわけだが、その中にはきわめて将来有望な種も含まれた。牙のある沿岸生息動物で、原始的な石器や道具を使っていた。そればかりか、宗教——複雑な重力ダンスを踊ってハーランズ・ワールドの三つの月を崇める宗教——を発達させていた事実を示す証拠も残っている。

明らかにそれだけでは生き延びるのに充分ではなかったわけだが。

最初にハーランズ・ワールドにやってきて入植した火星人は、かぎられた土地を利用するのに、さして問題を覚えなかった。彼らは険しい山の岩の斜面に複雑な形をした高巣を築き、海水面にある利用可能な岩棚やこぶはほぼ無視した。その五十万年後、火星人はいなくなったが、彼らの高巣の廃墟は残り、新しく入植した人間の眼にさらされ、大半はそのままにされた。見捨てられた火星の都市から発掘された宇宙航行チャートによって人類はここまで来られたわけだが、来てみると、ここにはもうわれわれしかおらず、軌道上防衛装置によって通常の飛行テクノロジーはほぼ妨げられ、翼を奪われた人類は、ふたつの大陸に通常都市——ミルズポート群島の中心部に広がる多島メトロポリスと、それ以外の場所の戦略的な小港湾都市——を築くことで我慢するしかなかった。テキトムラはそんな小港湾都市のひとつで、海岸に沿って十キロばかり建物が密集している。背後に向けては山が許すかぎり広がっていて、それからさきは何もない。岩だらけの山麓の丘に建つ寺院が怖い顔でスカイラインを睨んでいるだけだ。高みに立って、火星人の廃墟の神さびたステータスを得ようと渇望しているかのように。そこからさらにさきは、人類の考古学チームが爆破してつくった狭い山道が〝本物〟を求めて山腹を這っているだけだ。

テキトムラではもう考古学者は発掘作業をおこなっていない。軌道上防衛装置の軍事利用に関する研究以外は政府の助成金が大幅にカットされたため、軍事計画に取り込まれていない考古学ギルド・マスターも、とっくにハイパーキャストでラティマー星系に行ってしまった。頑固で放埒《ほうらつ》で自己資金のある一握りの才能はまだミルズポート近くの有望な遺跡でがんばっているが、テキトムラ北の山腹にある発掘キャンプは見捨てられたまま、骸骨のような火星人の塔のそばでみじめな醜態をさらしている。

「なんだか話がうますぎる気がするけど」おれは波止場の安物屋で食料を買い込みながら言った。「十代の恋人たちや電流中毒のいかれ頭とそこを共有するなんてことにはならないだろうな?」

答えるかわりにシルヴィは意味ありげにおれを見やり、ヘッドスカーフからはみ出ている髪の一房を引っぱった。おれは肩をすくめた。

「わかった」そう言って、アンフェタミン・コーラのシールパックをひとつ取り上げた。「チェリー風味でいいかな?」

「駄目。そんなまずいやつ。プレーンにして」

おれたちは食料を入れるパックも買って、波止場地区から丘をのぼっている通りを適当に選んで歩いた。一時間もしないうちに喧騒も建物も背後に消え、丘の勾配がきつくなった。歩くペースがゆるくなり、歩行そのものの動作も緩慢になるたびにおれはシルヴィを見やった。が、彼女にあの〝揺れ〟の徴候は見られなかった。ぴりっとした空気と冷たい日光が彼女にはよかったようだ。朝のあいだ彼女の顔に繰り返し刻まれていた張りつめた皺も今はもう取れていた。一度か二度彼女は笑みさえ見せた。丘をのぼるにつれ、日光がまわりの岩に含まれる微量の鉱物を光らせ、立ち止まるに値するほど景色がよくなった。おれたちは二度ほど休み、水を飲んで眼下のテキトムラの海岸とその向こうの海を眺めた。

「火星人でいるってことはそれはもうすばらしいことだったんでしょうね」とある時点で彼女が言った。

「だろうな」

最初の高巣が巨大な岩の突出部の向こう側に見えてきた。一キロ近くの高さまで聳え立ち、見ていると気分が悪くなるほど曲がりくねり、そこここにふくらみがあった。基部の補強材が高巣から切り取った舌のようにまわりに延びて、これ見よがしの尖塔が聳え、穴をあけられた屋根が止まり木やそのほか特定不能の突起物とともに垂れている。入口が大きな口を開けている。長くて細い膣のようなものから、まるまるとしたハート形のもの――さらにそのあいだにあるすべてのもの――に通じる楕円形の入口が無秩序に開いている。あちこちにケーブルも垂れている。束の間ながら、あるひとつの印象を何度も覚える。その建造物全体が甲高い声で歌っているような、巨大なウィンドチャイムが鳴っているような印象だ。

その高巣にまで延びている小径沿いに、人類の建造物がうずくまるように建っている。それは小さくて堅牢で、おとぎ話のお姫さまの足元に置かれた醜い操り人形のようだ。ニューホッカイドウの遺物よりはいくらか新しいスタイルの五つの小屋で、どれも減衰した自動システムの青い光をかすかに中から発している。おれたちは最初の小屋のまえに立ち、荷物をおろした。戦闘の危険はないか。おれはあたりを見まわし、攻撃者に対する防護物になりそうなものをチェックし、対抗しうる火器を考えた。これはもうエンヴォイの条件反射みたいなものだ。時間を持て余すと、すぐに歯の隙間から息を吐いて口笛を吹きだすやつがいるが、それと同じようなものだ。

シルヴィはヘッドスカーフを取ると、髪を振り、見るからにほっとしたような顔をした。

「ちょっと待ってね」

おれはこの遺跡発掘跡地そのものの防御性も半ば本能的に査定した。空を飛ぶことが容易な惑星なら、おれたちは無防備もいいところだろう。しかし、ハーランズ・ワールドではそうした常識があてはまらない。飛行できる一番大きなマシンが六人乗りのヘリコプターなのだから。それも古代のローター式のやつだ。高性能システムや光線火器を搭載したものはいっさい飛べない。古代のヘリコプター以外はすべて中空の塵と化す。反重力装帯をつけた人間もナノコプターも同様だ。エンジェルファイアは、どうやらテクノロジーのレヴェルにも物理的なものにも反応を示すようなのだ。この事実に加えて、四百メートルという高度制限——おれたちは充分その高さまで来ていた——もあるので、誰にしろおれたちに近づこうとすれば、山道を徒歩で来なければならないと考えて、まずまちがいなかった。あるいは、山道の両脇に切り立つ絶壁をのぼってくるか。そこまでやるなら好きにやればいい。

背後でシルヴィが満足げにうなったのが聞こえ、振り向くと、小屋のドアが開いていた。彼女は身振りを交えて皮肉っぽく言った。

「どうぞおさきに、教授」

荷物を運び込むと、青い予備灯が瞬き、白色光に変わり、エアコンが作動しはじめた音がどこからか聞こえた。部屋の一隅ではデータコイルが眼を覚まし、螺旋を描きはじめた。抗菌物質を含んだ空気のにおいがした。そのにおいから、システムが入室者を感知し、空気の流れを変えているのがわかった。

おれは部屋の隅に荷物を押し込み、ジャケットを脱いで椅子を引っぱってきた。

「厨房設備は別の部屋にあるけど」と彼女はいくつかのドアを開けながら言った。「わたしたちが買ったものの大半はセルフヒーティング製品だったわね。そのほか必要なものは全部ある。バスルームも。

ベッドはここにもあそこにも。残念ながら、自動形成じゃないけど。鍵をいじってるときにたまたま出くわした仕様書によれば、六人分あるみたい。データシステムも作動してる。ミルズポート大学のスタックを通じてグローバルネットに直接つながってる」

おれはうなずき、手を漫然とデータコイルの中に入れてみた。おれの眼のまえに実に簡素な服を着た若い女がちろちろと揺れる微光とともに現われ、古風な一礼をして言った。

「セレンディピティ教授」

おれはシルヴィを見やって言った。「これは笑える」

「わたしは〈発掘地301〉のコンストラクトです。何をいたしましょう？」

おれはあくびをしながら部屋を見まわして言った。「ここにも何か防御システムはあるんだろうか？」

「武器のことを言っておられるのでしたら」とそのコンストラクトは慎重に言った。「残念ながらございません。ここのような異種族学的重要物があるそばでの発射体の発射やエネルギーの不統御は、決して許されることではありませんので。しかしながら、ここのユニットはすべて解読することがきわめてむずかしいコードシステムでロックされています」

おれはシルヴィを見た。笑っていた。おれは空咳をして言った。

「そうだな。それじゃ監視システムはどうだ？　センサー範囲は山のどのあたりまである？」

「わたしの探知範囲は発掘現場と付属建造物内にかぎられていますが、グローバル・データリンクを通じて、アクセスすることは――」

「わかった。ありがとう。とりあえず用はそれだけだ」

おれがそう言うと、コンストラクトは瞬時に消えた。一瞬、部屋がなんとも殺風景で陰鬱な空間に見えた。シルヴィはメインドアのところまで行くと、親指をあてて閉め、部屋を手で示して言った。

「ここにいれば安全だと思う？」

おれはタナセダの脅し文句――処刑命令を全惑星に流す――を思い出しながら肩をすくめた。「今のところ思いつくかぎりじゃ一番安全なところだと思う。個人的には今夜のうちにミルズポートに向かってもいいと思ったんだが、それより――」

おれはそこで言いよどんだ。彼女は怪訝そうにおれを見た。

それより――おれたちはきみが思いついたことに従ったほうがいいからだ。おれが思いついたことではなく。なぜなら、おれが思いついたことはどんなことであれ、あいつも思いついている可能性が高いからだ。

「――ミルズポートはおれたちがいかにも考えそうなことだとあいつらも考えそうだからね」とおれは言い直した。「こっちにつきがあれば、やつらはここでおれたちを探そうとはしないで、できるだけ早い便《びん》で南に向かってくれるだろう」

彼女は椅子を逆にしてまたがり、おれと向かい合って坐った。

「だったら、その間、わたしたちは何をして過ごす？」

「誘ってるのか？」

気づいたときにはもう口から出てしまっていた。彼女の眼が大きくなった。

「あなた――」

「すまん。いや、ほんとうに。ただのジョークだ」

嘘としては最低だった。エンヴォイから放り出され、嘲《あざけ》りの渦に放り込まれてもおかしくないような。ヴァージニア・ヴィダウラが信じられないといった顔で首を振っているところが眼に浮かんだ。是認の二週間を求めて信仰の象徴を捨てたリョーコの坊主ですら信じないだろう。もちろんシルヴィ・オオシマも信じなかった。

「いい、ミッキー?」と彼女はおもむろに言った。「わたしはあの夜のひげ野郎たちの件ではあなたに借りがある。それにわたしはあなたが好きよ。とてもね。でも——」

「おいおい、真面目な話、ほんとにジョークだったんだって。出来の悪いジョークだった」

「そういうことをわたしもこれまで考えなかったわけじゃない。一昨日の晩にはそういう夢さえ見たわ」そう言って彼女は苦笑した。おれはみぞおちのあたりで何かがぞわりと動いたような感覚を覚えた。「信じられる?」

　おれはわざとまた肩をすくめた。「きみがそう言うなら」

「ただそれだけのことだけど」彼女は首を振った。「わたしはあなたを知らない。わたしがあなたのことを知らないのは六週間前と変わらない。それがわたしにはちょっと怖い」

「ああ、まあ、スリーヴを替えたしね。そういうことが——」

「いいえ、そういうことじゃない。あなたは自分を自分の中にしまい込んで鍵をかけてしまってる。わたしがこれまでに会った誰より固く。言っておくけど、わたしもこういう仕事をしてるから、とんでもない人には何人も会ったことがあるのに。あなたはあの酒場、〈トウキョウ・クロウ〉にナイフ以外何も持たずにはいって、まるでいつもやってることみたいに彼ら全員を殺した。しかもその間あなたはずっと笑みを浮かべてた」彼女はそう言って自分の髪に手をやった。その仕種はどこかしらぎこちなかった。「これがあるから、わたしには思い出したいときには完全記憶力《トータル・リコール》を使うことができる。だからあのとき見たあなたの顔は今でも正確に思い出すことができる。あなたは笑ってた」

　おれは何も言わなかった。

「そういう人とはベッドをともにしたいとは思わない。いえ」彼女はひとり笑みを浮かべた。「それは嘘ね。わたしの一部はそのことを望んでる。わたしの一部はそのことを強く望んでる。でも、そういうわたしはわたしがこれまでに信用してはいけないって学んだわたしの一部よ」

「それってすごく賢いことだ。たぶん」

「ええ、たぶん」彼女は顔にかかった髪を払うと、今度はもっとしっかりした笑みを浮かべようとした。眼がまた合った。「あなたは寺院にわざわざ出かけていって、彼らの大脳皮質スタックを取ってきた。でも、それってなんのためなの、ミッキー？」

おれは笑みを返し、椅子から立ち上がって言った。「なあ、シルヴィ、おれの一部はすごくきみに話したがってる。だけど――」

「わかった、わかったわ」

「――そういうおれはおれがこれまでに信用してはいけないって学んだおれの一部だ」

「あなたって機転が利く人なのね」

「そういう人間になれるようにいつも心がけてるね。それより暗くなるまえに外の状況を少し調べてくる。すぐ戻るけど、ひげ野郎のことでおれに借りがあると思ってるのなら、おれが外に出てるあいだにやってくれないかな。ささやかなことだ。忘れてほしい。おれがさっきうけない下品なジョークを言ったことだ。そうしてくれると、すごく嬉しい」

彼女は顔をそむけると、データコイルのほうを見やって、どうにか聞こえる程度の小さな声で言った。

「いいわ。なんでもない」

いや、ほんとうはなんでもないわけがない。おれはそのことばを噛み殺してドアに向かった。くそなんでもないわけがない。しかし、おれ自身そのことをどうすればいいのか。答はまだ見つかっていなかった。

二度目の電話の相手はすぐに出る。誰と話すことにも関心のなさそうな、男のぶっきらぼうな声だ。

「はい？」

「ヤロスラフか？」

「ああ」もう苛立っている。「誰だ？」

「〈リトル・ブルー・バグズ〉のひとりだ」

そのことばの背後で沈黙が広がる。ナイフの傷のように。空電音もその沈黙を埋められない。ラズロのときとちがって、ラインはきわめて明瞭につながっている。相手が受けた衝撃すら聞き取れる。

「誰だ？」声音が完璧に変わっている。塗料を吹き付けた永久コンクリートほどにも硬くなっている。

「ビデオ給送をオンにしろ。顔が見たい」

「そういうことをしてもあまり意味はないよ。おれはおまえが知ってるスリーヴを今はもうまとってないから」

「それはつまりおれはおまえを知ってるってことか？」

「こう言えばいいだろうか。おれがラティマーに行ったときにはおまえにはおれがあんまり信用できなかった。実際、おれは信用などというものとはまったく無縁の暮らしをしてた」

「おまえか！　またワールドに戻ってきたのか？」

「いや、軌道上からかけてる。何を考えてる？」

長い間《ま》ができる。ラインを通じて相手の息づかいが聞こえる。おれは条件反射的に警戒心を高め、コンプ地区の波止場の通りを見渡す。

「おれになんの用だ？」

「それはわかってるはずだ」

また間《ま》ができる。「彼女はここにはいない」

「ああ、そうだろうとも。彼女を出せ」

「嘘じゃない。もう出ていったんだ」そう言ったヤロスラフの声にはせっぱつまったものがある——信じるに足るだけのものがある。「いつ戻ってきたんだ?」

「ちょっとまえだ。彼女はどこに行った?」

「さあな。まあ、あてずっぽうを言えと言われたら——」声がそこで途切れ、しまりのない口から息が吐かれる。おれは未浄化地帯の掩蔽壕からくすねてきた時計を見る。三百年間完璧にときを刻んできた代物だ。人がそばにいようといまいと。チップイン・タイムディスプレーの時代を経て、それはどこか奇妙に古風に思える。

「あてずっぽうでいい。大切なことだ」

「おまえは誰にも帰ってくるとは言わなかった。だから、おれたちはみんな——」

「ああ、おれはあんまり帰巣本能が強いほうじゃないんでね。言ってくれ。彼女はどこへ行った?」

彼が唇をすぼめた音が聞こえる。「ヴチラだ」

「ヴチラ・ビーチ?　おいおい」

「信じたいことを信じりゃいい。信じるも信じないもおまえの自由だ」

「あんなことがあったのにヴチラに行くか?　おれはあのとき——」

「ああ、おれだって思ったさ。だけど、彼女が出ていったあと、おれは——」彼はそこでことばを切る。ことばを呑み込んだ咽喉の音が聞こえる。「——おれたちはまだ共同預金口座を持ってたんだ。だから、彼女がコスース行きのスピード・フライターの特等チケットを買って南に向かい、向こうで新しいスリーヴを買ったことはわかってるのさ。サーファー仕様のな。預金は全部その費用につかわれちまった。きれいなもんさ。だから、彼女がヴチラにいることはわかってるんだよ。あっちであのくそ――」

そこで彼はまたことばを切る。いかさないなけなしの良識がおれに顔をしかめさせる。おれは声をおだやかなままにして言う。

「彼女はまだあのくそブラジルなんかとくっついてる。おまえはそう思ってるわけだ」

「ヴチラ・ビーチがどんなところだと思ってるんだ、ええ？」と彼は苦々しく言う。

「ああ、そうだな、ヤロス。聞きたかったのはそれだけだ。ありがとう」そう言って、おれは自分のことばが自分で訝しく、眉をもたげる。「まあ、気を落とすな」

彼はただうめき声を洩らす。が、切ろうとすると、咳払いをして言いかける。

「なあ、彼女に会ったら、言ってくれないか……」

おれは待つ。

「くそ、どうでもいいことだな」そう言って、彼は電話を切る。

昼の光はすっかり弱まっていた。

夜が海から迫るにつれて、テキトムラ全体に渡って明かりが灯りはじめたのが眼下に見下ろせた。ホテイは西の水平線上にあり、岸に向けて斑のオレンジ色の小径を海面に描いていた。一部が欠けた銅色のマリカンノンはすでに頭上にあった。海では深まる闇にすでに漁船が光の鋲を打っており、港の音がかすかにおれのところまで漂ってきていた。デコムの街は眠らない。

おれは考古学者の小屋を振り返って見た。眼の右端に火星人の高巣が見えた。暗さを増す空に向けて聳えているその巨大な塔は、大昔に死んだ何か生きものの骨のように見えた。銅色とオレンジ色の月光が塔の開口部から射し込み、時折思いもよらないところからまた顔を出していた。夜とともに吹きはじめた冷たい微風に、垂れているケーブルが揺れていた。

われわれ人類がこれらの塔を無視しつづけているのは、われわれの世界においてはなんら利用法を見いだせないからだ。しかし、ほんとうにそのためだけだろうか。これはある女の考古学者から以前聞いたことだが、人類は保護国のどの惑星でも火星文明の遺物を避けて、居住パターンを築いているそうだ。それは本能からよ、と彼女は言っていた。先祖返りの恐怖のせいよ。発掘町も発掘が終わると、すぐ死んでしまう。火星人の遺物のそばには誰も好き好んで住もうとは思わない。

実際、砕かれた月光の迷路と、高巣が織りなす影を見ていると、おれにも先祖返りした恐怖が忍び寄ってきそうな気がした。暮れなずむ光の中、おれは猛禽のゆったりとした翼が描く螺旋のシルエットを夕刻の空に思い描いた。それは簡単なことだった。人類が覚えているかぎり、地球上で飛んだどんなものより大きく、角張った生きものの姿を思い描くのは。

おれは苛立って頭の中のものを振り払った。

現実に抱え込んじまってる問題に集中することだ、ミッキー。そういうものが今は充分すぎるほどあるんだから。

小屋のドアが開き、光が中から外にこぼれ出た。それを見て、外がどれほど冷えてきているか気づかされた。

「中にはいって何か食べない？」彼女の声がした。

第十六章

山の時間はなんの役にも立たなかった。

小屋で一夜を明かした最初の朝、どうにか寝室を出るだけの気持ちになれても軽い頭痛がして、感覚もぼやけていた。〈エイシュンドウ・オーガニックス〉はスリーヴをデカダンス向けにはつくっていないのだろう。シルヴィは小屋の中にいなかった。が、テーブルには朝食アイテムが散らかっていた。たいていの食料のタブが引かれていた。おれはその残骸の中からまだ開けられていないコーヒー・キャニスターを見つけ、タブを引き、窓辺に立って飲んだ。あいまいに後頭部に残っている夢が甦った。細胞に深く根ざした溺れる夢だ。タンクに長く保存されすぎたスリーヴの遺産のようなものだ。未浄化地帯にはいった頃にも同じ夢を見た。ミミントとの関わり。シルヴィの〈スリップインズ〉とともに過ごした日々。それらが古典的な〝飛んで戦う〟シナリオを書いて、恐怖を弱めたのだろう。意識の表面に塗りたくられたたわごとが再構築された夢。

「お目覚めですね」と〈発掘地３０１〉のコンストラクトがおれの視野のへりにちらちらと現われて言った。

おれは彼女のほうを見て、コーヒー・キャニスターを掲げた。「それにはもうちょっとかかりそうだ」

「あなたのご同僚からのメッセージです。お聞きになりますか？」

「ああ」

「〝ミッキー、町まで散歩にいってくる〟」視覚的な変化はなかったが、コンストラクトの口からシルヴィの声が聞こえた。寝起きの無防備な状態だったせいもあるだろう、そのことばには実質以上のインパクトがあった。おれが心の中心に抱えている一番大きな問題を必要以上に鋭くおれに思い出させた。「〝町でデータウォッシュに体を沈めてくる。ネットを立ち上げて作動させられるかどうか試してみたいの。オアやほかのメンバーと交信できるかどうかも。交信できたら、向こうはどうなってるか訊いてみる。何か買って帰るわ〟。以上です」

いきなりまたコンストラクトの声に戻ったので、おれは眼をぱちくりさせ、黙ってうなずき、コーヒーをテーブルまで持っていった。データコイルから朝食の残骸をどかして、データコイルを漫然と見ながら考えた。コンストラクトはおれの背後に立っていた。

「おれでもこれでミルズポート大学のデータにアクセスできるかな？　彼らが持ってる一般スタックを調べたいんだ」

「わたくしに命じていただければ、あなたがおやりになるより速いと思いますが」とコンストラクトは遠慮がちに言った。

「わかった。じゃあ、概略サーチをかけてくれ」おれはため息まじりに言った。「クウェルクリスト・フォ――」

「始めます」長く使われずにきたために退屈しきっていたのか、それとも音声理解が未熟なのか、コンストラクトは眼のまえからもういなくなっており、作業していた。データコイルが明るくなり、大きくなった。〈発掘地３０１〉コンストラクトの頭と肩のミニチュアがコイルの上方に現われ、概略サーチを始めた。コンストラクトの下のスペースに例証イメージが転がり出てきた。おれはあくびまじりにそれが増えるのを眺めた。「見つかりました。一件目、クウェルクリスト。あるいはクウァルグリスト。ハーランズ・ワールド原産の両生植物。浅瀬に生える海藻。色は黄土色。温帯に広く分布。栄養素を含むものの、地球原産のものや、その交配種とは比べるべくもなく、有効な経済的食物とは考えられず、養殖はされていない」

おれは黙ってうなずいた。そういうところから始めてほしかったわけではないが、それでも――

「充分成長したクウェルクリストの葉繊維からは医療用物質を抽出することができるが、その作業はミルズポート群島の南島群の小さな集落以外の場所ではほとんどおこなわれていない。むしろクウェルクリストについて特筆すべきは、その珍しいライフサイクルである。水のないところに長期間置かれると、この植物の莢《さや》は干からびて、黒い粉となり、風によって何百キロも運ばれ、残された部分は枯れてもこの黒いクウェルクリストの粉はまた水と接触するだけで、マイクロ葉を形成し、ほんの数週間で見事な葉に育つ。

二件目、クウェルクリスト・フォークナー。初期植民時代の反政府軍の指導者、政治思想家ナディア・マキタの筆名。植民暦四七年四月十八日、ミルズポートに生まれ、一〇五年十月三十三日死去。ミルズポートのジャーナリスト、ステファン・マキタと海洋エンジニア、フサコ・キムラのひとりっ子で、ミルズポート大学で人民動学を学び、〝ジェンダーの役割洩れと新しい神話〟と題する修士論文を出版し、物議をかもす。また、街場の日本語で書いた三冊の詩集も同時に発表し、こちらのほうはミルズポートの知識階級のあいだでたちまち評判を博す。後半生においては――」

「もう少し詳しいデータをくれないか、３０１?」

「六七年の冬、彼女はファースト・ファミリーの主要なメンバーから、好待遇の研究員ポスト（社会科学と文学）を提示されながらも、断わりつづけ、最後には学界を離れる。そして、一部両親に頼り、一部自ら卑賤の仕事に就いて得た報酬を旅費にあて、六七年十月から七一年五月までハーランズ・ワールドを広く旅する。そのとき彼女が従事した仕事の中には、ベラウィード切りと棚果物の刈り取りがあり、かかる労働者とともに過ごした経験が彼女の政治信念をさらに強固なものにする。当時、両業種の労働者はきわめて劣悪な条件で低賃金で働いており、みな貧しく、ベラウィード農場では衰弱性の病気が職業病になっており、棚果物刈り取り人夫のあいだでは就業中に滑落死する者があとを絶たなかった。

革新的な雑誌『新しい星』と『変化の海』に寄稿するようになったのは、六九年が明けた頃のことで、そのときの寄稿原稿には、学生時代に傾倒したリベラルな改革主義とのはっきりとした決別を見ることができる（ちなみに、彼女の両親は彼女の言動を是認していた）。いずれにせよ、ナディア・マキタは急進主義者の思想を借りて、革命的倫理を提唱するわけだが、特筆すべきは彼女が支配階級の思想同様、急進主義者の思想をも容赦なく批判したことである。この試みがマキタを当時の急進派知識階級の寵児にするわけもなく、彼女はそのすぐれた思想性を認められながらも徐々に孤立し、革命のメインストリームから離れ、まだ記述語のなかった自らの新思想を〝クウェリズム〟と命名する。『たまさかの革命』と題した自身の論文の中から採ったもので、その論文では、現代の革命家は過酷な権力によって〝栄養物〟を断たれても、クウェルクリストの粉のように惑星じゅうに拡散し、痕跡をなくし、遍在しなければならないと訴えている。そうなってなお、いつどこでも革命的復活を遂げられるように、新鮮な〝栄養物〟と力を自らに貯えておかねばならない、と。クウェルクリストという筆名はこのすぐあとから見られ、〝クウェリズム〟と同じ典拠であるというのは一般に広く理解されているところである。ただ、苗字の〝フォークナー〟の謂われについては今もまだ定説はない。

七一年五月のコスースにおけるベラウィード動乱の勃発とその後の弾圧により、マキタの姿が最初にゲリラの中に見られたのが――」

「ちょっと待ってくれ」キャニスター・コーヒーはあまり役に立ってくれず、これまで何度も聞かされて耳にたこができている事実の羅列は、徐々に催眠効果を持ちはじめた。おれはあくびをして立ち上がり、キャニスターをくず入れに放った。「それほど詳しくなくてもいい。早送りでやれるかい？」

「新たに勢力を得たクウェリストたちも」と301コンストラクトはおれの申し出を快く受け容れて続けた。「内部に反対勢力があるうちは、成就することが期待できない革命ではあったが――」

「それよりもっとさきだ。第二次戦線まで行ってくれ」

「二十五年後、机上の自慢話と見えたものがついに有効的原理となって実を結ぶ。マキタ自身の比喩を使って言えば、コンラッド・ハーランの自称〝正義〟によって吹き飛ばされたクウェルクリストの粉は、クウェリストの敗北直後、惑星の十ほどの異なる地で新たな抵抗の芽を吹く。こうしてマキタの第二次戦線は本人が正確に予測したとおりに展開されるわけだが、今回の一揆の原動力は想像をはるかに超えたものとなり、その結果……」

　パックの中からコーヒーを探しながら、おれは301コンストラクトの話を漫然と聞いた。クウェルクリストのその頃の話もよく知っていた。第二次戦線が起こる頃には、クウェリズムはもはや陸に上がった新しい魚でもなんでもなかった。ハーラン信奉者の弾圧に服従せざるをえなかった静かな思想培養期の世代は、クウェリズムをハーランズ・ワールドで唯一のラディカルな思潮に仕立て上げていた。ほかの急進派には銃を誇示する派もあれば、魂を売る派もあったが、行き着くさきはみな同じだった。屈服だった。保護国の支援を受けた政府に骨抜きにされ、過去の遺物扱いされていた。そんな中、クウェリズムはいっとき姿を消すのである。クウェリストは闘争を捨て、それぞれの暮らしと仕事に黙々とまた従事するのだ。従事し、ナディア・マキタが常に説いていたとおり、〝備える〟のだ。〝テクノロジーは、われわれの先祖には夢見ることしかできなかった人生の尺度を自家薬籠中のものとすることを可能にした――われわれはその時間の尺度に備えなければならない。われわれがほんとうにわれわれ自身の夢を実現したいと思うのなら〟。実際、二十五年後に彼らはまた戻ってくる。キャリアを積み、家庭を築き、子を育て、また戦いに戻ってくるのだ。歳を取ったというより、鍛錬を積み、より賢くなって、より手強くなって、より逞しくなって。そんな彼らはみなひとりひとりが蜂起の核となり、繰り返し囁かれていた不撓不屈《ふとうふくつ》の声を聞いていた。クウェルクリスト・フォークナーその人も帰ってきたという囁きだ。

彼女は逃亡者として二十五年間生き延び、その間、保安当局には彼女を捕まえることができなかったというのは、今ではほぼ神話化された事実だが、二十五年後、彼女の捕縛はさらに困難になっていた。彼女も五十三歳、新しい肉体に乗り換えており、親しい者でさえそれが彼女とはわからなかったからだ。復讐心に燃えた亡霊さながら、彼女はさきの革命の跡地をさまよい歩いた。そして、かつての同志の中の誹謗中傷者や裏切り者がそんな彼女の最初の犠牲者となった。今回は焦点をぼやけさせてしまうような党派的な諍《いさか》いもなければ、このクウェリズムの提唱者の足を引っぱる者も、彼女をハーラン信奉者に売る者もいなかった。次に彼女は、つかみそこねた権力をただ回顧して、繰り言を言っている老いぼればかりの新毛沢東主義者、共同体主義者、新しい太陽の小径信奉者、議会漸進主義者、社会自由論者といった老いぼれを見つけ出しては片っ端から抹殺した。

そんな彼女がファースト・ファミリーとその取り巻きに矛先を向けたときには、もう革命ではなくなっていた。

不安定時代にまっしぐらに向かっていた。

もはや戦争になっていた。

その戦争は三年続き、ミルズポートでクライマックスを迎える。

おれはふたつ目のコーヒーをタブした。301コンストラクトがナディア・マキタ物語を締めくくった。子供の頃、この話を何度も聞かされ、そのたび結末がちがっていたらいいのに、と思ったものだ。避けられない悲劇から解放された物語だったらよかったのに、と。

「ミルズポートでは、政府勢力が隅々まで浸透しており、クウェリストの襲撃はことごとく撃退され、市議会で調停案が模索される。その時点で、マキタは自分を追いつめるよりさきに解決しなければならない喫緊の問題が政府側にはあるはずだと思ったのだろう。政府側の人間はみなきわめつきのご都合主義者と信じて疑わなかったのだろう。しかし、それは彼女の誤った判断だった。和平調停における彼女の捕縛、あるいは抹消が果たす役割を彼女は見誤り、その判断ミスに気づいたときには、脱出はもうほとんど不可能なものになっていた……」

〝ほとんど〟は要らない。ハーランはそれまでの戦争で出撃させた隻数を超える戦艦を送り、アラバルドス・クレーターを包囲した。山岳ヘリコプターのパイロットはほとんど自殺的とも思える高度四百メートルまでヘリコプターを上昇させ、そのヘリコプターには、軌道上防衛装置に見つからないかぎり目一杯重装備した特殊作戦部隊の狙撃手が乗り込んでいた。彼らが受けた命令はどのような形態のものであれ、脱出する飛行体はすべて捕らえ、必要とあらば、撃ち落とせというものだった。

「マキタの信奉者は最後に必死の脱出作戦を試みる。装備をほとんど取り除いたジェットコプターで高度飛行を敢行するのだ。当時はそうした飛行体なら、軌道上防衛装置も無視すると信じられていたのだが、しかし――」

「ああ、わかった、301。もう充分だ」おれはコーヒーを飲んだ。しかし――彼らは失敗する。彼らの計画には瑕疵《かし》があった(あるいは、内部で裏切りがあったのか)。エンジェルファイアの槍がアラバルドス・クレーターの上空に放たれ、マキタの乗ったジェットコプターは中空で閃光とともに消滅する。ナディア・マキタは金属の灰とともに、有機体の微分子となって海に散る。何度も聞くまでもなかった。

「彼女が脱出したという伝説のほうは？」

「英雄的な人物に関する常として、クウェルクリスト・フォークナーが真の死《リアル・デス》を免れたという伝説はいくらもあります」３０１コンストラクトの声にいくらか咎めるような調子が交じったような気がしたが、くたびれたおれの想像の産物だったかもしれない。「そもそも彼女はジェットコプターに乗らず、地上部隊の隊員に変装して、アラバルドスから脱出したと信じている者たちもいます。それより信憑性の高いものとしては、フォークナーの意識は彼女が死ぬまえにバックアップされており、彼女は戦争のほとぼりが冷めたのを待って再生したという説もあります」

おれはうなずいて言った。「だったら、彼女はどこに保管されてたんだ？」

「その点はさまざまです」コンストラクトは片手を優美にもたげ、順にその細い指を伸ばした。「まずニードルキャストでオフワールドに送られたというもの。送られたさきは深宇宙のデータ保管庫というものもあれば――」

「それはありえないことじゃないよな」

「――彼女の信奉者のいるほかの植民星へ送られたというものもあります。その説の中ではアドラシオンとヌクルマーズ・ランドが人気の星です。こういった説もあります。彼女はニューホッカイドウの戦闘で負傷を負い、その際、自分の死を予測して、自らを保管した。ところが、彼女が回復すると、彼女の信奉者は彼女のコピーを捨ててしまったか、忘れてしまったか――」

「ああ。自分たちのヒーローの意識なのにな。ま、信奉者にはありがちなことだ」

３０１コンストラクトはおれにことばをさえぎられ、眉をひそめながら言った。「しかし、この仮説は混沌とした戦闘、大量の突然死、通信システムの広範な機能停止といったことを前提としています。ニューホッカイドウの戦いではそういったことがさまざまな段階で起こりましたから」

「ふむ」

「仮説上はミルズポートも議論の争点の場となります。歴史学者は代々、マキタ一族は中産階級ながら、秘密の保管施設にアクセスできる高い地位にあったと唱えています。実際、無名スタックの保管については、これまで何社ものデータ仲介会社が訴訟に勝っており、ミルズポート都市ゾーン内にある匿名データ仲介会社の数というのは、それはもう——」

「きみはどの仮説を信じる？」

コンストラクトはいきなり動きを止めた。口を開いたまま、映し出された存在の中で眼をぱちくりさせた。小さなマシンコード仕様書が一瞬、彼女の右の腰のあたりと左胸と両眼にわたって現われた。彼女の声が機械的記憶の平板なものになった。

「わたしはハーカニー・データシステム・サーヴィス・コンストラクトです。基本対話レヴェルには応じられますが、今の質問には答えられません」

「ということは、きみには信念がないんだ、ええ？」

「わたしが感知するのはデータとデータが示す蓋然性の傾度にかぎられます」

「それでおれには充分だ。だったら算数をしてくれ。マキタに関することで最も蓋然性の高いものはなんだ？」

「最も蓋然性の高いものは、ナディア・マキタはアラバルドスでクウェリストのジェットコプターに乗り込み、そのコプターとともにエンジェルファイアに焼かれ、蒸発し、もはや存在していないというものです」

おれはうなずいてため息をついた。

「ああ、そのとおりだよな」


二時間後、シルヴィが新鮮な果物と、スパイスの利いたシュリンプケーキのホットボックスを買って帰ってきた。おれたちはあまり口を利かず、黙々と食べた。

「で、うまくいったのか？」とおれはある時点で彼女に尋ねた。

「いえ」彼女は食べながら首を振った。「どこかおかしいのよ。それを感じることはできるんだけど。そこにあることはわかってるんだけど。でも、トランスミッション・リンクを築けるほどはっきりとは特定できなかった」

彼女はそう言って眼を伏せると、苦痛でも覚えたかのように眼尻に皺を寄せ、ぼそっと繰り返した。

「どこかおかしいのよ」

「スカーフを取ったりはしなかった？」

彼女はおれを見た。「ええ。スカーフを取ったりはしなかった。それが原因じゃないわ、ミッキー。スカーフはただわたしを苛立たせるだけよ」

おれは肩をすくめた。「きみとおれとの両方をね」

彼女は摘出した大脳皮質スタックを入れているおれのポケットに眼を向けた。が、何も言わなかった。その日はそのあと互いに相手の邪魔にならないようにして過ごした。シルヴィはだいたいデータコイルのまえに坐り、コイルに触れることも話しかけることもなく、時折ディスプレーの色を変えていた。一度自分の寝室にはいり、ベッドに横になり、一時間ほど天井を見つめていた。時々おれのほうを見やり、バスルームを見て、なにやら声に出さず唇を動かしていた。おれはシャワーを浴びると、窓辺に立って果物を食べ、飲みたくもないコーヒーを飲んだ。それから外に出て、高巣の基部のまわりをしばらくぶらついた。３０１コンストラクトと気まぐれな話をしながら。どういうわけかおれについてきたのだ。もしかしたら、おれがいたずら書きとかしないよう見張っているのかもしれない。

山の冷たい外気には漠然とした緊張感が漂っていた。実際にはやらなかったセックスみたいな。悪天候が近づいているような。

こんなふうにここに永遠にはいられない。それはわかっていた。何かが起こらないわけがない。

実際にはただ暗くなり、単音節の会話の夕食をすませると、おれたちは早々とそれぞれの寝室に引き上げた。小屋は防音装置付きで、まったくの静寂の中、おれはベッドに横たわり、だいたいのところはるか南に属する夜の音を想像していた。南というのはほんとうなら二ヵ月もまえに行っていなければならないところだ。そのことがふと思われた。エンヴォイの特殊技能――現在の環境に集中して対処する――がこの数週間おれにそのことをわざと忘れさせているわけだが、時間ができて、心がニューペストやウィード・イクスパンスに戻ると、どうしても思い出さないわけにはいかなかった。あっちで誰かがおれを待ち焦がれているわけではない。それでも、交した約束を反故にしたことに変わりはない。ラデュール・セゲスヴァールはきっと今頃はこんなふうに思っていることだろう――おれがひっそり姿を消したということは、結局のところ、おれが見つかり、捕まってしまったことを意味しているのではないか、と。当然の苛立ちを覚えながら。おれには彼に貸しがある。大きな貸しではない。むしろあるかなきかの貸しで、加えて南のマフィアは貸し借りにあまり重きを置かない。ハイデュック・マフィアにはヤクザのような〝ギリ〟による秩序はない。だから、二ヵ月の遅れというのはおれとしてもぎりぎりのところだ。

手がまたこそばゆくなった。こんなところは今すぐにもおん出て、岩肌をつかんだらもうあとは一気に這いのぼりたいというDNAのうずきだ。

直視するんだ、ミッキー。こんなことからはもう足を洗う潮時だよ。おまえのデコムの日々はもう終わったということだ。それが続いているあいだは愉しかったかもしれない。おまけに新しい顔とヤモリの手も得られた。だからもういいだろうが。またもとに戻るときだ。これまでやってきた仕事に戻る潮時だ。

おれは横向きになって壁を見つめた。その壁の向こうでは、シルヴィもまたおれと同じようにひっそりと孤独にベッドに横たわっているはずだった。おれ同様、寝つけず、断続的にうつらうつらしているかもしれない。

おれはどうすればいいのか。彼女を放り出す？

もっと悪いこともしてきただろうが。

オアの咎めるような眼つきが思い出された――彼女にはくそ指一本触れるんじゃないぜ。

ラズロの声がした――あんたを信用してないなんて言うつもりはないよ。実際、そうじゃないんだから、ミッキー。

ああ、そうとも。おれ自身の声がおれを通して嘲《あざけ》っていた。彼はミッキーを信用している。タケシ・コヴァッチはまだラズロとは会っていないのだ。

もし彼女が本人の言うとおりの人物だったら？

おいおい、何を考えてる。シルヴィがクウェルクリスト・フォークナー？　コンストラクトの話を聞いただろうが。クウェルクリスト・フォークナーはアラバルドスの上空七百メートルで空中の塵に帰《き》した。

だったら彼女は何者なのか？　スタックの幽霊？　彼女はナディア・マキタではないのかもしれない

が、本人は固くそうだと信じている。しかし、シルヴィ・オオシマでないことだけは確かだ。だったら誰なのか？

わからん。そもそもそれはおまえが考えなければならない問題か？

さあ。そうなのか？

おまえの問題は、ヤクザがおまえを捕まえるためにどこかのスタック・アーカイヴからおまえ自身を探し出したということだ。なんとも詩的なことに。で、おまえにはよくわかってると思うが、〝彼〟はヤクザに損をさせるようなヘマな仕事はしないだろう、たぶん。そいつはあれこれ利用できるものを持っている。なにしろ〝全惑星指令〟なんだから。忘れちゃいないと思うが。それにそもそもこの刺激的な計画は並はずれて効果的だ。ダブルスリーヴのルールはおまえもよく知ってるだろ？

で、今のところ、このことと今おれがまとっているスリーヴを結びつける唯一の要因は、隣りの部屋にいる女と彼女の下等な傭兵仲間だけだ。だから、彼らと縁を切って南に向かい、最初に始めた仕事にかかれば、それでみんなまるく収まる。それは早ければ早いほどいい。

最初に始めた仕事。そうだ、それで問題はすべて解決するじゃないか、ミッキー。

なあ、いい加減自分のことを〝ミッキー〟などと呼ぶのはやめたらどうだ？

おれは苛立ってベッドカヴァーを放り出し、ベッドから出ると、ドアを少しだけ開け、誰もいないがらんとしたドアの向こうの部屋を見た。暗闇の中、テーブルの上でデータコイルが鮮やかな色を織りなしていた。部屋の隅におれたちのふたつの荷物がこんもりと置かれていた。ホテイの月影が床に窓の形をした淡いオレンジ色を落としていた。おれは裸の体にその月影を浴び、荷物のそばにしゃがみ込んでアンフェタミン・コーラを探した。

睡眠なんぞどうでもいい。

背後で彼女の気配がした。冷ややかで馴染みのない居心地の悪さに骨を撫でられながら、おれは振り返った。ほんとうのところ、誰と向き合うことになるのかもわからず。

「あなたも。ちがう?」

シルヴィ・オオシマの声だった。シルヴィ・オオシマのちょっと戸惑ったオオカミのような眼だった。両腕を自分に巻きつけて立っていた。彼女も裸だった。腕に押し上げられて谷間がV字を描いていた。まるで彼女がおれにくれようとしているプレゼントみたいに。曲線を描く片方の太腿が少しうしろ、もう一方が少しまえ、腰が宙に浮いて傾いで見えた。寝乱れた顔に髪がかかり、ホテイの淡い光の中、彼女の肌は温かい銅色に輝いていた。顔には不確かな笑みが浮かんでいた。

「どうにも寝られない。頭がオーヴァードライヴ状態になっちまってる」

彼女はおれの手の中のコーラを顎で示した。「でも、そういうものを飲んでも眠れるようにはならないと思うけど」

「もう寝たくないんだ」と言ったおれの声は少しかすれていた。

「ええ」彼女の笑みがいきなり生真面目なものになった。「わたしもよ。あなたがまえにしたがったことをしたい気分」

そう言って、彼女は腕をほどいた。胸が揺れていくらか垂れた。彼女はほんの少し意識的に腕を上げ、髪をうしろにやり、両手を頭のうしろに押しあてた。それから脚を動かした。太腿と太腿がこすれ合った。もたげた両肘のあいだからおれを慎重に見ながら彼女は言った。

「こんなわたしはどう?」

「おれは」彼女のポーズが変わり、胸がいくらか持ち上がった。ペニスにどくどくと血が流れ込んでいるのが自分でもわかった。おれは空咳をして言った。「おれはそんなきみがすごく好きだ」

「よかった」

彼女はおれをじっと見つめ、その場に立ちつづけた。おれはもともとあった荷物の上にコーラの缶を戻して彼女のほうに進んだ。彼女は腕をほどくと、おれの肩の上に降ろしておれの背中で手を組んだ。おれは片手いっぱいに彼女の乳房の柔らかな重みを感じ、もう一方の手を下にやり、太腿と太腿が合わさっているところに持っていった。このまえのときの湿ったぬくもりが思い出され――

「駄目。待って」彼女はおれの手を払った。「そこは駄目。そこはまだ」

何かが軋る小さな一瞬があった。二日前、バブルファブで精密に示された期待に向けて何かが揺れた。おれは肩をすくめてその一瞬を振り払い、両手とも彼女の胸に集め、乳首をつまんで口にふくんだ。彼女は手を下に伸ばすと、おれのペニスを握り、しごきはじめた。今にも手を放してしまいそうに思われる感覚が永遠に続きそうな微妙なタッチで。おれはこのまえのときの確かな握り方を思い出し、眉をひそめ、彼女の手の上に自分の手をかぶせて握った。彼女はさも可笑しそうにくすくす笑って言った。

「あら、ごめんなさい」

おれはちょっとよろけながら彼女をテーブルのところまで押し、彼女に手を放させ、彼女のまえで床に膝をついた。彼女は咽喉の奥からうめき声を小さく洩らし、脚を少しだけ広げると、うしろにもたれ、テーブルトップに手をついてざらついた声で言った。

「口でやって」

おれは両手を彼女の脚の下から這わせ、両の親指の腹で彼女のプッシーを開いた。彼女は全身を震わせ、上の唇も開いた。おれはまえに屈み、彼女の中に舌をすべり込ませた。彼女は囚われたような張りつめた声をあげた。おれはにやりとした。それが彼女にはどうにかしてわかったのだろう、おれの肩をぴしゃりと叩いた。

「この下衆野郎。やめないで。この下衆男」

おれは彼女に脚をもっと開かせ、さらに仕事に励んだ。彼女はおれの背中と首を手でこねくりまわし、テーブルのへりに沿って体を動かし、おれの舌の動きに合わせて腰を突き出したり引いたりし、さらに手も動かしておれの髪をつかんだ。おれは彼女が押しつけてくる肉に向けてまたにやりとした。が、今回はすでに彼女は行くところまで行っており、まともなことは何も言い返してこず、なにやらもごもごとつぶやきはじめた。それはおれに対することばなのか、自分自身に対することばなのか、どちらとも判断がつかなかったが、最初はただの同意の片言の繰り返しだった。それがクライマックスに向かうにつれ、何か別のものが現われた。おれはおれで自分のしていることに夢中になっていたので、それがなんなのか理解するにはいささか時間がかかった。オーガズムの苦悶の中でシルヴィ・オオシマはマシンコードを呪文のように唱えていたのだ。

両手でおれの頭を自分の股間に叩きつけ、激しく震え、彼女は果てた。おれは手を伸ばし、おれの頭をつかんでいる彼女の手をやさしくほどくと、笑みを浮かべ、立ち上がって彼女にもたれた。

が、眼のまえにいたのは別の女だった。

何が変わったと特定することはできなかった。が、おれではなく、エンヴォイの感覚が読み取っていた。そのことがわかり、おれは自分自身が自分の腸《はらわた》を突き破って落下していくような感覚を覚えた。

ナディア・マキタ……

細められた彼女の眼の中に彼女がいた。ゆがめられた唇の一方の隅にいた。その表情は断じてシルヴィ・オオシマ自身のものではなかった。炎のように彼女の顔を取り囲んで舐めている飢餓の中、鏡に映った像のようにオーガズムがまた戻ってきたかのように、短くざらついた息を吐きながら、彼女はしゃがれた声で言った。

「ハロー、ミッキー・セレンディピティ」

そう言って息を整えると、おれがさきほど浮かべかけて引っ込めた笑みを口元に浮かべ、テーブルから離れた。そして、おれの股間に手を伸ばした。今度はおれの記憶どおりのしっかりとした握り方だった。おれのほうはショックのあまり硬さをあらかたなくしていた。

「どうかした?」と彼女はもごもごと言った。

「おれは――」彼女は縄を綯《な》う人のように両手を使っていた。自分がまたふくらみはじめたのがわかった。彼女がおれの顔を見て言った。

「大丈夫?」

「大丈夫だ」とおれは口早に答えた。

「よかった」

彼女は優雅に片膝をつくと、おれの眼をじっと見つめたままおれの亀頭を口にふくみ、片手で竿をしごきながら、もう一方の手をおれの右の太腿に這わせ、手のひらでその筋肉を包み、強く握った。

おまえは狂ってる――作戦タイムのエンヴォイの断片が言っていた。こんなことは今すぐやめろ。

彼女はまだおれをじっと見ていた。舌と歯と手でおれを爆発へと駆り立てていた。

第十七章

行為のあと、おれたちは濡れたまましばらくおれのベッドで互いに重なり合っていた。最後に狂ったように握りしめ合った手をまだゆるく握り合いながら。互いに滲出し合った体液でふたりとも肌がところどころべとつき、何度か繰り返されたクライマックスに筋肉が降伏し、すっかり弛緩していた。おれの眼の奥では、自分たちが互いにし合ったことのイメージが閃光のようにとぎれとぎれに再生されていた。おれにまたがり、組んだ手をおれの胸の上に置き、動きに合わせてその手をおれに強く押しつけている彼女が見えた。バックから彼女の中に自分を叩き込んでいる自分が見えた。おれの顔の上に降りてくる彼女のプッシーが見えた。おれの尻に脚を巻きつけて万力のように締め上げ、おれに股間を突かれてはおれの下で悶え、自分の髪の中央コードを吸っている彼女が見えた。彼女の唾で濡れたそのコードを手に取り、自分の口に持っていく自分が見えた。それを見て笑ったあと、一気にオーガズムに達し、力強い筋肉の収縮でおれを自分のあとに続かせた彼女が見えた。

が、彼女が話しだすや、いくらか訛りのあるそのアマングリック語のリズムがおれの背骨に戦慄を走らせた。

「何?」おれの震えが彼女にも伝わったのだろう。

「なんでもない」

彼女は寝返りを打って、おれと向かい合った。彼女の視線がおれの横顔に突き刺さっているのが感じられた、熱線のように。「わたしはあなたに訊いたのよ。どうしたのって?」

おれは一瞬眼を閉じた。

「ナディア。だったな?」

「そう」

「ナディア・マキタ」

「ええ」

おれは横眼で彼女を見て言った。「いったいどうやってきみはここまで来たんだ、ナディア?」

「なんなの、それは?　形而上的な質問?」

「いや、物理的な質問だ」おれは片肘をついて上体を起こし、彼女の体を手で示した。そして、エンヴォイの反射機能のおかげであれなんであれ、自分が落ち着きを失うことなく、どこかしら超然と振る舞えてさえいることに自分で内心驚きながら言った。「ここで何が起きてるか、それに気づかないなんてことはありえない。きみは司令ソフトウェアを飯の種にしてる。だけど時々、そのことから抜け出てしまう。見るかぎり、きみは基本的な本能回路を通って、自分の感情のうねりに乗っかっているように思える。それはセックスについても、恐怖についても、怒りについても言える。そういう感情は意識的な心の機能の大半を消し去る。結果、心にスペースができる。しかし――」

「あなたは何かのエキスパートなの?」

「昔はね」おれは彼女の反応を探って言った。「おれは以前エンヴォイだったんだ」

「なんですって?」

「どうでもいいことだ。おれが知りたいのはきみがここにいるあいだ、シルヴィ・オオシマはどうなってるんだということだ」

「それは誰？」

「ナディア、きみは彼女のくそスリーヴをまとってるんだぜ。はぐらかすなよ」

彼女は寝返りを打って天井を見つめた。「そのことはあまり話したくない」

「ああ、だろうな。ひとつ言おうか、それはおれも同じだ。だけど、いずれ話さなきゃならなくなる。それはきみもわかってると思うが」

長い沈黙ができた。彼女は脚を開き、無意識に太腿の内側を掻いた。それから手を伸ばしておれの萎えたペニスをつかんだ。おれは彼女の手をつかみ、そっと自分から離して言った。

「それはもう無理だ、ナディア。すっかり搾り取られた。ミッツィ・ハーランだって今夜はもうおれを勃《た》たせられない。今はお話の時間だ。シルヴィ・オオシマは今どこにいる？」

彼女は寝返りを打って、おれから離れ、苦々しげに言った。

「わたしはその女の人のお守りをしてなくちゃいけないの？　あなたはこのことがわたしの裁量でどうとでもなると思ってるの？」

「いや、たぶんそうじゃないんだろう。それでも、きみにもなんらかの考えがあるはずだ」

さらに長い沈黙ができた。今度の沈黙には震えるような緊張感があった。おれは待った。ようやく彼女は寝返りを打ち、おれのほうを向いた。その眼にはどこかせっぱつまったものがあった。

「知ってた？　わたしはくそったれオオシマの夢を見る」彼女は怒りを押し殺したようにして言った。

「くそったれオオシマの夢はくそったれな夢よ。眼が覚めたところで、彼女がどこにいるかなんてどうしてわたしにわかるの？」

「ああ。それはたぶん彼女も同じだろう。彼女もきみの夢を見てるだろうから」

「それってわたしの慰めになる?」

おれはため息をついて言った。「どんな夢なのか話してくれ」

「どうして?」

「なぜなら、ナディア、おれはきみを助けたいと思ってるからだ」

彼女の眼に焔《ほむら》が立った。

「いいわ」と彼女は嚙みつくように言った。「わたしはあなたが彼女を怖がらせてる夢を見る——というのはどう?　あなたはいくつもの僧侶たちの魂をどうするつもりなのか。彼女はそのことを考えあぐねている。わたしはそういう夢を見る。ミッキー・セレンディピティのファック野郎はほんとうは何者なのか。一緒にいて安全な相手なのか。彼女はそういうことも考えあぐねてる。ミッキー・セレンディピティは機会を見つけたとたん裏切るのか。あるいは、ミッキー・セレンディピティはただヤッただけで去っていくつもりなのか。もしこの女性にも自分のでっち棒を突っ込むことを考えてるのならね、ミッキー、あなたが誰であれ、わたしはあなたを忘れてあげる。でも、このわたしだけにとどめておいたほうがあなたのためよ」

おれは無言でしばらく彼女のそのことばの意味を脳みそにしみ込ませた。そんなおれに彼女は笑みを向けて言った。

「今のはあなたが聞きたがっていた答とちがってた?」

おれは肩をすくめた。「ちがっていたとしても折り合いがつけられないほどでもない。きみはセックスで彼女を釣ったのか?　彼女に接近するのに?」

「そんなことが知りたいの?」

「彼女に直接訊けばわかることだが」

「ということは、つまりあなたは彼女が帰ってくると思ってるのね」彼女はそう言って笑みを浮かべた。今度は歯を見せて。「わたしがあなたならそんなことは思わないけど」

おれたちはしばらくそんな言い合いをした。そんなうなり合いをした。が、性交後のけだるさの中、どんなところにも行き着かなかった。最後にはおれもあきらめ、ベッドのへりに坐り、メインルームのほうを見やった。床のパネルがホテイの月明かりを反射していた。ややあって、彼女の手を肩に感じた。

「ごめん」と彼女は静かに言った。

「ええ？　なんで？」

「今気づいたのよ。わたしのほうから全部あなたに求めていたことに。そう、あなたが今考えてること、それはすべてわたしがあなたにそうするように求めたことよ。自分が答を求めてないのなら、どうしてわたしはあなたに尋ねたのか。でしょ？」

「それはそうだが」

「とにかく――」と言いかけて彼女はそこでためらった。「いい、ミッキー。だんだん眠くなってきた。向こうの部屋では仰向けになって寝てた。シルヴィ・オオシマがいつ戻ってくるのかも、そもそも戻ってくるかどうかもわからないまま。わたしには明日の朝眼が覚めるかどうかもわからない。そういう状態にあれば、誰だって神経質になる。ちがう？」

おれはオレンジ色に彩られたメインルームの床を見つめた。めまいに似た感覚に一瞬襲われた。すぐに去ったが。おれは空咳をして乱暴に言った。

「アンフェタミン・コーラというものが世の中にはあるけど」

「いいえ。遅かれ早かれ、わたしは眠らなくちゃならない。それはむしろ今ならいいのかもしれない。

わたしは疲れていて、それより悪いことに幸せで、すっかりくつろいでるんだから。行かなくちゃならないのだとしたら、今がそのときって気がする。ただの化学物質の問題ということはわかってる。でも、それに永遠に逆らうことはできない。でも、わたしは戻ってくる。何かがわたしにそう言ってる。でも、それがいつなのか、今はわからない。自分がどこに行こうとしているのかも。それがなにより怖い。できれば――」間《ま》ができた。沈黙の中、彼女が唾を呑み込んだのがわかった。「できれば――わたしが眠ってるあいだ、わたしを抱いていてくれない?」

暗がりの中、すり切れた床にオレンジ色の月影が射していた。

おれは彼女の手に自分の手を伸ばした。

これまでまとった戦闘仕様のスリーヴの大半がそうであったように、〈エイシュンドウ〉のスリーヴも内面の覚醒に適合するようにできていた。今も頭の中で準備をすると、それまでどんな夢を見ていたにしろ、その夢は静かな海に昇る南国の太陽と溶け合った。どこか見えないところから果物とコーヒーの香りが漂ってきて、どこか遠くから陽気なつぶやきが聞こえていた。素足には早朝のひんやりとした砂の感触があり、かすかながらおやみない微風が顔にあたっている。波の砕ける音が聞こえ――

ヴチラ・ビーチ?　もうそんなところに?

おれの手は消えていく波の袋の中でまるまり、袋のまわりでは砂が――

眼が覚めるなり、それらすべての感触が消えた。コーヒーも。コーヒーを飲むビーチも消えた。足の下にも、開いた指の下にも砂はなかった。陽の光はあった。が、覚醒イメージのそれとは比べものにならないほど弱い陽射しだ。殺風景で色のない日光がメインルームの窓から、押しつけられたような灰色の静寂の中に射し込んでいた。

おれは慎重に寝返りを打って、横で寝ている女の顔を見た。彼女は身じろぎひとつしなかった。ゆうべ、少しずつ眠りに落ちていったときにナディア・マキタの眼に現われた恐怖が思い出された。彼女の意識が徐々に薄れていくのがぴんと張られたロープさながら、彼女の手を通じて感じられ、それがいっとき彼女が身をすくめ、眼を開けたときに止まり、そのあと思いがけず、彼女はいきなり意識を完全に手放したのだった。それ以降はずっと眠ったままだ。しかし、今彼女の横で彼女のおだやかな寝顔を見ていても、少しも気休めにはならなかった。

おれはベッドをそっと出て、メインルームで服を着た。彼女が眼を覚ましたときにそばにいたくなかった。

いや、そもそもおれは彼女が眼を覚ますことを望んでいなかった。

３０１コンストラクトが眼のまえに現われ、口を開きかけた。戦闘超神経化学物質《コンバット・ニューラケム》がすぐに働き、おれは自分の咽喉を掻っ切る仕種をして、親指で寝室を示した。そうして椅子の背からジャケットを取り上げ、肩に羽織りながらドアを顎で示し、コンストラクトに小声で言った。

「外でだ」

起きたときに部屋の中で思ったよりいい天気になりそうだった。太陽は冬の太陽に変わりなかったが、日光を直接受けているとすぐに暖かくなりそうだ。雲もその結束を解きはじめていた。偃月刀の刃のようなダイコクが南西の空に浮かび、海上の空ではいくつもの斑点が円柱を描いてゆっくりと旋回していた。リップウィング鳥の群れだろう。眼下の海には裸眼で二隻の船が見て取れた。静けさの中、テキトムラの街の音がＢＧＭのようにかすかに聞こえていた。おれはあくびをし、手に持ったアンフェタミン・コーラを見て、ジャケットの中にしまった。目覚めたいと思うほどにはもう充分目覚めていた。

「で、おまえさんの用というのは？」とおれは横にいるコンストラクトに言った。

「訪問者がいます。そのことはきっとお知りになりたいだろうと思いまして」

ニューラケムが一気に反応した。〈エイシュンドウ〉のスリーヴが戦闘モードになると同時に時間が軟化し、ヘドロのようになった。そんなわけで、最初のビームが飛んできたとき、おれはまだ信じられない思いで301コンストラクトを横目で見ていた。コンストラクトがいた空間が分解し、炎が立った。おれはすばやく体を反転させて横に飛んだ。が、ジャケットに火がついた。

「このくそ――」

銃もナイフもなかった。中に置いたままだった。ドアまで走る余裕はない。むしろエンヴォイの本能はドアから離れることをおれに命じていた。あとからわかることだが、状況直観本能にはわかっていたのだろう、小屋の中に戻ることは自殺行為同然であることが。ジャケットはまだ燃えていた。おれは地面を転がりながら小屋の壁に身を寄せた。またブラスターのビームが光ったが、おれのいるところからは遠かった。ビームは301コンストラクトに向けられていた。彼女を人間の標的だと見誤っているのだ。

ニンジャ・レヴェルの戦闘スキルとは言えない。こいつらは雇われた地元のチンピラだ。

ああ。しかし、やつらは銃を持っていて、こっちには何もない。

闘技場を変えなくては。

ジャケットに含まれている燃焼遅延剤が炎を消し、煙と脇腹全体に広がるただの熱に変え、焼け焦げた繊維からじくじくとした重合体がしみ出ていた。おれは息を目一杯吸い込むと、駆けだした。

背後で叫び声がした。その声の調子が〝信じられない〟から〝この野郎〟に即座に変わった。最初の一発で仕留められたと思ったのだろう。たぶんそれだけ頭のよくないやつらということだ。また撃ちはじめるのに数秒かかった。そのときにはおれはもうほとんど隣りの小屋のところまで来ていた。ブラスターの炎の音がした。熱が腰の近くに感じられ、筋肉が反射的に収縮した。横向きになり、小屋を背にして前方の土地をすばやく見まわした。

考古学者が掘り返した土地にほかに三つの小屋が大まかな弧を描いて建っていた。その向こうに重厚な片持ち梁の支柱に支えられ、高巣が空に向かって伸びていた。二千年紀以前の発射台に置かれたロケットのように。前日おれはその中にははいらなかった。そもそも足元にスペースがありすぎたからだ。高巣が立っているところから下は山腹の五百メートルほどの急斜面になっている。一方、おれは経験から知っていた。人間にはなじみのない火星人の建造物の遠近法が人間の知覚にどういう影響を及ぼすか。また、エンヴォイの特殊技能があればその影響に対応できるということも。

所詮、相手は地元で雇われたチンピラだ。そのことに賭けよう。

やつらはよくてためらいがちにおれのあとを追ってくるだろう。高巣の内部のめくるめく構造に困惑しながら。こっちにつきがあれば、やつらは迷信めいた恐怖を覚えてくれるかもしれない。バランス感覚を失い、怯えまくってくれるかもしれない。うまくすれば。

それでミスを犯す。

つまり、殺戮の場として高巣はもってこいの場所ということだ。

おれはオープンスペースを走り、二軒の小屋のあいだにはいり込み、最も近い火星人の合金の露出部をめざした。太さ五メートルばかり、木の根のように岩から露出しているところがあった。その脇に考古学者が設えた金属製の階段があり、おれはその階段を二段飛ばしで駆け上がると、露出部に出た。痣のような色をした合金の上でブーツがすべった。それでもどうにか、片持ち梁の支柱の側面を形成し、テクノグリフが浅浮き彫りで刻まれている合金の表面でバランスを取った。支柱は少なくとも高さ十メートルほどあったが、浅浮き彫りされたてっぺんまで梯子が左手二メートルのところにエポキシ接合されていて、その横桟をつかんでのぼった。

背後の小屋のあいだから怒鳴り声が聞こえた。もう撃ってはこない。どうやら小屋の隅をチェックしているらしい。しかし、ニューラケムを高めて、それを確かめている暇はなかった。汗で手がすべり、おれの重みで梯子が揺れた。火星人の合金とそのエポキシ樹脂とはあまり相性がよくなかったようで、接合が劣化していた。おれはのぼる速度を倍にして、てっぺんまでのぼり、短い安堵の吐息をついた。

そうして片持ち梁の支柱のてっぺんに身を横たえ、息をひそめて聞き耳を立てた。ニューラケムを高めると、やつらがきちんと組織もせず、いい加減に捜索を展開しているのが音からわかった。ひとりが小屋の錠を撃ち砕こうとしていた。おれは空を見上げてふと思った。

「301？　いるか？」声に出して言ってみた。

「コミュニケーション域にはおります。はい」コンストラクトの声が耳のすぐそばの空中から発せられたように聞こえた。「ですから、今より大きな声で話していただかなくてもけっこうです。また、現況判断をしますと、わたしはあなたのおそばに現われないほうがいいようです」

「確かに。命令としてきみにしてほしいのはこういうことだ。鍵がかかってる小屋のひとつの中に姿を現わしてくれ。できれば――マルチ投影ができるようなら、一個所だけじゃなくて二個所以上の場所に現われてほしいんだが、できるか？」

「わたしは〈発掘地301〉チームのメンバー全員と一対一対話をすることができます。加えて来客用に七名余分にもできます」このヴォリュームだとわかりにくかったが、それでもコンストラクトの声にはこのやりとりを愉しんでいる響きがあった。「つまり分離投影は六十二まで可能ということです」

「なるほど。今は三つか四つで充分だ」おれは慎重に寝返りを打ち、しゃがんで言った。「よし。じゃあ、おれになって自分を投影することはできるか？」

「いいえ。人物投影のインデックスから選ぶことはできますが、インデックスを入れ替えることはできません」

「インデックスの中に男はいるか?」

「はい。女性より数は少ないですが——」

「よし。それでかまわない。それじゃ、おれに似たやつをインデックスからいくつか選んでくれ。男で、おれぐらいの背恰好のやつを」

「いつから始めましょう?」

「今すぐだ」

おれは体の下に手を入れた。

数秒かかった。下の小屋のあいだでカオスが惹き起こされた。ブラスターの炎がパチパチと飛び交い、それに警告を与える声と足音がアクセントをつけた。その十五メートルばかり上で、おれは両手を合金の表面を強く押してうずくまった姿勢から一気に駆けだした。

片持ち梁は、宙に五十メートルちょっと伸びてから高巣本体に継ぎ目なく埋もれていた。楕円形の入口がその結合部分で大きな口を開けていた。発掘チームは片持ち梁の上部に手すりをつけようとしたようだが、梯子同様、時間が経って、接合が劣化していた。ところどころでちぎれたケーブルが今は梁の両脇に垂れていた。それ以外は完璧になくなっていた。おれは顔をしかめ、高巣本体と結合している部分に眼をこらして走った。

ほかの音をしのぐ叫び声がニューラケムを通して聞こえた——

「——くそすばしこい野郎だ。撃ち方やめ! 撃ち方やめ! やめろって言ってるだろうが! あそこだ、やつはあの上にいる！」

一瞬、音のない不気味な間《ま》ができた。おれは走るスピードを上げた。そのとき、ビームが空気を引き裂いた。おれは足をすべらせ、もう少しで手すりの隙間から落下しそうになったものの、体勢を立て直してさらに走った。

耳元で３０１コンストラクトの声がした。ニューラケムを高めていたので、それが雷鳴のように耳に轟いた。

「今のところ、この場所は安全ではないと考えられて――」

おれはことばにしないでただうなった。

ブラスターのビームの熱が背後に感じられ、オゾン化した空気のにおいがした。

下からまた声がした。ニューラケムのおかげでそれもすぐ近くに聞こえた。「いいからそれを貸せって言ってるんだ。どうやって使うものか、おれが見せ――」

おれは合金の上で横ざまに跳んだ。が、飛んでくることのわかっていたビームがおれの背中と肩を焼いた。痛みが広がった。大した武器も持たず、この距離で命中させるとはなかなかの腕だ。おれはいったん倒れたものの、効果が立証ずみの転がり方をして立ち上がり、一番近い楕円形の入口から中に飛び込んだ。

ブラスターのビームは中までおれを追いかけてきた。

やつら自身がおれを追って中にはいってくるのには、三十分近くかかった。

火星人の威圧的な建造物の中に身をひそめ、おれはニューラケムで知覚をマックスに高め、頭もフル回転させた。高巣の中の下方では外を見ることができず、こっちに有利な点はひとつもないが――くそ火星人のくそ設計士ども——高巣の内部は漏斗状になっており、そのためやつらの話し声がよく聞こえた。話し合われている内容も容易にわかった。雇われたチンピラどもはさっさと引き上げたがっており、リーダーだけがおれの首を串刺しにしたがっていた。

といって、そのリーダーを咎めようとは思わないが。そいつの立場ならおれも同じようなことを思っただろう。契約を半分も履行できないで、ヤクザのもとに戻るなど誰だってやりたくはない。それにエンヴォイに背を向けるということも。そのことがそのリーダーはほかの誰よりよくわかっていた。

思ったより若い声をしていたが。

「——信じられない。こんな場所を怖がるとはな。まったく。おまえたちはみんなこの山の下で育ったんだろうが。これはただの廃墟だ」

おれは凸面と凹面だらけのうねりまくっている内部をざっと見まわした。それらの線はゆるやかながら執拗に、眼が痛くなるほど高く伸びて、一点に吸い込まれ、見えない頭上の換気口から朝の剝き出しの日光がはいり込んでいた。が、どこか途中で和らげられ、光そのものが変化していた。くすんで青味がかった合金が日光を吸い込み、奇妙なまでにマイルドな光に変えて反射させていた。おれがのぼってきた中二階の下の床に裂け目と穴が交互に描いている暗がりがあった。気が狂《ふ》れでもしないかぎり、人間の建築家なら絶対に考えそうにないものだ。さらにそのはるか下、山腹の灰色の岩肌にまばらにしがみついている植物が見えた。

ただの廃墟。確かに。

リーダーはやはり思った以上に若いやつだ。

そこで初めておれはそいつの歳が正確なところ何歳ぐらいなのか推量した。少なくとも、火星人の人工遺物に関するそいつの経験はおれのそれに比べてだいぶ足りなそうだった。

「なあ、やつは武器ひとつ持ってないんだぞ」

おれは外にも聞こえるように声を張り上げて言った。

「おい、コヴァッチ！　そんなに確信があるなら、すぐはいってきて捕まえたらどうだ？」

いきなり静かになった。誰かが低い声でぼそぼそ言っていた。地元のやつのひとりが馬鹿笑いを噛み殺したような声を発したのが聞こえた。そのあとリーダーの声がした。おれに合わせて向こうも声を張り上げていた。

「聞き耳ギアだけはいいものを仕込んでもらってるんだな？」

「そのとおり」

「それより戦うつもりがあるのか、ただ安っぽい嘲《あざけ》りを言ってるだけなのか、どっちだ？」

おれはにやりとして言った。「ただおまえらの手間を省いてやりたかっただけだ。戦いたいならやれよ。中にはいってこいよ。必要と思うなら、田舎の兵隊も連れてくりゃいい」

「それよりいい考えがある。おまえの連れの体の穴という穴にぶち込むんだ。おまえのほうから出てくる気になるまで。音がよく聞きたかったらニューラケムを高めればいい。まあ、請け合ってやるが、そんなことをしなくても音は充分聞こえると思うがな。ここにいるやつらはそれはもうそういうことに熱心なやつらだから」

怒りがおれの体を貫いた、理性的な思考が追いつけないほどすばやく。顔の筋肉が震え、軋り、〈エイシュンドウ〉のスリーヴ全身がぴんと張られたケーブルのようにこわばった。心臓がゆっくりと二度鼓動を打つあいだ、おれは完全にやられていた。が、そのあとエンヴォイのシステムがひんやりと感情にしみ込み、怒りを漂白し、状況判断はまた理性に委ねられた。

こいつはそんなことはしない。タナセダの手がシルヴィと〈スリップイン〉経由でおれに伸びたのだとすれば、それはタナセダがユキオ・ヒラヤス殺しに彼女が関与していることを知っているからだ。そのことを知っているとすれば、タナセダは彼女を無傷で欲しがるはずだ。タナセダは昔気質《かたぎ》のヤクザだ。昔ながらの処刑を求めるにちがいない。疵物《きずもの》の生贄《いけにえ》など欲しがるとは思えない。

それに、そもそも今おれが相手にしているのは〝おれ〟ではないか。自分には何ができるか、そんなことはよくわかっている。今あいつが言ったことは〝おれ〟にできることではない。

ただ、〝おれ〟はまだ若い。今のおれは？　おれはそのことを頭の中で懸命に考えた。外にいる〝おれ〟。外にいるおれはまだ若い。簡単に判断をくだすわけにはいかない――

いや、わかる。やつが言っていることはエンヴォイのはったりだ。まちがいない。おれ自身これまでいやというほど使ってきたはったりだ。

「何も言うことはないのか？」と〝コヴァッチ〟は言ってきた。

「おれにもおまえにもわかってることだ、コヴァッチ。おまえはそんな真似はしやしない。おまえが誰の下で働いてるか、それはおれにもおまえにもわかってることなんだから」

今度は返事が返ってくるまでほとんど間《ま》がなかった。悪くない条件反射だ。すばらしい。

「逃げてる男にしちゃ、いろんなことを知ってるんだな」

「これも訓練の賜物だ」

「地元の色。それを吸収する。だろ？」

一主観世紀前、ヴァージニア・ヴィダウラがエンヴォイの入隊式で言ったことばだ。彼女がそれをこいつに言ったときのことを思いながらおれは言った。

「まあ、そんなところだ」

「ひとつ教えてくれ。ほんとに知りたいんだ。そんな立派な訓練を受けながら、食うためとはいえ、なんでおまえはそんなせこせこした三流の殺し屋に成り下がっちまったんだ？　おまえのキャリアを見るかぎり、おれにはどうにも解せないんだがね」

そのことばを聞いていると、ひんやりとした記憶が体内を這い上がってきた。おれは顔をしかめ、少しだけ体の位置をずらしただけで、何も言わなかった。

「セレンディピティ？　セレンディピティでいいんだったかな？」

「まあ、名前はほかにもあったんだが」とおれは呼ばわり返して言った。「そっちの名前はどこかのいかれ頭に盗まれちまったんでね。取り戻せるまではその名でいいよ」

「もしかしたら、もう取り戻せないかもしれない」

「いや、心配してくれるのは嬉しいが、そのいかれ頭が誰なのかはもうわかってるんだよ。だから取り返すのは面倒なことでもないのさ」

そいつの神経の昂ぶりはごくわずかなものだった。鼓動のかすかな乱れというほどのものでさえなかった。ただエンヴォイの感覚だけが拾える怒り――起きたときにはもう収まっている怒りだった。

「そうなのかい？」

「ああ。今言ったとおり、そいつは掛け値なしのいかれ頭でね。まあ、長くは生きられないようなやつだからな」

「なんだかおれにはおまえが高を括りすぎてるような気がするが」声の調子がかすかに変わっていた。どうやら狙いはそれていなかったようだ。「おまえはその男のことを自分で思いたがってるほどにはよくわかってないのかもしれないぜ」

おれは声に出して派手に笑った。「からかってるのか？　このおれがそいつに何もかも教えたんだぜ。おれがいなきゃ――」

来た。予想どおりの男が中にはいってきた。外の声に向かって挑発していたせいで、ニューラケムを高めていてもおれにははいってきたことが聞こえなかった。黒装束で固めた身を屈め、おれの下五メートルあたりのところにある入口からそっとはいってきていた。特別仕様のアイマスクとセンサーギアがそいつの頭を昆虫みたいに、何か非人間的なものに見せていた。サーモグラフィック装置、音波探知器、活動体警報装置、少なくとも――

おれはもうそのときには落ちていた。棚から身を押し出し、ブーツの踵をそろえて。マスクをかぶった頭をめがけ、首をへし折ろうと。

そいつがつけているヘッドギアの何かがそいつに警報を発したのだろう。すばやく横っ飛びすると、上を見上げ、ブラスターをおれに向けた。叫ぼうとしてそいつが口を開けたのがマスク越しに見えた。ビームが空気を切り裂いた。おれはそのビームを受けることなく、そいつの右肘から手の幅も離れていないところに足から床に落ち、身を屈め、振りまわされたブラスターの銃身をよけた。そいつは叫び声をあげた。ショックで声が震えていた。おれは手刀をそいつの咽喉に叩き込んだ。そいつは嘔吐するときのようなうめき声をもらしてよろけた。おれは立ち上がると、そいつを追いかけ、空手チョップを再度見舞った。

あとふたりいた。

入口の両脇に立っていた。おれがそこで死なずにすんだ唯一の理由は、そのふたりがひたすら無能だったからだ。リーダーが窒息死しかかっておれの足元に倒れたときに、どちらかがおれを撃つことはいくらでもできた。なのにふたりが同時に撃とうとして互いに邪魔し合った。おれは間髪を容れず、ふたりに向かって突進した。

おれが行ったことのある世界では、ナイフを持った相手を十メートル離れたところから撃っても正当防衛が主張できるところがある。それだけの距離をちぢめるにはさして時間はかからないというのがその法的論拠だ。

それはまちがっていない。

自分のしていることがよくわかっている人間なら、ナイフさえ要らない。

五メートルも離れていなかった。おれは相手の向こう脛を蹴って、同時に足の甲を踏み、どうにか武器をよけ、肘打ちを思いきり顔に叩き込んだ。その拍子にそいつの手から離れたブラスターを宙でキャッチし、情け容赦なく至近距離から弧を描くビームを放った。

押し殺した悲鳴と一緒に肉が裂け、焼灼され、血が炸裂した短い音が聞こえた。煙を立ち昇らせながら、ふたりの体はおれのそばから転がり離れた。ようやく息をつける余裕ができ、おれは手にした銃を見た。安っぽいセゲド・インカンデスだった。そのときだ。別のブラスターのビームがおれの頭のすぐそばの合金を燃やした。半端な量のビームではなかった。

そんな立派な訓練を受けながら、食うためとはいえ、なんでおまえはそんなせこせこした三流の殺し屋に成り下がっちまったんだ?

それはくそ無能だったからだ。

おれは反射的にうしろにさがった。楕円形の開口部から誰かが顔をのぞかせた。ほとんど狙いもせず、おれはその開口部に向けて撃った。

そう、無能なのに自分の能力に惚れ惚れして自己陶酔していたからだ。

出っぱりをつかみ、片手で体を持ち上げ、螺旋を描く傾斜面に脚をからませ、さきほどまでいた中二階に戻ろうとした。が、〈エイシュンドウ〉のヤモリ仕様のグリップは火星人の合金にはまるで役立たずで、手がすべった。つかみ直そうとして、失敗し、下に落ちた。見当をつけていた場所に通じる左手の入口からさらにふたりのコマンドが飛び込んできた。おれはやみくもにセゲドを乱射し、また中二階に戻ろうとした。おれの放ったビームは右にいた女コマンドの片足を切断した。その女は悲鳴をあげ、よろけ、傷ついた脚を抱えようとして、ぶざまに倒れ、床の隙間から落ちていった。その女の二度目の悲鳴が床の隙間越しに聞こえた。

おれは飛ぶようにして、もうひとりのコマンドに向かっていった。

お互い持っている武器が邪魔になり、不恰好な取っ組み合いになった。おれはまずセゲドの銃床をそいつの顔面に叩き込もうとした。そいつはそれをブロックし、持っていたブラスターの銃口をおれに向けようとした。おれはそれを叩き落とし、そいつの膝に蹴りを入れた。そいつはそいつで膝蹴りでそれに応じてきた。おれはセゲドの銃床をそいつの顎の下に押しつけ、力任せに上に突き出した。そいつは武器を落とし、咽喉の側面と股間を同時に狙ってパンチを繰り出してきた。おれはうしろに飛びのき、セゲドにしがみついた。利用できる距離がいきなりできた。近接感覚が苦痛越しにおれに警告を発していた。コマンドは予備の銃を取り出して狙いをつけた。おれは苦痛も頭の中の近接警告も無視して、ブラスターを水平にかまえた。

コマンドが手にした銃からビームが放たれた。おれは失神衝撃のひややかなラップに包まれた。手が痙攣し、セゲドはどこかに飛んでいった。

おれはよろよろとうしろにさがった。そこで足元から床がなくなった。

――くそ火星人のくそ設計士――

おれは高巣から爆弾のように落ちていった。羽根も持たず。光を受けた虹彩のように意識を狭めさせられながら。

第十八章

「眼を開けないでください。左手を開かないでください。決して動かないでください」

マントラみたいだった。呪文みたいだった。誰かがもう何時間もおれに向けてその文句を歌っているような感覚があった。その文句に逆らったりしたのかどうか、自分でもわからなかった。おれの左腕は拳から肩までまったく感覚がなく、氷の枝と化しており、眼は糊付けされたみたいにふさがっていた。肩がねじられている感覚もあった。たぶん脱臼しているのだろう。体のほかの部分にも失神衝撃の後遺症である漫然とした痛みがうずいていた。体のどこもかしこも冷たかった。

「眼を開けないでください。左手を開かないでください。決して――」

「きみのそんなことばを聞くのはこれが初めてだな、３０１」咽喉に何かがつまっていた。おれは咳をした。そのとたん、よけいなことはするなと警告するようなめまいに襲われた。

「ここはどこだ?」

一瞬、間《ま》ができた。「セレンディピティ教授、そのことはあとで申し上げたほうがよろしいかと。左手を開かないでください」

「ああ、わかった。左手は開かない。いかれちまってるのか?」

「いいえ」とコンストラクトは言いにくそうに言った。「見るかぎり、破壊はされていません。ただ、あなたを支えているものがそれだけなのです」

胸をどんと突かれたようなショックを覚えた。が、そのあとエンヴォイの特殊技能が機能するなり、偽の落ち着きを取り戻した。エンヴォイはこういうことにはうまく対処できなければいけない。思いがけない場所で眼を覚ますというのはエンヴォイにとって任務の一部なのだから。パニックになることなく、データを集め、状況に対応する。おれは固唾を呑んで言った。

「わかった」

「眼はもう開けられます」

おれは失神衝撃の痛みをこらえてまぶたを開き、何度かまばたきをして視界をクリアにした。が、すぐに眼など開けなければよかったと後悔した。おれの頭は右肩から垂れており、そこから下に見えるのは何もない五百メートルの中空と谷底だった。ゆらゆらと揺れ、ひんやりとしためくるめく感覚がいきなり現実のものとなった。おれは左手で何かをつかみ、宙に浮いているのだった。

ショックの炎がまた立ち昇った。が、その炎はひとまず脇に置き、ぎこちなく首をめぐらせて上を見た。おれの拳は緑がかったループ状のケーブルを握りしめていた。ケーブルの両端は継ぎ目もなく煙色の合金のカウリングの中に埋もれ、おれのまわりでは同じ合金の控え壁と尖塔がひしめき合っていた。失神衝撃のせいで頭も万全とは言えず、自分がいるのが高巣の下部のどのあたりか見当をつけるのには、ちょっと時間がかかったが、どうやら落下したのはさほど長い距離ではなさそうだった。

「いったいあのあとどうなったんだ、３０１？」とおれはしゃがれ声で尋ねた。

「落下しながらあなたは火星人の人員移送ケーブルをつかみました。これまでの研究から判明していることですが、そのケーブルは回復スペースまであなたを引き上げました」

「ここが回復スペース？」おれはここが安全な場所であることを示すしるしでもないものかと、まわりの突起物を見まわした。「どんなふうに作動するんだ？」

「そこまではわかっておりません。火星人なら――少なくとも成人した火星人なら、あなたがいるところからまわりの建造物を利用するのは苦もないことのように思われますが。高巣の下部の開口部に行くことも。その中に――」

「わかった」おれは上に伸ばした拳をむっつりと見た。「おれはどれぐらいこんな恰好をしてるんだ？」

「四十七分です。神経周波火器に対してあなたの体にはきわめて高い抵抗力が備わっているようです。高度と高危険環境における生存力同様」

ほんとかよ。

〈エイシュンドウ・オーガニックス〉がどうして左前になったのかは知らないが、必要とあらば、推薦のことばぐらい書いてやってもいい。確かに、潜在意識生存プログラムを備えた戦闘スリーヴというものもないではない。おれ自身以前にお目にかかったことがある。が、それはバイオテクの粋を集めたような代物だ。失神衝撃下の濁った記憶を探ってみた。はっきりと記憶に残っているのは、めまいがするほど旋回しながら落下しているのがわかったときの恐怖だ。人を凍えさせる黒マントさながらおれを包んでいた失神衝撃の影響を受けながら、半分だけ形が見えたものをつかんだ記憶もあった。意識がなくなる寸前、最後の最後で心がひと踏ん張りしたのだろう。そして、助けられた。三世紀前の火星人の事業熱によって、奇妙なバイオテク機器だらけの実験室に運び込まれたのだ。

しかし、負荷をかけて筋肉を一時間近くもずっと収縮させていたことが腕の腱と関節にどんな影響を及ぼしているか、考えかけただけで弱々しい笑みは引っ込んだ。それは永久的なダメージだろうか。その場合、機能する腕をまた手に入れることがおれにはできるのだろうか。

「やつらはどこにいる?」

「帰っていきました。現在、わたしの感知域内にはおりません」

「つまりやつらはおれが谷底まで落下したものと思ったわけだ」

「そのようですね。あなたがコヴァッチと呼んでいた男は雇った人間の中の数名に谷底の捜索を命じていました。戦闘であなたが切り裂いた女性コマンドの体と一緒にあなたの体も回収しようというのでしょう」

「シルヴィは? おれの同僚は?」

「彼らが連れていきました。そのときの様子は記録してありますが――」

「いや、今はいい」そう言っておれは空咳をした。彼女のことでどれほど自分の心が炒られたようになるか、初めて気づいた。「いいかな、開口部があると言ったな。ここから高巣の中にはいれる開口部だ。どこが一番近い?」

「あなたの左側――三重構造の下向き尖塔のうしろに直径九十三センチの開口部があります」

おれは首をめぐらせ、301コンストラクトが今言ったものと思しい下向き尖塔を見つけた。どでかい拳に三個所へこまされた長さ二メートルの魔女の帽子。そういうものを逆さにしたような塔だった。表面には不揃いな青味がかった刻面があり、高巣の影の中、弱い日光をとらえて濡れたような光を放っていた。最下部は先端が変形して、ほとんど水平になっていた。そこならどうにかしがみつけそうで、おれのいるところから二メートルと離れていなかった。

楽勝だ。何も問題はない。

もし片手が使いものにならない状態でジャンプができれば。

もしヤモリ仕様の手のグリップが火星人の合金を一時間前よりしっかりとつかんでくれるのなら。

もし——
おれは右手を上に伸ばして、左手の近いところにあったケーブルのループをつかむと、新しく得られた支点を頼りにきわめて慎重に腕に力を込め、体を持ち上げた。左腕のほうは、力を抜くとうずき、萎えた神経系を熱が走った。肩が軋んだ。熱は痛めつけられた腱全体に広がり、痛みに似たものに変わりはじめた。左手を開いたり閉じたりしてみようと思ったが、指がスパークしたような感覚以外何も得られなかった。肩の痛みが増し、腕全体に及びはじめた。それがさらに進むと、耐えられない痛さになりそうだった。

おれは左手の指をもう一度試してみた。スパークしたような感覚が骨の髄がどくどくと音をたてるような痛みに変わっていた。その痛さに思わず涙が出た。指はまるで反応しなかった。その場所に溶接されたみたいになっていた。

「緊急サーヴィスを呼び出しましょうか?」

緊急サーヴィス——テキトムラ警察。おれがクルマヤの不興を買ったという情報は当然デコム保安部門に伝わっていることだろう。加えて、内部情報に通じていて、今ではにやついた頭を新しい〝おれ〟にすげ替えたヤクザにも。やつらもまた警察を買収できるかどうかを知っていて——そんなことは新啓示派の騎士団でさえ知っているだろうが——現在の状況に通じていることだろう。

「ありがとう」とおれは弱々しい声で言った。「自分でなんとかするよ」

使いものにならない左手を見やり、下向き尖塔の三重構造に視線を戻し、さらにその先端を見下ろし、深く強く息を吸った。それからケーブルをたぐるようにしてゆっくりと右手をずらし、ループが交差しているところまで持っていった。もう一度息を吸い込み、上半身をねじった。かろうじて回復した腹筋の神経が抗議の悲鳴をあげた。右足をループに引っかけようとして一度失敗し、二度目でどうにか引っかけ、足首をケーブルにからめた。左腕にかかっていた重みが軽くなると同時に痛みが半端ではなくなった。筋肉から関節から何から爆発寸前になった。

もう一度息を吸い込み、もう一度見やり——

馬鹿、下を見るな。

もう一度息を吸い、歯を食いしばった。

そうして人差し指と親指で、左手の指を一度に一本ずつケーブルから引き剝がしはじめた。

その三十分後、おれは威圧的な高巣の青味がかった暗がりの中から出た。狂ったくすくす笑いが爆発するのをどうにか抑えながら。アドレナリンが惹き起こす意味のない可笑しさは片持ち梁を伝うあいだも、考古学者の揺れる梯子を降りるあいだも——どうにか使いものになるのは片腕だけなので難儀をしたが——階段を降りるあいだもずっと続いた。地面に降り立ったときにもまだ馬鹿みたいに笑っていた。そのあと警戒を怠らず小屋のあいだを慎重に歩きながらも、どうしても浮かれたみたいに鼻息が荒くなった。使っていた小屋にたどり着いても、中にはいり、シルヴィを残して出た空《から》のベッドを見ても、どうしても口元が痙攣して笑みが時折浮かび、みぞおちには哄笑がまだかすかにぶくぶくと泡を立てていた。

実にきわどかったのだ。

自分の指を一本一本ケーブルから引き剝がすというのは、まったくもって愉しい仕事とは言えなかったが、そのあとの脱線に比べたらお遊びみたいなものだった。ケーブルから離れると、おれの左腕はだらんと垂れ、肩のつけ根が虫歯みたいに痛んだ。同時に、どうにもならない重りを首からぶら下げたみたいになった。いっとき悪態をついてから、どうにか右足をケーブルのループからはずして、右手を使って揺すり、反動をつけて尖塔に向けて横に飛んだ。そして、つかみ、爪を立てて初めて知った。火星人たちは、近づいてくるものにはそれ相応の摩擦を呈する素材で高巣をつくっていたことを。尖塔の底の鞍部のようなところに体をはさみ込んで喘いだ。冷たい合金に頬を押しつけて、たっぷり十分はそうしていただろう。

恐る恐る上体を伸ばしてのぞいて見ると、301コンストラクトが言ったとおり、尖塔の先端に立ち上がって手を伸ばせば届くところにフロアハッチがあった。左腕を曲げようとすると、肘から上は反応があった。それで最低限ハッチを押し開ける程度の役には立ってくれるはずだった。おれがいるところからだと、脚を持ち上げれば中にはいれそうだった。

その後の十分、おれは汗みずくになって今言ったことを試しつづけた。

で、その一分半後には高巣の床に横たわっていた。ひそかに笑いながら。命を救ってくれた異星人の建造物の中で、自分の笑い声の秘めやかなエコーを聞きながら。

高巣にしてみればなんでもないことだ。

最後に立ち上がって外に出た。

〝あいつ〟らが脅威となりそうなすべてのドアを開けていった小屋——シルヴィと分かち合った寝室には、人が争った形跡が残されていた。おれは肩の筋肉を揉みほぐしながら部屋を見まわした。軽いベッドサイド・ユニットはひっくり返され、シーツはよじれてベッドから床に垂れていた。それ以外、やつらはどんなものにも触れていなかった。

血痕はなかった。火器が使用されたにおいもなかった。

床におれのナイフとGSラプソディアが落ちていた。ベッドサイド・ユニットの上から落ちて割れ、その破片が部屋の四隅に散っていた。連中はそういうことにはあまり頓着しなかったようだ。

急いでいたから。

どうして？　なぜ急いでいたのか。早く山を降りて、タケシ・コヴァッチの死体を回収したかったからか。

おれは武器を集めながら、怪訝に思った。やつらがこの小屋の中を徹底的に捜索しなかったのは妙だ。301コンストラクトによれば、おれの死体を回収するように命じられたやつがいたようだが、そのために一個大隊は要らない。徹底的とは言わないまでも、とりあえずこの小屋の家宅捜索も命じてしかるべきだ。

今頃やつらは山の麓でどんな捜索をしているのだろう？　でもって、おれの死体が見つからなければ次にやつらはどうするか。捜索にどれぐらい時間をかけるか。

〝あいつ〟はこのあとどう出てくるか。

おれは小屋のメインルームに戻り、テーブルについて坐り、データコイルの深みを見つめた。気づくと、いくらか左腕の痛みが弱まっていた。

「301？」

彼女はちりちりと音をたてながらテーブルの向かい側に現われた。ここ二時間ばかりの出来事にもまるで動じていないマシン・パーフェクトの顔で。

「セレンディピティ教授？」

「ここで起きたことの記録があると言ってたな？　それはこの場所全部をカヴァーしてるのか？」

「はい。インプットもアウトプットも同じイメージ・システムです。八立方メートルごとにマイクロカメラが設置されております。高巣の中の像は時々うまく記録できないことがありますが――」

「いや、それはいい。コヴァッチを見せてくれ。やつがここでしたこと、言ったことは全部知りたい。

データコイルに出してくれ」

「開始します」

おれはラプソディアとテビット・ナイフを慎重に右手のそばに置いた。

「そうだ、３０１？　誰かあの小径をやってきたら、おまえさんの探知範囲にはいり次第、知らせてくれ」


コヴァッチはいい体をしていた。

ベストショットを探して記録を早送りし、連中が小屋に通じる小径に現われたところで止めたのだが、コヴァッチは戦場仕様を思わせるずっしりとしたがたいをしていた。が、それでいてどこかしら浮《うわ》ついた感じもあり、歩き方やその佇まいには、戦闘向きというよりトータル・ボディ・シアター向きの趣があった。顔はすべらかで、ハーランズ・ワールドではあまり見かけないいくつかの人種のブレンドといった感じで、注文品のようだった。遺伝子コードはオフワールドのもので、肌の色は古びた琥珀色をしており、眼は驚くほど青かった。幅が広くて突き出た頰骨にふっくらとした唇。ちぢれた黒い髪を静電気髪どめでうしろにやっていた。悪くない。

いずれにしろ、高そうなスリーヴだ。ヤクザにしても。

おれは胸に湧いたかりかりとした不安を静めて、３０１コンストラクトにほかのやつらも映し出すよう頼んだ。ひとりの男が眼にとまった。背が高く、逞しい体型で、司令デコムの虹色のたてがみを生やしていた。マイクロカメラのレンズがズームになり、そいつの青白い顔のクロースアップになった。鋼鉄のベアリングみたいに見える眼。それに皮下配線。

アントンだ。

ほかに少なくともふたりのウィンスフィッシュ・タイプが、ゆるやかなデコムの作戦隊列を組んでアントンのまえを歩いていた。そのうちのひとりは女で、おれが高巣の中で脚を吹き飛ばしてやったやつだ。司令デコムのうしろにさらにふたり、いや、三人現われた。こいつらは何者なのか。この三人の散らばり方からそれはもはや明らかだった。ばらばらでいるようで、しっかりとつながり合った隊形。

〈アントンとスカルギャング〉。

コヴァッチはニューホッカイドウの猟犬を連れてきたのだ。

小屋と小屋のあいだと高巣での混乱した銃撃戦を思い出すと、さらに合点がいった。ヤクザの用心棒とデコムのクルーの混合部隊で、統制が取れず、互いが互いの邪魔をし合ったのだ。エンヴォイにしてはなんともお粗末な兵站学だった。あいつの歳の頃だったとしても、おれならそんなことはしない。

何を言ってる？　まさにあの歳の頃におまえがしたことだ。あいつはおまえじゃないか。

かすかな震えが螺旋を描きながら背骨を這いおりた。

「３０１、寝室に戻してくれ。やつらが彼女を連れ去った部屋に」

データコイルが跳ねて震えた。超接続された髪をぼさぼさにし、よじれたシーツの中で眼を覚まし、眼をしばたたいているシルヴィが現われた。外の銃撃戦で眼を覚ましたのだろう。何が起きているのかわかり、彼女の眼が大きくなった。と同時に、ドアが勢いよく開き、部屋は怒声をあげながら武器を振りまわしている図体のでかいやつらでいっぱいになった。自分たちが手に入れたものがわかると、やつらの叫び声はくすくす笑いに変わった。武器が収められ、ひとりが彼女に手を伸ばした。彼女はそいつの顔にパンチを浴びせた。ちょっとした組み打ちになったものの、すぐに数の力が彼女のスピード反射を叩きつぶした。シーツが引き裂かれ、相手を動けなくさせる有効な打撃がみぞおちと太腿に加えられ、彼女は床に倒れて喘いだ。ひとりがそんな彼女の乳房をつかんで股間に手を這わせ、彼女におおいかぶさり、腰を前後に動かし、さかりのついた獣のような真似をしてみせた。それを見て仲間がふたりばかり笑い声をあげた。

これでそのシーンを見るのは二度目だった。それでも、怒りが炎のように湧き起こり、おれを貫いた。手のひらではヤモリの棘状突起がじっとりと汗ばみながら眼を覚ました。

用心棒がもうひとり戸口に姿を現わし、部屋で何が起きているのか見ると、怒り狂って日本語で怒鳴った。シルヴィに覆いかぶさっていたヤクザの用心棒は慌てて飛びのき、しきりとお辞儀をして、詫びのことばをもごもごと言った。新しくやってきた用心棒はそいつに詰め寄ると、すさまじい力を込めて手の甲で三回殴った。そいつは壁に背中を押しつけてちぢこまった。用心棒はさらに怒鳴った。おれがこれまでに聞いたカラフルな日本語の中でも出色の悪態をつきながら、そいつはシルヴィに着るものを持ってくるよう誰かに命じていた。

コヴァッチが捜索の監督から戻ってきたときには、シルヴィは服を着て、メインルームの真ん中に置かれた椅子に坐っていた。傍《はた》からは見えない拘束添付具にきれいに縛られた手を膝の上に置いて。ヤクザは銃を手に持ったまま、シルヴィから慎重な距離を置いて立っていた。さきほどのロマンス狂は口の片側を腫らし、上唇を切り、むっつりとした顔で部屋の隅に立っていた。コヴァッチはそのさまを見てから、そばにいる用心棒のほうを向き、用心棒と小声で二言三言ことばを交わした。その内容まではマイクロカメラでは拾えなかった。コヴァッチはうなずくと、眼のまえの女に眼を戻した。妙なことにどこかしらためらっているように見えた。

そのあと小屋の玄関のドアに向かった。

「アントン、ちょっと来てくれるか?」

〈スカルギャング〉の司令デコムが部屋にはいってきた。それを見て、シルヴィが唇をゆがめて言った。

「この裏切りファック野郎」

アントンもまた唇をゆがめた。が、何も言わなかった。

「あんたらは知り合いなんだ」とコヴァッチは言った。が、どこかしらまだためらっているようで、眼のまえにいる女をじっと見ていた。

シルヴィはコヴァッチに眼を向けて言った。「ええ、この豚野郎のことならよく知ってるわ。だから？ それがあんたにどんな関係があるの、ファック頭？」

コヴァッチは彼女を見つめた。おれは椅子の中で思わず身構えた。このシーンを見るのは初めてだった。コヴァッチはどう出るか。おれにはわからなかった。あの歳の頃ならおれはどうしていたか。いや、そうじゃない。あの年頃のおれは何をしようとするだろう？ おれは予測しようとして、暴力と怒りという汚泥に埋もれた数十年を思い起こした。

彼はただ笑みを浮かべただけだった。

「ああ、ミストレス・オオシマ。そんなことはおれにはもうなんの関係もないよ。おれにとっちゃ、あんたは疵《きず》をつけないようにして運ばなきゃならないパッケージだ。それだけのことだ」

誰かがぼそっと何か言い、別の誰かが馬鹿笑いをした。高められたおれのニューラケムは、〝パッケージ〟に関する下卑たジョークをしっかりと聞き取っていた（注、〝パッケージ〟には〝魅力的な女〟の意もある）。データコイルの中では若いおれがふと動きを止めて、唇を切った男を見ていた。

「おまえ。こっちへ来い」

そいつは行きたがらなかった。立っているスタンスからそれは容易に見て取れた。が、そいつもヤクザで、結局のところ、面子がすべてという世界に生きていた。背すじを伸ばすと、コヴァッチと眼を合わせ、やすりをかけた歯を見せてにやにや笑いながらまえに出てきた。コヴァッチはニュートラルな眼でそいつを見返し、うなずいて言った。

「右手を見せろ」

ヤクザは眼をコヴァッチからそらすことなく、首を一方に傾げた。それはどこまでも尊大な仕種だった。そのあと手のひらを上に向け、指を伸ばし、ゆるやかに曲げられたナイフの刃のような形にすると、今度は逆のほうに首を傾げた。なおもコヴァッチの眼をじっと見すえながら。

コヴァッチはトロール船のケーブルが切れたときのような、あるいはすばやく振られた鞭のような動きをした。

差し出された手の手首をつかむと、下にねじり、予測される相手の体の反応を封じ込んで、つかんだ手首をまえに突き出した。同時に、もう一方の手で自分の体も相手の体も包み込むようにして押さえつけ、ブラスターを相手に向けた。ビームが発せられ、ジュッという音がした。

用心棒は叫び声をあげ、炎に包まれた右手を上げた。ブラスターはパワーダウンしてあったのだろう。普通はビームの射程内にある有機体はすべて蒸発するわけだが、ヤクザはただ皮膚と肉から腱と骨まで焼かれただけだった。コヴァッチはそのあともしばらくヤクザの手首をつかんでいたが、最後にヤクザの側頭部に肘打ちを食らわせて手を放した。ヤクザは焼かれた手を腋の下に抱え込むようにして床にくずおれた。失禁しているのがはっきりと見て取れた。こらえきれず、泣いていた。

コヴァッチは息を整えると、部屋を見まわした。全員無表情に彼を見返した。シルヴィは最初から眼をそむけていた。焼かれた肉のにおいがほとんど漂ってきそうだった。

「逃げようとしないかぎり、彼女には触れるな。話しかけることもするな。全員に言っておく。わかったな？　今度の件に関しちゃ、おまえらにはなんの価値もない。おれの爪の垢ほどの値打ちもな。ミルズポートに着くまではこの女はおまえらにとって神だ。わかったな？」

誰も何も言わなかった。が、ようやくヤクザの〝カシラ〟が日本語で大きな声をあげた。折檻《せっかん》の余波のような同意の声がぼそぼそと聞こえた。コヴァッチはシルヴィのほうを見て言った。

「ミストレス・オオシマ。ついてきてもらえますかな?」

シルヴィはコヴァッチをしばらく見つめてから、立ち上がり、彼について小屋を出た。ヤクザもそのあとに続いた。〝カシラ〟と床に倒れた男だけがあとに残った。〝カシラ〟は傷を負った男をしばらく見下ろしてから、容赦なく脇腹をブーツで蹴り、男に唾を吐きかけて出ていった。

外では、おれが高巣で殺した三人の男が折りたたみ式の反重力ストレッチャー・ラックに乗せられていた。ヤクザの〝カシラ〟は手下のひとりにラックを運転するよう命じると、コヴァッチとシルヴィを守る隊形の前方についた。ストレッチャー・ラックの脇とうしろには、アントンと〈スカルギャング〉の四人の生き残りがついて、ゆるやかな後方防御隊列を組んだ。マイクロカメラは彼らがテキトムラへの小径を歩きだし、その姿が見えなくなるまであとを追っていた。

そんな彼らの後方五十メートルばかり、シルヴィ・オオシマに触れてしまい、逆に辱めを受けた男が歩いていた。痛めつけられ、手当てもまだ受けていない手を抱えながら。

おれはそいつが山を降りる姿を見送りながら、考えた。どういうことなのか。

いったいどういうことなのか。

もう終了してもいいかと301コンストラクトに訊かれても、まだ考えていた。ほかに見たいものはありませんか? おれはうわのそらでノーと答えた。頭の中ではエンヴォイの本能がすべきことをしていた。

先入観に火をつけ、燃やし、地面に捨てていた。

第十九章

着いたときには、〈ベラコットン・コーヘイ9・26〉の明かりはすべて消えていた。六区画ほど右に行ったところにあるユニットの上窓だけ、まるでその中が火事にでもなっているかのように断続的に光っていた。荷積みデッキのシャッターは閉まっているのに、狂ったようなリーフ・ダイヴィングとネオジャンクのハイブリッド・サウンドが夜に騒音を撒き散らしていた。黒いコートを着た三人の人影が肩を寄せ合うようにして建物のまえに立ち、白い息を吐き、腕を振りまわして寒さをしのいでいた。プレックス・コーヘイには、大きなダンスパーティを開けるくらい広いフロアは持てても、マシン・セキュリティ・システムをドアに取り付ける余裕まではないということだろう。思ったより仕事は簡単そうだった。

もちろん、プレックスがそこにいることを仮定しての話だが。

からかってんの？　その日の午後遅くおれが電話したとき、十五歳のイサはミルズポート訛りのアマングリック語に侮蔑を込めて言った。もちろん、彼はいるよ。今日は何曜？

ええっと。おれは計算して言った。金曜か？

そう、金曜だね。でも、金曜に地元の田舎もんがそんなところで何やってんの？

知るかよ、そんなこと。だけど、イサ、田舎者を馬鹿にするスノッブになっちゃいけない。

金曜か。もしもし？　漁業の町だもんね。夷《えびす》の夜祭り？

やつはパーティを開いてる。

プレックスには安いフロアスペースと上物の〝茸〟を手に入れるコネがあって、入場料の安い〝茸〟パーティを開くことでちょっとは知られてるのよ。それが彼のしてることってことね——イサはものうげに言った——倉庫とのコネ、ヤクザとのコネ。そういうことよ。

それがどこの倉庫かはわからないかな？

愚かな質問だった。次元分裂図形的に設計された倉庫地区の通りを歩くというのは、どう考えてもあまり愉しい仕事とは思えなかったのだが、ベラコットン・コーヘイ地区にいったんはいると、パーティが開かれているところまで行くのはいとも簡単なことだった——五、六ブロック離れたところからでも音楽が聞こえていた。

わからないね。とイサはあくびまじりに言った。まだ寝起きだったのだろう。ねえ、コヴァッチ、あんた、あのあたりの人たちを怒らせたりなんかしてない？

いいや。どうして？

まあ、あたしとしちゃ、ほんとはこういうことはあんたにただで教えちゃいけないんだけど。でも、あたしたちは昨日今日の仲じゃないからね。

おれは思わず浮かびかけた笑みを嚙み殺した。イサと知り合ってまだ一年半ほどしか経たないが、十五歳にとってはそれは短い時間ではないのだろう。

で？

そう、こっちじゃみんながあんたのことを探しまわってる。あんたの居所を知ってる人には大金が払われるそうだ。だから、まだ見つけられてないなら、あたしならいつもうしろを振り返るようにするね。あんたが今まとってる低い声のスリーヴの肩越しに。

おれは眉をひそめ、少し考えてから言った。探しまわってる？　誰が？

知ってたら、あんたはあたしの答を聞くのに金を出さなくちゃならない。でも、残念ながら、それはあたしにもわからない。ただ、あたしが話したのはミルズポート警察の悪徳刑事だった。エンジェル埠頭で娼婦がやってる尺八の値段でいくらでも買えるやつらさ。だから、誰の差し金であってもおかしくないね。

いずれにしろ、おまえさんはそいつらにおれのことは何もしゃべらなかった。

しゃべらなかったと思うよ。あんた、このラインでもっと話す？　あんたとちがって、あたしには社会生活ってものがあるんだけど。

ああ。それじゃもう切るよ。あれこれ情報をありがとう、イサ。

どういたしまして。イサは鼻を鳴らして言った。五体満足でいてくれたら、いずれ金がもらえるような取引きがあんたとできるかもしれないからね。

おれは新しく手に入れたコートのシームを襟のところまで閉め、ポラロイの黒い手袋をはめた手の指を曲げ――左手に一瞬ぴりっと痛みが走った――歩き方をいかにもギャングスターらしく変えて、その路地の角を曲がった。若さの持つ傲慢さを目一杯振り撒くユキオ・ヒラヤスをイメージして。コートが手づくりで仕立てられたものではないことには眼をつぶって。時間がなく、吊るしで間に合わせるしかなかったのだ。それはほんもののヒラヤスが死んだときに身につけていたものとはかけ離れた代物だったが、スプレー式手袋にマッチした深くて鈍い光沢のあるもので、この明かりなら充分ごまかせるはずだ。それにこっちにはエンヴォイの詐術がある。

プレックスのパーティをぶち壊すことも考えた。荒っぽく正面突破するか、あるいは倉庫の裏にまわって天窓から忍び込むか。しかし、おれの左腕はまだ指先から首のあたりまでうずくだけのただの棒きれだった。いざというときにどれほど役に立ってくれるか信用できなかった。

ドアのまえに立っていた門番がおれに気づいて、互いに体を寄せ合った。ニューラケム・ヴィジョンのおかげで遠くからでもそいつらの値踏みができた――安っぽい波止場のごろつきだった。その動きから見ると、基本的な戦闘能力補強ぐらいはしているようだった。ひとりは頬に戦術海兵隊のタトゥーをしていたが、軍の余剰ソフトウェアを売っている店で調達したコピーかもしれなかった。それとも、多くの戦術海兵隊員がそうであるように、そいつも海兵隊を辞めさせられたあと、きつい人生を送っているのか。ダウンサイジング。教理問答ほどにも型にはまった近頃のハーランズ・ワールドの人生パターン。コスト削減ほど聖なるものはなく、それは軍にさえあてはまる。

「待てよ、兄さん」

そのタトゥー野郎が言った。おれは威圧的な一瞥をそいつにくれて、ぎりぎりのところで立ち止まった。

「プレックス・コーヘイと約束がある。待たされたくはないんだがな」

「約束？」そいつは上左方をちらっと見て、網膜ゲストリストを確かめた。「どうやらそれは今夜じゃないようだな。プレックスは今夜忙しくてな」

おれは眼を見開き、３０１コンストラクトの記録に残っていたヤクザの〝カシラ〟の怒りを真似て爆発させた。

「おれが誰だかわかってるのか？」

タトゥーを入れたドアマンは肩をすくめて言った。「おれにわかってるのは、あんたの顔はここのリストには載ってないってことだ。それはここらじゃあんたはこの中にはいれないってことだ」

おれの脇ではほかのやつらがプロの眼で、頭から爪先までおれを値踏みしていた。どうせ大したことはない相手と見たのだろう。おれは戦闘態勢に向かう衝動を抑えつつ、そいつらを蔑むように見返し、ここははったりで行くことにした。

「上等だ。ユキオ・ヒラヤスを門前払いしたと謹んで雇い主に報告すりゃいい。ボス、自分らが職務に忠実だったおかげで、ボスは明日の朝、タナセダ－センパイのまえで何も知らず、何も準備せず、ヒラヤス－サンと話ができます、ってな」

三人は互いに顔を見合わせた。ヤクザのあいだではかなりの影響力を持った名前なのだろう。タトゥー野郎はためらっていた。おれはそいつに背を向けた。が、一歩踏み出したときにはもうそいつは決断していた。

「わかりましたよ、ヒラヤス－サン。ちょっと待ってくださいよ」

犯罪組織に関してひとつ言えるのは、三下や組織関係者たちのあいだに行き渡っている恐怖のレヴェルが半端ではないことだ。悪党どものヒエラルキー。十ばかりの異なるどの世界でも同じパターンが見られる――フン・ホームの三合会、アドラシオンの家庭自警団、ヌクルマーズ・ランドのプロヴォ・クルーズ。場所によるヴァリエーションもないではないが、どこのやつらもみな報復という恐怖を通じて、敬意という作物が得られるように同じ種を播く。そして、組織における発育不全のイニシアティヴという収穫を刈り取る。単独行動が敬意の欠如と解釈される危険があるときには、誰も自分ひとりでは決断しない。そういう行動は真の死《リアル・デス》を意味するからだ。

そんな危険を冒すより、ヒエラルキーの中に埋没していたほうがどれほどかいい。ドアマンは電話を取り出すと、ボスにかけた。

「すいません、プレックス、今――」

男は無表情でしばらく電話の相手のことばを聞いた。電話の向こうから音がしていた。怒った昆虫がたてるような音だった。どんなことを言っているのか。それを知るにはニューラケムの感度を高めるまでもなかった。

「ああ、そう。あんたがそう言ってたのは知ってますよ。でも、ユキオ・ヒラヤス－サンがここに来てるんですよ。そのヒラヤス－サンに話がしたいって言われたもんだから――」

そこでまた黙った。が、今度はさきほどより嬉しそうな顔になっていた。何度かうなずき、おれの風体を説明し、おれが言ったことを伝えた。電話の向こうでプレックスがおたおたしているのが聞こえた。

おれはもう少し時間をやってから、苛立たしげに指を鳴らし、電話を寄越すように身振りで示した。ドアマンは逆らうこともなくおれに電話を手渡した。おれはミルズポートのヤクザの隠語は知らなかったが、二ヵ月前に聞いたヒラヤスのしゃべり方を思い出して言った。

「プレックス」ただそう言って、むっつりと黙り込んだ。

「ああ、ユキオ？　ほんとにあんたなのかい？」

おれはキレやすいユキオの声音で怒鳴った。「ちがう。おれはくそ棚のくそ埃ディーラーだ。どう思ってたんだ、プレックス？　おれたちにはきっちり詰めなきゃならない真面目な商売の話があったと思うが。おれが今、夜明けのちょっとした慰みにおまえの手下をどれほど消したい気分になってるか、わかるか？　こんな門のまえで待たせるんじゃねえよ」

「わかったよ、ユキオ。わかったって。そうかりかりするなよ。ただ、その、わかるだろ、おれたちはみんなあんたはもうイっちまったって思ってたもんだから」

「ああ。まあな。街の噂ってなそんなもんだ。おれは帰ってきたのさ。だけど、ということはおまえはタナセダから何も聞いてないってことか?」

「タナ――」プレックスがごくりと唾を呑んだ音が聞こえた。「タナセダ-サンもそこに――?」

「タナセダのことは気にしなくていい。それよりおれの見通しじゃ、テキトムラ警察が今度のことで捜査網を張るまであと四時間か五時間ってところだろう」

「今度のこと?」

「〝今度のこと〟?」おれはまた怒鳴った。「なんだと思う?」

プレックスの息づかいが聞こえた。その背後からくぐもった女の声も聞こえた。何かに一瞬おれの血が騒ぎ、すぐにまた治まった。シルヴィ――ナディアの声ではなかった。プレックスはその女になにやら苛立たしげに言い、また電話に戻った。

「警察は――」

「おれを中に入れるのか入れないのか?」

はったりが効いた。三音節のことばののち、ドアマンはメタルのシャッターに切られた狭いハッチの鍵を開けると、中にはいり、ついてくるよう手振りで示した。

中の内装もプレックスのパーティも予想どおりのものだった。ミルズポートの〝茸〟パーティの雰囲気を一生懸命再現しようとしていた――透明合金のパーティションが壁に使われ、ボディペイントか、ただの影しかまとっていない客の群れが踊っている頭上では、マッシュルーム・トリップで見る幻覚みたいなホロがうごめいていた。フュージョン・サウンドが室内全体をその音量で呑み込み、人々の耳にその音を押し込み、透明の壁がビートに合わせて揺れているのが眼で見て取れた。爆弾みたいにその振動が体腔でも感じ取れた。人々の上を完璧な肉体のふたりのトータル・ボディ・ダンサー志望が舞い、指を開いた手で自分の体を抱いて、振り付けられたオーガズムを演じていた。が、よく見ると、ふたりとも反重力装置ではなく、ケーブルで吊られているのがわかった。トリップ・ホロもミルズポートの〝茸〟クラブで見られるような直接網膜サンプリングではなく、レコーディングされたものだった。イサがここにいたらきっと酷評していただろう。

ふたりのボディチェック係が、壁に組み込まれたプラスティック製の椅子から大儀そうに立ち上がった。室内はまさにぎゅう詰め状態で、彼らにしてみればどう見てももう自分たちはお役ご免と思っていたのだろう。不機嫌そうな眼でおれを見て、探知器を示してみせた。踊っているやつらの数人が目一杯笑みを広げて、ふたりのうしろでふたりの物真似をしてみせたのが透明の壁越しに見えた。ドアマンがきっぱりとうなずいて、ボディチェック係を押しとどめ、おれたちはふたりの脇を通り抜けた。そして、パネルの壁の角を曲がり、踊っているやつらの密集地帯にはいった。室温が血温まで上がり、音楽がさらにうるさくなった。

ぎゅう詰めのダンシングスペースを客の誰ともトラブることなく進んだ。まえに行くのに、何度か人を押しのけなければならなかったが、返ってきたのは苦笑いか詫びのことばか恍惚となった無表情といった程度のものだった。実際、上質の〝茸〟は、幸福感にひたれる薬物として、向精神薬の中で最も人気のある地位を占めており、その影響下にある者からの反応と言えば、永遠の愛を告白されて抱きつかれるか、べたべたキスをされるかといったことだ。幻覚誘発性のあるエグい〝茸〟もないではないが、基本的に軍人以外、そんなものは誰も求めない。

何回かあちこち触られ、さらに百回ぐらい、驚くほど開けっぴろげな笑みに接したあと、おれたちは金属製の傾斜路の裾までたどり着いた。そこからは、足場を組んだ上にコンテナが二個設えられたところまで、その傾斜路をのぼった。コンテナの前面にはミラーウッドのパネルが張られ、欠けてへこんだその表面でホロの光が跳ねていた。ドアマンは左手のコンテナのほうへおれを連れていき、手でチャイムパッドを押して、それまでは見えなかったミラードアパネルを開けた。実際に開いた。通りに面したハッチのように。どうやらここには伸縮出入口システムは使われていないようだった。

ドアマンは脇にどいておれのために道をあけた。

おれは中にはいって、ざっとコンテナの中を見まわした。まえのほうにプレックスがいた。顔を赤らめて、ズボンを履き、暴力的なまでにサイケデリックなシルクのブラウスの袖に手を通そうとしていた。そのうしろの巨大な自動成形ベッドに女がふたりと男がひとり寝そべっていた。三人とも肉体的にとても若く、とても美しく、三人ともうつろな眼に笑みを浮かべていた。すっかり汚れてしまったボディペイント以外、何も身につけていなかった。プレックスはこいつらをどこで調達したのかなど考えるまでもなかった。フロアの様子を見るための全方向マイクロカメラのモニターが、コンテナの奥の壁にずらりと並んでおり、ダンスのよどみない流れがそこに映し出されていた。くぐもってはいたが、フュージョンのリズムは壁越しにも聞き取れた。それに合わせてダンスができる程度には。ダンスであれなんであれ。

「ヘイ、ユキオ、よく顔を見せてくれ」プレックスは両腕を上げてまえに出てくると、あいまいな笑みを浮かべた。「なかなかいいスリーヴじゃないか。どこで調達したんだい？　もちろん特別仕立てだろ？」

おれは顎をしゃくってプレックスのプレイメイトを示した。「あいつらをどっかに片づけろ」

「ああ、いいとも」プレックスは自動成形ベッドのところまで行くと、手を叩いて言った。「さあ、三人さん、お愉しみはもう終わりだ。これからおれは仕事の話をしなきゃならない」

三人は夜ふかしを禁じられた子供のようにすねた顔をして出ていった。出ていきざま、女のひとりがおれの顔に手を触れようとした。おれは嫌悪もあらわに顔をよけた。女はふくれっつらをつくってみせた。ドアマンは三人が出ていくのを見送ると、もの問いたげな眼をプレックスに向けた。プレックスはおれに眼を向けた。

「そいつもだ」とおれは言った。

ドアマンも出ていった。ドアが閉まると、音楽の音量の大部分が締め出された。おれはプレックスに眼を戻した。プレックスは壁に取り付けられ、ほの暗い内部照明に照らされた〝もてなし〟モジュールのほうに向かっていた。彼のその動きにはものうさと気づかわしさが奇妙に混在していた。ユキオと一緒にいることの緊張と〝茸〟作用が、血の中でせめぎ合っているかのようだった。ぼんやりと照らされたモジュールの上の棚に伸ばされた彼の手が、凝った装飾のクリスタルグラスや繊細な紙容器のあいだを不器用にさまよった。

「そう、パイプ、吸うかい？」

「プレックス」おれはいい加減面倒になっていたが、とりあえず最後のはったりをかまして言った。「いったいどういうことだったんだ？」

彼は身をすくませ、どもりながら言った。

「タ、タ、タナセダから聞いてると思ったけど――」

「タナセダはいいから、自分で言えよ」

「なあ、ユキオ、あれはおれのせいじゃないよ」声音に怒りが込められかけているのがはっきりとわかった。「彼女は頭がいかれてるって最初から言っただろ？　彼女がわめき散らすあの〝カイキョウ〟に関する世迷言とかさ。あんたも聞いたことがあるだろ？　おれだってバイオテクのことは知ってるよ。それがいついかれるのかってことも。とにもかくにも、あのケーブルヘッドの女はいかれてたってことさ」

だから——

おれは最初の夜——二ヵ月前のことを思い出した。人造スリーヴをまとい、脇腹をブラスターにやられ、手を僧侶の血にまみれさせて、倉庫の外でプレックスとユキオのやりとりを聞いた夜のことだ。〝カイキョウ〟——瀬戸、盗品の仲介業者、金融コンサルタント、下水口。そして精霊が憑依した聖人。あるいは、三世紀前の革命の亡霊に取り憑かれた女。シルヴィ、あるいはナディア、あるいはクウェル。

「やつらは彼女をどこへ連れていった?」とおれは感情を抑えて尋ねた。

もうユキオの声音ではなくなっていた。が、どっちみちそういつまでもユキオを演じるつもりはなかった。ユキオと長いつきあいのあるプレックスのまえで仮面をかぶりつづけられるほど、そもそもおれはユキオのことを知らなかった。

「ミルズポートだと思うけど」プレックスは自分用にケミカルをパイプに詰めていた。〝茸〟による意識のぶれをケミカルで相殺しようというのだろう。「なあ、ユキオ、タナセダはほんとに——」

「ミルズポートのどこだ?」

そのおれの台詞でプレックスもやっと気づいたようだった。そのことを全身で表わしていた。いきなりモジュールの上の棚に手を伸ばした。プレックスがまとっているその青白い貴族的なスリーヴにも、たぶんどこかにニューラケムがワイヤリングされているのだろう。ただ、彼にとってそれはアクセサリー程度のものなのだろう。加えてケミカルが彼の動きを鈍らせていた。笑ってしまうほど。

おれは彼に銃を持たせてやった。棚の下に取り付けてあった銃を棚から半分ほど出すところまで許してやった。そのあと彼の手を蹴り、手の甲で自動成形ベッドのところまで殴り飛ばし、さらにベッドから引きずり出して棚に押しつけた。棚は折れ曲がり、凝った装飾のグラスが割れ、紙容器が飛び散った。銃は床に落ちていた。コンパクトタイプの破砕銃——おれのコートの下のGSラプソディアの兄貴のようだった。おれはそいつを拾い上げ、プレックスが壁に備えられた警報装置に手を伸ばすまえに捕まえた。

「やめろ」

彼はその場に凍りつき、催眠術にでもかけられたかのような眼で銃をじっと見た。

「坐れ。あそこだ」

彼はおれが蹴った腕をもう一方の手でつかみながら、沈み込むように自動成形ベッドに腰をおろした。

やつはついていた。おれは無慈悲にそう思った。そう思うなり、無慈悲になること自体面倒で、自分からプレックスのためにそんな気持ちにはなれなかったことに気づいた。

わざわざそういう感情に火をつける気持ちには。

「誰だ」彼の唇が動いていた。「おまえは誰なんだ？　おまえはヒラヤスじゃない」

おれは指を広げた手を顔にやり、これ見よがしに能面を取る恰好をして、軽く一礼してみせた。

「よくわかったな。仰せのとおりおれはユキオじゃない。やつはおれのポケットの中にいる」

プレックスの顔に深い皺が刻まれた。「いったいなんの話をしてるんだ？」

おれはポケットに手を入れ、大脳皮質スタックをひとついい加減に取り出した。実際、それは黄色いストライプのはいったユキオのデザイナーものではなかったが、プレックスの顔を見るかぎり、それでも効果は覿面《てきめん》だった。

「くそ。コヴァッチか？」

「いい線だ」おれはスタックをまたポケットにしまった。「コヴァッチのオリジナルだ。イミテーションは受けつけない。さて。竹馬の友とおれのポケットを共有したくなかったら、おれのことをユキオと思ってたさっきと同じように質問に答えることだ」

「こんなことをして」と彼は首を振りながら言った。「それですむわけがないだろうが、コヴァッチ。あいつらにはいるんだから。あいつらにはあんたを探し出すためのあんたがいるんだから」

「わかってる。しかし、おれを使うとはな。やつらもよほど切羽つまってるわけだ。だろ?」

「可笑しくないぜ、コヴァッチ、全然。あいつは掛け値なしのサイコだ。警察はまだあいつが残していったドラヴァの死体を数えてる。みんなほんとに死んでた。スタックがなくなってた。全部抉り出されてた」

おれは軽いショックを覚えたが、それは一時的なものでしかなかった。ただ、301コンストラクトの記録に残っていた〈アントンとスカルギャング〉の顔が眼に浮かんだところで、ショックとともにじとっとした悪寒が走った。コヴァッチはニューホッカイドウへ行き、徹底したエンヴォイの地均し作業をした。そして、必要なものはすべて持ち帰った。当然のことだ。その結果、煙が立つ廃墟には彼としても利用できないものだけが残された。

「そいつは誰を殺したんだ、プレックス?」

「そんなこと――そんなことは知らないよ」彼は唇を舐めた。「大勢だ。彼女のチームのやつらは全員。彼女のことを知ってるやつらも――」

彼はそこで口をつぐんだ。おれは唇をきつく結んでうなずいた。ジャドウィガやキヨカ、そのほか邪魔にならない場所に葬り去られたやつらのことを思うと、胸にぼんやりとした痛みを覚えた。

「ああ。次の質問だ。彼女だ」

「なあ、おれにはあんたを助けることはできない。あんたはこんなことをしちゃ――」

おれはこらえ性をなくしてプレックスに詰め寄った。紙の端っこにつけられた火のように怒りが燃えていた。プレックスはおれのことをユキオと思っていたときよりさらにひどく身をすくませた。

「わかったよ、わかったって。話すよ。手荒な真似はしないでくれ。何が知りたい?」

仕事にかかったら、吸収することだ。

「まず知りたい。おまえが何を知ってるか、何を知ってると思ってるか。シルヴィ・オオシマについて」

彼はため息をついた。「言っただろ、あの女には関わるなって。あの波止場の酒場で。おれはあんたにそう警告した」

「ああ。おまえはその警告をおれにもユキオにもした。そうやって誰にも忠告してまわってるとは、見上げた公徳心だ。だけど、なんでおまえはそんなに彼女のことを怖がってるんだ、プレックス?」

「知らなかったのか?」

「知らなかったことにしようぜ」そう言っておれは片手を上げた。そうやって込み上げてきた怒りをなだめた。「もうひとつ、おまえが嘘をついたら、おれはおまえの頭を焼き切ることもな」

彼はごくりと唾を呑み込んでいった。「彼女は——自分のことをクウェルクリスト・フォークナーだと言ってる」

「ああ」とおれはうなずいて言った。「で、それはほんとうなのか?」

「知るかよ。そんなこと、なんでおれにわかる?」

「だったら、専門家であるおまえの意見としてはどうだ? その可能性はあるのか?」

「さあ」と言ったプレックスの声音はほとんど悲しそうにさえ聞こえた。「なんて答えりゃいい? ニューホッカイドウへ彼女と一緒に行ったのはあんたなんだぜ。ニューホッカイドウがどんなところか、それぐらいおれも知ってるよ。だから、そうだな、意見を言えば、その可能性はあるよ。バックアップ・パーソナリティのキャッシュに問題があって、それでどこか汚染されてしまったのかもしれない」

「だけど、おまえはその仮説は買わないわけだ?」

「あんまりありそうな話じゃないからね。だいたいなんでウィルスに侵されたパーソナリティ・メモリーをリークしなきゃならない? どう考えてもおかしいだろ? それぐらいクウェル主義者のいかれ頭にだってわかるだろう。そんなことをしてなんの意味がある? そもそも生き返るのはくそ革命支持者の聖なる夢精のくそイコンみたいな女じゃないのか」

「ということは」とおれは抑揚なく言った。「おまえはクウェル主義者のファンじゃないってことか、ええ?」

知り合って思い出せるかぎり、プレックスはそのとき初めてどこか卑屈な自信のない態度を捨てた。耳ざわりな音をたてて鼻を鳴らした——それは彼とはかけ離れた生まれの卑しい者がいかにもやりそうな所作だ。

「まわりをよく見ろよ、コヴァッチ。不安定時代にニューホッカイドウのベラウィード産業があんなことにならなくても、おれはこんな暮らしをしてると思うか? いったいおれは誰にそのことを感謝すりゃいいんだ?」

「それはなんともむずかしい歴史的な問題だな——」

「むずかしいわけあるかよ」

「——そういう問題に答えられるだけの資格も能力もおれにはないが、それでもおまえの腹立たしい気持ちはわからなくもない。プレイメイトをこういう二流のダンスホールに連れてこなきゃならんというのは、それはそれでつらい仕事なんだろうよ。ファースト・ファミリーのパーティに出ようとしたら、ドレスコードで引っかかっちまうくらい落ちぶれるってのはな。そりゃ同情してやるよ」

「ははは、くそははは、だ」

おれには自分の表情が凍りついたようにひややかになったのが自分でもわかった。明らかにプレックスにもそれが伝わったのだろう。彼の顔を見ていれば、いきなり湧き起こった怒りがまたしぼんでいくのが手に取るようにわかった。おれは眼のまえの男を殴って痛めつけたりしないよう、ただそれだけのためにしゃべりつづけることを自分に強いた。

「プレックス、おれはニューペストのスラム育ちだ。親爺もおふくろもベラウィード工場で働いてた。みんなそうだった。期間契約で、給料は日払いで、手当てとか給付金とか、そんなものはなかった。一日に二度飯が食えれば運がいいなんてときもあった。それほど不景気だったとかって話じゃない。それが普通のときの暮らしだった。その間、おまえやおまえの一族みたいなクソどもはますますリッチになった」おれは息を吸って、自分自身を冷めた皮肉モードに戻した。「だから赦してもらいたいね。おれがおまえの腐った貴族的環境をなくした悲劇に対して、あまり同情的になれなくても。今はそういう心の持ち合わせがなくてな。いいか?」

彼は唇を濡らしながらうなずいて言った。

「わかったよ、わかったよ。よくわかったって」

「よかろう」とおれもうなずいて言った。「保存されてたクウェルのコピーをウィルスに侵させる理由がわからない。そういうことだったな?」

「ああ、そ、そのとおりだ」とプレックスはどもりながらまた自身の安全な場所に逃げ込んで言った。「それに、そう、いいかい、彼女は――オオシマはカップリングの際に吸い込んでしまうウィルスを防止するシステムに首まで埋まってるような女だ。司令デコムの装備は最先端技術のものだろうが」

「ああ。となると、またスタート地点に逆戻りだな。彼女が本物のクウェルじゃないとしたら、なんでおまえはそんなに彼女のことを恐れてるんだ?」

彼は眼をぱちくりさせた。「なんでおれが――？　何を訊くかと思ったら。彼女が本物のクウェルだろうが、そうじゃなかろうが、そりゃ彼女が自分のことをそうだと思ってるからさ。それって相当いかれてるってことじゃないのかい？　あんたはそんなサイコ頭にあんなソフトウェアを任せるかい？」

おれは肩をすくめた。「おれがニューホッカイドウで見たかぎりじゃ、デコムの半分が彼女と同じ資質を持っていそうだったがな。彼らの仕事の性質上、彼らの誰も彼もがバランスのよく取れた人種というわけにはいかないよ」

「ああ。それでも、自分のことを三世紀もまえに死んでる革命家だなんて思ってるやつはそう多くはいないだろう。クウェルの引用ができるやつも――」

彼はそこで黙った。おれは彼を見た。

「どうした？」

「そうはいないよ。わかるだろ」彼は落ち着きなく眼をそらした。「それも戦争の頃の――不安定時代の古い引用だ。あんたも彼女がそんなふうになるところを見たことがあると思うけど。彼女がものすごく古い日本語で引用するところだ」

「ああ、あるよ。だけど、今のはさっきおまえが言いかけたことじゃない。だろ、プレックス？」

彼は自動成形ベッドから立ち上がろうとした。おれは彼に近づいた。それだけで彼は動きを止めた。おれはさきほど自分の家族について話したときと同じ表情を浮かべて、ただ彼を見下ろした。破砕銃をもたげもしなかった。

「クウェルの引用だ。彼女は何を引用した？」

「なあ、タナセダは――」

「タナセダはここにはいない。いるのはおれだ。彼女は何を引用したんだ？」

そこまでがプレックスの限界だった。見るからに弱々しい身振りを交えて彼は言った。「こんなことを言ってもあんたにわかってもらえるかどうかおれにはわからない」

「いいから、話せ」

「ちょっと込み入った話になる」

「いや、単純な話だ。話しやすくなるようにおれも手伝ってやろう。おれがスリーヴを取りにいった夜、おまえとユキオは彼女のことを話してた。これはおれの想像だが、以前おまえは彼女と仕事をしてた。これまた想像だが、おまえはおれを朝食に連れていったあの波止場の酒場でも以前彼女に会ってた」

彼は不承不承うなずいた。

「よし。だったら、ひとつだけわからないことが出てくる。おまえは彼女をあの店で見たとき、なんであんなに驚いたんだ？」

「彼女が戻ってくるとは思ってなかったからだよ」とプレックスはぼそっと言った。

おれはあの夜彼女を初めて見たときのことを思い出した。陶然とした表情でカウンターのミラーウッドに映る自分の顔を見つめていた。さらにエンヴォイの記憶術を駆使して、そのあとのコンプ地区のアパートメントでのやりとりの断片も呼び寄せた。オアがラズロの色恋の話をしたときのことだ。

……ラズロは胸に見事な谷間を抱えた武器女をまだ追いかけてるのか？

シルヴィ——なんの話？

オア——知ってるだろ？　タムシンだか、タミタだか、そんな名の女だ。ムコ通りにある酒場にいた女だ。おまえさんが出ていくちょっとまえのことだけど。いやいや、おまえさんもあそこにいたじゃないか、シルヴィ。あんなおっぱいを忘れちまう人間がいるとはな。

ジャドウィガ——シルヴィにはそういう類いの武器を覚えておくだけの装備はされてないからよ。

震えが来た。彼女には装備がされていなかった……シルヴィ・オオシマとナディア・マキタ、別名クウェルクリスト・ファッキング・フォークナーとのあいだで心を引き裂かれ、テキトムラの夜をさまよいながら、彼女はほとんど何も覚えていなかったのだ。どんなことをする装備もされていなかったのだ。自分を取り戻そうとして、記憶と夢の断片に導かれ、おぼろげに覚えていた酒場にたどり着くこと以外。そこへちょうど神から殺しのライセンスをもらっているひげのカス野郎どもが現われ、劣性とされる彼女のジェンダーに関して、彼女の顔をつぶそうとしたのだ。

その翌朝、ユキオが怒りもあらわにコンプ地区のアパートメントに怒鳴り込んできたときのことが思い出された。

コヴァッチ、ここで何をしてるつもりだ？

そのあとユキオはシルヴィに気づいて言ったのだった。

おれが誰なのかわかりながら、これ以上ことをややこしくするのは――

それは堅気の人間に対するヤクザの決まり文句ではなかった。ユキオはほんとうに彼女が彼のことを知っていると思ったのだ。

しかし、彼女は彼にこう答えた――あんたが誰かなんて知らない。それはあの時点ではほんとうに知らなかったからだ。エンヴォイの記憶術はそのときのユキオの顔も再現してくれた。ユキオはまさに信じられないといった顔をしていた。それはヤクザの虚栄心を傷つけられたことに対するものではなかった。彼は文字どおりショックを受けていた。

そのあと対決の数秒間があり、結局、肉が切られ、血が流されることになって、どうしてユキオがそんなに怒っていたのか、おれはそのわけを考えるのをまるで忘れてしまったのだった。怒りは常にあったから。この二年以上、怒りはおれにとってまるで伴侶のようなものになっていたから。自分自身の怒りもまわりから返ってくる怒りも。その結果、今では怒りに疑問すら覚えなくなってしまったのだ。怒りがいわば常態になってしまったのだ。しかし、ユキオはほんとうに怒っていた。なぜなら、彼の父親やほかのヤクザ同様、彼もまたステイタスに対する幻想を抱くくそったれだからだ。そんな彼のプライドをおれがプレックスとタナセダのまえで打ち砕いたからだ。ユキオもまたほかのヤクザと同じだったからだ。怒りはヤクザの初期設定みたいなものだ。

あるいは——

最先端の戦闘ソフトウェアを頭に詰め込んだ、危険きわまりない女を相手に込み入った取引きをしなければならなくなったからか。その女は直接——

なんだ？

「プレックス、彼女は何を売ってたんだ？」

彼は深々と息を吐いた。空気が抜けて体がしぼんでしまったみたいに見えた。

「さあ、タケシ。ほんとにわからない。武器かなんかではあったけど。不安定時代の。彼女はそれを〝クアルグリスト・プロトコル〟って呼んでた。何かバイオ製品だ。彼女をヤクザに紹介したら即、おれは彼女も品物も取り上げられちまった。わかった予備データを教えたとたん」彼はまた眼をそむけた。が、今度はおどおどしたところはなかった。彼の声音には苦さが交じった。「おれには商売がでかすぎるなんて言われてさ。絶対おれはどこかでぺらぺらしゃべるなんて。で、やつらはミルズポートから専門家を連れてきたんだ。そのときくそユキオも一緒に来て、そこでおれは完全に閉め出された」

「それでも、おまえも取引きの現場にいた。あの夜、おまえは彼女にあの店で会ってた」

「ああ、彼女はあのろくでもないデコム・チップにして渡してた。一度に少しずつ。おれたちを信用してなかったからね」彼はそこで咳のような笑い声をあげた。「もっとも、おれたちだって彼女を信用してたわけじゃないが。おれも毎回同席することになってた。予備スクロールコードをチェックするために。品物が本物のアンティークであることを確かめるために。おれが確認すると、ユキオが全部お気に入りのくそエムピー・チームに渡してた。おれには何も見せてもらえなかった。だいたい誰が彼女を見つけたんだよ、ええ？　このおれなのに。彼女はおれのところに最初に来たのに。なのに、おれにまわってきたのははした金の斡旋料だけだった」

「彼女はどうやっておまえを見つけたんだ？」

彼は力なく肩をすくめた。「通常の経路さ。テキトムラで彼女は何週間も訊きまわってたんだろう。品物を動かせるやつを探してたのさ」

「だけど、品物の中身についちゃおまえには何も言わなかった？」

彼は自動成形ベッドについたボディペイントのしみを取りながら、むっつりと言った。「ああ」

「おいおい、プレックス。彼女はおまえがヤクザの友達を呼びたくなるほどの品物を持ってた。だけど、おまえにはその品物はなんなのか見せなかったというのか、ええ？」

「彼女がヤクザを呼びたがったんだ。おれじゃない」

おれは眉をひそめた。「彼女が？」

「ああ。ヤクザはきっと興味を示してくる、彼らの役に立つものだからって、彼女のほうからそう言ってきたのさ」

「たわごとを言うなよ、プレックス。どうしてヤクザが三世紀もまえのバイオテク兵器に興味を示すっていうんだ？　やつらだって戦争をしてるわけじゃないだろうが」

「彼女としてはヤクザなら彼女のかわりに軍に売れると思ったんだろう。口銭を取って」

「しかし、彼女本人がそう言ったわけじゃないんだろ？　彼女はヤクザの役に立つものだって言ったんだろ？」

プレックスはおれをじっと見て言った。「ああ、たぶん。よく覚えてないが。おれはあんたみたいにエンヴォイの完全記憶《トータル・リコール》は持ち合わせてないんでね。彼女がなんと言ったのか正確には覚えてないよ。でも、それももうどうでもいいことだ。さっきも言ったとおり、おれには直接関係のない取引きになっちまったんだから」

おれは彼のまえから離れると、コンテナの壁にもたれて漫然と破砕銃を調べた。プレックスはぐったりとしたまま、自動成形ベッドから離れようとはしなかった。周辺視野でもそれだけのことがわかった。おれはため息をついた。ため息をついても肺は軽くならず、空気の重みが肺の中で動いただけのように感じられた。

「よかろう、プレックス。質問はあともう少しだ。どれも簡単な質問だ。それに答えてくれたら消えてやるよ。やつらが調達したおれの新しいヴァージョンのことだ。そいつはオオシマを追ってた。知ってるよな？　そいつが追ってたのはおれじゃない。だろ？」

彼は、コンテナの外のフュージョンのビートをかろうじてしのぐほどの音をたてて舌を鳴らした。

「ふたりともだよ。タナセダはあんたがユキオにしたことで、あんたの首を串刺しにしたがってる。だけど、そう、あんたは主役じゃない」

おれはいくらか落胆してうなずいた。いっときおれはこんなふうにも思っていたからだ。シルヴィは昨日テキトムラで自分のほうから敵をおびき寄せるような真似をしてしまったのではないか、と。話してはいけない相手と話すとか、見られてはいけない監視カメラに映ってしまうとか、エンジェルファイアみたいに追っ手におれたちを襲わせるような真似をしてしまったのではないか、と。しかし、どうやら事実はそうではなかったようだ。事実はもっと単純で、もっと悪かった。おれのヘマだった。無防備にクウェルクリスト・フォークナーのアーカイヴを見たことだ。それでやつらはおれたちの居所を突きとめたのだ。今度のことが起きてから、ずっと全惑星監視を続けていたのだろう。

そんなところへおれは自分のほうからわざわざ足を突っ込んだというわけだ。すばらしい。

顔をしかめておれは言った。「いずれにしろ、すべてはタナセダの差し金なんだな?」

プレックスはためらった。

「ちがうのか? だったら、誰が釣り糸のリールを巻いてるんだ?」

「知らな――」

「同じことを二度もおれに言わせるなよ、プレックス」

「なあ、ほんとに知らないんだって。ほんとに。だけど、食物連鎖の上のほうの人間だってことはわかってる。おれが聞いたのはファースト・ファミリーってことだったけど。ミルズポートの〝宮廷〟のスパイの女親分だって」

おれはいくらかほっとした。ヤクザではなかったのだ。自分の市場価値がそこまで落ちたわけではなかったことがわかるのは悪いことではなかった。

「その女親分にも名前ぐらいはあるんだろうな?」

「ああ」彼はいきなり立ち上がると、〝もてなし〟モジュールのところまで行き、滅茶苦茶になった中を見つめながら言った。「アイウラって名だ。あらゆる意味で一筋縄ではいかない女だそうだ」

「会ったことはないのか?」

彼はおれが滅茶苦茶にした中から壊れていないパイプを取り上げた。「ああ。最近はタナセダとも会ってない。おれみたいな三下はファースト・ファミリーの内部には入れてもらえない。だけど、このアイウラって女は〝宮廷〟内のゴシップ・サークルでいろいろと取り沙汰されてる女で、こういうことに関しちゃ定評がある」

おれは鼻を鳴らして言った。「そりゃやつら全員がそうだろうが」

「ほんとうだって、タケシ」プレックスはパイプに火をつけ、立ち昇った煙越しに非難がましくおれを見た。「おれはあんたに忠告してるんだよ。六十年前のスキャンダルを覚えてるか？　ミッツィ・ハーランがコスースのスカルウォーク・ポルノ映画に出ちまったやつ」

「ぼんやりとな」その頃、おれはヴァージニア・ヴィダウラと〈リトル・ブルー・バグズ〉たちと一緒になって、せっせとバイオウェアやオフワールドのデータ債券を盗んでいた。政治活動を装ったなんとも実入りのいい犯罪だった。で、警察の捜査の動向には常に注意を払っていたが、それ以外のニュースはほとんど見ていなかった。ハーランズ・ワールドの貴族の幼虫たちのひっきりなしのスキャンダルなど、心配している暇はなかったということだ。

「これは噂だけれど、そのときアイウラはハーラン一族が負うダメージを最小限に食い止め、その後始末をするのに大いに貢献したそうだ。スタジオをたたませ、関与したやつは全員突き止め、聞いたところによると、その大半をスカイライドしちまったそうだ。そいつらを〈リラ・クラッグズ〉に連れていって、ひとりひとり反重力パックに縛りつけ、自分でスウィッチを押したそうだ」

「なんともエレガントなことだ」

プレックスは目一杯煙を吸うと、身振りを交えて言った。煙に声を軋ませながら。

「どうやらそれが彼女のやり方らしい。昔気質《かたぎ》の女なんだよ」

「そのアイウラがどこでおれのコピーを手に入れたかわかるか？」

彼は首を振った。「いや。でも、保護国軍の保管所じゃないかな。今のあんたよりだいぶ若いあんたなんだから」

「おまえはその若いおれに会ったことがあるのか?」

「ああ。そいつがミルズポートから初めてやってきたときに会うように呼び出されたんだ。だけど、人間って、そのしゃべり方からあれこれわかるもんだよな。そいつは自分で自分のことをまだエンヴォイだって言っていた」

おれは顔をしかめた。

「体じゅうにエネルギーがみなぎってる感じだった。ことを始めるのが待ちきれないみたいな。何もかも今すぐ始めたくてうずうずしてた。見るからに自分に自信を持ってて、怖いものなんか何もないみたいな。問題なんか何もないみたいな。で、すべてを笑い飛ばして――」

「ああ、わかった。いずれにしろ、そいつはまだ若いんだな。おれのことを何か言ってなかったか?」

「特には。だいたいおれに質問するだけで、黙って聞いてた。ただ」プレックスはまたパイプの煙を吸った。「なんだかがっかりしてるようなところがあった。これはおれの印象だけど。あんたが最近やってることに関して」

おれには自分の眼が疑わしげに自然と細くなったのが自分でもわかった。「そいつがそう言ったのか?」

「それはちがうけど」プレックスは鼻と口から煙をたなびかせながら、パイプを振って言った。「ただのおれの印象だけど」

おれはうなずいて言った。「わかった。それじゃ、最後の質問だ。連中は彼女をミルズポートに連れていった。おまえはさっきそう言った。ミルズポートのどこだ?」

また間《ま》ができた。おれは興味を覚えて彼をしげしげと見た。

「おいおい、今さらおまえは何を失うっていうんだ?　やつらは彼女をどこに連れていったんだ?」

「タケシ、放っておけよ。これじゃあの波止場の酒場の繰り返しだ。あんたは必要もないのに自分から面倒に巻き込まれようと——」

「もう充分巻き込まれちまってるよ、プレックス。そういうことはタナセダに心配させておけばいい」

「いや、聞けって、タケシ。タナセダはそりゃ取引きに乗ってくるさ。あんたはユキオのスタックを持ってるんだから。それを無傷で返すと言って交渉すればいい。タナセダはまずまちがいなく取引きに乗ってくる。おれはタナセダという男をよく知ってる。タナセダとヒラヤス・シニアとは一世紀以上の仲で、タナセダはユキオのセンパイで、ユキオのあこがれの小父さんなんだよ。だから絶対乗ってくる」

「おまえはタナセダがそういう行動に出ても、アイウラはそれを認めると思うわけだ」

「ああ、もちろん。どうして認めないと思う？」プレックスはまたパイプを振った。「彼女はもう欲しいものを手に入れてるんだぜ。だから、あんたとしちゃ、あとはもうこの件から手を引きさえ——」

「プレックス、考えてもみろ。おれはダブルスリーヴされてるんだぞ。ダブルスリーヴは国連法に反する重罪だ。関与した者全員が厳罰に処される。そもそも関与した人間にエンヴォイの保存コピーにアクセスできる資格があったかどうか、そんなことは言うまでもない。だから、保護国当局にこのことが知れたら、ファースト・ファミリーとのコネがあろうとなかろうと、そのスパイの女親分のアイウラは長期保存刑を食らうことになる。釈放される頃には太陽がくそ赤色矮星になってるくらい長い刑をな」

プレックスは鼻を鳴らして言った。「ほんとにそう思うのかい？　たったひとつのダブルスリーヴのために地方の少数独裁政治体制を危うくする。国連がそんな真似をほんとにすると思うのかい？」

「ああ、そのことが充分公《おおやけ》になってしまったらな。国連としてもやらないわけにはいかないだろう。なぜって、ほかにはやりようがないからだ。嘘じゃない、プレックス、おれにはわかるから言ってるんだ。おれはこういうことをずっと飯の種にしてきた男だから言ってるんだ。保護国体制というものは、誰もあえて道を踏みはずしたりはしないだろうという仮定のもとに成り立ってる。だから、誰かひとりでもそういうやつが出て、まんまと逃げおおせたりしたら、どれほど些細な違反であっても、それはダム壁の最初のひびみたいなものになる。ここでおこなわれたことが誰でも知ってるようなことになったら、国連としてもアイウラの大脳皮質スタックを俎板にのせざるをえなくなるのさ。ファースト・ファミリーがその決定に従わなかったら、国連はエンヴォイを送り込んでくるだろう。なぜなら、一地方の少数独裁政治体制の不服従にはただひとつの解釈しか与えられないからだ。反乱というただひとつの解釈しかな。で、反乱というものは必ず収束させられる。それがどこであろうと、どれほどコストがかかろうと、反乱の鎮圧に失敗ということばはない」

おれはプレックスをじっと見た。おれの言ったことが彼の脳みそにしみ込んでいくのを黙って見守った。ドラヴァでコヴァッチの出現の知らせを聞いたとき、おれも今のプレックスみたいな顔をしたことだろう。どのようなことがおこなわれ、どのような手続きが踏まれたのか。その結果、必然的に自分たちはどれほどのっぴきならない状況にからめとられてしまっているのか。この状況から逃れる方法はひとつしかない。タケシ・コヴァッチという何者かを永遠に葬り去ることしかない。それ以外にはどんな解決法もない。

「そのアイウラという女だが」とおれはおもむろに言った。「その女は自分で自分を窮地に追いやった。なんでそんなことをしたのか。そんなことまでしなきゃならないほど大切なこととはなんなのか。おれとしてはそれが知りたい。まあ、最後にはそれもどうでもいいことになるだろうが。なぜって、最後にはおれたちのどっちかが死ななきゃならないからだ。おれか、そいつか、どっちかが。アイウラとしちゃ、そりゃそいつにおれを追いかけさせるだろう。最後におれがそいつを殺すか、そいつがおれを殺すまで。それが彼女にとっちゃ一番簡単な解決策なんだから」

プレックスはおれをじっと見返していた。パイプの中身と〝茸〟のせいで目一杯瞳孔の開いた眼で。パイプはいっとき忘れられ、彼が手にした火皿からかすかな煙が立ち昇っていた。今のプレックスにはちょっと荷が勝ちすぎた内容だったのだろう。まるでおれのことを〝茸〟幻覚の産物でもあるかのような眼で見ていた。快いものに変身してもくれなければ、消えてもくれない幻覚だ。

おれのほうも首を振り、シルヴィの〈スリップインズ〉の面々を頭の中から閉め出した。

「だから、さっきも言ったとおり、おれとしちゃ知りたいんだ、プレックス。知る必要があるんだ。オオシマとアイウラと若きコヴァッチ。どこに行けばこの三人に会える?」

彼は首を振った。「それはよくないよ、タケシ。言えないわけじゃない、もちろん。言うよ。ほんとに知りたいなら言うよ。だけど、そんなこと知ったってなんにもならない。あんたにできることは何もないんだから。この件であんたにできることはなんにも――」

「いいから言えって、プレックス。ただ言えばいいだろうが。胸から吐き出しゃ、そのあとの兵站業務の心配はおれがするよ」

彼は言った。で、おれは兵站業務を担うことにした。その心配をすることに。

プレックスのパーティ会場を出るあいだ、おれはずっとその心配をしつづけた。肢を罠に捕らわれたオオカミのように。出ていくあいだずっと。ストロボライトに照らされて踊るラリった客たちや、あらかじめ記録された幻覚や、ケミカル・スマイルのあいだをすり抜けるあいだもずっと。音楽のビートに振動している透明パネルのまえを通ると、上半身裸の女がガラスに身を押しつけておれの眼を惹こうとした。けちな用心棒と探知器の関門を抜け、クラブの暖かさとリーフ・ダイヴィングのリズムの巻きひげ模様に別れを告げて、倉庫街の寒い夜の中に出た。雪が降りはじめていた。

第三部

それは少し前のことだった

あのクウェル、もちろんそうさ、彼女は何かを起こしたよ。みんなが考えなくちゃならない何かそういったことを。ただ、世の中には続くものもあれば、続かないものもある。だけど、続かなくても、それはそれがなくなっちまったからじゃないってことも、ときにはある。また来るときを待ってるだけってこともね。変わり目ってものを待ってるのさ。音楽ってそういうもんさ。人生もね。そう、人生も。

ディジー・チャーンゴー

『ニュー・スカイ・ブルー』誌のインタヴューより

第二十章

はるか南にハリケーン注意報が出ていた。

おれが行ったことのある惑星の中には、ハリケーンをコントロール可能なものにしているところもあった。衛星でハリケーンを追跡して、ハリケーンのシステム・モデルをつくり、進行方向を見きわめ、必要なときには被害が出るまえに精密ビーム火器をハリケーンの中心に撃ち込んで破壊するのだ。が、ハーランズ・ワールドにはそういう選択肢はない。また、火星人もその昔、自分たちの軌道上防衛装置にそうした機能を備える必要はないと思ったのか、それとも、軌道上防衛装置はそうした機能を備えながら火星人が去ったあと、その機能を作動させることをやめてしまったのか。置き去りにされたことに腹を立てて。いずれにしろ、そのせいでハーランズ・ワールドの人間は、地表ベースのモニタリングとちんけなヘリコプターの低空飛行観察という、暗黒時代に逆戻りさせられている。気象人工知能が予測はするものの、三つの月と0・8Gという重力は実に奇妙な気象現象をつくりだし、ハーランズ・ワールドのハリケーンは奇妙なことをすることでよく知られている。つまるところ、ハーランズ・ワールドではハリケーンを調子に乗せてしまったら、おれたちにできることはほとんどないということだ。ハリケーンから離れて、そこにじっとしている以外。

このハリケーンは誕生してからしばらく経っており――ドラヴァを出るときにはもうニュースで報じられていた――動ける者はみな動いていた。コスース湾全域にわたり、都市型いかだも工船もそれぞれできるかぎりのスピードで西に向かっていた。トロール船やエレファント・エイ捕獲船は東に行きすぎており、イレズミ州《す》の比較的安全な波止場に避難場所を求めて錨をおろしていた。シャフロン群島からのホヴァーローダーもコスース湾の西側を大きく迂回する航路を取っていて、そのため旅程が一日延びていた。

それでも、〈ハイデュックス・ドーター〉号の船長は達観していた。

「もっとひどいハリケーンだってあったよ」と彼はブリッジに立ち、フード付きディスプレーをのぞき込みながら言った。「九〇年代は暴風雨シーズンになるとニューペストにひと月以上係船してなきゃならなかった。北の交通はまったく麻痺しちまったものさ」

おれはいい加減に相槌を打った。船長はディスプレーからおれに眼を向けた。

「あんたはその頃こっちにはいなかったんだね、だろ?」

「そう、オフワールドに行ってた」

船長はやすりをかけたような声で笑った。「ああ、そうかい。あんたはあっちこっち旅行してるんだものな。だったら、おれはあんたの可愛い顔をいつ〈コスース・ネット〉で見ることになるんだね?あっちに着いたら、マギー・スギタと一対一ラインアップとかしたりして?」

「そこまでセレブになるにはもうちょっと時間がかかる」

「まだかかる?　時間はもう充分あったんじゃないのかい?」

テキトムラを出てから、おれと船長はずっとそんなジョークを言い合っていた。これまで会った貨物船の船長の大半がそうであったように、アリ・ジャパリゼも洞察力はあってもことさら想像力が豊かな男ではなく、おれのことは何も知らなかった。ただ、乗客とは距離を置くのが彼のやり方で、それは本人自身がそう言っていた。といって、彼も馬鹿ではない。出航一時間前にやってきて、ポンコツ老朽貨物船の乗組員用簡易寝台で寝るのに、サフラン航路の客船のキャビン付き乗船料と同じ額を出すと言われれば、まあ、そいつは司直とそう仲がいいわけでもないのだろう、と想像するのに考古学の高等学問は要らない。ジャパリゼにしてみれば、おれがこの二十年ほどのハーランズ・ワールドの世情に疎いことがそのなによりの証拠になったはずだ。〝オフワールドに行っていた〟というのは、保存刑を意味する昔からの犯罪者の隠語だ。おれのほうはそんな彼の憶測に反する事実を話しているわけだが、それが彼にはなにより可笑しいのだった。

それでこっちとしてはなんの問題もなかった。人は信じたいことを信じる――ひげ野郎どもを見るがいい――実際、ジャパリゼ自身、過去にお務めをしたことがありそうな男だった。少なくとも、おれはそういう印象を強く持った。そんな彼がおれという男に何を見いだしたのかはわからない。テキトムラを出て二日目の夕方、ブリッジに来ないかと招待を受け、サフラン群島最南端の町、エルケゼスを出たときには、おれたちはニューペストのお気に入りの酒場の名や、ボトルバックサメ・ステーキのレシピをメモして交換し合っていた。

おれとしても時間に神経をすり減らされるのがいやだったのだ。

だから、西に弧を描くミルズポート群島のことも、そこからどんどん離れている長旅のことも努めて考えないようにしていた。

ただ、眠れなかった。

だから、夜の〈ハイデュックズ・ドーター〉号のブリッジでのひとときはいい時間つぶしになった。

おれはジャパリゼの横に坐り、貨物船が切り拓く暖かい南の海を眺め、かすかにベラウィードのにおいを嗅ぎながら、ミルズポートの安いブレンド・ウィスキーを飲んだ。そして話した。貨物船を進行させるマシンと同じくらい機械的に、下ネタの体験談や旅行の話、ニューペストやコスースの思い出話をした。まだ時折うずく左腕を揉んだり、痛みに逆らって左手の指を曲げてみたりしながら。そんなことをしながらも、意識の底ではアイウラと〝自分〟を殺す方法をずっと考えていた。

日中はデッキをうろついたりもしたが、ほかの乗客とはできるだけ接触しないようにした。そもそも彼らはあまり魅力的なやつらではなかった。故郷に帰るのか、ただ太陽を求めて南に向かっているのか、消耗しきって辛辣なことばしか口にしないデコムが三人。鋭い眼をしたクモノスクラゲ業者とそいつのボディガード。その業者はニューペストまで油を船荷に積んでいた。エルケゼスから乗ってきた新啓示派の坊主と几帳面にラッピングされたその妻。ほかに六人ばかりの男女がいたが、その六人は誰かに話しかけられても、おれ以上に人との交わりを避けていたので、あまり記憶に残っていない。

とはいえ、ある程度の交わりはおれとしても避けられなかった。〈ハイデュックズ・ドーター〉号は、基本的にタグボートの鼻づらに二重構造の貨物倉を四つ取り付け、強力なホヴァーローダーのエンジンを搭載しただけの小さな船で、上下ふたつのレヴェルで通路が前甲板から――貨物倉のあいだと脇から――船尾の狭い操舵室まで延びていて、居住空間は実にコンパクトな造りになっている。そのせいか、最初のうちは乗客同士のちょっとしたいざこざがあり、その中には誰かが誰かの食料を盗んだといったようなことも含まれ、そのときにはジャパリゼがあいだに割ってはいらなければならなかった、エルケゼスで降ろすぞとその乗客を脅して。それでも、サフラン群島をあとにすると、みんなの気分もかなり落ち着いてきた。それで二度ほどおれも食事中にデコムの話につきあい、彼らの不運な身の上話や、未浄化地帯でのからいばりの武勇談に、興味のあるふうを装った。クモノスクラゲの業者からは、メクセクの緊縮財政体制下でも利益はいくらでもあげられるという講義を何度も受けた。坊主とはいっさい口を利かなかった。あとでそいつの死体を隠さなければならなくなるような事態だけは、惹き起こしたくなかったので。

エルケゼスからコスース湾までは快適な船旅だった。湾に着いても嵐の気配などどこにもなかった。いつもいる場所から出ると、やけに混み合っていた。ほかの乗客もみな目新しい暖かい気候と、日焼けができるくらい強い陽射しを享受しようと繰り出してきたのだ。といって、彼らを責めることはできない——水平線から水平線まで空はすっきりと澄み渡り、ダイコクとホテイが頭上高くくっきりと見えた。南東からの強い風が熱を快適な暑さに変え、波立つ海面から水しぶきを吹き立たせていた。西に眼をやると、曲線を描く大きな礁で波が白く砕け、はるか南にコスース湾の海岸線があることを予告していた。

「きれいですね」手すりのそばに立っているおれの脇で声がした。

横目で見やると、坊主の妻だった。この暑さの中、まだスカーフをかぶり、服をきっちりまとっていた。夫はそばにいなかった。顔を起こして、おれを見上げていた。もちろん、彼女の顔もまたスカーフにしっかり縁取られ、額から上と唇から下は見えなかったが。慣れない気候に汗をかいていたが、スカーフを取る気はさらさらないようだった。髪はバックにして、一本の毛もスカーフからはみ出ないようにしていた。とても若かった。まだ二十《はたち》を少し超えたばかりといったところで、見ると、妊娠数ヵ月のようだった。

おれは口をきつく閉じて、顔をそむけた。

そして、デッキの手すりの向こうに広がる景色に気持ちを集中させた。

「こんなに南まで来たのは初めてです」自分が示した話の糸口が無視されたことがわかると、女はさらに続けて言った。「あなたは？」

「あるよ」

「いつもこんなに暑いんですか?」

おれはひややかな眼を女に向けた。「暑くはない。暑いのはあんたが不適切な恰好をしてるからだ」

「ああ」彼女は手袋をした手を手すりに置くと、手袋を調べるような仕種をした。「あなたはわたしたちの考えに賛成ではないんですね?」

おれは肩をすくめた。「おれには関係のないことだ。でもって、おれたちは自由の世界に住んでる。知らなかったのか? レオ・メクセクがそう言ってる」

「メクセク」彼女は吐き捨てるように言った。「彼もまたほかの政治家と同じくらい堕落した政治家です。唯物主義者と同じくらい」

「ああ、しかし、やつについてもこういうところは認めてやらなきゃな。彼の娘がレイプされても、彼は自分の名誉が汚されたってことで、娘を死ぬまで殴ったりはしないだろうよ」

女は固く身構えて言った。

「そういう個別の事件を取り上げて論じても、なんにも――」

「四件だ」とおれは彼女の顔のまえで指を広げて言った。「おれは四件の個別の事件について言ってるんだよ。それもそれは今年だけの数字だ」

彼女の頬がみるみる紅潮した。いくらか突き出しはじめた自分の腹を見下ろしているように見えた。

「確かに、新啓示派の中の最も積極的な人たちはわたしたちの主張を必ずしも正しく伝えてはいませんが」と彼女は低い声で言った。「わたしたちの多くは――」

「あんたたちの多くはただひたすら服従してちぢこまってる。あんたらの女性殺戮傾向のある信念において、いくらかは正常に近い命令から幾許《いくばく》かの価値をこそげ取ろうとして。なぜかと言えば、あんたらには完璧に新しいものを築く知恵も根性もないからだ。おれはそういうことをよく知ってるんだよ」

今や彼女は苦労して隠した髪の生えぎわまで真っ赤になっていた。

「あなたはわたしを誤解しています」そう言って、かぶっているスカーフに手をやった。「これはわたしが自分で選んだのです。自由意志で。わたしは啓示を信じています。わたしには信仰というものがあるのです」

「それはつまりあんたは見かけ以上に馬鹿ということだ」

怒りがたぎる沈黙ができた。おれはその間《ま》を利用して、自分の怒りを抑え、胸に戻した。

「わたしは馬鹿なのですか？　わたしは、女はつつましくあるべきだと思いました。だから、そうなろうとしています。だから、馬鹿なのですか？　あの淫売のミッツィ・ハーランやその同類みたいに機会あるごとに自分を見せびらかしたり、自分を卑しめたりしないから、わたしは馬鹿なのですか――」

「聞けよ」とおれはひややかに言った。「そういうことなら、そのつつましさとやらを行使して、ちょっとはその女らしい可愛い口を閉じたらどうだ？　あんたが何を考えていようとおれにはどうでもいいことだ」

「やっぱりね」と彼女は言った。声がいくぶん上ずりはじめていた。「あなたもほかの男と同じです。ああいう女が欲しいのね。彼女の官能のトリックに負けて――」

「おいおいおい。ミッツィ・ハーランがアホで、上っつらだけの淫売というのはおれの意見もあんたと変わらないよ。だけど、ひとつ教えてやろう。少なくとも、あの女はちゃんと自分の人生を生きてる。顔と生殖器が毛むくじゃらのくそマントヒヒの足元にひれ伏すかわりに」

「あなたはわたしの夫をヒヒ呼ばわり――」

「いや」おれは彼女に殴りかかりそうになった。結局のところ、気持ちを抑えられていなかったのだろう。おれは手を突き出し、彼女の肩をぎゅっとつかんで言った。「いや、おれはあんたをあんたと同じ性の裏切り者の腑抜け呼ばわりしてるのさ。あんたの亭主の狙いはよくわかる。あれこれご託を並べて得られるものはなんでも得てるんだから。だけど、あんたはどうだ？　政治闘争と科学の進歩の数世紀を放り出し、暗がりの中、屁のつっぱりにもならない迷信をぶつくさつぶやいてるだけだ。せいぜいあんたの男たちがあんたに許してくれるちっぽけな存在でいるといい。一時間一時間、一日一日人生を無駄にして、大切なものをなくしてりゃいい。で、最後に死ぬときには――まあ、それはそう遠からぬことであることを心底祈ってやるが――自分の可能性も反故《ほご》にして、おれたちが獲得した生き返ってやり直す力も捨てりゃいい。あんたのくそ信仰のために。で、今、腹の中にいるのが女の子だったら、あんたとおんなじことをするようにあんたが運命づけてやりゃいい」

おれの腕に誰かが手をかけた。

「なあ」デコムのひとりで、企業家のボディガードがそいつに加勢していた。デコムはびくついてはいたが、決然としたところも見受けられた。「もういいだろうが。放してやれよ」

おれはおれの肘のあたりをつかんでいるそいつの指を見て思った。そいつの腕をねじり上げて指を折ってやろうかと――

おれの中で記憶が炎のようにめらめらと甦った。なかなか船の固定具からはずれないベラウィードの棚みたいに、おふくろの肩を揺すっている親爺の姿が眼に浮かんだ。罵声を張り上げ、ウィスキーのにおいがぷんぷんする息をおふくろの顔に吐きかけながら。七歳のおれはそのとき親爺の腕をつかみ、おふくろから引き剝がそうとしたのだった。

親爺はほとんど無意識におれを部屋の隅まで突き飛ばし、またおふくろに向かっていった。

おれは女の肩をつかんでいた手の力をゆるめ、デコムの手を振り払った。心の中では自分の首をつかんで揺さぶるようにして。

「もうこの人にはかまうな」

「もちろん」とおれはぼそっと言った。「さっきも言ったが、シスター、ハーランズ・ワールドは自由の世界だってことだ。だから、おれにはなんの関係もないってことだ」


その二時間後には嵐がおれたちの耳のあたりをぶん殴ってきた。長くたなびくスカーフのような悪天候が舷窓の外に見える空を暗くし、〈ハイデュックズ・ドーター〉号の舷側をしっかりと捕まえるようになった。おれは簡易ベッドに仰向けに寝そべってメタル・グレイの天井を見つめながら、自分からよけいなことに関わってしまったことについて猛反省していた。すると、エンジン音がいくらか高まった。ジャパリゼが反重力装置で浮力を上げたのだろうとは思ったが、その数分後、狭い船室の空間が横にずれたように感じられ、いくらか離れたところに置かれたテーブルの上のグラスが二センチほどすべった。すぐにテーブルの反転倒装置が作動して、倒れることはなかったが。それでも、中にはいっていた水が揺れ、グラスのふちからいくらかこぼれた。おれはため息をついて簡易ベッドを出ると、揺れる船室を歩き、舷窓から外をのぞいてみた。いきなり雨がばさりと窓のガラスを打った。

そのとき船のどこかで警報装置が鳴りはじめた。

おれは眉をひそめた。少しばかり水がこぼれただけのことにしては大袈裟すぎる。乗組員から買った薄手のジャケットを羽織り、その下にテビット・ナイフとラプソディアを隠して通路に出た。

またよけいなことに関わることになるのか?

いや。この船もろとも沈むことになるのなら、そういうことは少しでも早く知りたい。

警報の音をたどって、メインデッキ・レヴェルまで上がり、降りしきる雨の中に出た。女乗組員がひとりおれの脇をすり抜けていった。銃身が長く不恰好なブラスターを抱えていた。

「どうしたんだ?」とおれはその乗組員に尋ねた。

「知らないわよ」とそいつはいかめしい顔でおれを見ると、船尾側に首を振った。「メインボードが貨物倉で何かトラブルがあったことを示してるのよ。もしかしたら、嵐をよけてリップウィング鳥がはいり込んだのかもしれない。もしかしたら、だけど」

「手は間に合ってるか?」

疑わしげな気持ちがいっとき女の顔を泳いだのがわかった。が、女の決断は速かった。もしかしたら、ジャパリゼがおれのことを彼女に話していたのか、それともおれが最近手に入れたこの顔が単に好きだったのか。あるいは、彼女自身怯えていて、誰か連れがいたほうがよかったのか。

「いえ、助かるわ。来て」

おれたちは、風になぶられた雨が奇妙な角度で吹きつける中、船が横揺れするたびに足を踏んばり、貨物倉に向かって外付けの通路を進んだ。警報は悪天候をしのいで不満げに叫んでいた。ふてくされたような突風が時折吹き、前方の暗がりに——左手の貨物倉のひとつのセクションに沿って——赤いランプの列が点滅しているのが眼に飛び込んできた。その警戒灯の下、ひび割れたハッチのへりから青白い光が洩れている。女乗組員は苛立たしげな声をあげ、ブラスターでそのハッチのほうを示して言った。

「これよ。誰かが中にはいったのよ」そう言いながらさらにまえに進んだ。

おれはちらっと彼女を見やって言った。「それともほかのものか。リップウィング鳥とか?」

「ええ。でも、ボタン操作を覚えるには相当賢いリップウィング鳥でないとね。あいつらはたいていシステムを嘴《くちばし》でショートさせて、ハッチが開くのを待つのよ。でも、何かが焦げたにおいはしてない」

「ああ、そうだな」おれは通路のスペースと、おれたちのまえに立ちはだかっているような貨物倉を見渡してから、ラプソディアを抜き、分散角度を最大にした。「だったら、こういうことは賢くやろう。

おれがさきに行く」

「わたしは義務として――」

「ああ、わかってる。だけど、おれはこういうことで飯を食ってる男だ。だからここはおれに任せてくれ。ここにいて、おれが知らせないかぎり、このハッチから出てきたものはなんでも撃て」

揺れる中、おれはできるかぎり慎重にハッチに近づき、まずロックメカニズムを点検した。ダメージを受けているようには見えなかった。ハッチは手前に数センチ開いていて、嵐の中の船の縦揺れに合わせてかすかに傾いでいた。

海賊ニンジャがロックをやっつけたあとみたいに見えた。

なんともありがたいことに。

おれは風の音も警報も頭から締め出し、ハッチの向こうの気配に耳をすました。反対側から深い息づかいでも聞こえてこないか、ニューラケムの感度を上げた。

何も聞こえなかった。誰もいなかった。

あるいは、ステルス戦闘の訓練を受けているやつか。

うるさい。

片足をハッチのへりにかけて、慎重に押した。なんの異常もなかった。いかにも重そうなハッチ全体が回転しただけだった。考える時間を自分に与えず、開口部に体をねじ込み、標的を探してラプソディアの銃口をあちこちに向けた。

何もない。

大人の腰ほどの高さの金属製の樽がきれいに並べられ、きらきらと輝きを放っているだけだった。樽と樽との隙間は狭く、子供でも隠れることはできそうになかった。ニンジャなど言うに及ばず。おれは一番近くの樽のところまで行き、ラベルを見た。最高級サフラン海透明外来クラゲ抽出液——冷却高圧濾過済み。デザイナー・ブランドにして、商品価値を高めたクモノスクラゲ油。緊縮財政に関する講義が趣味のわれらが企業家の仕業だ。

おれは笑った。体から緊張が解けたのが自分でもわかった。

空騒ぎか、いや——

においがした。

貨物倉内の金属質の空気ににおいが交ざっている——

においはすぐに消えた。

ニューホッカイドウで手に入れたスリーヴの感覚には、においがそこにあることを感知するだけの精度があった。が、知識と意識を集中させても、そのにおいを嗅げたのは一瞬だった。なんの脈絡もなく、いきなり子供の頃の記憶の断片が甦った。特定できないものの、幸福感と笑い声につながる記憶だ。それがなんのにおいであれ、慣れ親しんだ何かのにおいであることだけはわかった。

おれはラプソディアをしまうと、ハッチのところに戻った。

「ここには誰もいない。今から出るぞ」

おれは温かい雨の中に出て、ハッチを閉めた。固く重厚な音をたてて安全ボルトがあるべき位置に自動的に収まり、おれが過去から何を拾ったにしろ、においもそれで閉ざされた。頭上で赤く点滅して警告を発していた警戒灯が消え、鳴りっぱなしで、逆に意識されなくなっていた警報もぴたりとやんだ。

「貨物倉の中で何をしてた?」

企業家が立っていた。怒ったように顔を引き攣《つ》らせていた。ボディガードを連れていた。ほかの乗組員も数名そのうしろについていた。おれはため息をついて言った。

「おれが投資したもののチェックだ。全部封がされ、何も問題はなかった。心配するな。貨物倉のロックシステムにちょっとした不具合が起こったんだろう」おれはブラスターを持った女乗組員を見て言った。「それとも、ついにものすごく賢いリップウィング鳥が現われたものの、おれたちの気配に怯えて逃げたのか。だけど、ちょっと訊いてもいいかな。念のためだ。この船には捜索セットは積んであるのか？」

「捜索セット？　警察が使ってるみたいな？」彼女は首を振った。「そんなものは積んでないと思うけど。でも、船長に訊いてみたら？」

おれはうなずいて言った。「ああ、そうだな。それじゃ、さっきも言ったが――」

「おれはおまえに質問をした」

引き攣った企業家の顔に怒りがはっきりと表われた。その脇ではボディガードが主人に加勢しておれを睨んでいた。

「ああ、だからもう答えただろうが。もう用はないようなら――」

「まだ話は終わってない。トマス」

おれは鋭い一瞥で主人の命令を受けたボディガードの動きを封じた。トマスはその場に凍りつき、足だけもぞもぞさせた。おれは企業家に眼を戻した。この諍いをとことんさきまで進めたくなる衝動と戦いながら。坊主の女房との一件のあとずっと暴力への飢《かつ》えが体の中でうずいていた。

「おまえのこの牙野郎がおれに指一本でも触れたら、こいつは外科手術を受けなきゃならなくなる。おまえがおれのまえから消えないときには、おまえが手術を受けることになる。おれはもう言っただろ？　おまえの荷物は無事だって。さあ、道をあけろよ。お互いぶざまなシーンは避けようぜ」

企業家はトマスを見やり、トマスの表情から何かを読み取ったのだろう。脇にさがった。

「どうも」おれは彼のうしろにいた乗組員たちを掻き分けて進んだ。「誰かジャパリゼを見なかったか？」

「たぶんブリッジにいると思うけど」と誰かが言った。「だけど、イッコがさっき言ってたけど、〈ハイデュックスズ〉には捜索セットはないよ。おれたちゃ、くそ海警察じゃないんでね」

笑い声が起きた。誰かがエクスペリア『海警察』のテーマソングを数小節歌い、そのあと何人かがそれに加わった。おれは薄い笑みを浮かべ、肩で乗組員たちを押しのけて進んだ。その場を去るとき、企業家がハッチのドアを開けるように命じているのが聞こえた。

まあ、よかろう。

おれはジャパリゼを探しにいった。ほかに何もなくても、少なくともウィスキーにはありつける。


ハリケーンは去った。

おれはブリッジに坐り、嵐が天候スキャナーの画面上を東のほうに遠ざかっていくのを見た。体の内側にできたしこりのようなものも同じように遠ざかってくれればいいのだが。外では空が明るくなり、波も〈ハイデュックスズ・ドーター〉号を揺するのをやめていた。ジャパリゼはすでに緊急ドライヴを反重力モーターに落としており、船は嵐のまえの安定した航行に戻っていた。

「それじゃ、そろそろ真実を話してもらおうか」とジャパリゼはナヴィゲーション・テーブル越しにミルズポートのブレンド・ウィスキーをもう一杯おれに注いで言った。ブリッジにはほかに誰もいなかった。「あんたはクモノスクラゲの貨物の下調べをした。そういうことだったんだろ？」

おれは片眉を吊り上げて言った。「もしそうだったら、そういうことを直接おれに訊くというのはどんなものかね」

「別に」彼はそう言って片眼をつぶってみせ、一気にグラスを呷《あお》った。嵐が去ったことが明らかになってから、彼はほろ酔いになることを自分に許しているようだった。「あのクソ野郎。あいつの貨物をあんたがネコババしてもおれは痛くも痒くもないよ。荷物がこの船に乗ってるあいだだけ自重してくれたら」

「そうだな」そう言って、おれはグラスを彼に向けて掲げた。

「で、誰なんだ?」

「ええ?」

「誰のためにレーダーをまわしてるんだ? ヤクザか? ウィード・イクスパンスのギャングか? 問題は——」

「ジャパリゼ、おれは真面目なんだぜ」

彼は眼をぱちくりさせた。「なんだって?」

「考えてもみろよ。おれがヤクザのリサーチ要員だったら、そんな質問をおれにした段階で、あんたの運命はもう決まったようなもんだ。真の死《リアル・デス》を迎える運命がな」

「おいおい、冗談はなしだ。あんたはおれを殺しなんかしない」彼はそう言って立ち上がると、テーブルの上に身を乗り出しておれの顔をのぞき込んだ。「あんたの眼はそんなことは語ってない。おれにはわかるのさ」

「ほう」

「ああ、そうとも。それに」彼はまた椅子に坐り直すと、いい加減にグラスを揺すりながら言った。「おれが死んじまったら、誰がこの船をミルズポートの港に入港させる? こいつはサフラン航路の人工知能船じゃないからな。時々、ヒューマンタッチが要る船でね」

おれは肩をすくめて言った。「乗組員の誰かを脅すこともできなくはない。まだくすぶってるあんたの黒焦げ死体を見せつけてな」

「それは悪くない考えだ」彼はにやりとしてボトルに手を伸ばした。「そういうことはちっとも考えなかったな。だけど、さっき言ったとおり、あんたの眼はそんなことは語ってないよ」

「おれみたいなやつにはこれまで大勢会ってきたのか？」

彼はグラスにウィスキーを注いで言った。「というか、おれ自身があんたみたいなやつだったのさ。あんたと同じようにニューペストで育って、あんたみたいにおれも海賊だった。〈セヴン・パーセント・エンジェルズ〉にはいって航路強盗をやってた。ウィード・イクスパンスにやってくる貨物船のけちな荷物をちょうだいしてたってわけだ」彼はそこでことばを切っておれの眼を見た。「で、捕まった」

「そりゃまずかったな」

「ああ、まずかった。スリーヴを取り上げられて、ほぼたっぷり三十年の保存刑だ。出てきたときにおれに用意されてたのは、テトラメス中毒のスリーヴだった。それしか用意されてなかったのさ。おれの家族はみんな歳を取っちまってて、どこかに引っ越してるか、さもなければもう死んでるかした。わかるだろ？　おれには娘がいた。保存刑を食らったときにはまだ七歳だったんだが、出所したときにおれがあてがわれたスリーヴよりすでに十歳年上だった。で、彼女には彼女の人生と家族があった。たとえおれが彼女と接触できる方法を思いついてたとしても、おれのことなんか知りたがらなかっただろう。彼女の眼から見れば、おれと彼女とのあいだには三十年のギャップがあるんだからな。彼女の母親も同じだった。別な男を見つけて、子供もいた。まあ、どういうことかわかるだろ？」彼はウィスキーを一気に咽喉に流し込み、ぶるっと身震いをしておれをじっと見つめた。思いがけず、その眼には涙が浮かんでいた。彼はさらに一杯グラスに注いで言った。「おれには弟がいたんだが、おれが入所して二年後にバイク事故で死んだ。保険なんかはいってなかったから、再スリーヴすることはできなかった。おれの妹も食らった。おれが食らった十年後に。だから、まだ二十年は出られなかった。弟がもうひとりいてね。おれの入所後、二年経って生まれたんだ。だから、そいつにはなんて言えばいいのかもわからなかった。親爺とおふくろはもう別れてた。というか、親爺がさきに死んだんだ。だけど、再スリーヴ保険にはいってたんで、どこかで生まれ変わった。まだ若くて自由な独身者として。おふくろが再スリーヴするのを待つこともなく。おれはおふくろに会いにいったんだが、窓越しに顔を見ることしかできなかった。おふくろは笑みを浮かべて、窓越しにこんなことを言いつづけてた。もうすぐ、もうすぐよって。わたしの番もすぐまわってくるって。ぞっとしたよ」

「で、また〈エンジェルズ〉のところに舞い戻った」

「いい勘をしてるね」

おれは黙ってうなずいた。勘ではない。〝また〈エンジェルズ〉に舞い戻った〟というのは、ニューペスト時代の若い知り合い十人ばかりの人生の決まり文句みたいなものだ。

「そう、〈エンジェルズ〉にな。おれがやつらのところにまた舞い戻ったときには、やつらも手口をいくらかレヴェルアップさせてた。おれが以前つるんでた同じやつらだ。内陸からのミルズポート路線のホヴァーローダーを襲うようになってた。それがけっこういい金になった。おれにはテトラメスを買いつづけなきゃならないという事情もあって、二年か三年やりまくった。で、また捕まった」

「ええ？」とおれはいささか驚いたふうを装って訊き返した。「今度は何年食らった？」

彼は火のまえに腰をおろした人のようににやりとして言った。「八十五年だ」

おれたちはしばらく黙り込んだ。最後にジャパリゼがウィスキーをさらに注いで飲んだ。ほんとうはあまり飲みたくなかったような顔をしながら。

「今回はすべてを永遠に失った。おふくろがどんな二度目の人生を送っていたにしろ、おれにはもうそれはわからない。おれが出所したときには、おふくろは三度目の人生も選択していて、自ら保存施設にはいってた。一族の集まりのリストをつくって、そういう集まりがあるときにはレンタル・スリーヴで目覚めさせてくれるように指示して。おふくろのそのリストには息子のおれが出所したら一時的にスリーヴさせるようにとは書かれてなかった。それを見りゃ、どういうことかはすぐわかる。弟はまだ死んだままだった。妹はおれがはいってるあいだに出てきていたが、おれが出所する何十年もまえに北に行ってた。たぶん親爺を探しにいったんだろう」

「あんたの娘の家族は?」

彼は笑い声をあげ、肩をすくめた。「娘に孫。その時点でおれは彼らと二世代も離れてた。彼らに追いつこうとも思わなかったな。自分に与えられたものだけでやりくりすることにしたよ」

「それがつまり――」おれは彼のほうを顎で示して言った。「そのスリーヴってわけか?」

「そうだ、このスリーヴだ。これだけはついてたと言えるだろうな。もともとエレファント・エイ捕獲船の船長のものだったんだが、ファースト・ファミリーの所有海で漁をして捕まってね。いいスリーヴだよ。よく手入れされてて。役に立つ海洋ソフトウェアが内蔵されてて、天気に関する巧妙新奇な本能システムも組み込まれてる。このスリーヴだけでキャリアが積めたところがある。で、ローンを組んで船を買い、金を貯めて、次はもうちょっとでかい船を買って、また金を貯めて、でもってこの〈ハイデュック〉を手に入れたってわけだ。今ではニューペストに女もいる。育つのを見守ってやれる子供もふたりいる」

おれは皮肉でなく、彼にグラスを掲げた。「おめでとう」

「ああ、そうだな。さっきも言ったが、ついてたのさ」

「で、あんたがこんな話をおれにしたわけは?」

彼はテーブルの上に身を乗り出すと、おれをじっと見た。「それはもうあんたにはわかってるはずだ」

おれは笑みをこらえた。彼が悪いのではない。何も知らないのだから。彼としては最善策を選んだだけのことだ。

「わかったよ、ジャパリゼ。あんたの貨物は狙わないよ。生き方も改めよう。海賊なんかやめて、家庭を持つよ。あれこれ忠告をありがとう」

彼は首を振って言った。「あんたが知らなかったことは何ひとつ言わなかったがな。ただ、あんたに思い出させたかったんだ。人生ってなものは海みたいなものさ。で、この海には三つの月に影響された三つの潮の干満がある。だから、ただされるがままになってると、自分が愛した者からも物からも引き裂かれちまう。そういうことだ」


彼はもちろん正しいことを言っていた。

ただ、使者としてはちょっと遅かった。

二時間後、〈ハイデュックズ・ドーター〉号が西に向けてカーヴを切ったところで夕刻になった。ホテイが昇り、その両脇から太陽の光が割れた卵の中身のように洩れ、両方向の水平線を赤く染めた。コスース湾の海岸線の低い盛り上がりがその絵の黒くて太い基盤を描いていた。頭上では高いところに薄い雲がかかり、それが熱せられた硬貨をいっぱい盛ったシャベルのように見えた。

おれはほかの乗客が夕陽を眺めようと集まっている前甲板を避け——今日あれこれしでかしたおれの所業から考えて、あまり歓迎はされなかっただろうからだ——貨物用通路を歩いて船尾に向かい、梯子を見つけ、貨物倉のてっぺんにのぼった。そこにも狭い通路があり、脚を組んでその狭さの中に身を落ち着けた。

おれはジャパリゼほど愚かに若さを浪費してはいなかった。それでも、結果はさして変わらない。おれもまた若い頃には馬鹿な犯罪の罠を踏んで、長い刑ではないにしろ、保存刑を食らったことがある。しかし、十代後半にはニューペストのギャングであることをやめて、ハーランズ・ワールド戦略海兵隊に入隊していた——ギャングでいるなら、町一番の組織に属するに越したことはなく、海兵隊に逆らおうとするやつはいない。で、しばらくのあいだ、その決断は賢明なものに思えた。

海兵隊の制服を七年着たところで、エンヴォイの徴兵官がおれを探してやってきた。お定まりのスクリーニングで、おれはエンヴォイ候補リストのトップにいて、エンヴォイの特殊技能を身につける訓練に参加するよう誘われた。それはとても断われるようなお誘いではない。その数ヵ月後にはオフワールドにいて、そこからギャップが広がりはじめた。時間がなくなった。植民世界を股にかけ、ニードルキャストで運ばれ、時間は軍による肉体保存とその間の仮想環境の中で展開するものになった。速くもなり、遅くもなり、恒星間というとてつもない距離のために意味をなくした。おれはそれまでの人生を徐々に忘れるようになり、休暇で故郷に帰る回数も減っていった。帰るたび場ちがいなところにいる感覚が強まり、それでよけいに里心がなくなった。エンヴォイになってからは全保護国がおれの遊び場だった。少なくとも保護国の一部は見ておくべきだ。当時はそう思っていた。

そしてイネニン。

エンヴォイを辞めると、その後の進路の選択肢はきわめて限定されたものになる。資金を預けていいと思えるほどには誰からも信用されず、法人を持つことも政府のポストに就くことも国連法で厳しく禁じられているからだ。だから、あとは極貧生活を送る以外、傭兵になるか、犯罪に手を染めるかしかなくなる。犯罪というのは安全で、簡単なものだ。おれはイネニンでの総崩れのあと、一緒にエンヴォイを辞めた同僚と一緒にハーランズ・ワールドに戻ると、地方の警察も警察が相手にしているけちな犯罪集団も寄せつけず、稼ぎまくった。で、グループとして悪名を馳せ、常にゲームのさきを読み、おれたちの行く手を阻むやつらは誰でも抹消した。エンジェルファイアさながら容赦なく。

家族の再会も試みはしたものの、うまくはいかなかった。最初から丘の斜面を転がり落ちていったようなもので、最後は怒鳴り声と涙で終わった。

それはおれの過ちでもあり、みんなの過ちだった。おふくろも妹たちもそのときにはもうおれにとって、半分他人になっていた。おれにはエンヴォイの記憶力という輝ける機能があり、かつては互いに強い絆を感じていたのに、それはもはやなんともあいまいなものになっていた。彼女たちが人生のどんな局面を生きているのかもおれにはわからなかった。いささか驚いたのは、おふくろが保護国の徴兵担当の高級士官と結婚していたことだったが、一度会っただけで、おれはそいつを殺したくなった。おそらくそいつもおれに同じ感情を抱いたことだろう。家族にとっておれはどこかで一線を超えてしまった人間なのだ。その一線とはどこにあるのか。それはとりあえず議論の対象にはなるかもしれないが、悪いことにおふくろたちは正しかった。彼女たちにとっての一線は、保護国に奉仕する軍人となることと、自分の利益のために犯罪に手を染めることのあいだに引かれており、おれにとっての一線はエンヴォイにいたあいだに、知らず知らずどんどんあいまいなものになっていた。

しかし、なんの経験も持たない相手にそういうことを説明してみるといい。

実際、おれも少しだけだが、試してみた。しかし、話しはじめるなり、おふくろの顔に浮かんだ苦痛を見ただけで充分だった。おれはすぐに話をやめた。おれのふざけた身の上話などおふくろには無用のものだった。

水平線上で太陽が溶けていた。おれは暗さを増す南東——ほぼニューペストの方角を見た。

ニューペストに着いても誰も訪ねようとは思わない。

おれの肩のあたりを革張りのような翼がかすめた。見上げると、貨物倉の上を一羽のリップウィング鳥が旋回していた。沈む夕陽の光を受けて、その黒い羽根が緑がかった虹色に輝いていた。二度ほど旋回をして、そのリップウィング鳥は不遜にも五メートルも離れていない狭い通路に降り立った。おれは姿勢を変えてそいつをとくと見た。コスース湾のリップウィング鳥はあまり群れをつくらず、ドラヴァで見たやつよりそもそも体がでかいが、こいつは水掻きのある足から嘴《くちばし》まで優に一メートルはあった。武器を持っていてよかったと思える大きさだ。そいつはざらざらという音をたてて翼をたたむと、一方の肩をもたげ、片眼でまばたきもせず、おれを認めた。どうやら何かを待っているようだった。

「何を見てるんだ?」

長いこと、そのリップウィング鳥は鳴き声をあげなかったが、やがて首をめぐらすと、翼を曲げ、おれに向かって二、三度鳴いた。おれは動かなかった。そいつはそこに身を落ち着け、小首を傾げた。

「家族に会いにいこうとは思わない」ややあっておれは言った。「だからおれを説得しようだなんて思わないでくれ。すべては昔の話だ」

闇が急速に深まる中、それでも貨物倉に置いてきた家族への懐かしさがふと甦った。過去からのぬくもりのように。

まるでおれはひとりぼっちではないかのように。

そのリップウィング鳥とおれは五、六メートルという距離を置き、夜の帳《とばり》が降りる中、しばらく互いに見つめ合った。

第二十一章

おれたちは翌日の正午すぎにニューペストの港にはいり、かなり苦労して停泊所まで進んだ。港湾全体が東の湾の悪天候から逃れてきたホヴァーローダーやほかの船舶でひどく混み合っており、港湾ソフトウェアが直観に反する数理に基づいて交通整理をしていたのだが、〈ハイデュックズ・ドーター〉号にはそのためのインターフェースが搭載されていなかったのだ。ジャパリゼはマシン全般と、港湾管理人工知能に対して悪態をつきながら、手動操舵で、一見ランダムな群れに見える船舶の中、〈ハイデュックズ〉をそろそろと進めた。

「これをアップグレード、あれをアップグレード。くそテクノ頭になりたかったら、おれはデコムになってるって」

おれ同様、彼もゆうべの酒がまだいくらか残っているようだった。

おれは彼に別れを告げてブリッジを出ると、前甲板に降り、荷物を岸に放って、自動繋船鉤が船をまだつかんでいるあいだに、甲板の手すりを越えて埠頭に飛び降りた。それでそばにいた人間のうちふたりばかりの眼を惹いてしまったが、制服野郎がことさら関心を示してくることはなかった。水平線上に嵐が舞い、波止場が混雑しているときには、やつらとしても危険な上陸をする乗客よりもっとほかに心配しなければならない対象があるということだ。おれは荷物を拾い上げ、埠頭を歩くまばらな人の流れの中にまぎれた。暑さにすぐに汗をかき、二分ばかり歩いて埠頭を離れ、オートタクシーを停めたときにはもう汗みずくになっていた。

「内陸波止場」とおれは告げた。「チャーター船ターミナル。急いでくれ」

タクシーはUターンすると、中央市内横断道路に戻った。ニューペストの街並みがおれのまえに開けはじめた。

以前戻ってきたのは二世紀もまえのことで、ずいぶんと変わっていた。おれが育ったニューペストはその地形同様、ひらべったい街だった。ずんぐりした耐暴風雨性のユニットとスーパーバブルファブが、海草がびっしり生えた巨大な湖——のちに〝ウィード・イクスパンス〟と呼ばれる湖——と海とのあいだの地峡に野放図に広がり、当時のニューペストでは、ベラウィードの芳香と、ベラウィードを加工するさまざまな工程で使われるケミカルのにおいが入り交じっていた。それは香水と安い淫売の体臭さながらで、そのにおいからは誰も逃れられなかった。この街を出ないかぎり。

おれの若い頃の思い出などその程度のものだ。

不安定時代が過去の歴史へと後退していくにつれ、相対的な繁栄がまたもたらされた。イクスパンスの内陸の岸辺と長い弧を描く海岸線に沿って。さらには南国の空に向かって。そう、暴風雨抑制テクノロジーに対する自信、産業の成長、それに自分が投資したもののそばに住む必要はあっても、そのにおいは嗅ぎたくない金持ち中産階級、この三要素がからんで、ニューペスト中心部の建物はどんどん高層化したのだ。そのため、おれがエンヴォイに入隊した頃には、地上レヴェルの大気に関する環境規制が緩和され、ミルズポートの高層建築にも匹敵するような摩天楼がダウンタウンに建っていた。

それ以降はほとんど帰っておらず、注意も払っていなかったので、時流がどこで逆転してしまったのか、気づくことはなかった。その理由についても。ただ、今久しぶりに帰ってきてわかるのは、市《まち》の南部に悪臭が戻っていること、海岸とイクスパンスに沿って勇敢な開発がおこなわれたようだが、見事に失敗し、何キロにもわたってスラム化してしまっていることぐらいだった。街の中心部の通りには浮浪者がおり、大きな建物の大半のまえには武装した警備員が立っていた。オートタクシーの窓からでも、外の人たちの動きに苛立った緊張感があるのが見て取れた。それは四十年前にはなかったはずのものだ。

タクシーは一段高い優先レーンを走って市の中心部を抜けた。メーターのデジタル表示が一気に速まり、かすんで見えた。長くはかからなかったが。おれたちのほかにはケバいリムジンがほかに一台か二台、同じようなタクシーがちらほらと走っているだけで、おれたちはそのドーム付きレーンを独占しているようなものだった。街の反対側の中央イクスパンス・ハイウェイにはいると、割増しがなくなり、増額速度もリーズナブルな速さに戻った。高層地区を離れ、スラムを横切った。低層住宅が密集し、車道のすぐそばまで攻め寄せてきていた。が、このことはラデュール・セゲスヴァールから聞いて、おれも知っていた。おれが離れていたあいだに、健康安全規約がゆるめられ、道路脇の土手が売られたせいだ。ふと見ると、ひらたい屋根のまわりを取り囲んでいるフェンスに、二歳ぐらいの裸の子供がしがみつき、魅せられたようになって、二メートルと離れていないところを疾走する交通車両を見ていた。そこからいくらか離れた家の屋根の上では、三歳かそこらの子供がふたり、自分たちがつくったミサイルを飛ばそうとして失敗し、その飛翔物はおれの乗ったタクシーが通り過ぎたあとの路面を転がった。

内陸波止場の出口がいきなり現われると、オートタクシーは機械速度でターンした。そして、レーンを何本か横切り、スラムを螺旋カーヴで通り抜け、ウィード・イクスパンスのへりにたどり着くと、より人間らしいスピードに落とした。どうしてそういうプログラムになっているのかわからなかった——もしかしたら、景色を堪能しろということなのかもしれない。確かにターミナルそのものはなかなかの見物《みもの》だった。スティールの骨組が空に突き出し、その表面にはブルーのイリュミナム・プレートとガラスが張られていた。車道は釣り竿の浮きの中を糸が通るようにその中を抜けていた。

おれたちはスムーズに中にはいった。タクシーは鮮やかな藤色で料金を示した。おれはチップで払い、ドアが開くのを待って、エアコンの利いた涼しいドームの中に降り立った。人がまばらに行き来していた。それに、坐り込んで物乞いをしている者と何かを待っている者。チャーター会社のデスクが建物の一方の壁ぎわに並んでおり、デスクの背後と上方で鮮やかな色のホロが躍っていたが、その大半がヴァーチャル顧客サーヴィス・コンストラクトだった。おれは生身の人間がいるデスクを選んだ。そいつは十代後半の少年で、カウンターの上にまえ屈みになって、首に取り付けた即席プラントのソケットを弄んでいた。

「暇そうだな?」

そいつは顔を起こすこともなく、どんよりとした眼を上眼づかいに向けて言った。

「ママ」

もう少しでそいつをひっぱたくところだった。が、その直前で、そのことばは侮蔑のことばでもなんでもないことに気づいた。そいつは内蔵スピーカーシステムとつながっていて、声に出さずに話すことができなかっただけのことだった。しばらく相手の声を聞くあいだ、そいつの眼の焦点は中間距離に合わされ、そのあとさっきよりはいくらか生気を帯びた眼を改めておれに向け直した。

「どちらまで?」

「ヴチラ・ビーチ。片道でいい。そっちまで運んでくれるだけでいい」

そいつはにやりとして言った。「はい、ヴチラ・ビーチですね——ただ、あそこは端から端まで七百キロあります。ヴチラ・ビーチのどこです?」

「南の入江だ。ストリップだ」

「ソースタウンですね」そう言ってから、そいつは疑わしげな眼でおれを見た。「お客さんはサーファーなんですか？」

「おれがサーファーに見えるか？」

　明らかにそのおれの質問に対する答が見つからなかったようだった。そいつはすねたように肩をすくめると、顔をそらし、内蔵通信システムと交信するあいだ、また上眼づかいになって、眼をぷるぷると震わせた。と思うまもなく、ターミナル脇の敷地から、タフな顔つきのブロンド女が建物の中にはいってきた。ベラウィード農場のカットオフジーンズに色褪せたTシャツ。歳は五十代。その年齢がはっきりと眼と口のまわりに現われていたが、カットオフジーンズから伸びた剝き出しの脚はすらりとし、背すじもぴんと伸びていた。Tシャツには――〝ミッツィ・ハーランの仕事をあたしにもまわしてよ。あたしなら寝ててもできる〟――と書かれており、額にうっすらと汗をかき、指先にはグリースがこびりついていた。握手をして握った手は乾き、皮膚は硬かった。

「スージ・ペトコフスキよ。こっちは息子のミハイル。ストリップまでね？」

「ミッキーだ。ああ、そうだ。いつ発てる？」

　彼女は肩をすくめて言った。「今ちょうどタービンをひとつ解体点検してたところなんだけど、いつもやってることだから。そうね、あと一時間ってところかしら。セキュリティ・チェックを端折れば三十分で出せるけど」

「一時間待つよ。どっちみちここを出るまえに人と会わなきゃならないんだ。料金は？」

　彼女は歯の隙間から息を吐いて音をたて、商売敵が並んでいるデスクとまばらな客を眺めた。「ソースタウンまではかなりある。イクスパンスの底からさらにもうちょっとあるものね。荷物は？」

「これだけだ」

「二百七十五ね。片道だけでいいのはわかってるけど、こっちはまた戻ってこなくちゃならない。それだけで一日つぶれちゃう」

安い料金ではなかった。交渉すれば二百五十以下にもなりそうだった。が、二百というのは、街を横切るのに払った優先タクシーの料金よりいくらか高いという程度の数字だった。おれは肩をすくめて言った。

「わかった。リーズナブルなところだ。どんな乗りものなのか見せてもらえるかい？」


スージ・ペトコフスキのスキマーはいたってスタンダードなやつだった——鼻づらのずんぐりしたツインタービンの二十メートル級で、ハーランズ・ワールドの常用航路を走っている大型船よりはるかに〝ホヴァーローダー〟という名が似つかわしい乗りものだった。浮力を得るのに反重力システムは搭載しておらず、前植民時代から地球でつくられている、エンジンとカヴァーだけの基本マシンの改良型だった。乗客定員は十六名で、船尾に貨物保管倉があり、上部構造の両側にコックピットから船尾まで手すり付きの通路があった。操縦展望塔のうしろの屋根の上には、安っぽい砲架に見るからにいやったらしい超振動砲が設えられていた。

「ああいうものがよく入り用になるのかい？」とおれはその火器の裂けた鼻づらを顎で示して尋ねた。

スージは慣れた優雅な身のこなしで、タービン台の開口部に乗ると、振り返り、むっつりとおれを見下ろして言った。「イクスパンスにはまだ海賊がいるから。そういうことを訊いたのなら答えておくけど。でも、たいていはガキよ。たいていは眼のところまでテトラメスに浸かってるガキか——」——思わず知らずか、ターミナル・ビルのほうをちらっと見やった——「電流中毒者か。予算がカットされて、リハビリ・プロジェクトがなくなってから、連中が街場の大きな問題になってるけど、そういう中毒者の中には海賊になるやつもいるってわけ。でも、取り立ててぎゃあぎゃあ言わなきゃならないようなやつらでもない。たいていは警告弾を撃つだけで逃げていくから。わたしがお客さんなら何も心配しないわね。荷物はキャビンに置いとく？」

「いや、いい。大して重いものでもないから」おれは彼女をそこに残し、梱包用の空箱やその他の容器が屋根の下に乱雑に積まれている埠頭の端まで戻った。そして、比較的きれいな容器のひとつに腰かけ、荷物を開け、地元の番号に電話をかけた。

「〈サウスサイド・ホールディングズ〉です」機械の両性具有っぽい声がした。「指示に従って――」

おれは十四桁のコード番号をよどみなく告げた。声が空電音に溶け込み、すぐに何も聞こえなくなった。長い間《ま》があり、今度は人間の声になった。聞きまちがえようのない男の声に。音節を刈り込んで母音をつぶしたニューペスト訛りのアマングリック語で、その粗野な声音は一生涯前に通りで初めて会ったときと少しも変わっていなかった。

「コヴァッチ、どこにいやがった？」

意に反して思わず笑みがこぼれた。「ヘイ、ラデュール。話ができておれも嬉しいよ」

「もう三ヵ月も経ってる。おれはここでペットショップをやってるわけじゃないんだ。おれの金はどうした？」

「二ヵ月だ、ラデュール」

「いや、二ヵ月以上経ってる」

「九週間――これがおれの最終オファーだ」

高速回転するトロールウィンチの音を思い出させる笑い声が返ってきた。「わかったよ、タケシ。で、旅はどうだった？　魚は釣れたか？」

「ああ、釣れた」そう言って、おれは大脳皮質スタックを入れたポケットに手をやった。「約束どおり、おまえのためにいくつか釣ってきた。ここにある。持ち歩けるよう密封してあるが」

「当然だろうが。生《なま》で持ってこられるなんて思ってないよ。においを考えただけでもな。それも三ヵ月も経ってるとなれば」

「二ヵ月だ」

またトロールウィンチの音。「九週間でお互い合意できたんじゃなかったのかい？　で、今は街にいるんだな？」

「すぐそばにね、ああ」

「だったらこっちに来られるか？」

「ああ、そこなんだが、ちょっと問題が起きて、行けなくなっちまったんだ。だけど、魚はおまえに取り逃がさせたくないんで――」

「それはおれも同じ気持ちだよ。それよりおまえは約束を破った。そういうのは最近の消費者のやることじゃない。おまえのことばを信用するなんてな、狂ったとしか思えないなんて、おれは仲間に言われてる。だけど、おれはみんなにこう言ってる。タケシ・コヴァッチは昔気質《かたぎ》の男だって。ちゃんと借りは返す男だって。だから、おれはタケシに頼まれたことはそのとおりやる。最後にタケシが表に出てきたときには、あいつはちゃんとやるべきことをやる。おれはみんなにそう言ってる」

おれは一瞬ためらい、値踏みするように言った。

「ラッド、今はまだおまえのところに金を持っていけない。今はでかい金を動かしたくないんだ。今でかい金を動かすのは、おれにとっていいことじゃないのと同様、おまえにとってもよくないことだ。身のまわりを整理するのにもう少し時間がかかる。だけど、魚のほうは渡せる。あと一時間以内に誰かをおれのところに寄越してくれれば」

沈黙が通信ライン伝いに這い戻ってきた。おれが言ったことは貸し借りの伸縮ゴムの損壊点を超えてしまっており、そのことは互いによくわかっていた。

「なあ、四個ある。約束したより一個多い。四個とも今すぐ渡せる。おまえはそれをおれ抜きで料理すりゃいい。好きに使えばいい。あるいは、おれがまるで信用をなくしちまってるなら、捨ててくれてもいい」

彼は何も言わなかった。彼の存在がライン越しにもプレッシャーとなってひしひしと伝わってきた。ウィード・イクスパンスから吹いている湿った熱気のように。相手の態度が急変した、とエンヴォイの感覚は言っていた。エンヴォイの感覚はめったにまちがわない。

「金はすぐにはいってくるんだ、ラッド。なんなら追徴金を加えてくれてもいい。そういうことが必要ということなら。こっちの面倒が片づいたら、いつものようにちゃんと返すよ。これはあくまで一時的なことだ」

やはり反応はなかった。ストレスを受けて、沈黙がぎざぎざのケーブルの致命的な歌を歌いはじめた。おれはイクスパンスを眺めた。そこにラデュールの姿を見つけ、アイコンタクトを取ろうとでもするかのように。

「おまえはあいつに捕まるところだった」とおれはぶっきらぼうに言った。「それはわかってると思うが」

さらに沈黙が続いた。が、今度の沈黙はラデュールの誤った粗野な声によって断たれた。

「なんの話だ、タケシ?」

「とぼけるのはやめろよ。大昔のテトラメス・ディーラーのことだ。おまえもほかのやつらと逃げはした。だけど、あの脚じゃ、おまえに逃げとおすチャンスはなかった。だから、おれがあいつをやらなきゃ、おまえはあいつにやられてた。いちいち言わせるなよ。ほかのやつらは逃げたけど、おれはとどまった」

ラインの向こうから、何か巻いたものを解くような彼の吐息が聞こえた。

「だったら」と彼は言った。「追徴金は三割増しってことでどうだ?」

「リーズナブルなところだ」とおれは嘘をついた。ふたりのために。

「ああ。これでさっきの魚の件はメニューからはずせるな。昔ながらの暇乞《いとまご》いをしにこいよ。そのついでに今度のことも話し合おう。この再融資のことも」

「それはできない、ラッド。言っただろ、たまたま通りかかっただけなんだ。あと一時間でもう行かなきゃならない。戻るのは一週間かもうちょっとさきになる」

「そういうことなら」彼が肩をすくめたのが眼に見えるようだった。「暇乞いはなしか。まあ、おまえがそういうことをしたがると思ったわけでもないが」

「ああ」これはおれが受けなければならない罰みたいなものだった。すでに了承した三十パーセントの追加分の追加みたいな。ラデュールはおれの心を見抜いており、それは組織犯罪では必要不可欠のスキルで、ラデュールはそのことに長けていた。コスースのハイデュック・マフィアはずっと北のヤクザほど優秀でもなければ、洗練もされていないが、それでも基本的には同じゲームのプレイヤーだ。強請《ゆす》りたかりで生きていこうと思ったら、人を知る術というものを心得ていなくてはならない。タケシ・コヴァッチを知る方法など、おれが最近したことのひとつひとつに書かれていた。血を塗りたくったように。あれこれ想像をめぐらすまでもなかった。

「いいから来いよ」と彼は親しげな声音になって言った。「ふたりで飲んだくれようぜ。〈ワタナベズ〉に行ってもいい。古い酒を飲みに。そう、古い酒だ、ええ？　それにパイプだ。おまえの眼をじかに見たいんだよ。おまえが変わってないことを確かめたいんだ」

どこからともなく、ラズロの顔が眼に浮かんだ。

おれは信じてるよ、ミッキー。あんたなら彼女の面倒をみてくれるって。

おれはスージ・ペトコフスキが作業をしているほうを見やった。彼女はタービンのカヴァーを戻していた。

「すまん、ラッド。今はふざけてる暇はないんだ。魚が欲しかったら、内陸波止場まで誰か寄越してくれ。チャーター・ターミナルのランプ7に。そこにあと一時間ぐらいいる」

「暇乞いはなし？」

おれは顔をしかめた。「ああ、なしだ。時間がない」

彼はしばらく黙ってからようやく言った。

「おまえの眼がほんとうに見たくなった。おれが行くよ、たぶん」

「いいとも。会えるのはこっちも嬉しい。ただ、一時間以内に来てくれ」

彼は電話を切った。おれは歯ぎしりをして、拳を横の容器に思いきりぶちあてた。

「くそ、くそ」

あんたなら彼女の面倒をみてくれる。あんたならちゃんと彼女を守ってくれる。

ああ、ああ、わかったよ。

あんたを信じてるから、ミッキー。

わかってるよ、聞こえてるよ。

電話のチャイムが鳴った。

愚かにもおれは電話を耳にしばらく押しあてて待った。が、そこでそのチャイムは脇に置いた荷物の中で鳴っているのに気づいた。上体を屈め、三つか四つの電話を掻き分け、ディスプレーが光っているのを見つけた。まえに使っていたやつだった。シールの破れているやつだ。

「はい？」

何も聞こえなかった。ラインはつながっていた。が、何も聞こえてこなかった。雑音も。完璧な黒い静寂がおれの耳元であくびをしていた。

「もしもし？」

闇から何かが囁いていた。どうにか聞こえる声で。

急いで――

そのあとまた何も聞こえなくなった。

おれは電話を耳から離して見た。

テキトムラでは三度電話していた。荷物の中の三つの電話を使って。ラズロにかけ、ヤロスラフにもかけてイサにもかけた。今電話してきたのはその中の誰であってもよかった。それを確認するには、誰に接続していたかログを見ればよかった。

が、実際には見るまでもなかった。

黒い静寂からの囁き。どれだけ離れているか測れないところからの声。

急いで――

どの電話かおれにはわかった。

誰がかけてきたのか、おれには容易にわかった。

第二十二章

ラデュール・セゲスヴァールはきっちり約束を守った。電話を切ってから四十分後、一台のスポーツ・スキマーがうなりを上げて、イクスパンスの水面をやってきた。赤と黒のど派手な塗装で、オープン・トップのそのスキマーは、法定速度を無視し、猛スピードで港にはいってきた。波止場にいる全員が首をめぐらし、その到着に眼を向けた。ニューペストの港湾地区なら、そんな船がはいってくるとすぐに港湾管理人工知能の自動制御装置が作動し、水上交通が一瞬のうちにして屈辱的なまでに止められてしまう。しかし、そうはならなかった。内陸の港にはそういうシステムが備えられていないのか、セゲスヴァールの乗った金持ち用のおもちゃに高価な抗妨害電波ソフトウェアがインストールされているのか、それともウィード・イクスパンスのギャングが湾岸警察を抱き込んでいるだけなのか、その理由はわからない。いずれにしろ、セゲスヴァールが乗るイクスパンス・モバイルはエンストすることもなく、波止場にたどり着くと、船体を傾けて水しぶきを上げ、ランプ6と7のあいだにすばやくはいり込んできた。そして、十メートルほど手前でエンジンを切ると、あとは惰性でこっちに近づいてきた。操舵席に坐っているセゲスヴァールがおれに気づいたのに気づき、おれはうなずいて、片手を上げた。彼もおれに片手を上げた。

おれはため息をついた。

もう何十年ものあいだ、おれたちの背後にはあのことがいつもつきまとっている。さきほどラデュール・セゲスヴァールが波止場で巻き上げた水しぶきのように一瞬にして消えるものではない。徐々に忘却の彼方に消えていくわけでもなく、ただそこにじっととどまっている。振り返ってその過去と向き合うと、どうしても息がつまる。シャーヤ砂漠のクルーザーが巻き上げた砂埃の中にいるかのように。

「久しぶりだな、コヴァッチ」

それは叫び声に近かった。不吉なほど大きく、不吉なほど明るい声だった。舵を取りながら、彼はコックピットの中で立ち上がった。幅の広いガルウィング・フレームのサンレンズで眼を隠していた。ミルズポートで流行している超工学指細サンレンズをあえて拒絶するかのように。上半身を包んでいるのは虹色のスキン・ジャケットで、紙のように薄く、人間の手で鞣《なめ》された沼豹革製だった。ラデュールはまた手を上げると、にやりと笑った。金属音とともにスキマーの舳先《へさき》から自動繋船ケーブルが飛び出した。が、綱の先の鉤がランプの端に並んだどのソケットとも合致しないらしく、鉤は埠頭の横壁の永久コンクリートに穴をあけてケーブルを固定した。おれが立っているところから五十センチとはなれていないところに。自動的にスキマーが引き寄せられると、セゲスヴァールはコックピットから飛び出して舳先の上に立ち、おれを見上げた。

「あと一、二回、おれの名前をその大声で叫んでみたらどうだ?」とおれは冷静な口調で言った。「あんなでかい声じゃ、みんなにはもうさっきので充分聞こえただろうが」

「すまん」彼は首を少し傾げ、腕を大きく広げて謝るような仕種をしてみせたが、彼がまだおれに腹を立てているのは容易に見て取れた。「生まれつき開けっぴろげな性格なもんでな。おまえは今なんて呼ばれてるんだ?」

「もういい。ずっとそこに突っ立ってるつもりか?」

「さあな。手を貸してくれるか?」

おれは腕を伸ばした。セゲスヴァールは差し出されたおれの手をつかんで体を引き上げ、波止場に上がってきた。腕に激痛が走り、そのあと焼けるようなどんよりとした痛みに変わった。テキトムラの高巣から落下したときのつけがまだ残っていた。眼のまえのハイデュック・マフィアは、見事な仕立てのジャケットの皺を伸ばすと、肩まで伸ばした黒髪を気むずかしそうに指で梳いた。ラデュール・セゲスヴァールは若い頃から充分すぎるほどの金を稼いできた男で、自分が生まれついた体のクローン・コピーをいくつも持っていた。サンレンズの奥にある顔――この暑さの中でも青白く、細面で骨張った顔――には日本人の祖先を持つ面影はまったく見られないが、それがもともとの顔だ。その下に同じようにスリムな体があり、見るところ二十代後半のもののようだった。セゲスヴァールは成人期初期から――彼自身のことばに倣えば――思うようにファックできなくなったり、戦えなくなったりする歳まで、それぞれの年代のクローンを保存していた。再スリーヴは何度したのか、おれは知らない。ニューペストで一緒に過ごした時代からときが流れ、彼が何年生きているのかももうわからない。ハイデュック・マフィアのご多分に洩れず――おれも含めて――彼もまた保管刑を食らっていたし。

「いいスリーヴじゃないか」と彼は言いながら、おれのまわりをゆっくりとまわった。「悪くない。このあいだのやつはどうなったんだ?」

「長い話だ」

「どうせ話す気はないんだろ?」セゲスヴァールはまわるのをやめ、サンレンズを取ると、おれの眼をまっすぐ見つめて言った。「だろ?」

「ああ」

彼は芝居がかったため息をついた。「がっかりさせてくれるじゃないか、タケシ。実にな。おまえがそんなに口が堅くなるとはな。そんなんじゃ、おまえが一緒に過ごしてる北の連中と変わらない。細眼の連中と」

おれは肩をすくめた。「ラデュール、おれはそもそもその細眼の北の連中とのハーフなんだぜ」

「ああ、そうだった。忘れてたよ」

彼はもちろん忘れてなどいなかった。ただ、おれを怒らせたいのだ。振り返ってみると、〈ワタナベズ〉にかよいつめていた若い頃から、ほとんど何も変わっていない。あの頃も諍いを始めるのは決まってセゲスヴァールだった。思えば、テトラメス・ディーラーを襲うというのもそもそも彼の発案だった。

「ターミナルの中にコーヒー・マシンがある。飲むか？」

「それしかないならしかたない。飼育場まで来てくれりゃ、本物のコーヒーがあったのに。それに、海大麻もあったのに。金で買える一番上等のホロ・ポルノ女優の太腿の上でそいつを巻けたのに」

「それはまた今度にするよ」

「ああ。おまえはいつも追いつめられてる、ちがうか？　エンヴォイの命令でもネオクウェリストの仕事でもないときには、くそプライヴェートなくそ復讐計画だ。だろ？　なあ、タケシ、おれが口出しすることじゃないのはわかってる。だけど、誰かが言わなきゃな。今のところ、それはおれの役目のようだから言うが、もうこんなことはやめるんだ。やめて、ベラウィードのにおいを嗅ぎながらこの市《まち》でゆっくり過ごせよ。おまえはまだ生きてるんだから」セゲスヴァールはサンレンズを戻すと、ターミナルのほうに頭を傾げて言った。「いいだろう、わかったよ。じゃあ、行こう。マシン・コーヒーってのも悪くないかもしれない。それもまた新鮮だ」

エアコンが利いたターミナルに戻り、おれたちはテーブルについた。脇のガラスパネル越しに港が見渡せた。さまざまな荷物を持ったほかの客が五、六人、同じエリアに坐り、外を眺めて出航を待っていた。ぼろをまとった疲れきった様子の男が客たちひとりひとりをまわって、クレジット・チップをせがんではトレーを差し出し、さらに聞いてくれそうな相手には、不幸な身の上話を聞かせていた。そんな相手はほとんどいなかったが。あたりには安っぽい抗バクテリア剤のにおいが漂っていた。掃除ロボットが通ったすぐあとなのだろう。

コーヒーはぞっとするような代物だった。

「やっぱりな」とセゲスヴァールは大げさにしかめつらをして、自分のカップを脇に置いた。「こんなものを飲まされたってことだけでも、おれはおまえの脚をへし折るべきなんだろうな」

「やってみたらどうだ？」

いっとき視線と視線がちっとからみ合った。が、ややあって彼が肩をすくめて言った。

「冗談だ、タケシ。おまえはユーモアのセンスもなくしちまったんじゃないか？」

「ああ。おれにユーモアのセンスを求めるなら、三十パーセントの追徴金を払うことだ」おれは無表情のままコーヒーをすすった。「昔は追徴金なんて取らなかったがな。友達からは。ま、時代が変わったということなんだろう」

セゲスヴァールはしばらくおれのことばを反芻してから、首を傾げ、またおれの眼を見すえて言った。

「おれはおまえに不当な要求をしてる。そう思ってるのか？」

「〝あのときおまえはおれを救ってくれた〟ということばのほんとうの意味、隠された意味をおまえは都合よく忘れようとしてる。おれが何か思ってるとすれば、そういうことだ」

彼は黙ってうなずいた。まるで、今のおれのことばがおれの口から出ることを初めから予期していたかのように。まえのテーブルに視線を落とすと、彼はぼそりと言った。

「昔の話だ。それもいささか疑わしい話だ」

「あのときはおまえはそうは思わなかった」

それはあまりにはるか昔のことで、記憶を呼び起こすのは容易ではなかった。エンヴォイの特殊技能を身につけるまえの話で、何十年ものときを経て、脳の中でももう靄がかかってしまっている。それでも、なにより鮮明なのは路地に漂う悪臭だ――ベラウィード加工工場から出るアルカリ性沈殿物、圧搾タンクの油圧システムから出る廃油。それにテトラメス・ディーラーの怒り狂った声。そいつが持っているボトルバックサメ用の魚鉤。おれの眼のまえで湿った空気を切りつけるその金属の光。おれたちのほかの仲間は全員すでに逃げだしていた。若い血をたぎらせて強盗を目論みながら、突然の恐怖をまえにして、そんなギャングの熱狂などどこかに蒸発してしまったのだろう。磨かれた金属製のフックが眼のまえにいきなり現われ、それがラデュール・セゲスヴァールの膝蓋骨から太腿までざっくりと切り裂いたときに。仲間はみんな叫び声をあげ、魔除けの呪文をかけられた小悪魔のように、夜の闇の中に猛スピードで消えた。甲高い声をあげ、一メートル一メートル脚を引きずりながら必死で逃げようとするラデュールを残して。もうひとり、武器も持たず、その魚鉤に立ち向かおうとしている十六歳のおれを残して。

「こっちに来るんだ、このくそガキ」ディーラーは暗がりの中でにやりと笑うと、子供をあやすような声音で言いながら、おれに徐々に近づき、逃げ道をふさいだ。「ここはおれの縄張りだ。そんなところでおれをコケにしようってか？　こうしてやろう。おまえの体を切り裂いて、くそみたいなおまえの内臓をその口に突っ込んでやろう、このくそ小僧」

まだまだ若い首を冷たい手でつかまれたような感覚とともに、おれはそのとき生まれて初めて理解した。今自分が見ているのは、自分を殺そうとしている男だということを。自力で阻止しなければ確実に殺される。

そいつはおれの親爺のようにおれをただ打ちのめそうとしているのではなかった。ニューペストの街角で、毎日のようにおれたちに喧嘩を吹っかけてくる無能なギャングみたいに、おれに手ひどい怪我を負わせようとしているのでもなかった。こいつはおれを殺そうとしているのだ。殺して、おれのスタックを抉り出し、腐敗物の皮膜が張った港の海水の中に投げ捨てようとしているのだ。おれが知っている誰より、おれが今まで大事に思った誰の人生よりずっと長く、おれのスタックはそこにとどまる。そのイメージ——汚染された水に沈み、忘れ去られる恐怖——がおれを突き動かした。自分のほうからまえに進み出て、鋭い金属のスウィングのタイミングを見きわめ、相手に殴りかかった。魚鉤を振りおろすと同時に、男はバランスを崩してよろめいた。

ふたりともさまざまな残骸が散乱した泥濘《ぬかるみ》の中に倒れ込んだ。ベラウィードの加工工場から出た残留物のアンモニアのきついにおいに包まれながら、おれは魚鉤を奪おうと必死になって男と戦った。

どうにか奪い取った。

それを突き出した。とっさの判断ではなかった。ただ運よく、その魚鉤の一撃が男の腹を切り裂いた。水が排水溝に流れていくように、闘争心が男の体から抜けていった。男は大きな音をたてて、咽喉を鳴らしながら、眼を見開いておれをじっと見ていた。おれも見返した。恐怖と怒りでこめかみの血管が脈打っていた。体内すべての化学物質のスウィッチが入れられた状態で、自分が今何をしたのかもほとんどわかっていなかった。男の体がうしろにくずおれ、おれの体から放れ、泥濘の中にするりと落ちた。お気に入りのアームチェアにでも坐るかのように、男はその場に坐り込んだ。おれは男になおも見すえられたまま、魚鉤の柄を握ったまま、どうにか立ち上がった。アルカリ性の粘着物が顔からも髪からもしたたり落ちた。男は口をぱくぱくさせていた。が、その咽喉からは湿った絶望の音しか聞こえてこなかった。ふと下に眼をやると、手に持った男の魚鉤の柄に巻きついた男の腸《はらわた》がもぞもぞと動いていた。

そのとたん、全身に衝撃が走った。痙攣しながら手のひらが勝手に開き、魚鉤が地面に落ちた。よろめき、反吐《へど》が口から噴き出た。地面の上では男が懇願するような弱々しい声を出していたが、おれの胃が中身を逆流させるたびに発せられる音——咽喉から洩れるがらがら音に掻き消された。熱く、強烈な嘔吐物の悪臭が路地に漂っているにおいと混じり合う中、おれは嘔吐の衝撃に体を震わせながら汚い地面に崩れた。

それでもまたなんとか立ち上がり、セゲスヴァールを助けにいった。そのときにはまだ男は生きていたのだろう。路地を出るまでずっと男の発する音がおれのあとを追いかけてきたところを見ると。翌日のニュースによると、男は夜明け近くになって、出血多量で死んだということだった。が、男が発した音はそのあともずっと何週間もおれのあとを追いかけてきた。静かな場所に行き、自分の心の声が聞こえてくると、決まってあの男の音も聞こえてくるのだ。それからほぼ一年、その音に耳をふさがれたようになってよく眼を覚ましたものだ。

過去から眼をそらすと、ターミナルのガラスパネルにまた焦点が合った。セゲスヴァールはテーブルをはさんで向かい合って坐り、おれをじっと見つめていた。彼も思い出していたのかもしれない。顔をしかめて言った。

「じゃあ、今度のことに関しちゃ、おれには怒る権利がないってのか？　おまえはなんの連絡もなく、九週間も姿を消した。厄介なことを全部おれに押しつけたまま。ハイデュックのほかの連中のまえで、おれがどんなに恥をかいたかわかってるのか？　なのに支払いのスケジュールをまた変更したい？　相手がおまえじゃなかったら、おれはそういうやつにはどうするか。それはわかってるよな？」

おれはうなずいた。ねじれた気持ちとともに、数ヵ月前の記憶が甦った。テキトムラで、合成スリーヴからしみ出る液をしたたらせながら突っ立ち、プレックスに抱いた根深い怒りだ。

おれたちは……その……予定を立て直さなきゃならなくなった、タケシ。

そんなふうに言ったあいつをおれは殺したいと思った。

「三十パーセントは妥当じゃないと思ってるのか？」

おれはため息をついて言った。

「ラッド、おまえはギャングで、おれは――」おれは手を振って続けた。「おれも同じようなものだ。何が妥当で、何が妥当じゃないかなんて、おれたちにはわからない。好きにすればいい。とにかく金は手に入れるよ」

「わかった」彼はまだおれをじっと見つめていた。「二十パーセントだ。これだったら、おまえの商売作法の感覚にも見合うんじゃないか？」

おれは何も言わず、ただ首を振り、ポケットから大脳皮質スタックを取り出すと、それを手の中に握ったまま身を乗り出して言った。「ほら。これを渡そうと思って呼んだんだ。魚は四匹。好きなように使えばいい」

ラデュールはおれの腕を払いのけ、苛立たしげに指をおれの眼のまえに突き出して言った。

「そうじゃないだろうが。おれはおまえがそのスタックにしたがってることをおまえのかわりにしてやってるんだろうが。これはおれがおまえのためにやってやってるサーヴィスみたいなものだろうが。そのことを忘れるんじゃないよ。それより二十パーセントでいいのか？　どうなんだ？」

その答はどこからともなく現われた。後頭部を叩かれたようにぱっと出てきた。あとから考えてみても、何がきっかけとなったのかはわからない。しかし、暗闇の中からまたあの小さな声が聞こえたような感覚だった――〝急いで〟。手のひらに突然吹き出た汗がちくりと痛むような、何か重要なことに対して間に合わなくなってしまう恐怖のような――そういう感覚だった。

「いや、さっき言ったとおりだ、ラッド。このスタックの使い道は自分で決めてくれ。このことで、ハイデュックの仲間の信頼を失うのであれば、忘れてくれ。このスタックはイクスパンスのどこかにおれが投げ捨てる。そこでおれたちのゲームはいったん休憩だ。請求書は転送してくれ。金はなんとかして返すよ」

セゲスヴァールは腕を大きく投げ出した。それはおれたちがまだ若い頃、ハイデュック・マフィアものエクスペリア――『イレーニ・コズマの相棒たち』や『アウトロー・ヴォイス』――を見て真似たジェスチャーだった。それを見て、笑みをこらえるのは至難の業だった。が、もしかすると、そんなふうになったのは運動覚がおれの中で急速に貯えられているせいなのかもしれなかった。ドラッグを利用したかのようなすばやい決断力、それに理解力。この重要な瞬間、セゲスヴァールの声は関連性のない雑音になった。おれは彼のことばをまるで聞いていなかった。

「もういい、わかったよ。十五パーセントだ。それでいいだろ、タケシ？　悪くないだろ？　これ以上下げると、管理能力不足ってことで組織を追い出されちまう。十五パーセントだ、いいだろ？」

おれは肩をすくめ、握ったままの手のひらをまたまえに押し出した。「わかった、十五パーセントだ。このスタックはまだ要るか？」

セゲスヴァールは手のひらでおれの拳に軽く触れて、スタックをすばやくつかみ取ると、ポケットにしまった。典型的な街中でのスリの手口だ。

「おまえはいつもこうやって自分に有利に話を進める」と彼はうなるように言った。「そう言われたことはないか、ええ？」

「それって誉めことばだよな？」

彼はまたうなったが、今度は、ことばは何も出てこなかった。立ち上がって、今まで貨物桟橋にでも坐っていたかのように手で服を払った。おれも彼に続いて立ち上がると、トレーを持って金を集めていたみすぼらしい男がおれたちのほうに一直線にやってきてぼそぼそと言った。

「おれは元デコムだ。新世紀にはニューホッカイドウが安全なところになるようがんばってきた。だからもうへとへとなんだよ。でかい共同集合体をいくつもぶち壊してさ。あんたたち――」

「金は持ってない」とセゲスヴァールは苛立たしげに言った。「欲しいなら、このコーヒーをやるよ。まだ温かいぜ」

そのことばにおれが眼を向けると、セゲスヴァールは言った。

「なんだ？　おれはただのくそギャングだろうが、ちがうか？　そんなおれに何を期待してるんだ、ええ？」

ウィード・イクスパンスに出た。広大な静寂が空を包み込んでいる。遠くに見える荒涼とした平坦な景色、頭上に広がるうっとうしい雲。スキマーのタービンのうなりさえちっぽけに聞こえた。おれは舷側の手すりのまえに立ち、風に髪をなびかせながら、生《なま》のベラウィード独特の香りを吸った。イクスパンスの水中にはさまざまなものが漂っていて、船が進むとそれが水面まで浮かび上がってくる。このスキマーの航跡には切り刻まれた植物が浮かび、泥まじりの灰色の乱流も起きていた。それがすっかり収まるには一時間近くはかかるだろう。

おれの左横にコックピットがあり、スージ・ペトコフスキが操舵席について、片手に煙草を持ったまま――分厚い雲のあいだから射すまぶしい光と煙草の煙に眼を細めながら――舵を取っていた。息子のミハイルは船の反対側の通路にいて、細長いバラスト袋のように、手すりに倒れ込むような恰好をしていた。出港してからずっとそうやってふてくされていた。一緒に来るように言われたことに対する腹立たしさをそういう態度で雄弁に伝えていた。が、それ以外に伝わってくるものはあまりなかった。時々、不機嫌そうに首の即席プラントのジャックポイントを掻いたりしているだけだった。

右舷の舳先の先にさびれた貨物ステーションが見えてきた。バブルファブの倉庫が二棟、それに黒く汚れたミラーウッドの桟橋があるだけのステーションだった。それまでにもいくつかのステーションの横を通り過ぎており、その中にはまだ機能しているものもあり、建物の中には明かりがともり、大きな自動動力艇に荷物が積み込まれたりもしていたが、それはこのスキマーがまだニューペストの入り組んだ湖岸沿いに軌道を描いていたときのことだ。ここまで岸から離れると、かつては産業が栄えていたと思われる小さな無人島があるだけで、もの悲しさがいやが上にも増した。

「ベラウィードの景気はあんまりよくなさそうだな」とおれはタービンの音に負けないよう大声で言った。

スージ・ペトコフスキはちらりとこちらを見て、訊き返してきた。

「ええ?」

「ベラウィードの景気さ」とおれはもう一度声を張り上げて言って、さきほど通り過ぎたステーションを身振りで示した。「最近はあまり景気がよくないんだろ?」

彼女は肩をすくめた。「商品市場の値動きに左右されるから、昔から安定してたことなんて一度もないけど、そうね、自営業者はみんなはるか昔に追い出されちゃったわね。ここらへんでは、〈コス・ユニティ〉が大きなモバイル船を走らせてるのよ。船の上ですぐに加工して梱《こり》にしちゃう、そういう船をね。それに対抗するのは簡単なことじゃない」

それは初めて聞くことではなかった。四十年前、おれがここを出るまえから、不景気についての質問をすると、スージ・ペトコフスキが今言ったのと同じようなそっけない返事が返ってきたものだ。締めつけられ、チェーン・スモーキングのように延々と強制される同じ忍耐。政治とは巨大で気まぐれな気象現象のようなもので、個人の力では何もすることができないかのように、むっつりとすくめられる同じ肩。

おれはまた水平線に視線を戻した。

しばらくすると、左のポケットに入れていた電話が鳴った。少しためらいはしたが、まだ鳴っている電話を苛立たしく取り出し、耳にあてた。

「もしもし、なんだ?」

耳に押しあてたスピーカーの電子無音の奥から、頭上の静けさの中、黒い二枚の羽だけがばたついたかのように、静かな囁き声が幽霊さながら聞こえてきた。

〝もう時間があまりないの〟

「ああ、それはもう聞いたよ。だから、できるだけ急いでる」

〝これ以上、抑えつけてはおけない……〟

「わかってる。おれもなんとかしようとしてる」

〝なんとかしようとしてる……〟——質問のような言い方だった。

「ああ、言っただろ——」

〝羽が見える……千の羽がばたばたとうごめいている。世界全体が音をたてている……〟

徐々に声が聞こえなくなった。通信状態の悪いチャンネルのように音が震え出し、また無音状態に戻りかけた。

〝へりからへりへと割れていく……ミッキー、すごくきれい……〟

そこで切れた。

おれはしばらく待ってから、電話を持った手を体の脇に垂らし、手のひらにその重さを感じ取った。それから顔をゆがめ、電話をポケットに放り込んだ。

スージ・ペトコフスキがおれのほうを見て、訊いてきた。

「悪い知らせ?」

「ああ、そうとも言える。ちょっとスピードを上げられるかな?」

彼女はすでに前方の水面に視線を移していた。片手で新しい煙草に火をつけながら彼女は言った。

「安全には上げられない」

おれはうなずき、その公式声明《コミュニケ》について少し考えてから言った。

「じゃあ、安全面を無視するにはどれくらいの追加料金が要る?」

「二倍ってところね」

「いいだろう。そうしてくれ」

疑わしげな小さな笑みが彼女の口元に浮かんだ。が、そのあと彼女はただ肩をすくめただけで、煙草を揉み消すと、それを耳のうしろにはさんだ。そうして、コックピットのディスプレーのほうに手を伸ばし、スクリーンを二回突いた。すると、レーダー・イメージがスクリーン上で最大化された。彼女はミハイルに街場のマジャール語で何やら呼ばわった。しばらく離れているあいだに、おれはすっかりマジャール語を忘れており、全部は理解できなかった。〝下に降りて。手を外に出すんじゃないわよ〟とかなんとか。ミハイルは腹立たしげな顔を彼女に向けたものの、前屈みにしていた体を起こすと、キャビンに降りていった。

今度はほとんどディスプレーから視線をそらすことなく、スージがおれのほうをちらりと見た。

「あなたもよ。キャビンに戻って座席についてて。スピードを上げると、かなり揺れるから」

「つかまってれば大丈夫さ」

「だとしても、キャビンに戻ってミハイルと一緒にいて。誰か話し相手がいたほうがいいでしょ？　わたしは話なんてできなくなるから」

おれはキャビンにしまい込まれていた設備について思い出した。航行プラグイン、エンターテインメント・デッキ、電流フロー・モディファイアー、ケーブル、ジャック。さらに、ミハイルの態度や、彼が首のプラグインを引っ掻いていたことを思い出した。まわりの世界にはまったく興味がないと言いたげなあの態度。それまでは気にもとめていなかった感覚がふと湧いた。

「わかった」とおれは言った。「話し相手がいるのはいつだっていいものだ。だろ？」

彼女は答えなかった。イクスパンス上の航路を示す、暗い虹のようなレーダー・イメージを夢中で見ているようだった。それとも、何かほかのことに心を奪われているのか。おれは彼女をコックピットに残して、船尾に移った。

頭上でタービンが気の狂《ふ》れたような金属音を上げはじめた。

第二十三章

最後にはウィード・イクスパンスの時間が静止する。

それはディテールに気づくところから始まる——串刺し草《ツエベシユ》の茂みのアーチ形根組織が、溺れた巨人ヒューマノイドの半分腐った骨のように水面に浮かび上がっている。ベラウィードが植えられていないところや、淡いエメラルドの砂床まで見えるところには、水の斑点がいくつもできているのがはっきりと見える。泥堆が盛り上がっているところ。水面に浮かんだ一艘のカヤック。二世紀ほどまえに乗り捨てられた、刈り取り作業用の舟かもしれない。サカテ苔が繁茂しているが、まだ完全には育っていない。いずれにしろ、こういったものの数はわずかで、たまにしか見えない。そのうち、視線は広大で平坦な水平線へと自然と導かれる。そうなると、近くにあるディテールに注目しようといくらがんばっても、潮に引きずられるかのように、どうしても水平線を眺めさせられることになる。

ただじっと坐り、エンジン音の韻律に耳をすます。ほかには何もすることがない。ただ水平線を見つめ、思考の中に沈み込んでいくしかない。ほかに行く場所はないのだから。

〝急いで——〟

〝おれは信じてるよ、ミッキー。あんたなら彼女の面倒をみてくれるって。彼女のことは……〟。

〝彼女のことは〟。シルヴィ、銀色のたてがみ。彼女の顔――

彼女の顔――シルヴィの中から這い出て、その体を乗っ取った女にわずかに変えられてしまった顔。

彼女の声もわずかに調整され……

〝シルヴィ・オオシマがいつ戻ってくるのかも、そもそも戻ってくるかどうかもわからないまま〟。

〝なぜなら、ナディア、おれはきみを助けたいと思ってるからだ〟

〝ミッキー・セレンディピティのファック野郎はほんとうは何者なのか。一緒にいて安全な相手なのか。彼女はそういうことも考えあぐねてる。それとも、機会を見つけたとたん裏切るのか〟

〝あなたはいくつもの僧侶たちの魂をどうするつもりなのか。彼女はそのことを考えあぐねている〟。

フェリーの船上、トドール・ムラカミの細長い顔、おだやかな表情。風にたなびくパイプの煙。

〝で、今度の仕事はなんなんだ？　おまえは近頃はラデュール・セゲスヴァールとつるんでるんだと聞いたが。ノスタルジーに突き動かされ、三流組織犯罪に心惹かれてな〟。

〝またもとに戻るときだ。これまでやってきた仕事に戻る潮時だ〟。

〝最初に始めた仕事。そうだ、それで問題はすべて解決するじゃないか、ミッキー〟。

〝なあ、いい加減自分のことを〝ミッキー〟などと呼ぶのはやめたらどうだ？〟。

叫び声。首のあたりの脊椎にあいた大きな穴。おれの手のひらの上の大脳皮質スタックの重さ。粘着性の血糊に覆われ、まだぬるぬるとしているスタック。決して埋めることのできない空洞。

サラ。

これまでやってきた仕事。

おれはきみを助けたいと思ってる――

急いで――

おれは信じてるよ、ミッキー……

おれはきみを助けたいと思ってる――

急いで――

わかってるさ――

「岸が見えてきた」スージ・ペトコフスキの声がキャビンのスピーカーから聞こえた。雑音が交じっていたが、はっきりとした口調のシンプルなことばだったので、内容は容易に理解できた。「あと十五分でソースタウンに着くわ」

おれは想念を捨てて、左舷側を見た。コスースの海岸線の景色がうしろへ猛スピードで流れていた。特徴のない地平線が続いたあと、高い山の不規則な暗い稜線が見えはじめたかと思うと、地平線はまた下にくだり、延びて、低い丘の連なりになっていた。ヴチラの内陸部には、かつて古代山脈があったのだが、いくつもの地質時代を過ぎるあいだに波に削られ、今は海底に沈んでいた。で、一方の側に七百キロに渡る湿地帯に縁取られた曲線が出現し、それが潮のバリアの役目を果たしている。その反対側には澄んだ白い砂が同じ長さにわたたって堆積している。

〝いつか〟――半世紀近くまえ、ソースタウンに長く住んでいた男に教えてもらったことがある――〝海がすべてを呑み込んでしまうだろう〟。いつかすべてを呑み込んだ波がウィード・イクスパンスに注ぎ込むだろう。まるで、長いあいだ紛争が続く前線に乗り込む侵略軍のように、最後まで残った要塞を破壊し、ビーチを目茶目茶にするだろう。〝いつか〟とそのソースタウンの住人はおもむろに繰り返した。そんなふうにそのことばを強調して、おれににやりと笑いかけた。そのときにはすでに気がついていたが、それは〝典型的なサーファーの無関心〟を表わす笑みだった。〝いつか〟来る。でも、まだだ。だから、〝まだ〟が終わるまではただ海のほうを見つめる。今はただ海を見ている。うしろを見ちゃいけない。今どんなふうにすべてが機能してるか、そんなことをわざわざ心配することはない〟。

〝いつか来る。でも、まだだ。今はただ海を見ている〟。

これもまたひとつの哲学なのだろう。少なくとも、ヴチラ・ビーチでは哲学で充分通用しそうだ。ここだけの話にしろ。しかし、世界との関わり方にはもっとひどい方法もある。おれはそういうものを見すぎるくらい見てきた。

イクスパンスの南端に近づくにつれて、空が晴れてきて、陽射しが出てきた。それにつれて、人が住んでいるしるしも見えてきた。〝ゾースタウン〟というのは実際のひとつの街を示すというより、おおまかな地域を指す、定義のあいまいなことばだ。サーファーのためのショップが建ち並び、さまざまなインフラが整備された百七十キロに渡る海岸沿いの通り一帯のことだ。さらにおおまかに言えば、それはいろいろなものの集合に過ぎない──ビーチ沿いに点在するテントやバブルファブ、焚き火やバーベキューによって残った何世代にもわたる地面の黒ずみ、粗雑なベラウィード小屋やバー。ひとつの場所にどれだけ人が長く住みつくかは、ストリップの位置によって増減する。単に波がいい程度の場所には、あまり多くの人は住まない。が、波が驚異的にいい場所近辺には大勢が住みつく。さらに、いくつかある〝ビッグ・サーフ・ゾーン〟と呼ばれる地区には局地的に人口が集中する。実際の生活に使われる通りは、その両脇に街灯が並び、砂丘の反対側の丘から下に延びていた。それに続く突き出た土地の先からさらに、永久コンクリートのプラットフォームと桟橋の集合体がウィード・イクスパンスへと延びている。まえにここに来たときにはそのような集落が五つあった。そのそれぞれに血気盛んな住人がいて、その誰もが〝この大陸で最高の波は絶対にここだ〟と宣していた。もしかすると、その誰もが正しかったのかもしれない。もしかすると、今ではそういった集落がまた五つくらい増えているかもしれない。

波の流れと同じように、ここの住民自体にも流れがある。海岸沿いの大通り──ストリップ──の端から端まで、ゆっくりとした動きの人口周期が存在する。ハーランズ・ワールドの五つの季節の移り変わりに合わせて場所を変える者もいれば、三つの月の影響を受ける複雑なリズムの太陰潮に合わせる者がいたり、サーファー・スリーヴの耐用期間のより長く緩慢なパルスに合わせたりする者もいる。人々はある場所にやってきてはまた出ていき、ふたたび戻るということを繰り返す。ときに、ある場所への愛着心が周期を超えて続くこともある。さらに、再スリーヴしたのちも同じ場所にとどまる者もいる。その一方で、場所を転々と変える者もいる。端《はな》から愛着心など持たない者もいる。

ストリップで人を見つけるのは決して簡単なことではない。そもそも多くの人々にとって、それがここに来る理由だからだ——見つからない、というのが。

「ケム・ポイントに近づいてきた」タービンから逆流する風の音越しに、スージ・ペトコフスキの声がまた聞こえてきた。疲れきったような声だった。「ここでいい？」

「ああ、どこでも同じだ。ありがとう」近づいてくる永久コンクリートのプラットフォームをおれはじっと眺めた——イクスパンス上に浮かぶそのプラットフォームの上に建つ低層建築の集合体、その向こうに見える丘の上まで点在する建造物の不規則な広がり。バルコニーや桟橋に坐っている人影がいくつか見えたものの、全体としてその小さな集落には活気がなかった。ここがほんとうにソースタウンの南端かどうかはわからなかったが、とりあえずどこかから始めるしかない。スキマーが左に船体を傾けると、おれはハンドストラップをつかみ、体を持ち上げた。そして、キャビンの奥にいる無口な旅仲間をちらりと見て言った。

「ミハイル、話せて愉しかったよ」

ミハイルは窓の外に眼の焦点を合わせたまま、おれを無視した。キャビンに一緒にいるあいだ、彼は一度も口を開かなかった。ただ、スキマーのまわりに延々と広がる何もない景色を不機嫌そうに見つめていた。彼がジャックソケットを掻いているのをおれが見ていて、何度か眼が合うと、彼はそのたびにさらに険しい表情を浮かべて手を止めた。そんなときでさえ何も言わなかった。

おれは肩をすくめた。体を持ち上げ、手すりのあるデッキに出ようとしたところで、ただ立ち去るよりはましな考えが浮かんだ。おれはキャビンの奥に戻り、窓に寄りかかってミハイル・ペトコフスキの視界をさえぎった。彼は眼をしばたたかせながらおれを見上げ、驚いた様子で自己陶酔の世界から出てきた。

「なあ」とおれは明るい声で言った。「おまえが幸せな人生を送れてるのは、母親の柵の中で生きてるからだってことを忘れるな。だがな、外の世界にはおれみたいな野郎ばっかりいるんだぜ。おまえが生きようが死のうが、誰ひとり気にしない。そのケツを今すぐ上げて、まわりのことに関心を持つんだ。さもないと誰からも見向きもされなくなるぞ」

彼は鼻を鳴らした。「あんたにはなんの関係も――」

もっと世慣れしたやつであれば、おれの眼の表情を読むことができただろう。しかし、こいつのケーブル頭は完全にいかれていて、母親のライフ・サポートにどっぷりと浸かっていた。おれはなんの造作もなく手を伸ばして彼の咽喉元をつかみ、体を持ち上げて席から立たせた。

「おれの言った意味がわかるか？　おまえの咽喉をぶっつぶすなんていとも簡単なことだ。いったい誰が今助けてくれる？」

ミハイルはなんとか声を絞り出そうとした。「マ――」

「聞こえないだろうな。おまえのおっかさんは上で忙しく働いてるんだから。おまえの分の生活費も稼ぐために」おれは彼の体を引き寄せた。「ミハイル、おまえは信じられないほどちっぽけな存在なんだ。この世の中の仕組みの上じゃな。おっかさんの奮闘ぶりを見ていながら、おまえはまったく気づいちゃいないだろうが」

彼は腕を伸ばし、自分の咽喉からおれの指をはずそうとした。おれは弱々しいその手を無視して、さらに強く絞めつけた。ミハイルは本気で恐怖を感じはじめたようだった。

「このままだと」おれはくだけた調子で言った。「薄暗い明かりがともった店で、おまえの体はスペア・パーツのトレーにのっけられて売られることになる。おれみたいな男にとっちゃ、おまえはそれぐらいの価値しかない人間だ。おまえを捕まえても誰もおれの邪魔はしてこない。そりゃそうだろ？　おまえのことを気にかけなきゃならない理由なんかひとつもないんだから。そんなふうになりたいのか？　洗浄液に浸けられて売られるスペア・パーツでいいのか？」

彼は体をねじらせ、手足をばたつかせた。顔が紫色に変色していた。首を激しく振って、〝ちがう〟と身振りで示してきた。おれはさらに何秒か首をつかんでから、腕の力をゆるめて、ミハイルを椅子の上に振り落とした。彼は息をつまらせ、激しく咳き込んだ。大きく見開いた眼でしっかりとおれをとらえ、涙を流しながら、赤くなった咽喉元に手を伸ばしてさすった。おれはうなずいて言った。

「ミハイル、今のがおまえのまわりで起きてることだ。つまりこれが人生ってことだ」おれが身を乗り出して近づくと、彼はおどおどと身を引いた。「まわりのことに関心を持て。まだできるうちに」

スキマーが何かに軽くぶつかった。体を起こして舷側甲板に出ると、突然の暑さとまぶしい光に襲われた。船は複雑に入り組んだ桟橋と桟橋のあいだに浮かんでいた。太い永久コンクリートの係留柱が等間隔に斜めに打たれ、風雨にさらされたミラーウッドの桟橋を支えていた。モーターが低くうなりつづけ、スキマーは一番近くの桟橋に軽く押しつけられた。ミラーウッドの上には遅い午後の強い光が射していた。スージ・ペトコフスキはコックピットで立ち上がると、反射するその強い陽射しに眼を細め、念を押して言った。

「じゃあ、倍ね」

おれはクレジット・チップを渡し、彼女がそれをスキャンするのを待った。ミハイルはキャビンから出てこなかった。おれに言われたことをいろいろと考えているのかもしれない。スージ・ペトコフスキはおれにクレジット・チップを戻すと、手を眼にかざし、もう一方の手で遠くを指差した。

「通りを三つくらい行ったところにバイクを安く貸してる店がある。あそこに、アンテナ塔が見えるでしょ？　あのそばよ。ドラゴンの旗が外に出てる店」

「ありがとう」

「どういたしまして。探しもの、見つかるといいわね」


おれはレンタル・バイクはパスして、周辺地理を把握しようと、その小さな市《まち》の通りを歩いた。少なくとも、今はまだバイクは必要なかった。丘の上まで歩くあいだの町並みは、ニューペストのイクスパンス側にある郊外の市《まち》となんら変わらないように見えた。同じような実用本位の建造物に支配され、同じような門構えの店が並んでいた——ウォーターウェア関連の機械やソフトウェアを売る店、それに食堂に酒場。すり減って染みだらけになった融解ガラスの通りも、空気のにおいもほとんど同じだった。が、丘のてっぺんまでたどり着き、反対側を見下ろすと、そこには別世界が広がっていた。まるで、夢から覚めたときのような感覚を覚えた。

眼下の丘の下にはまた別の居住地が広がっていた。思いつくかぎりあらゆる資材でつくられた、計画性のない構造物の居住地だ——バブルファブ、そのあいだに建つ木造枠組みの家々、流木で造った掘っ立て小屋、丘の裾にはキャンヴァス地のテントまであった。融解ガラス舗装の通りは、途中からでためにに敷かれた永久コンクリート板の道に変わり、さらには砂利道へとつながっていた。その奥にやっと白い砂浜が果てしなく広がっているのが見え、イクスパンス側よりこちら側の通りのほうがはるかに活気があった。午後遅い光の中、ぶらぶらと歩いているのはほとんどがビーチに向かう水着姿の人々で、そんな連中の三人にひとりはサーフボードを腋の下に抱えていた。低い太陽に照らされ、くすんだ金色に輝いた海ではいたるところで人々が動いていた——ボードにまたがって浮かんでいるサーファー、ボードの上に立っているサーファー、柔らかな波に乗っているサーファー。太陽と距離のせいで、その全員が錫《すず》の切り抜き細工のように見えた。

「くそすばらしい眺めだろ、兄さん」

その乱暴なことばとは裏腹に、声は甲高く、子供のものだった。振り返ると、まだ十歳くらいの少年が店の戸口に立ち、じっとおれを見ていた。あばら骨が浮かぶほど痩せ、サーフ・スラックスを穿いて、よく陽に焼けていた。眼は陽にさらされたブルー、髪は海水に濡れてもつれていた。ドアにもたれ、つまらなさそうに両腕を裸の胸のまえで組んでいた。サーフボードがうしろの店内のラックに並んでいるのが見えた。その近くに置かれたスクリーンの画面が次々と切り替わり、アクアテク・ソフトウェアを映し出していた。

「もっとひどいところを見たこともある」とおれは言った。

「ヴチラは初めて?」

「いや」

少年はいかにもがっかりした様子で言った。「じゃあ、レッスンを受けたいんじゃないんだ?」

「ああ」とおれは答え、どう切り出せばいいか考え、間《ま》を置いてから言った。「ストリップには長く住んでるのか?」

彼はにやりと笑った。「生まれてからずっと。どうして?」

「ちょっと知り合いを探してるんだ。もしかしたら、知ってるかと思って」

「へえ。兄さん、警察？　それとも用心棒とか？」

「最近はそういうことはやってない」

そう答えておくのが無難な気がした。彼はまたにやりとして言った。

「名前はあるんだろ？　その、兄さんの知り合い」

「まえにおれがここに来たときにはあった。ブラジル、アド、トレス」そのあとちょっとためらってからつけ加えた。「それと、もしかするとヴィダウラ」

少年は唇をゆがめ、それからすぼめ、歯のあいだから息を吸い込んだ。別のスリーヴ——もっと年上の体をまとっていたときに染みついた癖のようだった。

「ジャック・ソウル・ブラジル？」と少年は警戒するように言った。

おれはうなずいた。

「兄さん、〈リトル・ブルー・バグズ〉の人？」

「今はちがう」

「じゃ、今は〈マルチフロアーズ〉のクルーとか？」

おれは息を吸ってから言った。「ちがう」

「〈バクルーム・ボーイ〉？」

「坊主、おまえ、名前はあるのか？」とおれは尋ねた。

彼は肩をすくめた。「ああ、ミランっていうんだ。ここらへんじゃ、〝ガン・ゲッターのミラン〟って呼ばれてる」

「そうか、ミラン」とおれは冷静な口調で言った。「そろそろこらえ性がなくなってきた。おれを手伝うのか、手伝わないのか、どっちだ？　おまえはブラジルがどこにいるのか知ってる。そうなのか？　それとも、三十年前にあいつがここに残した飛行機雲みたいな評判を思い出して愉しんでるだけなのか？」

「おい」彼は淡いブルーの眼を吊り上げ、組んでいた腕をほどいて横に垂らすと、小さなハンマーのような拳をつくった。「いいかい、兄さん、おれはここの人間なんだ。サーファーなんだよ。ヴチラでずっと波のカールを見て育ったんだ。兄さんがおふくろのくそチューブの中から、ばちゃばちゃ音をたてて出てくるずっとまえからな」

「それはどうかな。だけど、無駄な言い合いはやめよう。おれはジャック・ソウル・ブラジルを探してる。おまえが手伝ってくれようとくれまいと、おれはあいつを見つける。それでも、おまえが手伝ってくれれば、時間をちょっとは節約できる。だから、要はおまえに手伝う気があるのかないのかってことだ」

彼はまだ怒っていた。攻撃的な姿勢のまま、おれを睨み返してきた。が、十歳のスリーヴをまとっているせいで、そのさまはどこか滑稽だった。

「兄さん、要は、おれが手を貸すだけの価値があんたにあるかってことだ」

「ああ」

金を払うと、ミランは不承不承断片的に話を始めた――彼の知識はかなりかぎられていたが、それを隠しつつ、なんとか会話を成立させようとしていた。彼が店番をしている店の向かいのカフェで、おれはラム・コーヒーをおごってやっていた――「店を閉めるわけにはいかないからね。あんたの手助けをするより、仕事のほうが大事だからね」おれは彼が話しおえるのをおとなしく待った。彼の話の大半は、すでに話し尽くされているビーチの伝説だったが、彼が言ったいくつかのことからおれは直感した――こいつはほんとうにブラジルに何度か会っていて、一緒にサーフィンをしたことさえありそうだ、と。

ミランの話では、最後にブラジルに会ったのは十年ほどまえのことのようだった。ケム・ポイントの数キロ南に侵食してきたハーラン一族信奉者のサーファーを相手に、ミランやブラジルたちは団結して、武器も持たず戦うことになった。対決戦に総力戦が続き、ミランはひかえめに言って〝残虐行為〟を実践し、その結果、いくつかの傷を負う――〝あのスリーヴに受けた傷を見せたかったな。今でも時々恋しく思うくらいだ〟。それでも、一番の賞賛はブラジルに捧げた。〝沼豹みたいだったよ、まったく。くそ野郎どもはブラジルの胸を切り裂いたんだけど、彼はその傷に気づいてもいなかった。やつらを切り裂きまくった。あとにはもう何も残らないほど。そんな感じだった。で、くそ野郎どもは恐れをなして、北に退散したんだ〟。そのあとは酒神祭みたいな祝いの宴になった――大きなかがり火が焚かれ、ビーチでは女たちが野獣みたいなオーガズムの叫びをあげた。

それはよく知られた話だった。これまでも別のヴチラ熱狂者から同じ話を聞かされたことがある。しかし、延々と続くその美談の中、いくらかは役に立ちそうな情報を仕入れることができた。ブラジルは金を持っていたということだ。〝〈リトル・ブルー・バグズ〉にいるあいだに稼いだのさ。だから、彼にはおれみたいにサーフィンを教えて、ボードを売って、五年契約でミルズポートのくそ貴族のスペア・スリーヴにサーフィンのテクニックを叩き込んだりして、ちまちま金を稼ぐ必要なんてないのさ〟。ブラジルはクローン再生反対論者だったが、それでも再スリーヴはしているだろうから、おれには彼の顔はわからない。今でも立派なサーファー・スリーヴをまとっているとしても。〝兄さん、胸の傷を見つけることだよ。でっかい傷を〟。そう、髪は今でも長く伸ばしている。最近の噂では、どこか南のほうにあるビーチ沿いの活気のない小さな村にひっそりと暮らし、サキソフォンを練習しているということだ。〝昔、チャーンゴー・ジュニアと演奏していたジャズマンがいてさ。そいつから聞いたんだけど……〟。

おれは飲みものの代金を払って立ち上がった。太陽が沈み、くすんだ金色の海の大半が卑金属でできているかのように色褪せて見え、眼下に広がるビーチでは、そこここに蛍のような光がともりはじめた。閉まるまえにバイク・レンタル店に行ったほうがいいかどうか。なにげなくおれは尋ねた。

「さっきおまえが言ってた貴族だが、五年間そいつの体——今おまえがまとってるスリーヴ——にサーフィンを教え込んで、反射神経を身につけさせて、それでいくらになるんだ？」

ミランは肩をすくめ、残っていたラム・コーヒーをすすった。アルコールと金のせいで、だいぶ気分がほぐれたようだった。「報酬はそいつが今まとってるスリーヴとこのスペア・スリーヴとの交換だ。五年が過ぎて、この十六歳のスリーヴにサーフィンを教えおえたら。それが報酬なのさ。三十歳ちょっとの貴族のスリーヴがね。スリーヴの交換は、もちろん顔を整形したあと誰かに立ち会ってもらってやる。おれがそのくそ貴族を装ったりしないように。そのほかは全部カタログどおりだ。最高級のクローン保存システムに、あらゆる周辺機器も標準装備。悪くない契約だろ？」

おれはいい加減にうなずいた。「ああ、そいつが今まとってるスリーヴを大事にしててくれればの話だがな。今まで見てきた貴族の暮らしを考えると、だいぶガタが来ててもおかしくないぞ」

「いや、それがすごく健康的なやつでさ。このスリーヴの成長具合を確認しによくここにも来るんだけど。ついでに海で泳いだり、サーフィンをしたりしてる。今週も来る予定だったんだけど、ハーランのリムジン事故があっただろ？　で、来られなくなったんだ。最近はちょっと無駄な肉がついてきて、全然サーフィンも下手くそになってるけど、そんなのはすぐになんとでもなる。おれが——」

「ハーランのリムジン事故？」エンヴォイの知覚機能がおれの神経をなめらかにすべった。

「ああ、あのセイイチ・ハーランのスキマー事故だ。このくそ貴族はハーラン一族のセイイチ系とすごく親しくて——」

「セイイチ・ハーランのスキマーに何があったんだ？」

「知らないのかい？」ミランは眼をしばたたかせ、それからにやりと笑った。「いったい今までどこにいたんだよ？　ネットじゃ昨日からこのニュースで持ちきりだ。セイイチ・ハーランが、息子たちとその妻のひとりを連れてリラに行く途中、リーチあたりでスキマーが事故ったんだ」

「どんな事故だったんだ？」

彼は肩をすくめた。「まだ詳しくはわかってない。いきなり爆発したんだ。映像を見るかぎり、船内から爆発したっぽいね。一瞬にして沈んだから、スキマーの残骸を見るとってことだけど。警察はまだ消えた破片を探してる」

相当運がよくなければ、見つかることはないだろう。この時期、海では大渦巻きが発生している。その影響は広範囲に及び、リーチのあたりの潮の流れは致命的なほど予測がつかない。難破船の残骸は海に沈み、海底に届くまえに何キロも流されている可能性が高い。セイイチ・ハーランとその家族の傷だらけの遺骸はそうやって潮に流され、ミルズポート群島に点在する島や暗礁のどこかにたどり着き、そこが彼らの墓場となることが大いに考えられる。スタックの回収はほぼ絶望的だろう。

考えがふと、ベラコットン・コーヘイ地区の倉庫と、〝茸〟でラリったプレックスのつぶやきへと戻された。〝さあ、タケシ。ほんとにわからない。武器かなんかではあったけど。不安定時代の〟。何かのバイオ製品だとはわかっていたが、プレックス自身認めるとおり、彼はそれ以上のことは知らなかった。ヤクザの上層部とハーラン一族の召使い――アイウラ――にプレックスはシャットアウトされていたのだからしかたがない。アイウラ――ハーラン一族が負うダメージを最小限に食い止め、その後始末をした女。

別の出来事の記憶の塊が頭の一部を占めた。雪に覆われたドラヴァの市《まち》。クルマヤの司令室の外部屋で待っているときに、スクリーンに映る世界の最新ニュースをぼんやりと眺めていたときのことだ――ハーラン家のマイナーな遺産相続人のひとりがミルズポートの埠頭地区で事故死していた。

大したつながりには見えない。が、エンヴォイの特殊技能はそこであきらめたりしない。大きな像の中に何かの形が見えてくるまで、ひたすらデータを積み重ねていく。〝つながり〟が自然とわかるまでずっと。おれにはまだ何もわからなかった。しかし、さまざまな断片が嵐の中のウィンドチャイムのようにおれに歌いかけていた。

それと、バックビートで打たれつづける小さな脈――急いで、急いで、時間がない……

おれはうろ覚えのヴチラ風の握手をミランと交わすと、急いで丘を駆けあがった。

バイク・レンタルの店にはまだ明かりがともっていた。中にはいると、いかにもサーファーらしい体軀のスタッフがひとり、退屈そうに店番をしていた。時間をかけてゆっくりと眠そうな眼を開くと、おれが波乗りでも、波乗り志望でもないことを確認したようで、そこで態度がいきなり変わった。機械的なサーヴィス・モードになった。時々心の芯のようなものを垣間見せるので、彼がどうしてヴチラにいるのか、どうしてこんなアルバイトをしているのかはすぐにわかったが、サーフィンへの情熱は、サーフィンの話がちゃんとできる相手のために、しっかり奥にしまい込んでいた。それでも、てきぱきと体を動かし、派手な色のひとり乗りスピード・バイクをおれに差し出すと、ストリップ周辺のバイク返却場所を示すストリート・マップ・ソフトウェアを見せてくれた。頼むと、強化ポラロイのクラッシュ・スーツとヘルメットも用意してくれた。頼んだことで、もともと低かったおれに対する評価が地に落ちたことをその態度にありありと表わしながらも。ヴチラ・ビーチあたりでは、危険と愚かさを区別できない人間がまだまだ多いということだ。

ああ、だけど、おまえもそのひとりかもしれないぜ、タケシ。最近、何か危険を冒さずにできたことがひとつでもあったか?

十分後、クラッシュ・スーツとヘルメットを身につけ、威勢よくケム・ポイントをあとにした。薄暗い夕暮れをヘッドランプが円錐型に照らした。

南のどこかから聞こえるはずのサキソフォンのひどい音色を探して。

ブラジルを見つけるもっといい手がかりは、ほかにいくつかないわけでもなかった。しかし、あるひとつの事実がおれにかなり有利に働くことがわかっていたのだ。それは、おれはブラジルのことをよく知っているということだ——誰かに探されていると知っても、彼は隠れたりしない。大きな波に向かっていくときのように、彼は自ら出てきて対処しようとする。ハーラン一族の信奉者たちに立ち向かっていったときのように。

もっと大きな音をたてればいい。そうすれば、わざわざこっちからブラジルを探す必要はなくなる。向こうのほうからおれを見つけにくるだろう。

三時間後、おれはハイウェイを降りて、二十四時間営業のドライヴ・インとマシン・ショップが並ぶ場所に来ていた。あたりはアンギア・ランプの青みを帯びた冷たい光に照らされ、ランプには虫が群がっていた。疲れた頭でそれまでのことを振り返った。音は充分たてられたはずだった。小額クレジット・チップはほとんど使い果たしていた。ストリップのあちこちで客の誰かと酒を飲み、煙草を吸ったせいで、頭が少しぼんやりしていた。右手の拳がまだちょっと痛んだ。ビーチ沿いの酒場で客のひとりにひどいパンチを食らわせたせいだ。この地域のヒーローをよそ者が探している——酒場の客としてはそのことが気に食わなかったのだろう。

アンギア・ランプの下、夜気は涼しく心地よかった。駐車場では、サーファーたちがそこここにたむろして、パイプや酒のボトルを手に騒いでいた。ランプの光で照らされた薄暗い空間に響く笑い声、サーフボードを折ったときのことを甲高い声で興奮気味に語る者。もっと真面目なグループもひとつかふたつあり、彼らは修理中の車両のまわりに集まっていた。カヴァーが開かれた車の内部構造が見えた。レーザー・カッターの光が点滅し、奇妙な緑や紫の火花がエキゾチック合金の上に降り注いでいた。

意外にもうまいコーヒーを店内のカウンターで手に入れて、サーファーたちを眺めようとまた外に出た。ニューペストで過ごした若い頃、おれはこういう文化に触れたことがなかった。ギャングのしきたりで、スキューバと波乗りの両方に深く関わることは許されていなかったのだ。で、スキューバ・ダイヴィングを覚え、それ以降も宗旨替えはしなかった。水面下の沈黙の世界の何かがおれを強く惹きつけた。そこには果てしなく広がるゆったりとした呼吸の静けさがあった。街角の狂気から、おれ自身のさらにざらざらした家庭生活から逃れられる小休止の場があった。

海底の世界にならぶ、わが身を埋められる。

おれはコーヒーを飲みおえると、またドライヴ・インの中に戻った。あたりを包み込んでいるラーメン・スープのにおいがおれの腹を刺激した。そこで気づいた。〈ハイデユックスズ・ドーター〉号のブリッジで、ジャパリゼと遅い朝食を取ってから、何も食べていなかった。カウンターのストゥールに坐り、コーヒーを頼んだのと同じ若い男——テトラメスでラリった眼をした男にうなずいて言った。

「いいにおいだ。何がある？」

彼はぼろぼろのリモコンを手に取り、オートシェフのほうに適当に向けてボタンを押した。さまざまな鍋の上にホロディスプレーが現われた。おれはそれをスキャンし、まずくつくるほうがむずかしそうな料理を選んだ。

「エレファント・エイのチリソース・ラーメンをくれ。エイは冷凍だよな？」

男はあきれたように眼をぐるっとまわして言った。「ほんとうは新鮮なのが食べたいってこと？　こんな場所で？　こんな値段で？」

「しばらくここを離れてたもんでね」

テトラメスでラリった男の顔にはどんな反応も見られなかった。ただオートシェフのスウィッチを押すと、窓辺に歩いていき、水族館で珍しいきれいな海の生きものを眺めるかのように、駐車場のサーファーたちを眺めた。

ラーメンを半分ほど食べたところで、うしろのドアが開いた。誰も何も言わなかった。が、おれにはもうわかっていた。ラーメンのボウルをカウンターに置くと、ストゥールの上でゆっくりと上体をひねった。

彼はひとりで来ていた。

まえに会ったときの顔ではなかった。まったく別の顔だった。昔より明るい色の髪で、より頑健な体に再スリーヴしていた。白髪まじりのもつれたブロンドのたてがみ。スラヴ系の遺伝子とアドラシオンへの憧れが同じくらいに表われている頬骨。ゆったりとしたカヴァーオールの中の体はまえとそれほど変わらなかった――高い背丈、スリムな胸と肩、細いウェストと脚、大きな手。体を動かすときにもまえと同じような気取らない身のこなしが見て取れた。

おれには彼だとわかった。あたかもカヴァーオールを引き裂き、胸の傷を見せてくれたかのように。

「おれを探してるって聞いたが」と彼はおだやかに言った。「まえに会ったことがあったかな？」

おれはにやりと笑って言った。

「久しぶりだな、ジャック。ヴァージニアは元気にしてるか？」

第二十四章

「今一緒にいるのがほんとうにあなただなんてまだ信じられない、キッド」

おれたちは砂丘の斜面に隣り合って坐っていた。彼女はボトルバックサメ用の銛で両足のあいだの砂に三角形を描いた。海から上がったばかりの体はまだ濡れていて、陽に焼けて浅黒くなったサーファー・スリーヴの肌の上に、水滴が真珠のように浮かんでいた。レイザーカットした黒い髪が頭のてっぺんで濡れたまま不揃いに逆立っていた。こっちもそのいたずらっぽい顔に慣れるには、まだ時間がかかりそうだった。最後に会ったときより少なくとも十歳は若くなっていた。彼女も姿を変えたおれに対して同じ問題を抱えているのだろう。うつむきながら話していた。何を考えているのか、おれにはわからなかった。その口調はためらいがちで、夜明け頃、ゲスト・ルームにいたおれを起こし、一緒にビーチに行かないか、と誘ってきたときと同じ口調だった。再会の驚きと折り合いをつけるのに彼女にはひと晩あったわけだが、今朝になっても隠れるようにしてちらちらとおれを盗み見ていた。まるで彼女には見ることが許されていないかのように。

おれは肩をすくめて言った。

「今あんたと一緒にいるのはほんとうにおれだよ、ヴァージニア。死から甦ったわけじゃない。それに、おれを子供みたいに〝キッド〟と呼ぶのはやめてくれ」

彼女は少しだけ微笑んで言った。「タケシ、わたしたちみんな死から甦ったのよ。ある意味では。わたしたちの仕事はそういう類いの仕事だった。でしょ？」

「おれの言った意味はわかるだろ？」

「ええ」ヴァージニアはしばらくビーチを眺めた。早朝の朝靄の中、赤い血の噂のようにぼんやりと、太陽の光がかすかに射していた。「で、あなたは信じてるの、彼女の話？」

「彼女がクウェルクリスト・フォークナーだって話か？」おれはため息をつき、手で砂をすくい、指のあいだと手のひらの脇からさらさらと流れ落ちる砂を見つめた。「彼女は自分のことをクウェルだと信じている――そこのところはおれも信じてる」

ヴァージニア・ヴィダウラはじれったそうな身振りを交えて言った。「自分のことをコンラッド・ハーランだって信じてる電流中毒者たちに会ったことがある。そういうことを訊いたんじゃない」

「何を訊かれたのかはわかってるよ、ヴァージニア」

「じゃあ、さっさと答えたら？」と彼女は熱のこもらない声で言った。「エンヴォイ時代、あなたはわたしから何も学ばなかったの？」

「彼女がクウェルかどうか――」海で泳いだあとなのでまだ湿っている手のひらに砂がかすかな線を描いて残っていた。おれは両手をこすり、ぞんざいに砂を払いながら言った。「彼女がクウェルでありうるかどうかってことだ、だろ？　クウェルは死んだ。蒸発した。あんたの家にいる仲間たちが卑猥な政治の夢の中でどんなに願おうと、その事実は変わらない」

仲間たちに聞かれていないかどうか確認するかのように、彼女は肩越しにうしろを振り向いた。おれたちが家を出たあと、仲間たちが眼を覚まし、あくびや伸びをしながらビーチまでやってきて、砂浜に坐っていやしないか、と。おれの無礼な態度に今にも殴りかかってくるのではないか、と心配するかのように。

「あなただってそういうことを願っていたときもあったじゃない、タケシ。クウェルが戻ってくればいいのにって思っていたときが。どうしちゃったのよ？」

「サンクション第四惑星がおれを根こそぎ変えちまったってことだ」

「そうだったわね。サンクション第四惑星。あの革命では思っていたより強い献身が要求された、でしょ？」

「きみはあそこにはいなかった」

ことばの裏に小さな静寂が広がった。彼女は顔をそむけた。ブラジルが率いる小さな集団の仲間は、一応みなクウェル主義者ということになっている。少なくともネオクウェリストということに。しかし、その中でエンヴォイの特殊技能を備えているのはヴァージニア・ヴィダウラだけだった。ことばを換えれば、彼女には意図的な自己欺瞞を自分の中から抉《えぐ》り出す能力があるということだ。伝説や信条などというものに感情が簡単に流されることを彼女は許さない。そんな彼女からなら価値のある意見を聞けるはずだ。おれはそう思っていた。彼女には物事の全体を見通せる能力があると。

おれは待った。眼下のビーチでは波がゆっくりとした等間隔のバックビートを打っていた。

「ごめんなさい」と彼女はようやく言った。

「いや、忘れてくれ。誰にだって夢が踏みつぶされることがある。ちがうか？　それで傷つかないようなら、それはつまるところ二流の夢だったということだ」

彼女はゆがんだ笑みを口元に浮かべた。「自分はクウェリストじゃないって言っておきながら、それでいてクウェルを引用するのね」

「ちょっと言い換えたけどな。なあ、ヴァージニア、まちがってたら訂正してくれ。ナディア・マキタがバックアップされてたという記録はない。そうだよな？」

「タケシ・コヴァッチのバックアップがあるという記録もどこにもない。でも、実はあったみたいじゃないの」

「ああ、言われなくてもわかってる。だけど、あれはくそハーラン一族の仕業だ。それに、どうしてやつらがやったのか、理論的な根拠も容易に想像がつく。それだけやることの意味は明らかだからな」

彼女はおれを横眼で見て言った。「あらあら、サンクション第四惑星もあなたのエゴを傷つけることはなかったってことね。よかったわ」

「ヴァージニア、やめてくれ。おれは元エンヴォイだ。殺し屋だ。そういう人間にはそりゃいろいろと利用価値があるさ。しかし、ハーラン一族がナディア・マキタをバックアップしてたとは考えられない。彼女のせいで自分たちの独裁政治体制が危うく崩されるところだったんだから。百歩譲ってバックアップされていたにしろ、そんな歴史上の重要人物のコピーが、どうしてプランクトン並みの値打ちしかないデコムの頭に行き着くのか？　そこのところがわからない」

「プランクトン並みというのはちょっとちがうと思うけど」彼女はまた砂を踵でつついた。いっときの会話の小休止のあと彼女は続けた。「タケシ、ヤロスとわたしは……」

「ああ、ヤロスから聞いたよ。あんたがここにいることもあいつが教えてくれたんだ。会ったらよろしく伝えてくれって言ってた。元気だといいけどって」

「ほんとに？」

「あいつが実際に言ったのは、〝くそ、どうでもいいことだ〟だったけど、行間を読めばそうなる。結局、あいつとはうまくいかなかったんだ？」

ヴァージニアはため息をついた。「ええ、そうね」

「話したくないなら、別にいいけど」

「話しても意味ないわ。大昔のことなんだから」そう言うと、彼女はボトルバックサメ用の銛を砂に思いきり突き刺した。「彼がまだわたしのことを引きずってるなんて信じられない」

おれは肩をすくめた。「〝われわれは、先祖には夢見ることしかできなかった人生の尺度というものに備えなければならない。われわれがほんとうにわれわれ自身の夢を実現したいと思うのなら〟」

ヴァージニアが向けてきた視線には醜い怒りが塗りつけられていた。今の彼女の可愛らしいスリーヴには似合わなかった。

「冗談のつもり？」

「いや、ただ感想を言っただけだ。クウェルクリストの教えというのは幅広く――」

「もう黙って、タケシ」

エンヴォイ・コーズというのは、伝統的な上下関係のモデルをあまり重要視しない組織だ。少なくとも、社会の多くの人たちが思っているような形では。それでも、教官のことばには従ったほうがいいという習慣にしろ、大前提にしろ、そういうものを覆すのは簡単なことではない。感情が募ったときにはなおさら――

いや、どうでもいいことだ。

おれは黙り、波の音を聞いた。

少し経つと、へたくそなサキソフォンの音色が家からおれたちのほうへ流れてきた。ヴァージニア・ヴィダウラは立ち上がると、振り返って眼に手をかざした。その表情はいくぶん柔らかくなっていた。ゆうベストリップのこの界隈をまわったときに見たサーファーたちの大半の住処《すみか》とちがって、ブラジルの家はバブルファブではなく、きちんとした建造物だった。ミラーウッドの直立材が急速に強まる陽の光を受け、巨大な刃を持った武器のように光っていた。ミラーウッドとミラーウッドのあいだの壁は潮風にあたって傷んでいたが、色褪せたライムとグレーの心地よい色を家に与えていた。海側に四階まである部屋の窓がおれたちに向かって大きなウィンクをしていた。

サックスの音がはずれ、たどたどしいメロディをさらにひどいものにした。

「あいたた」おれは顔をしかめた。おそらくやたらと大げさに。ヴァージニアはさらに表情をなごませ、妙な角度からおれをとらえてぼんやりと言った。

「少なくとも、がんばってるんだから」

「ああ。目覚ましがわりにはなるだろう」

彼女は横眼でおれを見た。さきほどと同じようにおれを見るのが許されていないかのようにちらりと。そのあと不本意そうな笑みを口元に浮かべた。

「あなたってほんと、掛け値なしの豚野郎ね、タケシ。そのことわかってる?」

「一度か二度言われたことがある。で、このあたりじゃ朝食には何を食べるんだ?」

サーファー。

彼らの姿はハーランズ・ワールドのほとんどどこででも見かけられる。ハーランズ・ワールドにはほとんどどこにも海があり、サーファーたちにはたまらない波を起こしているからだ。このあたりでは、〝たまらない〟ということばにさらにいくつかの意味が加わる。そう、0・8Gという重力と三つの月――ヴチラでは一度に連続して五キロ以上も波に乗ることができる場所もあり、ここのサーファーたちが乗る波のその高さは、実際に眼にしてみなければ信じられないほど高いのだ。とはいえ、低重力と三つの月の影響には悪い面もないではない。ハーランズ・ワールドの海では、地球ではありえないほどの激しい潮流の活動があるのだ。水中のさまざまな化学物質、水温、それに潮の流れの驚くほどの変化のために、海はほとんど予告なしに意地の悪い、情け容赦ない離れ業をおこなう。そのため、水力学の専門家は今でもさまざまなシミュレーション・モデルに立ち返り、その多くの現象を解明しようとして、ヴチラ・ビーチでもさまざまな調査を続けている。おれも何度か完璧なまでの〝ヤング効果〟が発生したのを実際に眼にしたことがある。コマ送りのプロメテウスの神話のような一見安定していそうな九メートルのフェイス。海の上で渦巻く、パーフェクト・ウェーヴのショルダー。それが突然サーファーたちの下で酔っぱらったようによろめき、破砕銃で撃たれたかのように弾け、海はその咽喉を開いてボードを呑み込み、さらにサーファーを呑み込む。おれは何度か波の中から生存者を助け出すのを手伝ったこともある。彼らはたいてい放心状態で、まるで顔から放たれた光のような笑みを浮かべてこんなことを言う――〝すげえ波だった。絶対にもう浮き上がれないと思ったよ〟にしろ、〝あのくそ波がおれの真下で弾けたのを見たか?〟にしろ。そして、ほとんどのサーファーが急いで確認するのはこういうことだ――〝おれのサーフボードは無事か?〟。ワイプアウトして関節がはずれたり、骨を折ったり、頭蓋骨にひびがはいったりしていなければ、サーファーはまたすぐに海に戻っていく。一方、怪我が治るのを待っているサーファーの眼には波への欲求がたえず浮かんでいる。

人がそういう気持ちを抱くことはよくわかる。ただ、おれの場合は、そうした感情を自殺行為にも近い行為にではなく、ほかの人間を殺すときに使っているが。

「なんであたしたちなのさ?」とマリ・アドがぶっきらぼうに訊いてきた。彼女のオフワールド風の名前に見合った――と明らかに彼女が思っている――無作法さをもろに出して。

おれはにやりと笑い、肩をすくめて言った。

「ほかにこれ以上馬鹿なやつらを思い出せなかったからだ」

おれのそのことばに彼女は猫のように腹を立てた。一方の肩をすくめ、おれに背を向け、窓辺に置いてあるコーヒー・マシンのところまで歩いていった。ひとつまえのスリーヴと同じクローンを選んで生きているようだが、彼女には骨まで染みついた落ち着きのなさのようなものがあった。四十年前にはなかった兆候だ。まえよりも痩せて見え、眼のまわりが少しくぼんでいた。髪をうしろに流して、普通より小さくまとめたポニーテールも、頭皮を引っぱりすぎているように見えた。注文仕立てのアドラシオン風の顔は、アドラシオン風の骨格を備えており、鉤鼻はさらに鷹のように曲がり、濃い潤んだ眼はさらに濃く、顎の輪郭もはっきりしていたが、それでもあまり彼女には似合わない顔だった。

「あんたもずいぶん度胸があるんだね、コヴァッチ。サンクション第四惑星であんなことがあったっていうのに、こんなふうにあたしたちのまえに現われるなんて」

テーブルをはさんで向かいに坐っているヴァージニアがぴくりと体を動かした。おれは小さく首を振った。

アドは横をちらっと見て言った。「シエラ、あんたもそう思うだろ？」

シエラ・トレスはいつもと同じように、何も言わなかった。彼女の顔もまたまえに見たときより若返っていた。ミルズポートの日本系の美と、ＤＮＡサロンが考えるところのインカの美が融合し、体は優美な曲線を描いていた。が、その顔にはどんな表情も浮かんでいなかった。ただ、コーヒーメーカーの横の青い水性塗料の壁にもたれ、最低限のポラロイだけをつけた胸のまえで腕を組んでいた。起きたばかりのほかの家のメンバーと同じように、彼女もスプレー式水着と安っぽいジュエリーを身につけているだけだった。空《から》になったカフェオレのデミタス・カップがシルヴァーの指輪をひとつはめた指から、忘れ去られたかのようにぶら下がっていた。それでも、マリとおれのあいだを行き来する彼女の視線を見るかぎり、質問の答を探しているようではあった。

朝食の食卓のまわりでは、ほかのメンバーたちが同情するようにもぞもぞと体を動かしていた。誰に同情しているのかはよくわからなかったが。おれはエンヴォイの特殊機能の〝無表情〟をつくり、それぞれメンバーの反応を取り込んだ。頭の中に蓄積して、あとで詳しく分析するために。ゆうべのうちにおれたちはすでに〝確認式〟をすませていた——和気藹々とした懐古談という見せかけでおこなわれる一連の尋問で、新しいスリーヴ姿のおれがまちがいなくタケシ・コヴァッチであることは、その場で確認されていた。が、今の問題はそういうことではなかった。

おれは空咳をして言った。

「マリ、きみが一緒に来てもかまわなかった。だけど、サンクション第四惑星というところはここととはまったくちがう。波もなけりゃ、海だってきみのその胸ぐらい平べったい。だから、きみがどんな役に立つものか、おれとしてはよくわからなかった」

侮辱としてはあまりに複雑で、事実ともちがっていた。〈リトル・ブルー・バグズ〉の元メンバー、マリ・アドは波乗り技術とは無縁で、彼女の犯罪者としての才能が発揮されるのは数々の反政府活動においてだった。それに、ヴァージニア・ヴィダウラを含め、この部屋にいる女たちと比べて肉体的に劣っているわけでもない。それでも、おれは彼女が自分の体についてコンプレックスを持っていることを知っていた。また、ヴァージニアやおれとちがって、アドはオフワールドに行ったことがなかった。おれが彼女のことを〝田舎もん〟、〝サーフィンおたく〟、〝廉価な性的サーヴィスの提供源〟——さらに、すべてをまとめて〝セックス・アピールのない女〟などと馬鹿にして呼ぶのはそのためだ。おれがそう呼ぶのを聞いたら、イサならきっと大笑いしてくれただろう。

サンクション第四惑星の話となると、おれはまだどうしても神経質になる。

アドはテーブルの端に置かれている大きなオーク材のアームチェアを見やって言った。「こんなくそ野郎、早く追い出してよ、ジャック」

「いや」とブラジルは寝ぼけたような間延びした小さな声で言った。「今この段階では駄目だ」

彼は濃い色の木でつくられた椅子に床とほぼ水平に寝そべっていた。両脚を開いてまえのほうに放り出し、頭をまえに傾け、開いた両の手を軽く重ねて太腿の上に置いていた。まるで自分の手相でも読もうとでもしているかのように。

「ジャック、この男は礼儀ってものを知らなすぎるよ」

「それはおまえも変わらない」ブラジルは体を折り曲げて上体を起こし、椅子のまえのほうに坐ると、おれと眼を合わせた。その額にはかすかに汗が浮かんでいた。理由は容易に予想がついた。新しいスリーヴをまとっていても彼は昔とさほど変わっていなかった。悪い習慣をまだ克服できていなかった。

「それでも、コヴァッチ、彼女が訊いたこともわからないではない。どうしておれたちなんだ？　どうしておれたちがおまえのためにやらなきゃならない？」

「これはおれのためじゃない。それはあんたにもわかってるはずだ」それは嘘だった。「クウェリストの倫理がヴチラでも死んでるんだとしたら、おれはいったいほかにどこに行けばいい？　教えてくれ。時間がないんだ」

テーブルの端から鼻を鳴らす音が聞こえた。会ったことのない若い男のサーファーだった。「そいつがほんとうにおれたちが言うところのクウェルかどうかはわからないんだろ？　あんた自身そうなんだろ？　あんた自身信じてないんだろ？　見ず知らずのデコムのいかれ頭の欠陥を正すためにハーラン一族と戦ってほしい？　そんなことありえないだろうが」

今の若い男のことばに同意したのだろう、ふたりくらいなにやらぶつぶつとつぶやいた。が、それ以外のメンバーは黙ったまま、ただおれを見た。

おれはその若いサーファーのきつい視線をとらえて言った。「あんたの名前は?」

「そんなことあんたになんの関係がある?」

「ダニエルだ」とブラジルがかわりにあっさりと答えた。「まだここに来て長くない。それに、そう、おまえが見たままの歳だ。それと、聞いたままの」

ダニエルは顔を赤らめ、信頼していた人間に裏切られたみたいな悲しい顔をした。

「だけど、ジャック、事実は事実として受け容れなきゃ。おれたちは〈リラ・クラッグズ〉の話をしてるんだぜ。招待状なしであの要塞の中にはいったやつなんて誰もいない」

ブラジルの失笑が稲妻のように飛び火した。まずヴァージニア・ヴィダウラに、さらにシエラ・トレスに。マリ・アドまでコーヒーカップを口につけたまま苦笑していた。

「なんだよ? どうしたっていうんだ?」

おれは苦笑い組の仲間入りをしないように努め、ダニエルを見やった。あとになって彼が必要になるかもしれないのだから。「ダニエル、若さがちょっと出ちまったみたいだな」

「ナツメ」とアドが子供に噛んで含めるように言った。「この名前を聞いて何かわかる?」

ダニエルの表情がそのまま答になっていた。

「ニコライ・ナツメ」ブラジルがまた笑みを浮かべて言った。が、今度は馬鹿にした笑みではなかった。「おまえが知らなくても不思議はない。ナツメのことを覚えてるには、おまえは二百年ばかり遅く生まれすぎたってだけだ」

「あれってほんとの話だったのか」と誰かがぼそっと言った。悲しみに似た不思議な感情がおれの心にしみ込んできた。「プロパガンダのためのつくり話だと思ってた」

別の知らないサーファーが体をひねって、ジャック・ソウル・ブラジルのほうを見やった。納得のいかない顔をしていた。「ねえ、ナツメは中にははいってないよ」

「いや、はいったの」とアドが言った。「最近の学校で教えてるたわごとは信じないほうがいい。彼は——」

「ナツメの功績についてはあとで話そう」とブラジルがおだやかな口調で言った。「〈リラ・クラッグズ〉を襲わなければならないというような事態になったとしても、その前例はある——今のところはそれだけにとどめておこう」

いっとき沈黙が流れた。ナツメについて学校で習ったことしか知らなかったサーファーがダニエルの耳元でなにやら囁いていた。

「わかった」と最後に誰かが言って、沈黙を破った。「でも、もしハーラン一族がその女を捕らえてるとして——その女が誰であれ——そもそも襲撃する意味があるの？　〈リラ〉の尋問テクを考えたら、その女はもうとっくにおかしくなっちゃってるんじゃないの？」

「そうとはかぎらない」ヴァージニア・ヴィダウラが空《から》になった皿の上に身を乗り出して言った。スプレー式水着の中で小さな胸が揺れた。サーファーのユニフォーム姿の彼女を見るというのはなんとも不思議な気分だった。「デコムには最先端のギアが装備されていて、それはほとんどの人工知能メインフレームよりすぐれてる。ウェットウェアのエンジニア並みの技術でつくられてるのよ。そもそも、火星人の航法コマンド知性を倒すために開発されたんだから。そんじょそこらの尋問ソフトウェアじゃ太刀打ちできない」

「でも、拷問してるかもしれない」とアドが自分の席に戻って言った。「相手はあのハーラン一族なんだよ」

おれは首を振った。「拷問なんて受けたら、彼女は司令システムの中に閉じこもるだけさ。それに、訊き出したい情報はかなり複雑な内容のものだ、だろ？　向こうとしてもそういうむずかしい話を彼女にきちんとしてもらわなきゃならない。短時間痛みを与えるぐらいじゃ、それは無理だ」

シエラ・トレスが頭をもたげて言った。

「今でもあんたと彼女は話をしてるってこと？」

「まあ、そういうことになるな」テーブルの離れたところから〝信じられない〟といった意味の雑音が聞こえたが、おれは無視した。「これはおれの推測だが、彼女はデコム・ギアを使って、なんとか音声接続してるんだと思う。ちょっとまえになるが、おれもその接続を使って、彼女のクルーと話をしたことがある。おそらくチームのネット・システムに残ったわずかな記録から、彼女には検索することができたんだろう。だけど、そのクルーはもう死んでしまった。それにもともとそれほどいい接続環境じゃなかった」

ダニエルを含めて、二、三人の仲間が声をあげて笑った。おれは彼らの顔を記憶した。

ブラジルも気づいたのだろう、黙るように身振りで示して言った。

「彼女のチームのクルーはみんな死んだ。そうなんだな？」

「ああ、そう聞いた」

「デコムでうじゃうじゃしてるところで、四人のデコムが同時に殺された」マリ・アドが顔をしかめた。

「そんなふうに簡単に抹殺できるの？　ちょっと信じがたい話だけど。ちがう？」

「ああ、おれも――」

彼女はおれのことばをさえぎって続けた。「つまり、そんなことをデコム仲間が許すのかってことよ。その――なんていう名前だっけ――クルマヤ？　その昔気質《かたぎ》のデコムの親分がハーラン信奉者の侵入を簡単に許して、自分の眼のまえでそんなことをさせる？　それにほかのデコムたちは何してたの？　デコムの団結心はどこへ行っちまったの？」

「ああ」とおれは冷静に言った。「だけど、それが事実だったんだ。デコムはそれぞれのチームが競争原理を基本に動いてる。敵を倒して報奨金をもらうのがシステムだからな。もちろん、チーム内のクルーはよく団結してるが、おれが見たかぎり、チームの外ではそういう忠誠心はあまりないようだった。それにあのクルマヤ。独裁政府からプレッシャーがかかってきたら、すぐに屈するタイプだ。まあ、プレッシャーがあったのは事件のあとのことかもしれないが。それに、そもそもシルヴィの〈スリップインズ〉は、クルマヤの言うことを聞いたためしがなかった。そんな彼らのためにクルマヤが自分からヒエラルキーに逆らうとは思えない」

アドが口元をゆがめて言った。「なんて素敵な話なの」

「そういうご時世なのさ」とブラジルが思いがけず口をはさみ、おれを見やって続けた。「〝気高い忠誠心をすべてなくしてしまうと、われわれは必然的に恐怖と強欲の世界に生きることになる〟。だろ？」

引用の余韻のような沈黙ができ、しばらく誰も何も言わなかった。おれは部屋にいるメンバーたちの顔を見まわしてスキャンし、賛同が得られそうなやつと反対しそうなやつ、さらに賛成と反対のあいだで揺れ動いているやつを見分けようとした。シエラ・トレスが何か言いたげに片方の眉を吊り上げたが、口を開くことはなかった。サンクション第四惑星、くそサンクション第四惑星――そのことばがおれのまわりを漂っていた。つまるところ、あのときのおれの行動は恐怖と強欲に支配されたものだった、と説明をすることもできなくはない。すでにそう思っている顔つきをしている者もいた。

とはいえ、誰もあの場所にはいなかった。

あそこに行ったのはおれだけだ。

ブラジルが立ち上がり、テーブルのメンバーの顔を見まわした。たぶんおれと同じスキャンをしたのだろう。

「みんな、それぞれ考えておいてくれ。これはおれたち全員に関わることだ、多かれ少なかれ。みんなを呼んだのは、ここにいるメンバーは全員このことを口外しないことがわかってるからだ。おれは信頼してるからみんなを呼んだ。それに、何かやるべきことがあれば、おれを助けてくれるとも信じてる。夕方、もう一度ミーティングをやって、みんなに投票してもらう。それまでにきちんと考えておいてくれ」

そう言うと、ブラジルは窓ぎわのストゥールの上に置いてあったサキソフォンを手に取り、ゆっくりと部屋から出ていった。今の彼の人生において、サキソフォン以上に大切なことなどないとでもいった足取りで。

ややあって、ヴァージニア・ヴィダウラも立ち上がり、ブラジルのあとを追った。

彼女はおれのほうをちらりとも見なかった。

第二十五章

そのしばらくのち、ビーチに坐っていると、ブラジルがやってきた。

海から出て、ボードを腋の下に抱えてゆっくりと歩いてきた。ショーツとスプレー式ショート・ブーツしか身につけていなかったので、胸の瘢痕がはっきりと見えた。あいているもう一方の手で髪を梳《す》き、海水を拭った。おれが挨拶がわりに片手を上げると、彼は速足になって、おれが坐っているところまでやってきた。何時間も海にいたのになかなかの動きだった。おれのそばまで来ても息ひとつ切らしていなかった。

おれは太陽の光に眼をすがめるようにして彼を見上げて言った。「サーフィンも愉しそうだな」

「やってみるか?」と言って彼はサーフボードに触れ、おれのほうに少し傾けた。普通のサーファーだったら絶対にしないことだ。使いはじめて二日以上経ったボードでは。彼が持っているボードはまとっているスリーヴより年季が入っていそうな代物だった。

ジャック・ソウル・ブラジル。ここヴチラ・ビーチでもこいつみたいなやつはほかにいない。

「ありがとう。でも、やめとくよ」

彼は肩をすくめた。それからボードを砂に埋めて立て、おれの隣りにどさっと腰をおろした。その拍子に小さな水滴が体から飛び散った。「好きにすりゃいい。だけど、今日の波はいい波だ。怖い波じゃない」

「そんな波じゃつまらないんじゃないか、あんたにとっちゃ？」

満面の笑みが返ってきた。「いや、それがサーフィンの罠なのさ」

「罠？」

「ああ」彼は海のほうを身振りで示した。「どんな波にもそれなりの愉しみ方がある。いったん海にはいったら、そうやって愉しむことだ。それができないなら、ニューペストに戻ったほうがいい。ヴチラとは永遠におさらばしたほうが」

おれはうなずいて言った。「そういうやつらも多いのか？」

「燃え尽きるやつらか？　ああ、中にはいるよ。だけど、ここを出ていくやつらは別にそれでいい。逆に、ずっと居坐りつづけるやつのほうが見ていて可哀そうになる」

おれはブラジルの胸の瘢痕をちらりと見た。

「ジャック、あんたって繊細なんだな」

彼は海に笑みを向けて言った。「それは努力の賜物だ」

「だけど、だからクローンには反対なのか、ええ？　どんなスリーヴにもそれなりの愉しみ方があるってわけだ？」

「どんなスリーヴにもそれなりに学ぶことがある」と彼はおだやかな口調で訂正した。「ああ、それに、最近のクローン保管にかかる費用は途方もないだろうが。ニューペストでさえ」

「マリ・アドやトレスはそんなことは気にしてないみたいだが」

彼はまたにやりと笑って言った。「マリ・アドには遺産がたっぷりあるからな。あいつのほんとうの名前はおまえも知ってるだろ？」

「ああ、覚えてるよ。トレスのほうは？」

「トレスのほうはその手のやつらに伝手《つて》があるんだ。〈リトル・ブルー・バグズ〉が解散したあと、あいつはしばらくハイデュック・マフィアに便宜を図ってた。つまり、彼女にはニューペストのハイデュックの連中には貸しがあるってわけだ」

ブラジルは体をわずかに震わせた。それがだんだん大きくなり、最後には肩がぴくりと動いてくしゃみをした。

「まだあの手のドラッグをやってるんだな。アドがあんなに細いのもそのせいか？」

彼は奇妙な眼でおれを見て言った。「アドが細いのはあいつがそうなりたがってるからだよ。で、そんなのは彼女の勝手だ。ちがうか？」

おれは肩をすくめた。「もちろん。ただちょっと気になっただけだ。もう自己感染剤には飽き飽きしてる頃だと思ってたんでね」

「そうだったな。おまえは初めからケミカルが好きじゃなかった、だろ？　覚えてるよ。まえにここにいたとき、マリがフン《H》・ホーム《H》・インフル《F》エンザ剤のよさを教えようとしたときも、おまえは嫌がった。そういうものに対して、おまえはけっこうお堅いんだよな」

「自分からわざわざ具合を悪くして、何が愉しいのか昔からよくわからないだけさ。むしろおれはあんたのことを経験豊富な医者だと思ってた。だから、少なくともそれくらいの分別はあるんだろうと」

「今のおまえのことばは、今度お互いテトラメスをやったあとのひどい中毒症状になったときにでも思い出させてやろう。あるいは、シングルモルトの飲みすぎで二日酔いになったときとかに」

「それはまた別の話だ」

「確かに」彼はしかつめらしくうなずいた。「確かにあのケミカルは石器時代の代物だよ。スペック抑制型免疫システムに対してＨＨＦをおれは十年使ったけど、それで興奮とクールな幻覚が手にはいった。どでかい波に乗るような感覚だ。抑制剤とウィルスがぴったり合えば、頭痛も大きな臓器障害もない。鼻水が出ることさえない。そんなドラッグ、ほかにあるか？　あったら教えてくれ」

「今もまだやってるのか？　ＨＨＦを？」

ブラジルは首を振った。「いや、もうずいぶんやってない。ヴァージニアがアドラシオン仕様の新しいドラッグを手に入れてからはずっとそれだ。工学脊髄膜炎化合物。おれが最近見る夢はおまえにも見せたいくらいだ。叫び声をあげながら眼が覚めることもある」

「それはご同慶の至りだ」

しばらくのあいだ、おれたちは海の中にいるサーファーたちを眺めた。ブラジルはぶつぶつと何度かつぶやくと、サーファーの動きについて何か指摘した。おれにはほとんど意味がわからなかった。一度、ワイプアウトしたサーファーに向かってブラジルは軽く拍手した。見やると、馬鹿にしたような表情は少しも浮かんでいなかった。

少し経って、砂に突き刺したボードを示しながら、ブラジルはまた訊いてきた。

「ほんとうにやってみる気はないのか？　おれの板を使ってくれていい。それに、おまえがまとってるその古そうなスリーヴ、サーフィンするためにつくられたみたいなやつじゃないか。よく見てみると、戦闘用とはちょっとちがう。軽すぎるっていうか」彼は人差し指と中指でおれの肩を軽く突いた。「というか、これはほぼ完璧なスポーツ・スリーヴだ。どこの製品だ？」

「今はない会社だ。聞いたこともない名前だ――〈エイシュンドウ〉」

「〈エイシュンドウ〉だって？」

おれは驚いてブラジルを見た。「ああ、〈エイシュンドウ・オーガニックス〉。知ってるのか?」

「あたりまえだろうが」彼は体をそらせておれをじっと見た。「タケシ、そのスリーヴはクラシックだ。〈エイシュンドウ〉から出たシリーズはそれひとつだけだったんだ。出た当時は少なくとも一世紀分くらいの技術を先取りしたスリーヴだった。それまでは想像もできなかった機能が満載されてる。ヤモリ仕様のグリップ、リケーブル筋肉構造、自動サヴァイヴァル機能。信じられないだろうが、そういうすごい機能ばかりだ」

「いや、わかってる」

ブラジルはおれのことばを聞いていなかった。「柔軟性と耐久性も最高水準。反射作用ワイヤリングも三〇〇年代初めにハーカニー・ニューロシステムが開発されるまでは、どんな製品よりもすぐれてた。今じゃそんな高性能のスリーヴはもうつくられてない」

「そりゃそうだろうな。確か会社は倒産したんだろ?」

彼は大きく首を横に振った。「いや、政治がらみだったんだ。〈エイシュンドウ〉はドラヴァの協同組合の法人だった。八〇年代につくられた、典型的な隠れクウェリストの組合だ。まあ、実際にはそのことをあまり隠そうとはしていなかったみたいだが。すぐに閉鎖されてもおかしくはなかった。それでも、この惑星で一番のスポーツ・スリーヴをつくってることは有名だった。で、結局、ファースト・ファミリーのガキどもの半分は〈エイシュンドウ〉のスリーヴをまとうことになった」

「やつらにとっては便利なスリーヴだった」

「ああ。さっきも言ったが、それ以上のスリーヴはなかったからな」情熱が彼の顔から滲出していた。

「そのあと不安定時代になって、ドラヴァの組合員は公然とクウェリストを支持する立場を表明した。ハーラン一族は決してそのことを許さなかった。不安定時代が終わると、〈エイシュンドウ〉で働いたことのあるやつ全員をブラックリストに載せて、バイオテク責任者何人かを処刑した。反逆者、テロリストとして。〝敵に武器を供給した〟という使い古された理由で。それに、当時のドラヴァの情勢もあって、組合自体すでにやばい状態だった。しかし、それにしてもおまえがそのスリーヴをまとってそこに坐ってるとはな、タケシ、それって歴史のくそひとかけらなんだぜ」

「それはそれは。いいことを教えてくれたよ」

「でも、その気はない──」

「あんたに売るってか？　気持ちは嬉しいが──」

「ちがうよ。サーフィンをする気はないのかってことだ。ボードを持って海にはいる気はないか？　そのスリーヴで何ができるか試す気は？」

おれは首を振った。「わからないままにしておいて、どきどきしながら生きていくよ」

ブラジルはしばらく不思議そうにおれを見てからうなずき、また海を眺めた。そのさまを見れば、海がどれほど彼を癒しているかよくわかった。内から湧き起こる怒りの熱をどれほど巧みに冷まし、心のバランスを保っているか。おれは冷めた気分で、努めて羨ましがらないようにした。

「じゃあ、サーフィンはまた別の機会に」と彼はぼそっと言った。「あまり問題を抱えていないときにでも」

「ああ、そうだな」考えられるかぎり、〝別の機会〟などなかったが。ブラジルが過去のことを話しているのであれば別だが。おれには過去に戻る方法など思いあたらなかった。

ブラジルはまだ話を続けたがっていた。

「サーフィンはまったくやったことがないんだな？　ニューペストでも？」

おれは肩をすくめた。「板から落ちる方法なら知ってるよ。あんたがそういうことを言ってるのなら。

子供の頃、夏に地元のビーチでやってたことがある。そのあとはクルーのやつらとつきあうようになって、やつらはスキューバ専門だった。知ってるだろ?」

彼はうなずいた。ニューペストにいた若い頃を思い出したのかもしれない。あるいは、こういうやりとりをまえにしたときのことを思い出したのかもしれない。しかし、そんなことを覚えているだろうか? おれたちが同じ会話をしたのは五十数年前のことだ。エンヴォイの記憶力がなければ、簡単に思い出せることではない。それははるか昔の話で、会話の記憶などそのあいだにほかにいくらもあるのだから。

「ほんと馬鹿だったよ」と彼はつぶやくように言った。「おまえは誰とつるんでたんだ?」

「〈リーフ・ウォリアーズ〉。ヒラタ支部のやつらがほとんどだった。〝自由にダイヴして、自由に死ね。くずどもは水面に残しておけ〟ってやつだ。その頃あんたみたいなやつを見つけたら、すぐにやっつけてただろう。そっちは?」

「おれか。若い頃は自分こそほんとうの自由人だと思ってた。〈ストーム・ライダーズ〉、〈スタンディング・ウェーヴ〉、〈ヴチラ・ドーン・コーラス〉。はいったギャングはほかにもあったと思うけど、全部は思い出せない」ブラジルは首を振った。「ほんとに馬鹿だったよ」

おれたちはしばらく波を眺めた。

「ここに来てどれくらいになるんだ?」とおれは訊いてみた。

彼は体を伸ばし、眼をしっかりつぶって太陽に顔を向けた。猫がごろごろと咽喉を鳴らすような音が胸から立ち昇り、最後にはくすくす笑いになって口から出てきた。

「ここ、ヴチラに? わからない。記録をつけてるわけじゃないからな。たぶん一世紀近くになるんじゃないか。出たりはいったりを繰り返してるけど」

「〈リトル・ブルー・バグズ〉は二十年前に解散したってヴァージニアが言ってたが」

「ああ、それくらいになるだろうな。さっきも言ったが、シエラ・トレスはまだ時々外に出てる。だけど、残りの大半はビーチでの喧嘩にたまに参加するくらいのものだ。ここ十年ほどは」

「そのあいだにあんたが錆びついてなきゃいいが」

ブラジルはまたにやりと笑い、おれを見た。「もうおれがやる気になってるみたいな言い方だな」

おれは首を振った。「ちがうよ。ただ、おれは人の話をよく聞く性質《たち》なんでね。〝これはおれたち全員に関わることだ、多かれ少なかれ〟──あれはいい台詞だった。ほかのやつらがどういう結論を出そうと、あんたはきっと手伝ってくれる。それはおれの話が嘘じゃないってわかってるからだ。だろ？」

「そう思うか？」ブラジルは砂の上に寝そべり、眼を閉じた。「だったら、こういうことも考えてみたらどうだ？　きっとおまえの知らないことだ。ニューホッカイドウ大陸の支配をめぐって、クウェリストがファースト・ファミリーと戦ったときには、政府が暗殺部隊を編成したって話がけっこう囁かれた。その部隊がクウェルとクウェリスト非常事態委員会のメンバー何人かを狙ってるってな。黒の部隊にカウンターブローを食らわせようというわけだ。それに対して黒の部隊はどうやって対抗したか知ってるか？」

「ああ、知ってるよ」

彼は細く眼を開いた。「ほんとうに？」

「知るわけないだろ。まわりくどい質問は嫌いでね。おれにその話をしたいんだろ？　だったらさっさと続けてくれ」

ブラジルはまた眼を閉じた。何か痛みのようなものが彼の顔をよぎったように見えた。

「わかった。データ榴散弾って何かわかるか？」

「もちろん」それは古いことばで、今ではほとんど死語だった。「石器時代級の安いウィルス兵器。ブロードキャスト・マトリックスの標準コードの一部を転換利用。敵のシステムにはいり込むと、初めにインプットされたループ機能が実行される。そして、でたらめなコマンドでオペレーティング・コードを妨害する。理論上はそういうことだ。まあ、そんなにうまくは機能しないと聞いたこともあるが」

実際のところ、この武器の欠点をおれは実体験から知っていた。百五十年前、アドラシオンでの最後の抵抗運動のとき、抵抗軍がブロードキャスト・データ榴散弾を使い、マンザナ湾へのエンヴォイの接近を遅らせようとしたことがあった。彼らにはもうそういう作戦しか残っていなかったのだ。しかし、おれたちの接近はほとんど遅れなかった。そのあとネルーダの屋根のある通りで接近戦が起き、おれたちのダメージはそのときのほうがはるかに大きかった。しかし、ジャック・ソウル・ブラジルという名で知られるこの男、見たことのない惑星の文化に情熱を持つ男に今、そのことを伝える必要はない。

彼は砂の上で長身の体の向きを変えて言った。

「ああ。しかし、ニューホッカイドウのクウェリスト非常事態委員会の連中はおまえみたいな心配はしなかった。それとも、そのときにはもう死にもの狂いになっていたのか。とにかく、デジタル人間移送の考えをもとに似たようなことを思いついた。委員会のメンバーの見せかけのパーソナリティをつくったのさ。基本的な記憶と自我の表面的な集合――」

「おいおい、冗談も休み休み言ってくれ」

「――それをワイドキャスト・データ地雷にダウンロードした。クウェリスト地区に仕掛けて、負けそうになったら爆発するように。これは冗談でもなんでもない」

おれは眼を閉じた。

ファック！

ブラジルの悲しい声が続けて聞こえてきた。「そう、彼らはこんな計画を立てた——総崩れになったときに地雷を爆発させ、クウェリストの防衛隊を何十人か残す。まあ、侵入軍の前衛隊も残す計画だったかもしれない。そして、その全員に自分こそクウェルクリスト・フォークナーにしろ、誰にしろ、そういう人間だと信じ込ませる」

波の音。遠くから海の水を切って聞こえてくる叫び声。

できれば——わたしが眠ってるあいだ、わたしを抱いていてくれない？

おれは彼女の顔を見た。シルヴィ・オオシマのものではない声を聞いた。

触って。あなたはリアルだって言って。

ブラジルの話もそろそろ終わりに近づいているようだった。「考えてみれば、よくできた武器だよ。混乱が広がって、誰を信頼していいのか、誰を逮捕すればいいのかわからなくなる。それこそカオスってやつだ。それで本物のクウェルが逃げ出す時間が稼げたのかもしれない。あるいは……ただカオスをつくり出しただけだったのかもしれない。イタチの最後っ屁みたいなものだったのかもしれない。それは誰にもわからない」

眼を開けると、ブラジルは砂の上に坐り、また海を眺めていた。落ち着きやユーモアが彼の顔から消えていた。化粧を落としたように、太陽の光ですっかりと乾ききった海水さながら、いつのまにか消え去っていた。引き締まった筋肉に覆われたサーファー・スリーヴの中で、彼は敵を憎み、怒りまくっているように見えた。

「その話、誰から聞いたんだ？」とおれは訊いた。

ブラジルはおれのほうをちらっと見た。さきほどまでの笑みの亡霊がかすかに揺らめいた。

「おまえとしては会っておかなきゃならない誰かだ」と彼はおだやかに言った。

おれたちはブラジルのバイクに乗って出かけた。軽装備のふたり乗りのバイクで、おれが借りたひとり乗りのバイクと大きさはそれほど変わらなかった。が、あとになってわかったことだが、こっちのほうがずっとスピードが出た。ブラジルはわざわざ着替え、豹革のぼろぼろのクラッシュ・スーツを着ていた。そういうところもまわりのサーファーたちとちがうところだった。ほかの頭の悪い連中はハイウエイを走るときもみんな水着のままで、振り落とされたり転んだりしたら、骨まで皮膚が剝がれてしまいそうな猛スピードで走る。

「ああ、確かに」おれがそのことを指摘すると、彼は言った。「冒すに値する危険というものもないではないが、残りはみんな自殺願望だな」

おれはポラロイのヘルメットを手に取ってかぶった。自分の耳ざわりな声がスピーカーを通して聞こえた。

「頭はちゃんと守らないと」

彼はうなずいて言った。「ああ、いつでもな」

そう言って、バイクのエンジンをかけ、彼もヘルメットをかぶった。ハイウエイに出ると、バイクは時速二百キロを保ちながら北に向かって進んだ。おれがブラジルを探してきた道を逆に進んだ。二十四時間営業のドライヴ・インを過ぎ、そのほかさまざまな店のまえを過ぎ、人が集まるいろいろな場所も通り過ぎた。ボトルバックサメ釣りボートのまわりにほとばしる血のように、おれがブラジルの名前をばら撒いてきた場所だ。バイクはケム・ポイントをさらに越えて北に向かった。陽の光のもと、ストリップはそのロマンティックな魅力の多くを失っていた。ゆうべ南へ向かっていたときに、窓の光が点在して見えた小さな集落は、実際に見てみると、陽に焼かれた実用本位様式の低層建築とバブルファブのただの塊だった。ネオンとホロサインは電源がはいっていないか、ほとんど見えなくなるほどわずかな光しか放っていなかった。昼間見る砂丘の市《まち》の居住地は、コージーな〝夜のメインストリート〟的な魅力を失くし、残骸の散らばるハイウェイの両脇に積まれた建造物の堆積でしかなかった。波の音と空気のにおいだけは同じだったが、それを感じるには速く走りすぎていた。

ケム・ポイントの北、二十キロほどのところからひどい舗装の脇道が砂丘まで延びていた。ブラジルはその脇道にはいるまえにバイクのスピードをゆるめ——どうせゆるめるなら、もう少しゆるめてほしかった——ハイウェイを降りた。砂がバイクの下で舞い上がり、永久コンクリートの不規則な塊の上を走って道路脇の岩盤のほうに押し出された。道路の舗装は、反重力装置が装備された乗りものにとって、実際の走行面を提供することにだけ意味があるのではない。道がどこに続いているのかを示す指標にもなっている。しかし、この道を舗装したやつはその努力を怠ったらしい。一番手前の砂丘を越えると舗装はいつのまにかなくなり、あとはイリュミナムやカーボン・ファイバーのポールが十メートルおきに脇に打ち込んであるだけだった。ブラジルはスピードをゆるめ、バイクはポールのあいだをゆっくりと進んだ。砂の上のその脇道は海に向かってくねくねとうねっていた。やがて崩れかかった二軒のバブルファブが前方に見えてきた。斜面の上に普通では考えられない角度で建っていた。見るかぎり、そこに人が住んでいるのかどうかもわからない。さらにその先にはまわりとほとんど段差のない細い道が見えた。砂に覆われたその細い道に戦闘用装備が設えられたスキマーが置かれていた。バイクの音か熱を感知したのだろう、クモのような恰好をした感知システム・ロボットが眼を覚まし、道の上で腰を折り曲げた。まるで、カラクリのミニチュア版のように。そのロボットはおれたちのほうに向けて何本かの手脚を上げ、バイクが通り過ぎるとまた道の上で小さくなった。

一番奥の砂丘の上まで来ると、ブラジルはバイクを海と平行に停めた。そして、ヘルメットを取り、操縦装置のほうに身を乗り出し、斜面の下のほうに向かってうなずいて言った。

「あれだ。どう思う？」

その装甲ホヴァーローダーは大昔にビーチに乗り上げ、連なる砂丘にその船首をぶつけ、そのままそこに乗り捨てられたのだろう。崩壊したサイドスカートを広げるようにして、砂の上に横たわっていた——近づいてくる餌食を狙って身を屈めたものの、その場で虐殺された沼豹のように。後部にある操舵装置の翼板は強風に煽られ、曲がったまま動かなくなっているようだった。砂が船のぎざぎざの外装を覆い、サイドスカートまで堆積していた。今見えている側面はさらに大きな船体の上部構造なのだろう。砲門から突き出た砲身が空に向かって折れ曲がっていた。油圧調速機が撃たれた証拠だ。緊急避難したせいだろう、何かが排出されたあとのように、後部ハッチはみな吹き飛んでいた。

胴体中央の側面はブリッジのブリスター近くまで塗装の跡が見えた。黒と赤の線がからみ合い、おれもよく知っている模様を描いていた。その模様を見るなり、冷たい手で背すじを触られたような感覚を覚えた。長いときを経て腐食した、クウェルクリスト・マイクロ波の模様だ。

「信じられない」

「だろ？」ブラジルがバイクのシートの上で体の向きを変えた。「ほんとに信じられない」

「あのときからずっとここに……？」

「ああ、そういうことだ」

おれたちは砂丘をさらに進み、ローダーの船尾近くにバイクを停めた。ブラジルがパワーを切ると、素直なアザラシのようにバイクが砂の中に少し沈んだ。ローダーの大きな船体が眼のまえにどっしりと鎮座していた。スマート・メタルの外装が太陽の熱を吸収し、船体のまわりはいくらか気温が下がっていた。ところどころへこんだ側面には、サイドスカートの手すりから三個所に乗降梯子がかけられ、その脚が砂に埋もれていた。地面に向けて傾いている船体後部の梯子は外に投げ出され、地面とほぼ水平になっていた。ブラジルは梯子を無視し、手すりをつかんで体を持ち上げ、いとも簡単にデッキに飛び乗った。おれは眼をぐるっとまわしてあきれてみせながらも同じようにデッキにのぼった。

デッキの上に立つと、声がした。

「こいつがその男か?」

おれは太陽のまぶしさに眼をしばたたき、少し傾いたデッキの上のぼんやりとした影を凝視した。その男はブラジルよりも頭ひとつ分ほど背が低く、肩のところで袖を断ち落としたシンプルなグレーのオーヴァーオールを着ていた。まばらな銀髪の下の顔からすると、少なくとも六十は超えていそうだった。しかし、剝き出しの腕は筋金入りの筋肉をまとい、その先に骨張った大きな手があった。さらに、その柔らかな声の背後には筋張った強さが秘められており、問いかけの口調には敵意に近い緊張感が漂っていた。

おれはブラジルの横に出て、年老いた男と同じ姿勢を取った——男は両手を横に垂らして立っていた。今にもその腕を振り上げてきそうな様子だったが、おれはそんなことは無視し、ただ男の眼をじっと見つめて言った。

「ああ、おれがその男だ」

男はひるんで視線を落としたように見えた。が、そうではなかった。男はおれを下から上までとくと見ていた。いっとき沈黙が流れた。

「彼女と話したって?」

「ああ」おれは最初の返答よりいくらかおだやかな声音で答えた。男の声に含まれていた緊張感を読みちがえていたようだ。敵意ではなかった。「彼女と話した」

ホヴァーローダーの内部は意外に広く、自然光にあふれていた。このような戦闘船の中はだいたい狭苦しいものだが、ソウセキ・コイはそれを長い時間をかけて改装していた。隔壁が取り払われ、さらにアッパー・デッキの床の一部がところどころ剝がされ、高さ五メートルの位置に天窓が切られ、太陽光がいくつかある舷窓と船尾の開いたハッチから射し込んでいた。戦闘のダメージなのか、わざとそう改造したのかはわからないが、ひび割れた外装のあいだからも光が洩れていた。さまざまな植物が空いたスペースに繁茂し、吊るされたバスケットからもあふれ出し、剝き出しになった胴体の支柱にからみついていた。イリュミナムのパネル材はきちんと交換されているところもあれば、腐食するがままに放置されているところもあった。どこか見えないところで、岩の上を流れる水のような、柔らかで我慢強い音が聞こえ、叩きつけるような外の波のベースラインと対旋律を奏でていた。

ソウセキ・コイは天窓の下までおれたちを連れていくと、きちんとセットされたローテーブルのまわりに置かれたパッド入りマットに坐るように言って、ホヴァーローダーのオートシェフを使い、伝統的な作法でおれたちをもてなしてくれた。奥の棚に置かれたオートシェフはまだきちんと動いているようで、さまざまな肉のグリルやヤキソバに加え、ベラウィード・ティーや頭上の植物の果実も出てきた――蔓《つる》プラム、三十センチの長さはある太いコスース・チェーンベリー。ブラジルは一日じゅう海にいた男の食欲で、出されたものすべてにかぶりついた。おれは自分の皿を取ると、失礼にならない程度の量を食べた。もっとも、チェーンベリーは今まで食べた中でもかなりうまい部類で、気づくといくつも食べていたが。おれたちが食べているあいだ、コイは決して質問してこようとはしなかった。

しばらく経って、最後のチェーンベリーの茎を皿の上に放ったブラジルがナプキンで指を拭きながら、おれに向かってうなずいて言った。

「話してやってくれ。要点だけは伝えてあるが、これはそもそもあんたの話だからな」

「おれは――」おれは食い散らかしたテーブルの反対側を見た。コイは身を乗り出すようにして待っていた。「――ちょっとまえの話だ。二、三ヵ月前の話だ。おれはテキトムラにいた……仕事で。波止場地区の〈トウキョウ・クロウ〉というバーにいたときのことだ。彼女はその店で――」

話をしながら妙に不思議な気分になった。不思議――いや、正直に言えば、なんともぼんやりとした感覚だった。自分の声を聞きながら、これまで自分がたどった道のりが自分でも信じられなくなったのだ。飛び散ったあの夜の血。幻覚にうなされた叫び声。ニューホッカイドウのマシンに取り憑かれた未浄化地帯を駆けまわり、分身《ドッペルゲンガー》から逃げてまた南へ。波止場のバーでの非現実的な騎士道精神。生きた鋼鉄の髪を持つ女、謎めき、傷ついた女との統合失調症のような狂乱のセックス。そんな女とともに繰り返した水上移動。火星人の廃墟での自分自身の断片との銃撃戦。ロボット・クレーンの陰で、おれをミッキーと命名したシルヴィは正しかった。すべてがエクスペリアさながらだった。

ラデユール・セゲスヴァールにはおれがしてきたことがなかなか受け容れられなかったのも、むべなるかなだ。酔っぱらった忠誠心で、次から次と行き先が変わるこんな話を聞かされたら、おれでさえ信じられず、大笑いしていただろう。二年前、金銭的な援助を求めてセゲスヴァールのもとを訪ねたおれでさえ。

いや、おまえは笑ったりはしなかっただろう。

話などほとんど聞かず、われ関せずといった冷たい眼で見つめ、何かほかのことを考えていただろう。次の新啓示派の坊主の虐殺のこととか、テビット・ナイフの刃についた血のこととか、ウィード・イクスパンスの真ん中にある急傾斜の壁に囲まれたリングのこととか、延々と続く甲高い叫び声のこととか……

おまえなら肩をすくめて、こんな話など軽く受け流していただろう。真実にしろ、嘘にしろ。自分にはまた別の話があることに満足して。

コイはひとことも発することなく話に聞き入っていた。ことばを切って、彼のほうを見ても何も訊いてこなかった。辛抱強く待っていた。一度、おれがことばにつまったと思ったのか、さきを続けるようにおだやかな身振りさえ示した。そうしておれが話しおえると、しばらく何も言わずにそこにじっと坐り、それから自分に向かってうなずいた。

「初めに現われたとき、彼女は何人かの名前を言った。そういうことだな?」

「ああ」エンヴォイの記憶力が重要ではないさまざまな過去の出来事の奥深くから彼女のことばを掘り出した。「オディセジ。オガワ。おれのことを彼女の軍隊の一員だと思ったんだろう。黒の部隊の一派だった〝テツ〟の大隊の」

「ほんとうに――」コイはおれには解読できない表情を浮かべて横を向くと、柔らかな声で続けた。「ありがとう、コヴァッチ―サン」

沈黙ができた。おれはブラジルとちらっと眼を合わせた。

ブラジルは空咳をしてから言った。「あんたにとっちゃ、収穫はあまりなかったってことかな?」

コイはまるで呼吸をすると胸が痛むかのような顔をして息を吸った。

「役に立つ情報とは言えない」彼はまたおれたちのほうを向くと、悲しそうな笑みを浮かべた。「おれも黒の部隊にいたんだよ。〝テツ〟の大隊は部隊には属してなかった。まったく別のグループだったんだ」

ブラジルは肩をすくめて言った。「もしかしたら彼女は混乱してたのかもしれない」

「かもしれない」そうは言ったものの、彼の眼から悲しみは消えなかった。

「名前は？」とおれは訊いた。「聞いたことのある名前か？」

彼は首を振った。「オガワというのは北では珍しい名前じゃないが、そういう名前のやつは記憶にないな。まあ、これだけ時間が経ってるんだから自信はないが、ぴんとはこない。オディセジのほうだが――」コイは肩をすくめて続けた。「同じ名の剣道の女のセンセイがいたが、彼女がクウェリストだった過去はないと思う」

おれたちは沈黙の中、ただ坐っていた。しばらくしてブラジルがため息まじりに言った。

「くそ」

ブラジルのその小さなため息が逆にコイに力を与えたようだった。また笑みを浮かべた。今度の笑みはそれまでとは異なるきらりと輝く笑みだった。

「ずいぶんがっかりしてるようだな」

「ああ。これはすごい話だってほんとうに思ったんだ。ほんとうに彼女を助けにいけるって」

コイはテーブルの上の皿に手を伸ばすと、うしろの棚の中に戻した。その動きはなめらかで無駄がなかった。腕を動かしながら、彼は話を続け、打ち解けた調子で訊いてきた。

「来週の今日はなんの日か知ってるか？」

おれたちはふたりとも眼をぱちくりさせて彼を見た。

「知らないのか？　不健全だねえ、ふたりとも。人間ってやつはどうしてこうも簡単に自らの心配事だけにとらわれてしまうのか。どうしてこうも簡単に大多数が生きる人生の大きな枠組からはずれてしまうのか」彼はテーブルの一番遠くにある皿を取ろうと身を乗り出した。おれはその皿を彼に手渡した。「どうも。来週、そう、来週末はコンラッド・ハーランの誕生日だろうが。ミルズポートじゃ強制的にいろいろな祝い事がおこなわれる。容赦のない花火と祝祭。多くの人が集まってまさにカオスと化す」

おれよりブラジルのほうがさきにわかったようだった。顔を輝かせて言った。「ということは……？」

コイはおだやかな笑みを浮かべて言った。「もしかしたら、これはほんとうに〝すごい話〟なのかもしれない。さっきあんたが何気なく言ったとおり。しかし、この話が真実であれ嘘であれ、おれたちは実行する。ほかに選択肢はないんだから」

それこそおれが聞きたかった台詞だった。が、コイがそう言ったことがまだ信じられなかった。ゆうべ南にバイクを走らせながら、おれは思っていた——完全に納得させることはできなくても、ブラジルにヴィダウラ、それにきっとほかに何人かのネオクウェリズムの信奉者ぐらい味方につけることはできるかもしれない、と。しかし、ブラジルのデータ榴散弾の話を聞いて状況は一変した。ブラジルの話はニューホッカイドウでのディテールと完璧に一致していた。それにブラジルの話は実際にその場で体験した人物が語った話だということだ。自給自足の生活を送るこの小さな男との話し合い。ガーデニングや食べものに対する彼の真摯な哲学——それらすべてがおれを不安定なへりへと押しやっていた。おれは時間を無駄にしているのではないか。そんな気さえしてきた。

いや、時間はまだ無駄にしてはいない。そう思えただけで、ほとんど眩暈《めまい》さえ覚えた。

「考えてもみるといい」とコイは続けて言った。何かが彼の声音を変えていた。「このナディア・マキタの幽霊だが、もしかするとまさにそのとおりなのかもしれない——そう、ただの幽霊なのかもしれない。しかし、考えてみれば、復讐に燃えた幽霊が眼を覚ましたというだけで充分だったわけだ。それだけでハーラン一族はパニックに陥り、地球の人形使いと交わした契約を破ったんだから。ちがうか？ それがどうしておれたちにできない？ やつらの恐怖と怒りの対象をおれたちの手で奪い返してどこが悪い？」

おれはブラジルとまた眼を合わせ、片眉を吊り上げた。

「しかし、それだけじゃみんなを説得するのはむずかしい」とブラジルはむっつりと言った。「〈リトル・ブルー・バグズ〉の元メンバーのほとんどは、彼女がほんとうにクウェルだと思えば戦うだろう。さらに、ほかのやつらも説得して仲間に引き入れるだろう。だけど、それがただの幽霊だった場合はどうかな。それがどれほど復讐に燃えた幽霊だとしても」

コイは皿を片づけおえると、ナプキンを持った自分の手をじっと見て、チェーンベリーの汁が片方の手首を伝って線を描いているのを見つけると、几帳面な手つきでそれを拭き取った。口を開いても、その眼はまだ手首に置かれていた。「よければ、おれから彼らに話そう。もちろん、最後はそれぞれひとりひとりが納得しないと意味がないが。納得できなければ、クウェルも戦えとは言わないだろう。それはおれも同じだ」

ブラジルがうなずいて言った。「あんたからみんなに話すというのは悪くない」

「コイ」おれは急に知りたくなった。「あんた自身はどうなんだ？　おれたちが追ってるのはやっぱり幽霊だと思うのか？」

彼は小さな音――くすくす笑いとため息の中間のような音――を発して言った。「コヴァッチ－サン、おれたちはみんな亡霊を追ってるんだよ。こんなに長生きしたら、追わないほうがむずかしい」

サラ――

おれはなんとか感情を抑えた。そのとき眼の端がぴくりと動いたのをコイに見られたかもしれない。彼はすべてを知っているのではないか。突然そんな強迫観念に襲われた。こすれるような声が勝手におれの咽喉の奥から出た。

「そういうことを訊いたんじゃない」

コイは驚いたように眼をしばたたいた。が、そこでまたいきなり笑みを浮かべた。

「ああ、わかってる。あんたが訊いたのはおれ自身信じてるかどうかということだ。で、おれははぐらかした。すまん。ヴチラ・ビーチじゃ、安っぽい形而上学と安っぽい政治が肩を並べていて、どちらもけっこう需要があるもんでね。ちょっとした努力をすれば、そんなものは追い払ってもまずまずの生活は送れるが、身につけた習慣を捨て去るというのは容易じゃない」そこまで言って、彼はため息をついた。「おれたちは今、クウェルクリスト・フォークナーの再来に関する話をしているのかどうか。そのことをおれ自身信じているのかどうか。全身全霊でそう信じたいよ。しかし、おれもほかのクウェリストと同じだ。まず事実を見る必要がある。でもって、その事実はおれが信じたいと思っていることを裏づけてない」

「つまり本人じゃないということか」

「たぶん。しかし、こういうときのために、クウェル自身、免責条項みたいなものをつくっている。あまり情熱が湧かないときに彼女が言ったことばだ。〝もし事実があなたの思うことと反対のことを指し示すとき、それでもそう信じるのをあきらめたくないのであれば――少なくとも結論を出すのを先送りにすることはできる〟。要するに様子見ということだ」

「それはつまるところ、行動を起こすべきではないということになるんじゃないのか?」

コイはうなずいて言った。「たいていの場合はそうだ。しかし、今回のケースにかぎって言えば、おれの信じたいことが真実だろうとなかろうと、それは実際に行動を起こすかどうかということとは関係ない。なぜなら、おれとしてもこういうことぐらいは信じてるからだ――この幽霊に魔除けくらいの価値しかないとしてもかまわないということぐらいは。今がそのときだ。この場所がその場所だ。変化のときが来てるということだ。おれたち同様、ハーラン信奉者もそのことに気づいてる。で、やつらのほうはすでに行動を起こした。あとはおれたちが動くかどうかだ。その結果、クウェルクリスト・フォークナーの幽霊と思い出のために戦って死んだとする。彼女自身のためではなく。それでも、まったく戦わないよりはましだ」

おれたちは準備を始めたソウセキ・コイを残してホヴァーローダーを出た。ストリップをバイクで戻った。そのあいだもずっと彼の最後のことばが頭の中でこだましていた。彼のその最後のことばと、そのまえに彼が言ったシンプルなことばが。そのことばの裏に隠されたシンプルな確信——

復讐に燃えた幽霊が眼を覚ましたというだけで充分だったわけだ。

しかし、おれは彼と同じようには思えなかった。おれはその幽霊を抱いたのだから。彼女がおれから離れ、眠りについたあと、おれは山裾のキャビンの床に反射する月光を見つめていたのだから。彼女が眼を覚ますかどうかもわからずに。

彼女が今度また眼を覚ましたとしても、彼女がほんとうは何者なのか、それを本人に伝える役は務めたくなかった。彼女がそのことを知る場に居合わせたいとは思わなかった。

（下巻に続く）

■著者紹介

リチャード・モーガン（Richard Morgan）

1965年、ロンドン生まれ。処女作の『オルタード・カーボン』でフィリップ・K・ディック賞受賞。著書に『ブロークン・エンジェル 』（パンローリング）、『Market Forces』（ジョン・W・キャンベル記念賞受賞）、『Thirteen』（アーサー・C・クラーク賞受賞）、『The Steel Remains』『The Cold Commands』『The Dark Defiles』などがある。イギリス在住。

■訳者紹介

田口俊樹（たぐち・としき）

1950年奈良市生まれ。早稲田大学英文科卒。『ミステリマガジン』で翻訳家デビュー。訳書にローレンス・ブロック『八百万の死にざま』（ハヤカワ・ミステリ文庫）、ジョン・ル・カレ『パナマの仕立屋』（集英社）、トム・ロブ・スミス『チャイルド44』（新潮文庫）、リチャード・モーガン『オルタード・カーボン』『ブロークン・エンジェル』、ドン・ウィンズロウ『ザ・ボーダー』（ハーパーBOOKS）など多数。

本書は『ウォークン・フュアリーズ　目覚めた怒り』（2010年８月、アスペクト）を新装改訂したものです。

2020年５月２日 初版第１刷発行

フェニックスシリーズ⑩③

ウォークン・フュアリーズ 上

著　者　リチャード・モーガン
訳　者　田口俊樹
発行者　後藤康徳
発行所　パンローリング株式会社
〒160-0023　東京都新宿区西新宿 7-9-18　6階
TEL 03-5386-7391　FAX 03-5386-7393
http://www.panrolling.com/
E-mail　info@panrolling.com
装　丁　パンローリング装丁室
印刷・製本　株式会社シナノ

ISBN978-4-7759-4229-1